트윈스타 사이클론 런어웨이 2

Twinstar Cyclone Runaway

오가와 잇스이

목차

제1장 채취선에서　*5*
제2장 『후요(芙蓉)』　*85*
제3장 비단잉어잡이　*159*
제4장 테이블 오브 조호르　*214*
제5장 정신 증압　*279*
에필로그　*387*

제1장 채취선에서

1

 물건은 던지면 언젠간 떨어진다. 가속하고 있다면 떨어지지 않는다. 충분히 가속해서 일정 속도를 확보하면 위성이 되고, 그 이상 가속하면 별을 벗어난다.
 속도는 가장 중요한 요소다(에센셜 엘리먼트). 특히나 거대 가스 행성 팻 비치 볼을 순회하는 주회자(서크스)에게는 더더욱. 속도를 잃었다면, 당장이라도 되찾아야 한다.
 『궤도 재진입 분사, 개시합니다! 3G 가속으로 약 4분. 조금만 참아 주세요—!』
 인솔벤트호의 기재 창고에 조종 콕핏째로 수납된 직후 명랑한 여자 목소리의 무선통신이 들어왔다. 직후 메인 엔진이 쿠웅— 울부짖으며 콕핏 안까지 묵직한 가속도가 덮쳤다.
 "으와아앗, 자, 잠깐." "테라 씨……." "미안해요, 바로 비킬게요!"
 거품형 조종 콕핏 바닥에서 테라는 다이오드 바로 위에 넘어져 버렸고, 허둥지둥 네 발로 바닥을 짚으며 몸을 일으켰다. 힘을 짜

내 옆으로 몸을 굴려서 간신히 조그만 체구의 소녀 옆에 드러누웠다.

"다이 씨, 괜찮으세요?" "아무렇지 않아요. 가벼운 편이었어요."

"거짓말……."

 소녀는 이쪽을 보면서 소리 없이 웃고 있었다. 테라는 고개를 돌리고 싶었지만, 상대방도 자신도 머리가 바닥에 꽉 눌려 있는지라 꼼짝도 못 한 채 그저 얼굴만 붉힐 수밖에 없었다.

 가벼웠다니 말도 안 된다. 도감에서 봤던 고대의 계량용 식물에 빗대 표현하자면, 안 그래도 테라는 또래 평균보다 키가 수박 하나만큼은 더 크고 몸무게는 수박 세 개만큼은 더 나간다. 만약 10초만 더 다이오드 위에 엎어져 있었다면 수박 40개 분량만큼이나 불어난 몸무게로 저 가녀린 소녀를 꽉 짓눌러 버렸을 게 틀림없다. 그런 사태를 방지하기 위해 체액성 젤이 있는 거지만, 그건 콕핏을 조금이라도 가볍게 만들기 위해 진즉에 배출해 버렸던 만큼 분명 그랬으리라.

 잘라 말해서, 다이오드가 하나도 무겁지 않았다고 말했던 건 의지의 표명이다.

 옆얼굴에 꽂히는 시선과 묵직한 G에 테라는 그저 눈을 꾹 감고서 버텼다.

 지급불능호라는 이상한 이름을 가진 이 우주선은 테라나 테라의 지인이 소유한 배가 아니다. 이 배는 자코볼 트레이즈 씨족의 소유물로, 마치 짓밟아서 납작하게 만든 파이프처럼 길쭉하고 평평한 모양을 한 낡은 헬륨 채취선이다. 이들은 대기권 최상층에서 조업을 마치고 돌아갈 준비를 하던 참이었는데, 마침 두 사람과 가장 가까운 위치에서 구조 신호를 포착하고선 일부러 궤도를 틀어가며 달려와 주었다. 그리고 운해 깊은 곳에서부터 올라오는 로켓을 포물선 궤도의 꼭대기 부근에서 접근해 솜씨 좋게 조종 콕핏만 덥석 삼킨 것이다.

3G는 고통스럽지만, 치명적일 정도로 높은 G는 아니다. 헉헉대며 얕고 빠른 호흡으로 고통을 흘려내고 견디는 동안 테라의 가슴속에는 안도감이 퍼져나갔다. 두 사람은 살았다. 무장한 적을 피해 도망쳐 다니고, 배는 망가지고, 4000기압의 심연에 삼켜질 뻔했지만, 기적을 움켜쥐고 귀환했다.

"다이 씨——."

말을 걸려고 했을 때, 다시 무선 연락이 들어왔다.

『가속 종료까지 앞으로 10초. 5초, 3초, 자 종료—! 수고하셨습니다—.』

압도적인 하중이 씻은 듯이 사라지고, 몸이 둥실 위로 떠오른다. 무중력이다. 트레이즈 씨족의 씨족선까지 도달하기 위한 타원 궤도에 진입한 모양이다.

『아—아—. 괜찮아요? 살아있나요? 바이탈을 확인할 여유가 없었는데요. 대답 부탁해요.』

"둘 다 살아있어요! 감사합니다, 구해주셔서."

테라가 큰 목소리로 소리치자, 오— 나이스네요, 라는 대답이 돌아왔다.

『이 배는 좀 특수한 배라 이쪽 거주 구역과 그쪽 기재 창고가 연결되어 있지 않거든요. 물론 혹시 목숨이 간당간당할 정도로 위험한 상태라면 우주복을 입고서 구하러 가겠지만, 그냥 긁힌 상처 수준이면 도착할 때까지 거기서 기다려줬으면 해요. 아마 산소랑 비상식량은 그 안에 있을 테니까요. 어떤가요?』

기체 바깥에서 언뜻 봤던 이 배의 모습을 떠올렸다. 고대의 생물 중에서 닮은 꼴을 찾는다면 커다랗게 입을 벌린 고래상어. 머리 부분에 조종실이 보였고, 두 사람이 빨려 들어간 기재 창고는 배 아래였다. 즉 몸통은 전부 채취한 압축 헬륨으로 가득 찼다는 뜻이다. 그렇구나.

그렇지만 지금은 환자가 있다.

"죄송합니다. 그쪽에 내과 진단 장치나 체성 감각 실조용 약이 있다면 가져다주실 수 있나요. 이쪽엔 망상 구현 시험에서 8점을 맞은 주제에 억지로 디컴프레션을 하다가 실조에 걸려 구토한 사람이 있어서——."

"엣, 그걸 여기서 말힌디고요?!" 벌떡 몸을 일으킨 나이오느가 외쳤다. "필요 없어요, 괜찮아요! 둘 다 쌩쌩하니까 오지 마세요!"

『어— 음, 어느 쪽인가요.』

"다이 씨——."

"필요 없어요!"

다이오드가 다시 한번 외치며 눈짓을 보내서, 테라는 당혹스러워하면서도 말을 맞췄다.

"아, 네. 이제 멀쩡한 모양이에요. 괜찮아요."

『그런가요. 그럼, 이제 씨족과 이름을 부탁드려요. 구조 보고를 해야 해서.』

"테라 인터콘티넨털 엔데바입니다. 엔데바 씨족이에요."

"칸나 이시도로 겐도. 겐도 씨족의."

『네, 감사합니다. 저는 인솔벤트호에서 흡인사(吸引士)를 맡고 있는 프라이즈백 백야드빌드 자코볼 트레이즈입니다. 선장 다이우드는 지금 작업 중이라서 대신 제가 얘기할게요. 테라 씨······ 테라 씨? 엔데바 씨족의?』

잠깐 말이 끊겼다. 무선 너머에서 자기들끼리 속닥거리는 듯한 기척이 난 다음, 『58K의 테라 씨랑 칸나 씨? 아니면 다이 씨라고 하셨던가요?』라고 물었다.

"58K?"

『여자 둘이서 5만 8000톤짜리 프시거두고래를 낚았던, 그런 이름을 가진 어부가 있잖아요. 다이오드 씨랑 테라 씨라는. 혹시 두 분이 본인이시라면 대단하다 싶어서요. 그보다 본인 맞죠?』

테라가 기쁜 마음에 반사적으로 "앗, 네——." 하고 대답하려던 순간, 갑자기 "으아아아앙!" 하고 다이오드가 울음을 터트려서 깜짝 놀랐다.

"다, 다이 씨?"

"무서웠어 언니 엄청 무서웠어! 배가 망가지고 찢기고 떨어지고 어두운 구름 속에서 주룩주룩 비가 내리고 빙글빙글 회전하면서 갈가리 조각나고, 칸나 무서웠어 정말 무서웠어, 언니도 배도 칸나도 산산이 조각나고 떨어지고 삼켜져서 죽는 줄로만 알았어, 어두웠어 언니이이이이!"

"다이 씨 진정하세요! 괜찮아요, 이젠 괜찮다고요."

일단 어깨를 잡고서 어르고 달랬지만 다이오드는 은색 머리카락을 마구 흐트러트리면서 계속 비명을 질렀다. 나이만 보면 열여덟 살이니 이미 성인이지만, 조그만 그녀가 그렇게 울음을 터뜨리니 어린 여동생이나 딸이 겁을 먹은 것처럼 착각하게 된다.

"다이 씨, 이제 괜찮으니까요……."

어쩔 수 없이 꼭 안아 가슴으로 얼굴을 감싸 주면서, 테라는 무선 너머의 상대에게 말했다.

"죄송해요, 프라이 씨. 다친 곳은 없는데요——."

"으아아아앙 훌쩍훌쩍 언니 언니이이."

『앗, 지금은 가만히 놔두는 편이 나으려나요! 그럼 이만!』

바로 통신이 끊겼다.

"대체 뭐지……."

누가 봐도 성가신 일에 얽히고 싶지 않다면서 도망치는 기색이라 테라는 쓴웃음을 지었다. 그대로 소녀의 젖은 등을 쓰다듬고 있었더니, 다이오드가 갑자기 몸을 확 떼는 바람에 그 반동으로 한 바퀴 빙글 회전했다.

"다이 씨?!"

쉿, 하고 다이오드가 입 앞에 검지를 세웠다. 그러고는 그 손가락으로 왼손 손등에 각인된 소형 통신 단말을 터치해서 모든 채널 외부 통신을 차단한 다음, 하아— 하고 한숨을 쉬며 손으로 얼굴을 덮었다.

"피곤해……."

"어? 앗, 연기였어요?! 방금 그거."

"그렇죠. 그야 당연하잖아요." 다이오드는 불만스럽게 머리카락을 쓸어올렸다. "제가 정말 그런 식으로 패닉에 빠질 것처럼 보였나요?"

"갑자기 그런 연기를 펼칠 수 있다는 게 더 이상하잖아요. 보통은 믿는다고요." 테라도 뽀로통하게 고개를 돌렸지만, 화내기 전에 먼저 떠오른 게 있었다. "하긴 그렇네요. 다이 씨는 갑자기 그런 짓을 할 만한 사람이었어요."

"제 성격 때문이 아니고 말이죠…… 테라 씨가 정말 뼛속까지 착한 사람이라 그랬던 거라고요."

"제가요?"

돌아보자, 다이오드가 젤에 젖어 축축해진 머리카락을 부지런히 손으로 빗으면서 "상대는 트레이즈 씨족이라고요."라고 말했다.

"자코볼 트레이즈 씨족이 어떤 사람들인지, 테라 씨 설마 모르시는 건 아니겠죠."

Jack of all trades
"뭐든지 취급하는 만물상이잖아요? 이름 그대로 어떤 곳과 비교해도 다양한 물건을 갖추고서 판매하는 친절한 사람들이라고 들었는데……."

"광고를 곧이곧대로 믿는 타입이에요?"

다이오드가 천장을 올려다본 다음 동정 어린 시선을 보냈다. "아니었어요?" 하고 테라가 묻자, 고개를 절레절레 저으며 테라의 어깨에 손을 턱 올렸다.

"잘 들으세요, 트레이즈 씨족은 서크스에서 제일가는 수전노예요. 뭐든지 판다는 말은 바꿔 말하면, 돈을 내지 않으면 단 하나도 공짜로 해주는 게 없다는 뜻이에요. 홀랑 벗겨 먹는 것도 모자라서 골수까지 쪽쪽 빨아 먹으려는 놈들이에요."

"벗겨…… 네?"

"저는 예전에 한번 트레이즈 씨족한테 체포돼서 뇌물을 주고 도망친 적이 있었어요. 몇 번 말한 적 있죠. 그것도 실제론 저쪽이 트집을 잡으니까 어쩔 수 없이 돈을 낸 거예요. 이번에 저들은 우리를 구조했고, 그걸 위해서 대형 헬륨 채취선의 궤도를 바꿨을 뿐만 아니라 가속 감속까지 했어요. 이것만으로도 상당한 가격을 청구할 게 틀림없어요. 그런데 만약 이 타이밍에 우리가 58K짜리 프시를 낚아 올린 실력 좋은 어부라는 사실을 들키면 어떻게 되겠어요?"

"어, 어떻게라니——."

"배가 터지도록 청구시기 밫일 게 분명하잖아요! 시산 외 소업 수당이니, 위험 작업 수당이니, 구급 작업 수당이니 각종 통신비니 하면서! 약 하나 갖다주는 것도 결코 선의로 하는 행동이 아니에요. 그저 분명히 추가 요금을 청구하려는 목적이 틀림없거든요? 살짝 소리 좀 질렀더니 바로 내뺀 게 증거예요!"

"아, 그런 거군요."

"그런 거예요, 그러니까 단단히 경계해야 해요! 우리는 이번에 큰 손해를 봤으니까!"

"그치만 기뻐서."

"어?"

눈을 끔뻑이는 다이오드를 향해 테라는 수줍게 웃었다.

"트위스터인 다이 씨의 이름이 모두에게 알려져 있다고 생각하니 기뻐서 그만…… 네, 라고 대답해 버렸어요."

"그."

기세 좋게 다그치던 다이오드가 뇌에 버그라도 난 것처럼 그대로 굳었다.

슬며시 시선을 피하면서 더듬더듬 말을 이었다.

"……그런 이유로 바로 경계심을 푸는 건…… 좋지 않다고 생각해요……."

"그런가요?"

"네." 고개를 끄덕이며 말하더니 잠시 후, "아뇨." 하고 다이오드가 말을 고쳤다.

"그런 점은 뭐, 테라 씨답다고도…… 할 수 있겠네요."

어색한 침묵이 이어졌지만 테라에겐 불쾌하지 않은 시간이었다. 입을 다문 다이오드의 젖은 머리카락을 매만지며 "조금 씻을까요?" 하고 권했다.

그렇게 두 사람은 조난자에서 생환자로 탈바꿈하는 작업에 착수했다.

인솔벤트호의 기재 창고에는 샤워는 고사하고 수도조차 없지만, 비상용 보관함에 간이 화장실과 우주식 캔 패미컨과 물병 수십 통이 들어 있었다. 배의 상황에 따라선 여기서 며칠 정도 버티는 경우도 상정해 두고 있는 거겠지.

물은 음용 가능한 식수였고, 마시면 또 요금을 청구받을 게 틀림없었지만, 방을 구석구석 둘러보던 다이오드가 돌아와선 "이걸로 씻죠."라고 제안했다. 과감하다기보다는 그냥 저지르고 보자는 식이나 마찬가지였지만 테라도 그 제안에 찬성했다.

물병 9개 분량의 식수를 1G 이하의 환경에서 개봉하면 대홍수가 벌어지겠지만, 중력이 없으면 그냥 물 구슬이 된다. 서로의 머리카락을 물 구슬로 감싸고서 씻고 헹구고, 다 쓴 물은 손으로 건져내서 간이 화장실에 흡수시킨 뒤 대충 그늘에 치워두는 식으로 했더니 생각보다 어렵지 않게 머리를 감을 수 있었다. 이제야 산뜻하게 문명인으로 돌아온 기분이 든 두 사람은 벽 송풍구 앞에 나란히 앉아 머리카락을 툭툭 털며 10번째 물병을 나눠 마셨다.

"생환과 다이 씨의 행운에 건배! 꿀꺽."

"저요? 운이 좋은 사람은 테라 씨 아닌가요?"

"저는 덕분에 목숨을 건진 쪽이니까요."

"생환과 테라 씨의 번뜩이는 영감과 존재에 건배. 꿀꺽…… 자, 그래서 말인데요."

정석대로 축배를 든 뒤, 앞으로의 일에 대해서인데, 라며 다이오드는 벗은 헤드 드레스를 손가락으로 빙글빙글 돌렸다.

"두 가지 정도 의논해야 할 일이 있죠."

"세 가지가 아니고요?"

"세 가지? 먼저 첫 번째는 겐도의 추적대에 대해서죠."

"아아, 네. 그 배는 무사히 도망친 건가요? 무사하다고 표현하는 것도 이상하긴 하지만."

"무사히 도망쳤을 거예요. 부아가 치미지만. 테라 씨가 추락했을 때, 그 녀석들은 대기권 이탈 가속을 하고 있었으니까."

"그럼 또 온다는 뜻?"

"분명 오겠죠. 방금 우리 이름이 구조 보고서에 기재됐으니까요."

"간단히 해결되진 않네요."

"않죠. 그러니까 열심히 고민해 보기로 하고, 두 번째가 말에 대한 거예요."

"네. 그렇죠."

"말."

운해 밑바닥에서 테라가 꺼냈던 기묘한 단어를 다이오드가 다시 한번 말했다. "그건 무슨 뜻인가요? 그 타이밍에 테라 씨가 실없는 소리를 했으리란 생각은 안 드는데요."

"별을 나갈 수 있는 탈출선이 있어요."

"네?"

"별을 나갈 수 있는 탈출선이 있어요."

"네?"

정확히 두 번, 똑같은 대사를 되풀이한 다음, "진짜인가요?" 하고 다이오드가 미간을 크게 찌푸렸다. 테라는 미소를 지으며 끄덕였다.

"진짜예요. 우리 씨족선에 있을 거예요. 범은하 왕래권^{갤럭티브 인터렉티브}까지 갈 수 있는 배가."

"엄청난 일이잖아요······!"

다이오드가 눈이 휘둥그레져서는 테라의 양 어깨를 붙잡았다.

"자세한 얘기를 들려주세요. 그게 사실이라면 겐도 씨족의 추적대 따위 아무래도 좋아지는 중요한 얘기 아닌가요. 자, 테라 씨어서, 지금 당장!"

"아앗, 잠깐만요, 흔들지 마세요. 그 전에 먼저 세 번째 얘기부터!"

"세 번째라고 할 만한 게 있어요?"

"있다고요. 가장 중요한 일이."

"탈출선보다 중요한 얘기?"

"맞아요. 우리의 관계는 무엇인가에 대한 얘기예요!"

"우리?"

다이오드의 손이 딱 멈췄다. 몹시 마음에 들지 않는다는 듯이 입을 비죽이며 툭 말했다.

"혹시 목숨을 건지고 나니까 마음이 바뀌신 건가요."

"네? 너무해요. 저를 그런 사람이라고 생각했어요? 다이 씨!"

테라는 그 말이 방아쇠가 된 것처럼 이번엔 역으로 다이오드의 양 어깨를 잡았다. "아, 아뇨……." 하고 고개를 돌린 다이오드가 "그럼, 무슨 뜻인데요."라고 조그맣게 말했다.

테라는 가볍게 침을 삼키고서 구체적으로 이야기하기 시작했다.

"우리, 구름 바닥에서 그런 사이가 됐잖아요."

"네에."

"뭔가 그 전까지와는 다른 관계 말이에요. 적어도 저는 그렇게 느꼈어요. 다이 씨도 마찬가지라고 믿어요."

"네에."

"너무나 기뻤어요!"

"……네에."

다이오드는 고개를 돌린 채 눈을 마주치려 하지 않았다. 하지만 그 창백한 뺨에 희미한 홍조가 피어오른 건 분명 테라가 잘못 본 게 아니었다. 테라는 한번 숨을 고른 다음 커다란 체구로 작은 몸을 덮었다.

"하지만 그런 관계는 어떻게 해야 좋은 걸까요."

"어떻게, 냐니……."

"잘 모르겠어요, 저. 아무것도." 테라는 눈을 반짝였다. "먼저 말해두자면 저, 누군가랑 제대로 사귀는 경험은 처음이에요. 이런저런 상상은 해봤지만, 지금처럼 이렇게 실제로 그 상황이 오니까 상상과 딱 들어맞지 않는 부분도 많아서 당혹스러워요. 맞선을 보러 다니던 동안엔 예쁘게 꾸미고서 만나러 갔다가 집에 돌아오면 편히 쉬었지만, 다이 씨는 이미 함께 한 지붕 아래에 있잖아요? 방이랑 침대는 어떻게 하죠? 전부 같이 쓰는 건가요? 그렇게 되면 아침엔 어떻게 얼굴을 마주해야 하죠? 일어나면 일단 얼굴을 씻고, 옷을 갈아입고, 그런 다음 침실로 다시 돌아와서 좋은 아침이에요, 라고 인사해야 하는 걸까요?"

"잠, 잠, 잠잠잠잠, 잠깐만요, 테라 씨."

요상한 새의 지저귐 같은 이상한 목소리를 내면서 다이오드가 버둥버둥 몸부림치기 시작했다. 테라의 지근거리 구속에서 빠져나와, 비틀비틀 옆 벽까지 황급히 다가간 뒤에야 휴— 하고 한숨을 내쉬면서 몸을 기댔다.

"거리감을 좀……."

"앗, 죄송해요. 저도 모르게 혼자 흥분해서. 물론 다이 씨한테 맞출 생각인데 어떻게 할까요?" 말하고 나니 살짝 걱정이 밀려왔다. "설마 여태까지처럼 따로따로 다른 방에서 잘 생각이에요? 그건…… 그럴 수가……."

"그 얘기는 나중에 하면 안 되나요."

"지금이 좋아요." 힘주어 말하는 테라. "그 밑바닥에서부터 지금까지 꾹 참고 있었던 데다, 이 시간 이후에는 아마 또 이것저것 있을 테니까요. 혼도 나고, 조사도 받고, 싸웠다가 도망쳤다가, 등등 많은 일이 기다릴 거예요. 하지만 지금은 아직 몇 시간 정도 여유가 있잖아요. 지금밖에 없어요. 다이 씨랑 이 화제로 잔뜩 얘기하고 싶어요!"

"……."

족히 30초 가까이 침묵한 뒤, 다이오드가 힐끗 돌아보았다.

"테라 씨."

"네!"

최대한 환한 미소를 지으며 테라가 대답했다. "윽." 하고 다시 고개를 돌린 다이오드가 더듬더듬 말했다.

"저쪽 봐주세요."

"어?"

"저쪽 보고 움직이지 말아 주세요. 얼굴을 보여주고 싶지 않아요."

"그치만 저……."

"그치만이 아니에요. 이게 조건이에요. 저한테도 할 수 있는 일과 할 수 없는 일이 있어요."

"……허어."

어리둥절하면서도 테라가 벽을 바라보자, 곧바로 등 뒤에 무언가가 와락 안겨들었다.

"──뻐요."

"네?"

"저도 기쁘, 다고요."

"다이……." "돌아보지 말라고 그랬잖아요 무슨 소린지 알아들었죠?!"

등에 매달린 상태로 휙 회전한 다이오드가 노성을 질렀다.

벽을 보고 앉은 테라와, 그 등에 매달린 다이오드 사이에서 조그만 목소리가 오갔다.

"방은 어쩌느니 침대는 어쩌느니 하는 자잘한 것들은 무사히 집에 돌아간 다음에 이야기해도 되잖아요. 문제는 집까지 돌아갈 수 있느냐예요. 아니지, 문제는 어디로 돌아가느냐예요. 저로선 테라 씨만 있다면 어디든 좋아요. 말 그대로 낡아빠진 허름한 집에서 살든, FBB 밖으로 나가든 다 좋아요. 하지만 테라 씨에겐 훌륭한 집이 있고, 직장도, 아는 사람도, 친척도, 씨족도 있잖아요."

"전 그것들 다 내다 버릴 각오로 떠났던 게 이미 여러 번인데요? 그런 다음 소박맞고 다시 돌아오는 게 일상이라 그렇지."

"다른 씨족선으로 가더라도 2년에 한 번은 돌아올 수 있잖아요. 하지만 GI까지 나간다면 그렇게 자주 돌아올 수 있을 것 같아요?"

"……분명 힘들겠죠. 가끔은 고사하고, 평생 돌아올 수 없을지도 몰라요."

"맞아요. 돌아올 수 있느냐가 문제가 아니라, 정착한 곳에서 살아갈 수 있으리라는 보장조차도 없어요. 그래도 상관없나요."

"한 번은 같이 죽으려고도 했던 참이잖아요."

"그건 상황이 그렇게 흘러갔으니까 어쩔 수 없었던 거잖아요. 이번엔 자신의 의지예요."

"대답은 똑같아요. 저는 다이 씨와 같은 고생, 같은 기쁨을 찾고 싶어요."

"……네. 저도예요."

"와아!"

"자, 진정하고. 계속 말할게요. 그럼, 우리는 둘이서 살아갈 수 있는 어딘가로 떠나죠. 그건 씨족선 중 하나거나, 씨족선 이외의 FBB 주변 천체거나, GI의 어딘가가 될 거예요. 아니, 귀찮으니까 단도직입적으로 말하면 저도 테라 씨도 GI로 떠나고 싶은 거죠."

"네!"

"하지만 일단은 참죠."

"네에? 어째서인가요!"

"정보가 아무것도 없잖아요!" 테라의 목이 꽉 졸렸다. "범은하 왕래권에 대한 테라 씨의 견해는? 어떤 곳이라고 생각하세요?"

"저 먼 우주 은하계에 펼쳐진 4000광년의 거대한 초승달 모양 우주. 다양한 종족이 왕래하는 인류의 세상. 이곳에는 존재하지 않는 생물, 본 적 없는 풍경, 해 본 적 없는 일들과 먹어본 적 없는 진수성찬이 가득하고, 억지를 써대는 장로회도 없는, 꿈과 희망이 넘치는 무한한 우주요!"

"망상으로 가득한 이상향이잖아요! 일단 가면 어떻게든 되는 무한한 개척지가 아니라고요, GI는! 그런 천국이었다면 우리 서크스는 이곳에 오지도 않았어요!"

"으으윽." 괴롭지만 고개를 끄덕일 수밖에 없었다. "듣고 보니…… 조상님들이 마더 비치 볼 성계에 온 이유는 여기가 더 낫다고 생각했으니까 그런 거겠죠, 분명."

"안타깝게도 그들의 계획은 어긋나서 정체를 알 수 없는 물고기 같은 걸 잡지 않으면 살아갈 수 없는, 금속 자원이 존재하지 않는 빠듯한 세계에 정착하고 말았죠. 우리가 GI로 향하려는 게 그것보다 낫다는 보장은 어디에도 없다는 뜻이에요."

"금속 자원 정도는 있을 것 같은데."

"그걸 여기 있는 동안 확인해 보자고 얘기하는 거라고요. GI가 전혀 살 만한 곳이 못 된다고 하는 게 아니에요. 모처럼 선택지가 생겼으니까, 우리에게 가장 좋은 곳을 정한 다음 가고 싶다는 뜻이에요."

"……그것도 그러네요! 다이 씨 똑똑해!"

"갑자기 지능이 떨어진 거 아닌가요, 테라 씨."

"에헤헤헤, 기쁘다 보니 이래저래 마음부터 앞서게 되는 느낌이네요."

"잘 생각해 주세요. 저는 당신이 길에서 객사하는 꼴을 보고 싶지 않아요. 정보를 모아서 갈 곳을 정해요. 알겠죠?"

"——네."

"자, 그러면 우리가 정착한 곳에서 뭘 할지인데요. 우리는 트위스터와 디컴퍼예요. 집이나 가족과는 작별하더라도 최소한 둘이서 같이 배를 띄우고 싶어요. 당신과 배, 둘 중 하나만 선택해야 한다면 죽도록 고민하게 되겠지만, 가능하다면 둘 다 선택하고 싶어요. 괜찮죠?"

"알겠어요! 저도 다이 씨랑 디컴프레션 중에서 선택하라면 어느 쪽을 고를까…… 다이 씨랑 디컴프레션…… 으으으."

"거기서 고민하는 테라 씨, 아주 훌륭해요. 그러니까 가능하면 조종 콕핏은 가져가죠. 점토만 있으면 초주선을 다시 만들 수 있으니까요. 아니면 테라 씨가 말한 탈출선은 혹시 필러 보트를 통째로 실을 수 있을 정도로 거대한 배인가요?"

"글쎄요, 그건 아직 잘 모르겠어요. 그래도 배가 있다는 건 틀림없을 거예요. 물어보기 전에 미리 말하는 건데, 이건 초대 선단장 마기리의 파트너였던 드라이에다 데 라 루시드 박사가 보증했어요."

"언제요?"

"기절한 다이 씨를 운해에서 건져 올려줬을 때."

"……지금 제일 믿기 힘든 얘기가 바로 그 부분이지만, 저는 분명히 한 번 실수를 저질렀고, 그럼에도 지금 이렇게 살아있으니까요. 그렇다면 믿을 수밖에 없겠죠."

"그러네요. 『아이다호』로 돌아가서 살짝 조작해 보면 진위 여부를 확인할 수 있을 테니까 그때까진 절반 정도만 기대해 두는 걸로 할까요?"

"솔직히 말해서 만약 거짓말이었다면 저는 엄청나게 낙담할 것 같은데요."

"괜찮아요, 낙담할 때도 함께잖아요, 다이 씨. 그때는 어떻게든 살기 좋은 씨족선으로 이사하거나, 록 씨처럼 독립해서 배 안에서 생활하는 일을 찾아봐요."

"그다지 내키지 않는 플랜B긴 하지만요……."

"앗, 이야기가 딴 데로 샜네요. 보자, GI까지 필러 보트를 운반할 수 있는가? 였죠. 운반이 불가능한 걸 전제로 생각하는 편이 낫다고 생각하는데요."

"그 말대로군요. 그러니까 조종 콕핏만 챙기고, 그다음 현지에서 점토를 구하죠."

"전 질량 가변 점토가 있을까요? GI에."

"있어요. 정확히는 존재하는 거죠. 왜냐하면 우리가 수출했으니까."

"——앗."

"서크스는 300년 가까운 세월 동안 왕래권 방위군이 운항하는 타신냐오大巡鳥에 점토를 맡겨 수출해 왔죠. 작년도 취급량은 1억 2800만 톤이에요. 물론 대부분은 소비되고 소모됐겠지만, 우리 배 한 척 분량이라면 어떻게든 구할 수 있지 않을까요."

"그건 낙관적인 생각 같지만, 아무튼 저쪽에서도 필러 보트를 띄울 수 있을지도 모르는 거고, 그렇게 되면 고기잡이도 할 수 있다는 거네요. 앗, 설령 고기잡이 일이 없더라도 필러 보트가 있다면 다른 무언가를 할 수 있을지도 모르고요!"

"맞아요, 그렇게 되겠네요. 점토를 찾아보고, 입수할 수 있을

지 어떨지 조사해 보고, 가능하다면 본격적으로 일을 시작하기까지 과정도 생각해 두고——."

"거기까지 계획이 세워지면 이제 남은 건 출발뿐이네요? 우와 두근두근거려. 계획이 굉장히 현실감을 띠기 시작했어요."

"현실이에요. 우리는 살아서 다른 별천지로 가느냐, 실수를 저지르고 객사하느냐의 출발선에 섰어요. 알겠어요, 테라 씨? 허황된 소리가 아니라고요."

"대환영이에요! 자, 가보죠, 다이 씨!"

들뜬 마음을 억누르지 못해 결국은 뒤를 돌아보고 말았지만, 재빠르게 몸을 뗀 다이오드는 낙제점과 추가 시험을 알리는 학창 시절 교관 AI처럼 냉담한 표정으로 "그럼 추격자 얘기를 해볼까요." 하고 말했다.

"안 해도 되잖아요, 그런 건!"

"해야 해요. 오히려 빈틈없이 처리해 둬야 할 문제예요. 그러지 않으면 GI로 떠난 뒤에도 쫓겨 다닐 염려가 있으니까."

"방금은 씨족의 추적대 따위 아무래도 좋다고 했으면서!"

"저도 모르게 흥분한 탓에 나온 말이에요. 잘 생각해 보니, 테라 씨가 말한 탈출선이 어떤 배인지는 몰라도, 『후요』에도 똑같은 장치가 없다고는 단언할 수 없잖아요. 겐도의 씨족선에."

"……."

"제 말이 맞죠? 그리고 갖고 있다면 아마 사용도 하겠죠. 생각해 보세요. 가령 우리가 GI로 떠난 다음 일자리나 돈 문제 때문에 한창 고생 중일 때, 혹은 살기 좋은 주거지를 찾아내서 한숨 돌리고 있을 때 무기를 든 추적자가 갑자기 툭 튀어나올 가능성이 계속 꼬리표처럼 따라다니는 거예요. 이것도 대환영인가요?"

"싫어요~, 그건 진짜 싫어요!"

"그렇죠? 그러니까 확실히 처리해 두자고요."

"알겠어요." 하아, 하고 한숨과 함께 고개를 떨군 테라는 얼굴에 붙은 머리카락을 쓸어올렸다. "그럼 별수 없으니 지금까지 모른 척하고 있었던 걸 지금 딱 꺼내기로 해요. 다이 씨는 왜 그렇게까지 집요하게 쫓기는 건가요?"

후우— 하고 다이오드가 한숨을 푹 내쉬며 천장을 올려다보았다.

"역시 그 얘기가 나오겠죠. 이 상황까지 왔으니 털어놓겠지만."

"상대는 혹시, 다이 씨의 아버님 아닌가요?" 테라로서는 나름 단도직입적으로 묻기 힘든 말을 꺼낸 거였다. "겐도 씨족의 겐도 씨인 거잖아요. 분명 높으신 분 맞죠? 딸인 다이 씨를 놔주기 싫어서 수단 방법 가리지 않고 쫓아오는 거 아닌가요."

그런데 다이오드는 살짝 쓴웃음을 지으며 고개를 좌우로 저었다.

"안심하세요. 아빠는 아마 이번 일과 상관없어요. 이런 짓을 할 수 있는 사람이 아니니까."

"마음씨 착한 분인가요?"

"성격 얘기가 아니라 자격의 문제예요. 제 아버지, 오즈노 이시도로 겐도는 장로의 지위를 포기했어요. 그는 연구에만 몰두하고 일족 운영에는 전혀 관심이 없는 사람이었거든요. 모든 권리를 버리고서 은거했어요. 그러니 탈환대를 보내는 건 불가능해요."

"아버님은 은거하셨나요. 그렇다면 다시 말해…… 어어— 말하지 않는 편이 좋으려나."

"아빠가 엄마를 버렸다기보다는 엄마가 아빠한테 정나미가 떨어졌다는 느낌이죠." 테라가 입 밖으로 꺼내길 망설였던 말을 다이오드가 선뜻 내뱉었다. "미리 말해두겠는데 심각한 애증의 관계 같은 건 본 적 없으니까 걱정 마시길."

"아아…… 그것 참."

"그런 표정을 짓는 게 성가셔서 굳이 말 안 했을 뿐이에요." 손바닥으로 테라를 누르며 다이오드가 빠르게 말을 이었다. "딱히 외롭다거나 원망스럽다거나 하지 않아요. 그냥 만나지 않을 뿐이고, 저는 평범한 부모자식 관계라고 생각해요. 정기 보고 같은 건 하고 있기도 하고요. 그걸로 납득해 줬으면 해요."

"그런가요. 뭐, 그렇다면야."

부모님이 아직 살아계실 때 좀 더 이것저것 하는 게── 같은 말은 입안에 삼키고, 테라는 그저 고개를 끄덕이는 데서 그쳤다.

"그러면, 어디 보자, 탈환대가 아버님이 지시하신 게 아니라고 한다면……까지 얘기했었죠." 테라가 화제를 원래대로 되돌렸다. "혹시 짐작 가는 건?"

"누구고 뭐고 겐도 씨족이 공식적으로 탈환을 선언한 이상 주모자는 장로예요. 현 장로인 누루데 케이와쿠가 저를 데려가려고 한다는 뜻이죠."

"이유는요?"

"모르겠어요."

그렇게 말하는 소녀의 표정을 테라가 확인하듯 물끄러미 살폈다. 그 시선에 다이오드는 당황하면서도 솔직하게 대답했다.

"처음 뛰쳐나왔던 무렵엔 씨족을 위한 디컴퍼 요원, 그리고 번식 요원으로 삼는 게 목적이라고 생각했는데 그런 것치고는 이상할 정도로 집요해요. 탈환을 선언하고 다음 대회의 때 그대로 실천한 사례야 확실히 과거에도 있었지만, 무장선^(바우 아우어)까지 보냈다는 얘기는 들어본 적이 없어요."

"그치만 다이 씨 미인이잖아요. 누군지 모를 남자한테 엄청나게 사랑받고 있었던 건 아닌가요? 눈치만 못 챘을 뿐이고."

"그 논리대로라면 엄청난 미인인 테라 씨도 영문 모를 사이에 갑자기 탈환당하겠죠."

"그럴 일은 없다니깐요, 이런 덩치로는."

"그럼 저도 그럴 일은 없어요, 이런 조그만 몸으로는."

"저라면 탈환하겠는데요. 팟— 달려가서, 휙— 하고."

"그런 건 일단 제쳐두고요. 배까지 보낸다는 건 장난이 아니라 진심이라는 뜻이잖아요. 진심이라는 건 결혼을 노린다는 거겠죠. 하지만 결혼할 생각이라면 남자 입장에선 번식과 디컴프레션 여부가 필수적이에요. 그러니까 그런 짓을 할 만한 남자는 겐도에는——."

거기까지 말한 다이오드가 갑자기 말을 멈췄다. "다이 씨?" 하고 테라가 얼굴 앞에 손을 흔들었다.

"……겐도에는 없다고 생각해요." 천천히 다이오드가 다시 말하기 시작했다. "그렇게까지 할 남자는……."

"그거, 짐작 가는 게 있을 때 반응이죠?" 테라가 물고 늘어졌다.

"겐도 말고 다른 씨족에는 있을 것 같다는 뜻인가요? 그렇다면 전에 들렀다던 폴룩스 씨족이나 이곳 트레이즈 씨족?"

그렇게 말한 뒤 테라는 문득 걱정이 들어서 기재 창고 벽을 살펴보았다.

"여기 감시당하고 있는 건 아닐까요."

"괜찮습니다, 아까 확인했어요. 카메라 한 대가 있긴 했지만 대충 손을 써뒀어요."

다이오드가 손가락으로 가리킨 천장 구석을 보자 화물에 덮는 단열 시트를 구깃구깃 구겨서 꽉 눌러놓은 게 보였다. 무중력 상태에서 물자나 쓰레기가 구석에 쌓이는 일은 실제로도 흔히 있는 일인데, 딱 그렇게 된 것처럼 보이게 꾸민 느낌이었다.

"와, 능숙해."

"감시를 피하는 건 노숙의 기본이니까요."

"다시 말해 그런 뜻인가요? 트레이즈 씨족에 짐작 가는 구석이 있다?"

테라가 연이어 직구를 던지자, 다이오드는 아뇨아뇨, 하고 손을 내저으며 테라를 말렸다.

"그쪽이 아니에요. 트레이즈 씨족은 관계없어요. 방금 살짝 머리를 스쳤을 뿐이지 지금 경우엔 말도 안 되는 가능성이니까 괜찮아요."

"그래도 일단은 가르쳐 주실 수 있나요?"

"옛날…… 음." 눈을 내리깔았다. "룸메이트예요. 메이카라는 여자앤데."

"여자——." 그 정보로 인해 달라지는 여러 조건을 검토하기도 전에, 감정이 앞서서 말부터 튀어나왔다. "그 애랑 핑거돔을?"

"뭘 묻는 건가요, 테라 씨!!"

"흐엑, 저기 저도 모르게, 그만, 무심코."

다이오드도 거의 반사적으로 소리쳤지만, 테라도 마찬가지로 자기가 한 말에 당황하고 어쩔 줄 몰라 하며 허둥지둥 손을 내저었다. "살짝 신경이 쓰였을 뿐이에요, 못 들은 걸로 해주세요, 못 들은 걸로!"

"테라 씨는 그런 캐릭터로 안 보이니까 더 임팩트가 강하다고요……." 달아오른 뺨을 손으로 문지르며 다이오드는 고개를 부르르 털었다. "어, 음, 그러니까 말이죠, 여자는 탈환대를 보낼 수 없어요. 이상 이 얘기는 끝."

"그거 짐작 가는 게 있을 때 반응이죠?" 테라는 똑같은 말을 다른 어조로 되풀이했다. "어떤 짐작이 머리에 떠오른 건가요. 저기…… 다이 씨를 그게."

"지금, 끝이라고 말했는데요."

찌르는 듯한 눈빛에 격추당했다.

"으으." 테라는 눈을 꾹 감고서 물러섰다. "네, 알겠어요. ……죄송해요."

사실은 더 끈질기게 캐묻는다면 다이오드는 대답해 줄 것 같은 느낌이 들었다. 지금 두 사람 사이에는 그만한 유대감이 존재함을 느낀다.

하지만 지금은 그걸로 괜찮다고 해도, 나중이 두렵다. 애초에 다이오드는 싹싹한 성격도 아니고 친절하지도 않다. 불만이 쌓이면 폭발하는 데다, 그것도 자주 폭발하는 편이다. 그리고 싫다고 느끼면 갑자기 어디론가 가 버린다.

뭘 어디까지 깊게 캐물으면 그 폭탄의 스위치를 누르게 될지——그걸 더 뚜렷하게 알게 될 때까지는 과감하게 파고들 마음이 들지 않았다.

다이오드도 한 번은 단호하게 뿌리쳤지만, 뭔가 느끼는 바가 있었는지 시선을 바닥에 떨어트린 채, 더듬더듬 무언가를 말했다.

"……니까요."

"네?"

"저는 지금 여기에서, 이러고 있는 거니까요." 보이지 않는 상자를 눈앞에 놓는 듯한 몸짓과 함께 이쪽을 보았다. "그걸로 납득해 주세요. 저쪽에는 없어요."

"아……." 나름의 배려인 모양이었다. "……네."

마주 보면서 앉아 있는 듯, 떠 있는 듯한 두 사람. 트레이즈 씨족의 기재 창고는 난잡했지만, 다행히 난방이 틀어져 있어서 젖어 있던 두 사람의 선박 의장도 많이 말랐다. 커다란 체구의 존재감을 화려함으로 탈바꿈시켜 주는 풀빛과 황금빛이 섞인 빅토리안 스타일 드레스와, 가녀린 몸의 윤곽을 시원하게 강조하는 듯한 은색과 검은색의 스킨 슈트. 두 사람이 가진 옷 중에서는 정석적이고 무난한 포지션에 있는 의상으로, 익숙하면서도 보기에 질리지 않는 스타일이다.

다이오드가 허벅지 바깥쪽에 붙여두고 있는 납작한 금속 수납함 틈 사이에 다섯 손가락을 넣었다. 그러고선 엉덩이 쪽으로 돌려 찰칵, 소리를 내며 손가락을 꺼냈다. 마치 총에 총알을 장전하는 소리 같다고 생각하던 테라의 눈에 반투명 수지에 감싸인 다이오드의 손가락이 비쳤다.

"이곳처럼 그다지 위생이 보장되지 못하는 장소에서 쓰는 거예요."

"어?"

천천히 다이오드가 다가와 테라의 한쪽 팔을 만졌다. 무거워 보일 정도로 짙은 속눈썹 아래에서 다크 블루의 눈동자가 희미하게 미소 짓는 것처럼 보였다.

"만져 볼래요?"

"만져……."

"테라 씨만 괜찮다면요."

반사적으로 도망치거나 비명을 지르거나…… 테라는 그러지 않았다. 심장이 한번 쿵, 하고 크게 뛰었지만, 마침내 왔구나, 싶어서 숨을 삼키며 견뎠다.

"만지시는…… 건가요, 다이 씨."

"아뇨, 당신이, 저를요."

다이오드가 콕콕 짚듯이 테라와 자신을 손가락으로 차례차례 가리켰다. 테라는 자기도 모르게 "만지고 싶었던 거 아니었어요?"하고 물었다.

"물론 만지고 싶어요. 이미 들키기도 했고." 색소가 옅은 입술 사이로 붉은 혀가 살짝 엿보였다. "하지만 테라 씨는 처음인 데다, 누군가가 만지는 게 거북하다고 말했으니까 분명 NG인 부분이 있을 거예요. 그러니까 처음은 당신이 드러내는 마음을 보고 싶어서요."

"저── 저는 아무것도 모르는데요!"

"그치만 상을 준다고 했었죠."

"헤붑."

운해 아래에서 나눴던 약속을 불쑥 들이미는 바람에 뭐라 할 말이 없었다.

다이오드가 테라의 오른손을 잡고 빙글 등을 돌렸다. 그러더니 방금 자기가 했던 것처럼 허벅지에 달린 수납함에 테라의 손을 당겨 넣었다. 점성 소재에 가라앉는 감촉.

테라가 눈동냥으로 보고 배운 것처럼 옆으로 돌리자, 딱 맞물리는 듯한 경쾌한 소리와 함께 얇으면서도 튼튼한 막이 손가락을 착 감쌌다.

"이게…… 그……?"

"네, 테라 씨가 기대하던 바로 그거입니다."

"이, 이런 거였군요. 갑자기 이렇게 착용하게 되네요, 헤에……."

"만지기 전에 착용해야 의미가 있으니까요."

"만진다니…… 어디를요?"

"테라 씨라면 어디든지."

소녀는 테라 앞에 떠오른 상태로 천천히 한 바퀴 돌았다. 은발이 둥글게 원을 그리며 펼쳐진다.

"NG인 부분도 없어요. 앞이든, 뒤든, 안이든, 밖이든, 마음 내키는 대로."

"앞? 뒤? 어어?"

다이오드는 생긋 웃으며, 이제부터는 괜한 말 따위 하지 않을 테니까요, 라고 쓰여 있는 듯한 눈부신 미소를 지었다.

눈을 감고 가슴 앞에 가만히 손을 모으고서, 헌신적이고 청초한 소녀처럼 무방비하게 눈앞에 서 있다. 테라는 주눅이 들 정도로 아름다운 형상을 한 폭탄을 자기 마음 내키는 대로 어떻게든 처리해야 한다.

어떻게 처리하는데?

"⋯⋯으으으."

아무것도 알지 못하는 상태로 작은 어깨를 손바닥으로 감싸고서, 일단은 품으로 당겨 안았다. 다이오드는 상대의 손길에 몸을 맡기고서 힘을 빼고 있었다. 살짝 상기된 듯한 숨결이 테라의 목덜미에 닿으며, 달콤 쌉싸름한 약초 같은 특유의 냄새가 테라가 두른 공기와 섞여 든다.

가슴이 술렁인다. 박동이 빨라졌다.

갑작스럽게 선언한 파트너를 어떻게 하고 싶은가, 이것이 자신에게 어떤 의미를 지니는가, 그런 근본적인 명제가 변변한 마음의 준비도 안 된 상태에서 무릎 위에 턱 놓였다. 뭐든 해도 좋다고 말했다. 당연하지만 뭐든 해도 괜찮을 리가 없다. 해서는 안 될 일이 있고, 꼭 해야만 할 일이 있을 것이다. 누군가와 이런 관계가 된 적은 24년의 인생 동안 한 번도 없었다. 애초에 테라는 누군가에게 만져지는(걸 거부하던) 쪽으로만 살아왔기 때문에, 반대로 자기가 만진다는 발상 자체가 없었다.

 아무것도 없는 토양에서 상상을 키워내야 한다.

 물론 아무런 상상도 해보지 않았던 건 아니다. 테라는 다이오드의 머리카락에 뺨을 비비는 걸 시작으로, 팔과 등을 쓰다듬었다. 방금 식수로 대충 닦아낸 후라서 머리카락은 헝클어져 있었지만, 머릿결 자체는 무척이나 매끄러워서 빗으면 빗을수록 순순히 정돈되어 간다. 보통은 무중력 상태에서 정전기 제거 없이 말린 머리를 빗으면 대전으로 인해 머리카락이 사방팔방 바늘처럼 뻗치게 되는데, 신기하게 오늘은 그런 일도 없었다. 손가락을 감싼 이 얇은 막 덕분일지도 모른다. 신기한 점액질로 감싸여 있어서 손가락 사이에 끼운 머리카락이 물처럼 저항 없이 흘러내렸다.

 "……으응."

 다이오드가 콧소리를 울리며 테라의 풍만한 가슴에 살짝 몸을 밀착시켰다. 다이오드는 가슴을 좋아하는 모양이고, 그 정도라면 테라도 아무런 저항감이 느껴지지 않는다. 오히려 달갑게 받아들일 생각으로 마주 안았다. 머리를 빗고 등을 애무하는 손길을 계속 이어갔다. 품에 안은 조그만 몸이 따뜻하고 밀도가 높아 기분이 좋았다. 그건 틀림없는 사실이다.

 하지만 그 이상으로 나아가질 못했다.

 이론은 알고 있다. 지금까지 만지지 않았던 부위로 손을 뻗으면 그만이다. 그렇게 하고 싶다는 희미한 욕망도 품고 있다. 언제나 활기차게 움직이는 이 사랑스러운 상대의 이곳저곳에 대해 더 자세히 알고 싶었다.

하지만 테라의 상식으로는 해도 되는 일과 해서는 안 되는 일 사이 간격이 너무나도 뚜렷해서, 어떤 말로 포장해도 스스로 그 간격을 뛰어넘는 건 불가능에 가까웠다.

만지고 싶은데 선뜻 손이 나가질 않는다. 이상할 정도로 움직이기가 힘들다.

그럼에도 가까스로 만질 수 있었던 곳은—— 목덜미 위쪽.

"하읍." "흐읏!"

은빛 머리카락을 헤치고서 드러낸 생과자 같은 하얀 귓불을 입술로 달콤하게 깨물자, 다이오드가 숨을 삼켰다.

"웃, 테라, 씨."

"아음, 으음, 우물."

"거긴……!"

귓불은 기분 좋았다. 받는 쪽이 아니고 해주는 쪽인데도 그렇다는 게 기묘한 느낌이었다. 다이오드의 작고 둥근 예쁜 머리를 한 손으로 누르고, 다른 손으로는 머리카락을 쓸어 넘기면서, 곡선이 얽힌 부드러운 미로를 입술로 더듬어 따라가다 보면, 저릿하게 기분 좋은 감각이 입술부터 퍼져 나가면서 가슴을 크게 요동치게 했다. 자신보다 경험이 풍부한 다이오드니만큼 분명 더욱 자극적인 무언가를 갈구하고 있겠지만, 지금은 이렇게 하고 싶은 느낌이었다.

입술만으로는 부족한 느낌에 혀도 내밀어 보았다. 붉게 달아오른 복잡한 굴곡을 더욱 세심하게 따라갈 수 있어서 숨이 막힐 정도로 흥분됐다. 하지만 이러다가 흘러나온 타액이 혹시라도 귓

구멍에 들어간다면 분명 불쾌해하겠지. 다이오드가 묘하게 몸을 배배 꼬는 것도 신경이 쓰였다. 그래서 몸을 단단히 붙들고, 귀의 중심부에 닿지 않도록 주의를 기울여, 주변의 귀여운 부분만 천천히, 조심스럽게, 살짝살짝——.

"테, 테라 씨, 스톱."

"녜에?"

"잠깐만…… 부탁이에요."

"——다이 씨?"

귀에서 5mm 떨어진 위치에서 그렇게 속삭이자마자 다이오드가 "읏." 몸을 젖히며 잘게 떨었다.

"……대단해."

"어?"

"장난 아니에요 테라 씨이…….."

어느새 보는 것도 잊고 있었던 얼굴을 다시 살피자, 소녀는 거리를 네 블록쯤은 힘껏 뛰고 온 사람처럼 땀을 흘리며 새빨갛게 얼굴을 물들인 채 헉헉 숨을 몰아쉬고 있었다.

"안쪽이 저릿해……. 그런, 그런 짓까지 하는 건가요, 당신……."

"어? 어?" 테라는 그저 당혹스러울 뿐이었다. "뭐가요?"

"뭐가요가 아니라고요."

"아뇨, 정말로요."

"……타고난 무자각 총공 속성……?"

다이오드의 눈에 기쁨과 두려움이 혼합된 감정이 스쳤다.

여전히 테라는 무슨 말인지 잘 이해를 못 하고 있었다. 나름 기뼈하는 것 같기도 했지만, 그것보다는 깜짝 놀라 꾸짖는 쪽에 가까운 느낌이었다. 시무룩해져서 사과했다.

"죄송해요, 역시 저는 아직 만지거나 벗기거나 하는 건 영 서툰 모양이에요. 그치만 저기, 다이 씨를 좋아하니까! 조금씩 시켜만 주신다면 언젠가는."

"아니, 엄청 잘하고 있거든요?!"

이번엔 진심으로 어처구니없다는 표정으로 다이오드가 말했다.

그리고 다시, 묘하게 들뜬 기색으로 뺨을 비볐다. 테라는 애무를 이어가려고 했지만, 다른 점이 몹시도 신경 쓰이기 시작했다. 흉곽 안쪽이 근질근질해서 진정되질 않았다. 손끝이나 발가락 끝, 그 밖에 다른 곳들까지 움찔움찔 쑤셔온다.

뭔가 부족하다. 아무튼 어떻게든 해 줬으면 좋겠다.

"다이 씨, 저기……."

"네?"

"부탁하고 싶은 게 있는데요."

"뭐를요?"

"그걸. 그게, 그러니까, 저도 그래서요. 아뇨, 귀는 아닌데——."

"만져줬으면 좋겠다, 그 말이 쉽게 안 나오나요?"

"……!"

즐거워하는 듯한 시선에 속마음을 꿰뚫려, 테라가 말문이 막힌 순간——.

윙— 철컥, 하고 작은 에어록에서 소리가 나더니 『죄송합니다, 카메라가 안 보여서 직접 상황을 보러 왔는데 이상 없나요?』하고 작업용 우주복을 입은 사람이 기재 창고에 들어왔다. 두 사람은 폭파 볼트로 분리된 부스터와 로켓만큼이나 빠르게 좌우로 휙 갈라졌다.

우주복을 입은 사람이 의아한 듯이 물었다.

『괜찮으신가요?』

"앗, 네, 저기." "전혀 아무런 이상도 없습니다."

피부에 약간 땀이 맺힌 것만 빼면 거의 평소와 다름없는 안색으로 태연하게 대답할 수 있는 다이오드가 테라는 진심으로 부러웠다.

창고에 직접 찾아온 프라이라는 여성 승무원 덕에, 감시 카메라를 우연히 덮었던 단열 시트는 아쉽게도 무사히 정리되었다. 두 사람이 여기에 머무르면 계속 생존 확인을 해야 하니까 위쪽 거주구로 오는 게 어떠냐는 권유를 받았지만, 자세히 들어보니 역시나 승객 요금이 발생한다는 얘기였다. 막 배를 잃은 참이라 이제 무일푼이라는 이유를 들면서 사실에 입각한 설명을 하고 거절하려고 했더니.

"무일푼? 우리는 무일푼 대환영이에요."

헬륨 흡인사인 프라이가 접이식 헬멧을 우주복 옷깃에 수납하자 투사이드로 대충 묶어 올린 황동색 머리카락이 흘러나왔다. 마호가니 색 피부에, 나이는 테라와 비슷해 보이는 여성이었다. 쾌활한 미소가 인상적이고, 송곳니 하나가 비어 있었다. 우주복은 주머니가 덕지덕지 달렸고 여기저기 더러워진 부분과 기운 흔적이 역력한 작업복. 슬림하고 세련된 프린트 슈트를 고르지 않은 점으로 미루어 봐서, 패션이나 몸단장엔 관심 없는 타입 같았다.

"무일푼이야말로 인간 본연의 모습이잖아요. 뭐든지 할 수 있고, 뭐든 될 수 있는 모습이니까요. 무일푼으로 무엇을 할 수 있느냐가 중요한 거죠."

"그래서 이 배가 인솔벤트호라는 이상한 이름인 건가요?"

"아뇨, 이 배는 300년 전부터 이런 이름이었는데, 다들 마음에 들어 해서 그냥 그대로 놔둔 거죠. 두 분 다 어때요? 배를 잃었다면 아예 우리 쪽에 이사 오지 않을래요?"

갑작스러운 권유에 두 사람은 얼굴을 마주 보았다. 다이오드가 물었다.

"저, 한 번은 그쪽에서 트위스터를 하려고 했다가 거절당했는데요."

"어? 트위스터? 당신 여자—— 아아, 그런 사람인가요. 우리 쪽에서 트위스터를 하겠다고 하셨나요! 이야— 그것참."

"대화가 성립되질 않네요."

프라이는 어떻게든 돌려보냈지만, 알콩달콩한 분위기를 잡는 건 더는 불가능했다. 게다가 왕래권 조사와 탈출 계획에 대해 논의할 수도 없었다. (그건 서크스의 관습과 법률을 전부 무시하는 의논이었으니까.)

그래서 두 사람은 남은 시간 동안 각자 다른 단열 시트를 몸에 두르고서, 그저 나란히 누워 잠들었다. 그것만으로도 테라는 행복했다.

4시간 30분 후, 인솔벤트호가 자코볼 트레이즈 씨족의 씨족선

『테이블 오브 조호르』에 도착하자 겐도 씨족의 주재원이 이끄는 보호단이 기다리고 있었다. 그들은 JT 씨족과의 인도 협정을 기반으로 씨족의 자녀인 칸나 이시도로 겐도를 보호하겠다고 선언했고, 그대로 실행했다.

테라는 『아이다호』로 송환되었다.

2

다이오드는 머리뼈 전체가 미간 쪽으로 꾹꾹 짓눌리는 듯한 지독한 두통에 눈을 떴다. 요즘 엔데바 씨족의 저택에서 지내는 동안, 얕은 물 속에서 화사한 공기 위로 떠오르는 것처럼 개운한 아침만 맞이했기 때문에 이런 감각을 잊고 있었다. 이 느낌과 함께 눈뜨는 건 그립기까지 했다. 그리운 동시에, 극히 불쾌하기 그지없는 기상이었다.

바로 약물 과다 복용(오버도즈)에서 회복되는 감각이다.

"으윽…… 큭……."

이마를 누르며 끙끙대고 있었더니 나무판에 천을 문지르는 듯한 독특한 발소리가 가까워졌다.

"정신이 드셨나요? 칸나(寬和) 양."

차분하면서도 서늘한 목소리가 들려와서 고개를 기울여 그쪽을 보았다.

활짝 열린 툇마루를 통해 찻잔이 놓인 쟁반을 든 소녀가 들어왔다. 화살 깃무늬가 새겨진 기모노를 입은, 다이오드와 비슷한 나이의 소녀였다. 심주색(深宙色)[스카이 블랙] 머리카락은 전앵색(電櫻色)[플라스마 핑크] 리본으로 묶었고, 머리카락과 같은 색깔인 하카마 아래로 엿보이는 하얀 버선발은 바닥에 스치듯이 움직이고 있었다.

그녀의 뒤편은 바닥부터 천장까지 이어지는 거대한 창문이었다. 그 너머에는 어두컴컴한 우주 공간이 펼쳐져 있었다. 방의 한쪽 벽면 전체가 항성 마더 비치 볼을 직접 바라보도록 만들어진 것이다. 게다가 다이오드의 베갯머리 옆 *도코노마 안에 설치된 장식용 단차 선반 위에는 21세기의 기계 무녀상이나 41세기의 단결정 토우, 87세기의 태양열 단조도 같은 역사적인 유물들을 화려하게 진열해 놓은 데다, 심지어 진열품들이 둥둥 떠오르지 않을 만큼만 중력이 걸려 있어서 쾌적하기까지 했다.

즉, 이 방은 막대한 비용을 들여 대형 자전 시설 바깥쪽에 구축해 놓은 방이라는 뜻이었다. 아득히 먼 옛날인 서력 시대[아 노 도 미 니]의 양식을 현대의 도시 우주선에 억지로 끼워 넣은 듯한 이 구조는 다이오드에겐 지긋지긋할 정도로 익숙했다.

이곳은 겐도 씨족선 『후요(芙蓉)』였다.

침상 곁으로 다가온 소녀가 호버링 기체처럼 사뿐히 앉았다. 양발뒤꿈치를 엉덩이 아래에 가지런히 접어서 앉는 방식, 다이오드가 가장 질색하는 자세였다. 비에 젖은 꽃을 연상시키는 촉촉하고 달콤한 향기가 감돈다. 소녀에게서 풍기는 향기와는 별개로, 쌉싸름한 로스팅의 향이 소녀가 내민 쟁반 위 저온소성(低溫燒成) 컵에서 피어오르고 있었다.

---

* 도코노마(床の間) : 일본 전통식 방에 있는 장식용 공간. 주로 족자나 꽃 등을 장식한다.

"약효가 사라져요. 어서 드세요."

침상에 누운 채 다이오드는 시선을 천장에 두고 두통에 저항하며 맹렬히 머리를 굴렸다. 바로 직전 기억은 트레이즈 씨족의 씨족선에 도착해 진료실로 안내받았던 게 마지막. 그다음 정신을 차렸더니 이곳이었다. 다시 말해 자신은 납치당했다는 뜻이고, 그렇다면 이미 이곳은 적진 한가운데라는 소리다. 신중하게 행동해야 했다.

하지만 처음 입에서 튀어나온 말은 역시나 도저히 참을 수 없었던 욕지거리였다.

"뭐가 어서 드세요인가요, 이 독단지 같은 여자. 머리를 쥐어짜는 이 빌어먹을 두통은 보나 마나 당신이 조제한 빌어먹을 약을 옆에서 냅다 꽂아 넣은 탓이겠죠."

"그리운 욕설. 하나도 변한 게 없네요."

"변할 리가 없죠. 겨우 탈출했는데 넉 달도 못 버티고 끌려온 상황에선."

"그것도 다 잠깐의 변덕을 부렸던 거잖아요? 돌아와 줘서 기뻐요."

"앞으로 평생 이별이라고 쪽지를 남겼는데요. 당신 벌써 노안이라도 온 건가요?"

"양쪽 눈 전부 건강하니 글씨가 잘못된 줄 알았어요."

"그럼 다시 한번 말할 테니 똑똑히 잘 들으세요. 그 쪽지는 죽을 때까지 다시 보지 말자는 의미였어요."

"그럼 이젠 괜찮겠네요. 당신은 그 덩치 큰 파트너 씨와 이미 한번 죽은 거나 마찬가지니까요."

"메이카(瞑華)."

 목소리와 감정은 최대한 억눌렀지만, 이를 악무는 것까지 숨기진 못했다.

"테라 씨를 어떻게 했죠?"

 다이오드는 침상에서 윗몸을 일으키고서 노려보았다. 어느새 자기 옷도 홑옷 기모노로 갈아입혀진 상태였다.

 어두운 파란색 머리카락의 소녀는 시선을 피하지 않았다.

"눈빛이 매섭네요."

"대답을 조심하세요. 대답 여하에 따라 수명이 늘었다 줄었다 할 테니까요——. 테라 씨는?"

 메이카는 짐짓 여봐란듯이 눈으로 천장을 한번 훑은 다음, "씨족으로 돌아가셨어요."라고 말하며 미소 지었다.

"칸나 씨는 우리 쪽으로 모시고 가겠습니다, 라고 말했더니, 아, 그런가요? 하고는 손바닥 뒤집듯이 돌아서더라고요."

"거짓말이군요." 단칼에 내쳤다. "그럴 리가 없죠. 보나 마나 억지로 돌려보냈거나…… 아니면 놓치고 말았거나. 우리를 우연히 구조한 트레이즈 씨족의 씨족선에 그렇게 딱 맞게 그물을 펼쳐놓고 기다렸을 리가 없으니까요. 주재원으로 파견된 겐도 씨족의 사람들을 시켜서 유괴하긴 했지만 꼬마애 하나 데려오는 게 고작이었다. 대충 그런 거겠죠."

"단박에 간파하는군요. 뭐, 뻔히 보이는 거짓말이었죠."

 메이카는 미안한 기색도 없이 태연하게 인정하며 딴청을 피웠다.

"아무튼 당신이 제 곁으로 돌아와 줬으니까 이젠 사소한 문제예요."

"돌아온 게 아니에요."

테라가 이 상황에 말려들지 않았다는 걸 알게 된 다이오드는 살짝 안도했다.

"애초에 저는 당신한테서 벗어나려고 여길 나간 거라고요."

"어머, 그건 아니겠죠? 여기를 나갈 때, 자유롭게 날고 싶어서 떠나는 거라고 말했으면서."

메이카가 눈을 가늘게 내리뜨며 웃었다. 다이오드는 말문이 턱 막혔다. 확실히 자신은 그렇게 말했다.

상대가 당황한 틈을 타서 메이카는 계속해서 몰아붙였다.

"진짜 이유는 그쪽? 날고 싶다는 얘기는 핑계였고? 저 같은 건 아무것도 아니라고 말했던 건 거짓말이고, 사실은 너무나도 신경 쓰였나요?"

"아뇨, 저는."

"당신이 푹 빠져 있던 것들이죠. 약과, 그것."

메이카가 가지런히 모은 두 손가락을 뻗어 턱이라도 간지럽힐 것처럼 살짝 들어 올리는 시늉을 하는 걸 보고서, 다이오드는 반사적으로 쟁반 위의 컵을 집어 들려고 했다.

하지만 그 손은 허공을 갈랐다. 마치 벽에서 스며 나온 것처럼 미끄러지듯 나타난 검은 옷차림에 머리카락을 길게 기른 젊은 남자가 바닥에 무릎을 꿇고서 컵을 들고 있었다.

"태풍각(颱風閣)에서 폭력은 삼가십시오, 칸나 님."

"……지고(次号) 씨."

"숙녀의 머리맡에 허락도 없이 대기하고 있었던 점, 사과드립니다."

낮은 목소리로 담담하게 말한 뒤, 두 소녀보다 다섯 살쯤 많아 보이는 그 남자는 메이카 뒤로 돌아가 무릎을 꿇었다.

저 사람에 대해서 다이오드가 알고 있는 거라곤 그가 겐도 씨족의 남자치고는 보기 드물게도 여자에게 깍듯한 태도라는 것과, '*즈이진'이라는 신분으로 메이카에게 절대적인 충성을 맹세했다는 사실, 이렇게 두 가지뿐이었다. 예전이라면 그 점을 마음 든든하다고 생각했겠지만, 지금 와서 그런 감상을 품는 건 도저히 불가능했다.

조금 전 대화도 만약 다른 제삼자가 들었다면 도저히 견딜 수 없었겠지만, 지고는 다이오드가 메이카 곁에 있던 시절의 일을 전부 알고 있는 사람이다. 이제 와서 소란을 피워 봐야 소용없는 일이라고 생각하면서 다이오드는 마음을 가라앉혔다.

"뭐 좋아요, 인정하겠어요. 당신에게 계속 푹 빠져 있던 게 싫증이 나서 도망친 거예요."

"어머, 솔직하네요. 당신, 그런 사람이었던가요." 메이카가 뺨에 손가락을 대고서 귀엽게 고개를 갸웃거렸다. "아니면 솔직해질 수 있었던 일이라도 겪었나요?"

"맘대로 생각하세요."

메이카는 입을 다물었다. 그 모습을 보고서 이번엔 다이오드가 물었다.

---

* 즈이진(随身) : 옛 일본에서 귀한 신분의 사람을 호위하는 무관을 부르던 예스러운 표현.

"그래서, 대체 이게 뭔가요. 싫다는 사람을 억지로 데려와서 어쩔 생각이죠?"

"오랜만에 만났으니까 근황 이야기 정도는 나눠도 괜찮겠죠?"

"요즘. 어떻게. 지냈나요?"

"무서운 얼굴로 물어보네요. 물론 아버님의 일을 도와드리면서 신부 수업을 받고 있어요."

"당신, 저만큼이나 질색하지 않았던가요?"

"지금도 당신만큼이나 질색이랍니다. 그러니까 비겼다고 할 수 있겠네요."

"뭐가 얼마만큼이나 비겼다는 건가요?"

"애초에 당신은 무단으로 배에서 탈주한 만큼, 대놓고 질색할 자격은 없지 않은가요?"

"자격을 운운하다니 웃기네요. 정식 절차를 따랐다면 저는 탈환대에 붙잡혀서 외무성이나 형부성(刑部省)에서 조사를 받고 있지 않았을까요. 이런 곳에 절 재워 놓았다는 것만 봐도 당신 역시 규정을 어겼다는 뜻이잖아요."

그렇게 말한 다음, 방금 들었던 말을 떠올리고서 다이오드는 얼굴을 찌푸렸다.

"그런데 여기가 태풍각이라고요? 그렇다는 건——."

"네, 아버님이 직접 허락을 내리셨어요."

"……누루데 족장이 개입한 건가요."

그건 상상하던 최악의 시나리오 중 두 번째에 해당하는 상황이었다. 그다음 말을 들을 기운이 사라질 것 같다.

"그럼, 당신이 저를 되찾고 싶었다는 이유보다 훨씬 더 쓰레기 같은 목적이 따로 있다는 말이네요."

"당신이 제게 돌아오는 걸 쓰레기 같다는 말로 표현해선 안 된다고 생각하지만, 이건 그보다 훨씬 더 멋진 일이랍니다. 아버님께선 당신의 솜씨를 아시고선 수석 그물잡이   가 될 자질이 있을지도 모른다고 판단하셨거든요."

"뭐라고요?"

그건 불쾌함 이전에 부당한 판단이었다. 다이오드가 언성을 높였다.

"저는 디컴퍼가 아니라 트위스터입니다만?!"

"무슨 소릴 하는 건가요? 당신은 여자잖아요, 칸나 양."

"당연하죠. 여자로서 필러 보트에 탔어요."

"그럼, 남성 키잡이   의 반려가 되었다는 뜻 아닌가요?"

"무슨 소릴 하는 건가요? 제가 그런 짓을 할 사람이 아니라는 건 당신이 제일 잘 알고 있을 텐데——."

똑같은 말로 맞받아쳐 주려고 했던 다이오드가 흠칫, 하고 깨달았다.

"알면서 족장을 부추긴 건가요?"

"그야 아버님께 사실대로 말한들 이해하지 못하실 테니까요." 메이카는 입가에 소매를 대고서 기품 있게 미소 지었다. "칸나 양이 특출난 디컴퍼가 됐다고 말씀드린 다음, 영상도 이것저것 보여드렸어요. 그랬더니 굉장히 마음에 들어 하셨거든요."

"아…… 이…… 남창 딸 같으니!" 여학교 시절 고안해 낸 욕설

중에서도 제일 독특했던 욕이 입에서 튀어나왔다. "방식이 너무 어처구니없잖아요, 부모한테 그딴 바람을 불어넣다니! 전부 까발리겠어요, 그래도 괜찮은가요?"

"괜찮고말고요~ 아버님은 머리가 굳은 걸로는 둘째가라면 서러운 분이라 남녀 말고 다른 조합이 있을 수 있다는 가능성을 죽어도 생각하지 못하시거든요. 단순히 당신이 망상에 빠져 이상한 소리나 한다고 여기실 뿐이죠."

"어째서 그렇게까지 하는 건가요?!"

"그거야 당연하잖아요." 무릎걸음으로 불쑥 다가온 메이카가 다이오드의 뺨을 어루만졌다. "칸나 양과 함께 디컴퍼를 하고 싶으니까 그런 거예요."

"큭……."

"저도 당신도 누군지 모를 놈팡이와 맺어지게 되겠지만, 그렇게 되더라도 같은 디컴퍼가 된다면 언제까지나 가깝게 지낼 수 있으니까요."

가늘게 뜬 눈 속의 눈동자는 새카만 빛을 띠고 있었다. 영혼이 빨려 들어갈 것 같은 느낌이 들어 소름이 끼쳤다.

"아무쪼록 함께 그나마 나은 놈팡이를 골라보자고요, 칸나 양."

"나…… 나한텐 이미."

마음에 둔 파트너가 있어요, 라고 말하려던 다이오드는 생각에서 멈췄다. 지금 그 말을 입 밖에 꺼내서는 안 된다는 직감이 스친 것이다.

필사적으로 입을 꾹 다물고서 고개를 떨궜다.

혈색이 사라진 다이오드의 모습을 보고서 포기한 거라고 받아들인 모양이다. 우훗, 하고 기쁜 듯이 뺨을 어루만지고선 메이카는 밝은 기색으로 일어섰다.

"방금 일어난 참인데 마음에 불편할 얘기를 너무 많이 했네요. 며칠 후면 또 일반 망상 구현 시험을 받아야 할 테니까 그때까진 편히 쉬는 게 좋아요."

"그런 시험을 봐봤자……."

"알고 있어요, 당신이 디컴프레션이 서투르다는 건. 어쨌든 당신은 필러 보트에 탈 수 있게 될 거예요. 배에 타는 사람이 누구든, 결국 우리 어업 방식은 자루그물을 정형화된 모습에 엄격하게 맞춰서 만들어 내는 게 전부니까요──."

마지막 말만큼은 어딘지 씁쓸한 심정이 묻어나온 것처럼 느껴졌다.

하지만 그걸 확인하려고 다이오드가 고개를 들었을 땐, 이미 메이카가 물이 흐르는 듯한 독특한 발걸음으로 방에서 나가 버린 뒤였다.

방에 남겨진 다이오드는 피로가 밀려와 이부자리 위에 엎드리듯 벌렁 쓰러졌다. 잠시 고개를 묻고 있다가 힐끗 시선을 위로 올렸다.

시선 끝에는 검은색 전통복을 입은 남자가 묵묵히 정좌하고 있었다. 지고라는 이름의 사내, 정식 이름으론 추야 겐닛세 지고는 주인에게 힘하게 부려 먹히고 있지만, 다이오드는 그가 뭔가 실수를 저지르는 모습을 한 번도 본 적이 없었다.

"감시인가요? 지고 씨."

"당신을 보필하라는 명령을 받았습니다."

"그럼 차를 새로 가져다주세요." 말하고 나서 정정했다. "아뇨, 식사로 부탁합니다. 속에 울화가 치밀어도 목구멍으로 넘어갈 만한 음식으로."

"알겠습니다."

그가 방을 나간 덕분에 이제야 다이오드는 이부자리 위에 가지런히 누워 숨을 돌릴 수 있었다. 어차피 숨겨진 카메라로 감시하고 있겠지만, 눈앞에 남자가 있는 것보단 낫다.

귀찮아졌구나, 하고 눈을 감았다.

메이카 시키리요니 케이와쿠와는 한때 같은 방 말고도 여러 가지를 공유하던 사이였다. 처음에는 친구를, 그다음엔 각종 용품과 반항심을, 그리고 아픔과 쾌락과 약물을, 종내에는 실망과 초조함을. 마치 자석의 같은 극과 비슷했던 관계는 결국 살짝 금이 간 것만으로도 당연한 듯이 갈라지고 말았다. 잊고 싶은 기억 중 하나였고, 기껏해야 학생이니까 쫓아오고 싶어도 올 수 있을 리가 없다고 얕잡아 보고 있었다. 그런데 부녀가 힘을 합쳐 납치하러 오다니, 진저리도 나고 울고 싶기도 한 심정이었다. 게다가 두 사람 다 일을 꾸민 동기가 심상치 않았다.

그래서 이딴 운명에는 오기로라도 굴복하고 싶지 않았다. 반드시 한번 더 도망쳐 주겠어.

문제는 어떻게 도망칠 것이냐였다. 지난번엔 서크스의 전 선단이 하나로 도킹하는 바우 아우어라는 절호의 찬스 덕분에 도망칠 수 있었지만, 이번엔 그 방법을 쓸 수 없다. 그러니 우주선을 탈취하거나 몰래 숨어들어야 한다. 한 번 도망친 전적이 있으니 감시도 삼엄하겠지. 하지만 끈기 있게 기회를 노리면 언젠가는 도망칠 수 있을 것이다.

 그렇다면 어디로 도망치느냐가 문제인데······.

 거기까지 생각하고서 다이오드는 눈을 힘주어 질끈 감았다.

 그래서 결국 테라는 어떻게 됐을까?

 순순히 씨족으로 돌아갔다고 메이카가 말했다. 하지만 말도 안 되는 소리다. 속이거나 위협해서 강제로 돌려보냈을 게 틀림없다. 메이카는 그걸로 다 정리됐다고 생각하고 있겠지.

 공교롭겠지만 그걸로 정리될 리가 없다. 상상력이 부족하다는 말을 자주 듣는 다이오드도 이것만큼은 신기할 정도로 쉽게 머릿속에 그려졌다. ──강제로 송환된 그 사람은 그대로 주저앉아 울고만 있지 않는다. 금방 결의를 다지고서 다시 일어나겠지. 냉정하게 생각을 정리한 뒤, 용기 있게 가진 바 모든 수단을 동원하여, 불가능한 것처럼 보이는 일도 해낼 게 분명하다.

 자신과 다시 만나기 위해서.

 그걸 생각하자 다이오드는 기쁨으로 가슴이 꾹 죄어오는 걸 느꼈다. 이렇게 기분 좋은 기대감을 품어보는 건 처음이었다.

 이것만으로도 이미 예전에 도망쳤을 때와는 하늘과 땅 차이였다. 이젠 도망쳐 주겠다가 아니고, 무조건 도망쳐야만 했다. 테라를 안심시켜 주기 위해서──.

 아니, 잠깐. 지금은 며칠이지.

설마 그 사람, 진즉에 행동으로 나서진 않았을까?

그렇게 생각하자 다이오드는 갑자기 초조해졌다. 테라라면 분명 행동에 나서겠지. 그것도 예상 밖의 수단을 동원해서 이곳으로 올 게 틀림없다. 자칫하다간 서로 엇갈리거나 충돌할 가능성도 얼마든지 있다. 최대한 빨리 연락을 취해야 한다——. 그 생각에 왼쪽 손을 내려다보았지만, 이내 겐도 씨족에 존재하는 불쾌한 관습을 떠올리고서 혀를 찼다.

이 도시에서 여성의 미니셀은 쓸 만한 물건이 못 돼!

"오래 기다리셨습니다. 죽과 조림입니다만 괜찮으십니까?"

식사와 함께 지고가 또다시 소리 없이 나타났다. 다이오드는 자연스럽게 왼손을 감추면서 대답했다.

"잘 먹을게요. 친절하시네요, 지고 씨."

"고마우신 말씀입니다. 하지만 당신들의 필러 보트를 전투정으로 추격한 사람은 저였으니까요. 이 자리에서 사과드리겠습니다."

"——네에?!"

다이오드는 밥상을 엎을 뻔했다. 한없이 차분한 메이카의 즈이진은 태연한 표정이었다. 역시 이 청년은 보통 사람이 아니었다.

테라가 아무것도 모른 채 이곳으로 왔다가는 또 이 남자와 맞부딪히게 되겠지. 그 사태를 피하기 위해서라도 어떻게 해서든 연락을 취해야 한다.

다이오드는 그립고도 복잡한 맛이 나는 전분질 페이스트를 씩씩하게 입에 넣었다.

3

"어……?"

 불합리한 소동과 그 후의 복잡한 행정 절차에 떠밀려 정신없이 바쁘던 테라가 마침내 혼자 남아 제정신을 되찾았을 땐, 『아이다호』로 향하는 송환선 안이었다.

"다이 씨?"

 없다. 오른쪽 좌석에도 왼쪽 좌석에도 아무도 없다. 여러 줄의 좌석이 줄지어 늘어선 객실 안에는 대여섯 명쯤 다른 승객도 있었지만, 눈에 익은 은발 머리는 어디에도 보이지 않는다.

 납치당했기 때문이다.

 그야 납치당했다는 사실은 알고 있었지만, 그것이 왼쪽에서도 오른쪽에서도 그녀를 찾아볼 수 없게 된다는 사실을 의미한다는 걸 지금, 이 순간까지 실감하지 못했다. 당연한 일이다. 바로 반나절 전까지만 해도 함께 살아 돌아왔음을 축하하고, 앞으로의 일을 의논하던 상대가 겨우 몇 분 동안 눈을 뗀 사이에 납치당해서는 이제 더 이상 같은 공기를 마시고 있지 않다. 그것도 모자라 1초마다 10킬로미터 이상의 상대속도로 멀어지고 있으며, 두 사람의 관계는 단절되고 말았다는 사태가 순순히 머릿속에 들어올 리가 없었다.

 하지만 이것은 엄연한 사실이었다.

"다이…… 씨……."

 테라는 다시 한동안 주변을 살피며 그녀의 모습을 찾았지만, 이

읔고 얼굴을 감싸고서 흐느껴 울기 시작했다.

그야말로 감쪽같이 속아 넘어갔다. 그건 씨족선 『테이블 오브 조호르』에 도착하자마자 바로 벌어진 일이었다.

헬륨 채취선 인솔벤트호는 트레이즈 씨족의 거대한 배 안으로 순조롭게 입항했다. 테라와 다이오드는 귀빈처럼 정중한 환영을 받았고, 역시 이 사람들은 생각보다 좋은 사람일지도 모르겠다고 생각하며 게이트를 지났을 때, 방호복 차림의 직원이 두 사람을 불러세웠다. 조난자는 건강 진단을 받아야 한다는 얘기였다.

맞는 말이라고 생각해 진료실로 향했고, 다이오드가 먼저 진료실 안으로 안내받았다. 복도에서 기다리라는 말에 얌전히 기다린 지 8분 정도 지났을 때, 지나가던 세관 직원이 테라에게 말을 걸었다.

"제사 도구가 필요하다면 빌려드릴게요. 유료입니다만."

이게 대체 무슨 소린지 테라가 이해하지 못하는 사이, 세관 직원은 고개를 갸웃거리면서 방음문에 붙어있던 진료실이라는 명패를 떼어냈다. 명패 밑에는 다종파 기도실이라고 쓰여 있었다.

방에 들어가 봤더니 아무도 없이 텅 빈 채였고, 안쪽 문은 활짝 열려 있었다. 여행자가 배례할 수 있도록 바닥에 깔린 간소한 융단 위, 넘어진 채 굴러다니는 주요 항성 지시기의 바늘 몇 개만이 천천히 회전하고 있을 뿐이었다.

그다음부터는 단편적으로밖에 기억나지 않는다. 다이오드의 이름을 외치면서 통로를 마구 뛰어다니고, 열어도 되는 문이든 안 되는 문이든 아랑곳없이 전부 열어젖히고, 미니셀 호출을 연타했다. 대답은 없고, 모습도 보이지 않고, 시간만이 제트 기류 같은 기세로 무정히 흐르고, 갑자기 세 명이 달려들어 억누르더니 이제 소용없으니까 그만하라고 말했다. 다이오드는 끌려가 버렸다고.

범인은 원래부터 이 씨족선에 머무르던 겐도 씨족의 사절단이었다. 아니, 그들이 주장하길 이건 무단으로 배를 빠져나간 그들 씨족 소녀를 발견해서 데리고 돌아갔을 뿐이니, 범죄는커녕 정당한 송환에 지나지 않는다고 떠들어대고 있었다.

도무지 영문을 알 수 없었다.

그때부터 테라는 힘이 쭉 빠져 버렸다. 눈앞에 있으면 어떻게든 매달려서라도 되찾았겠지만, 이미 겐도 씨족의 주재선으로 끌려가 버렸다면 손 쓸 도리가 없다. 의자에 축 늘어져 있는 동안 주변 사람들이 사태를 파악하고선 멋대로 행정 절차를 진행해 나갔다. 귀에 들어오는 말만 놓고 보면 주권 침해니, 겐도 씨족에게 항의한다느니, 배상금 청구니, 여러 말이 오갔던 만큼 트레이즈 씨족으로서도 이번 일은 예상 밖이었나 싶었다. 또한 엔데바 씨족에게서도 문의가 왔다느니, 송환 요청이니, 비용을 대납한다느니, 등등 여러 말이 들렸으니까 고향 사람들도 이번 사태에 대해 어떤 움직임을 보였던 모양이다. 그 프라이라는 흡인사 여성도 한동안 테라를 물끄러미 쳐다보며 뭔가 말을 걸었던 것 같기도 하다.

하지만 그런 것들은 머릿속에 들어오지 않았다. 테라는 그저 곤혹스러울 따름이었다. 목적과 예정이 단숨에 송두리째 사라져 버렸으니 어쩔 수 없는 일이긴 했다. 아니, 그런 것보다, 모든 게 너무 갑작스러워서 사라져 버렸다는 사실조차도 받아들이기 힘들었다.

테라가 그저 망연자실하게 앉아 있는 동안, 사정을 알고 있는 친절한 사람들의 손에서 사정은 잘 모르지만 친절한 사람들에게로 사태 수습의 배턴이 넘어갔고, 어느새 정신을 차려 보니 테라는 그저 고향으로 돌아가기만을 바라는 조난자 취급을 받고 있었다.

사실과는 전혀 달랐다.

전혀 다른데…… 바로잡을 기력도, 바로잡을 의미도 잃고 말았다.

"다이 씨, 다이 씨이……!"

울려 퍼지는 흐느낌에 송환선 사람들이 측은한 시선을 보냈다.

1초마다 인생의 목표에서 멀어져 가고 있는 배 안에서 테라는 한동안 감정의 폭우에 몸을 맡겼다.

──하지만 비통한 통곡은 약 20분 만에 끝났다.

얼굴을 한차례 북북 닦고서, 테라는 혼잣말을 중얼거리기 시작했다.

그건 여섯 시간 반 뒤, 송환선이 『아이다호』에 도착하고 나서도 계속 이어졌고, 승객들이 차례차례 벨트를 풀고 출구를 향해 둥둥 떠서 나가기 시작했을 때도 끝나지 않은 채, 마지막에서 두 번째 손님의 귀에 기묘한 중얼거림이 닿았다.

"응, 괜찮아. 이거라면 분명 충분히 자살행위야."

호박색 눈동자를 가진 포히 누트카는 어렸을 적, 세상만 잘 타고 났어도 누트카 씨족의 족장 감이었을 거라는 말을 들으며 자랐다.

그러나 누트카 씨족은 300년 전 서크스 성립 시기에 벌어진 소란 때 약체화되어 유력 씨족이었던 누엘 씨족에게 지배당하게 됐다고 전해진다. 그리고 누엘 씨족 역시 이후의 역사 속에서 QOT 씨족에게 흡수되었다. QOT란 '만인에 관련된 일은 만인이 토의해야 한다'는 의미를 지닌 옛말이다. 그 이름 그대로 QOT 씨족에서는 비교적 남녀의 구별 없이 정책을 토론했다. 그곳이 포히가 나고 자란 고향이었지만 점점 크면서 디컴퍼로서의 재능을 보였기 때문에 씨족 간 교차 혼인 원칙에 따라 다른 씨족선으로 시집을 갔다. 옛 비옥한 땅을 나타내는 이름, 『아이다호』라는 이름이 붙은 배로.

지금은 엔데바 씨족의 씨족장이자 어부인 지온 하이헤르츠 엔데바의 아내다. 의식주 면에선 아무런 불편함도 없고, 자식 복도 있어서 다섯 아이의 어머니고, 친구도 많고, 고향을 떠올리게 하는 검은 머리카락과 갈색 피부도 한층 더 윤기를 더해갔다. 그리고 남편은 어부로서도 통치자로서도 뛰어난 역량을 보여주고 있고, 매일 밤 포히의 호박색 눈동자가 아름답다고 칭찬해 준다.

더할 나위 없는 삶이라고 생각해 왔다. 그 두 아이를 보기 전까지는.

"오오, 테라!" "어서 와, 잘 돌아왔구나!" "먹줄 오징어한테 몸통 박치기를 당해서 죽을 뻔했다며? 괜찮은 거냐?"

그리고 지금 두 아이 중 한 명, 테라 인터콘티넨털 엔데바가 씨족선으로 귀환해서 도착동 로비로 나왔다. 송환선을 보내 데리고 올 정도로 요란한 일을 벌였던 만큼, 호기심 많은 사람들이 테라를 맞이하러 모여든 상황이다. 사람들 사이엔 테라의 지인으로 보이는 어항(漁港) 사람들과, 키워준 부모나 다름없는 이모 부부도 섞여 있었다. 그리고 당연하게도 송환선을 보내준 족장 지온도 양팔을 활짝 펼치고서 기다리고 있었다.

"테라 군, 환영하네! 분출물의 E스톰에 휘말리고, 겐도의 무장선에 쫓겨 다니고, 베쉬에게 공격당해 심연 밑바닥으로 추락할 뻔한 상황에서도 얼마 없는 점토를 긁어모아 탈출에 성공했다고 들었지. 여자로서는 다소 황당무계하지만, 우리 엔데바 씨족의 가족으로선 전례 없는 모험을 해냈어. 나도 자랑스럽네!"

반쯤은 주변 사람들에게 일부러 들려주기 위한 대사를 읊는 남편 옆에서, 포히도 수행원 두 명과 함께 환영의 미소를 띠고 있었다. 씨족의 소중한 필러 보트 조종사가 자신의 생명과 두 개의 조종 콕핏을 모두 가지고 돌아왔으니 마땅히 환영할 만한 일은 맞았다. 하지만 이는 동시에 멋대로 활개 치고 돌아온 씨족의 아이에게 우리 씨족의 눈은 멀리 떨어진 다른 씨족에게까지 미치고 있다는 사실을 단단히 일러주기 위한 경고의 의식이기도 했다. 아무튼 완전히 사교적인 의미에서 한 행동이었고, 사사로운 감정은 없었다.

없었을 터였다. 그런데 포히는 어째서인지 테라의 대답이 마음에 걸렸다.

"네. 방금 막 돌아왔습니다. 감사합니다. 잔뜩 폐를 끼쳤어요.

다이오드 씨 말인가요? 같이 안 왔어요. 충분히 만족하고 돌아갔다고 생각합니다. 제 목숨을 구해줬어요. 맞아요. 혼자예요. 괜찮아요. 고맙습니다. 무사히 돌아올 수 있어서 정말로 기뻐요. 환영회? 갈아입을 옷도 준비가 됐다고요? 기꺼이 초대에 응하도록 할게요."

스물네 살의 아이는 자신에게 말을 거는 다양한 목소리에 나무랄 데 없는 밝은 미소로 대답했다. 유독 키가 큰 그녀가 군중 한가운데서 그렇게 행동하고 있으니 마치 등대처럼 느껴졌다.

배라는 탈 것이 아직 행성의 대기권 안에서밖에 돌아다니지 못하던 시절. 그 배가 어두운 바다에서 부딪히지 않도록 빛을 뿜어 길을 이끌어 주었던 존재.

왜 그렇게 보이는 걸까? 저 아이는 제대로 결혼도 못 하고, 남들과 똑같은 일도 할 줄 모르고, 그저 조금 눈에 띄는 능력을 지녔을 뿐인 가여운 어릿광대일 텐데.

지금껏 느껴본 적 없는 복잡한 감정이 느껴져서 포히는 당혹스러웠다.

그날 밤 열린 환영회에서 소녀는 네 살 연상의 청년과 친해졌다. 신속하다고 해야 할까, 갑작스럽다고 해야 할까. 청년은 비트리치라는 이름의 아이탈 씨족 남자였는데, 왜 다른 씨족이 이 자리에 있느냐고 묻는다면 채빙선의 선원이기 때문이다. 채빙선은 FBB 주변을 도는 얼음 위성에서 얼음을 채굴해 온다. 열여섯 씨족 모두가 필요로 하는 일인 만큼, 모든 씨족마다 같은 일에 종사하는 사람들이 있고, 인재 교류도 활발하다. 또한 새로운 얼음 위성을 탐색하는 임무도 포함되어 있어서 열정과 능력이 있는 젊은이들에게 인기 높은 직업이다.

씨족장 부인의 눈으로 보자면 외부의 우수하고 젊은 혈통을 씨족에게 가져다줄 수 있는 존재라는 뜻이다. 씨족의 (몇 가지 흠결이 있는) 여성과 맺어주기에는 아까울 정도의 상대다. 게다가 배를 모는 남자와 배를 소유한 디컴퍼 여성의 조합! 바라 마지않는 일이다.

평소 같으면 그렇게 생각했을 상황이다. 하지만 포히는 왠지 마음이 놓이지 않았다.

소용돌이의 중심에 선 등대 소녀는 얼마 전까지 그 겐도 씨족의 소녀와 매우 친밀하게 지내는 모습을 보여줬다. 그런 상대가 떠나고 말았으니 슬퍼하고 있을 게 틀림없다. 포히는 슬퍼하고 있기를 바랐다. 그런데 벌써 젊은 남자와 어깨를 맞대고서 술잔을 기울이고 있었다.

무슨 생각일까?

아니, 눈앞의 결과에 놀라고 있는 건 아니었다. 포히도 20번 넘게 바우 아우어를 봐온 여자다. 가깝게 지내던 상대와 사이가 틀어지자마자, 바로 자리를 옮겨 다른 사람과 속닥거리고 있는 광경쯤이야 셀 수 없이 봐왔다. 단순히 기분 전환으로 그러는 경우가 있는가 하면, 깊은 고민을 꺼내는 상담일 때도 있었고, 또 뜻밖의 새로운 사랑이 싹트는 경우 역시 있었다. 커다란 충격을 받은 두 사람이 새로운 상대를 찾는 일은 드문 것도 아니다. 나이를 먹어가며 그런 장면을 몇 번이나 보게 되면서 포히는 깊은 기쁨을 느끼게 되었다.

 하지만 이번 경우는 이해가 가지 않았다. 누가 봐도 잘 어울린다고 말할 게 분명한 비트리치와 테라, 두 사람의 모습을 보면서 포히는 이루 말할 수 없는 거북함을 느끼고 말았다.

 경험해 본 적 없는 기묘한 심정을 느끼면서 포히는 테라를 이후에도 계속 지켜보았다. 충실한 장로회 소속 직원의 근무 시간과, 장로들과의 교우 관계와, 시스템에 대한 권한 중 극히 일부를 할애하여 인터콘티넨털 가문으로 돌아온 소녀의 동향에 귀를 기울였다. ──의문과 호기심 때문에 하는 짓이라는 건 포히 스스로도 자각하고 있었지만, 동시에 이건 자기에게 암묵적으로 지워진 의무라고도 느꼈다. 족장의 부인은 남편의 손이 미치지 못하는 곳에서 문제가 일어날 가능성이 있다면 그 싹을 잘라내야 할 의무가 있다. 그 점에서 테라는 문제를 일으킬 가능성이 높다고 생각했다.

 이튿날이 되자마자 등대 소녀는 바로 영상 방송사로 출근했다. 『아이다호』 10년 층에 위치한 골동선 구역의 매체 저장고로 가서, 동료들과 영상 작품을 보며 무언가를 의논하고, 분류와 타이틀을 정한다. 거기에 더해 세월이 흘러 낡아가는 서고 자체를 보수하는 작업에도 착수했다. 공용 부품 창고에서 건축 자재와 AMC 점토를 가져오고, 정원처럼 꾸며진 서고 안에 굴러다니는 닳고 해진 소자석을 파내고, 다시 진열한다──. 평범하고 따분한 작업, 고기잡이를 나가기 전과 조금도 달라진 게 없는 일이다.

 업무 시간이 끝나면 소녀는 아이탈 씨족의 청년과 만난다. 두 사람이 향한 곳은 작업항에 정박 중인 얼음 채취선, 인세이셔블호였다. 이건 단순히 친교를 다지기 위한 목적이 아닌 좀 더 실무적인 만남이었던 모양이다.

그 후 며칠 동안 포히는 젊은 아이들을 지켜보는 건 뒷전으로 미루고 다른 일에 몰두했다. 씨족장 부인쯤 되면 인구가 2만 명도 안 되는 씨족선이라고 해도 해야만 하는 일들이 상당히 쌓이는 법이다. 예를 들면 씨족선 내의 소문에 대해 얘기를 나누거나, 씨족선 바깥의 소문에 대해 얘기를 나누는 일이다.

그런 지루한 일에 매여 있던 포히가 두 사람에 대해 다시 떠올렸던 건 1주일쯤 지난 다음이었다. 소속 직원을 시켜서 조사해 봤더니 일이 꽤 진척되어 있었다.

"채빙선에 탄다고?"

"네. 테라 인터콘티넨털 양이 비트리치 쿤덴 씨가 일하는 배에 탄다고 합니다."

"어째서?"

자기도 모르게 다그쳐 묻는 듯한 어조가 튀어 나왔다.

설명에 의하면 앵커링 때문이었다. 채빙선은 소행성 위에서 드릴을 사용해 얼음을 채굴하는데, 낮은 중력 때문에 반동으로 선체가 떠오르게 된다. 그래서 일회용 앵커를 얼음에 박아 넣어 배의 네 모서리를 고정한다. 문제는 이 앵커가 나름 비싼 물건이라는 점이다. 만약 디컴퍼가 배에 타고 있다면 소모품 말뚝 대신 AMC 점토를 변형시켜 얼음에 꽂을 수도 있고, 다시 회수할 수도 있다. 귀중한 축에 속하는 광물성 말뚝을 일회용으로 소모하지 않아도 되고, 작업 효율도 크게 올라간다. 그래서 채빙선 쪽에서 먼저 디컴퍼의 앵커링을 희망했다고 소속 직원이 보고했다.

젊은 두 사람은 매우 순조롭게 이야기를 진행해 나갔고, 테라 쪽은 이미 씨족선 내에 있는 디컴프레션 연습장에도 발 도장을 찍으며 점토를 말뚝 형태로 바꾸는 시도까지 했다는 모양이다.

그렇구나. 하지만 이런 게 아니다.

필러 보트에 탈 수 없게 된 테라가 새로운 일자리를 찾다가 딱 안성맞춤인 배를 찾았다는 설명은 포히가 듣고 싶은 말이 아니었다.

그런 것보다는, 자신과 남편이 오랜 세월 동안 숙달해 온 고기잡이 솜씨를 자랑하는 자리여야 했을 승부에서 오히려 누구도 본 적 없는 5만 8000톤짜리 프시거두고래라는 어마어마한 사냥감을 낚았으며, 자포자기한 상태에서도 지켜보는 사람들 앞에서 여봐란듯이 참신하고 과감한 디컴프레션을 선보였던 그 두 사람이 '어째서' 갑자기 헤어지게 됐는지, 그리고 어떻게 겨우 1주일 만에 아무런 인연도 관계도 없는 남자와 친해져서는 배에 탈지 말지 얘기를 나누고 있는 건지, 포히는 그 점을 묻고 싶었다.

저 소녀라면 그런 얘기를 하고 있을 리가 없으니까.

친해지려는 상대도, 하겠다고 나선 일도, 저 등대 소녀가 그런 것들을 원할 리가 없으니까.

그렇다면 그녀는, 테라 인터콘티넨털 엔데바는 대체 '무엇을' 하고 있는 걸까.

이제 엔데바 씨족장 부인 포히의 가슴속에는 미지의 상상과 확신이 끝없이 자라나고 있었고, 해야 할 행동은 훨씬 명확해졌다.

그리고 사흘 후, 포히 누트카는 모든 걸 알아냈고, 테라를 자택으로 불러냈다.

현관 쪽에서 우당탕탕 발소리가 들린다 싶더니 갑자기 거실 문이 벌컥 열리며 소형의 흉악한 고기동 생물 여러 마리가 뛰어 들어왔다.
"다녀왔습니다— 엄마, 어제 간식! 드라이 멜론 아직 있어?"
"엄마 들어봐, 엄마 있잖아, 오늘 감압 경보가 있지." "왔어요—나는 나갔다가 저녁에 올게." "앗, 'TT'씨?!"
하이헤르츠 집안 아이들이었다. 초등 순항생 교복을 입은 덩치도 제각각인 아이들이 엄마한테 폴짝 뛰어들어 안기거나, 가방만 휙 던져놓고 다시 뛰어나가거나, 새침한 표정으로 지나쳐 부엌으로 들어가려고 했다.
"자자, 얘들아, 손님이 와 계시잖니! 예의 바르게 인사해야지!"
안주인인 포히가 손뼉을 치자 아이들이 양옆으로 나란히 섰다. 카리야나입니다, 자기입니다, 슈워드입니다, 클링크! 하고 순서대로 자기소개를 하는 아이들의 모습에 어머니는 만족스러운 기색으로 돌아보았다.
"어때? 착한 애들이지? 제일 큰 애인 다위스는 도망쳐버렸지만."
"앗, 네. 씩씩해 보여서 좋네요! 그런데 유모분이 계신 줄 알았는데……?"
"고기잡이를 나가는 날엔 그렇지. 하지만 오늘은 우리가 나갈 차례가 아니거든. 스이마는 세 가족을 돌아가며 봐주고 있어.

아, 오늘 당신한테도 소개시켜줄 걸 그랬나? 당신도 머지않아 부탁할 일이 생길 테니까."

"아뇨, 그게, 감사합니다……."

테라는 가까스로 붙임성 있는 웃음을 지으며 대답했다.

딱 1G로 맞춰진 쾌적한 중력을 누릴 수 있는 250년 층 낙수선(落水扇) 구역. 멋진 폭포를 바라볼 수 있는 고급 주택가에 위치한 하이헤르츠 저택의 거실이다. 초대받아 온 테라가 응접 테이블에 포히와 마주 보고 앉자마자 갑작스러운 아이들의 폭풍에 직격당한 거였다.

"아이가 생기면 또 알려줘, 그때 알선해 줄 테니까. 자, 얘들아, 이제 가도 돼. 간식은 자기가 한 접시씩 나눠줘!"

포히의 지시에 네에, 하고 대답하며 뛰어나간 아이는 셋이었고, 한 명은 그대로 남았다. 나이는 중학생 정도. 부모님에게 물려받은 듯한 어두운 피부색을 가진 금발의 여자애가 쭈뼛거리며 테라 앞으로 다가왔다.

"저기 'TT' 씨, 잠깐 괜찮은가요?"

"네? TT라뇨?"

"거대 괴수 그물잡이——." 말하려다가 흠칫 놀라 입을 막았다. "앗, 아니에요, 이건 다들 이렇게 불러서, 아니요, 다들 험담을 하는 게 아니라, 트롤, 그러니까 테라 인터콘티넨털 씨의 그물이 대단하다는 얘기를 한 거라서, 그게!"

"아하, 그거 저를 보고 하는 말인가요." 테라는 웃어넘기려고 했지만 실패했고, 허탈한 쓴웃음을 흘렸다. "재미있는 별명이네요."

"카리, 사과할 땐?"

"앗, 죄송합니다, 정말 죄송해요!"

모친의 한마디에 카리라고 불린 소녀는 울 것 같은 얼굴로 연거푸 고개를 숙였다.

"트, 테라 씨는 어떻게 그런 그물을 만드는 건지 여쭤보고 싶었어요······."

"아아, 그물. 그물말이죠." 특별히 악의는 없었던 모양이라 기분을 누그러뜨리고서 테라가 대답했다. "그물을 만들 때는······ 평소에 상상하던 이런저런 것들을 머릿속에 떠올리고 있어요. 도감이나 영화에서 봤던 것들을."

"도감?"

"언제든 열람할 수 있어요. 미성년자를 대상으로 한 자료도 많이 있으니까 한번 봐주세요. 그것 말고는 FBB를 자주 구경했으려나요."

"FBB를? 구경하는 건가요?"

"네." 대답하면서 테라는 자신의 구조를 들여다보는 느낌으로 곰곰이 생각해 보았다. "팻 비치 볼의 구름은 무궁한 형태로 모습을 바꿔가죠. 어렸을 때는 틈만 나면 그걸 내려다보곤 했거든요······."

"저도 그렇게 하면 테라 씨 같은 디컴퍼가 될 수 있을까요?"

소녀는 테라를 똑바로 바라보았다. 되고 싶어서 이렇게 된 게 아니에요, 라고 대답하기 직전에 테라는 생각을 고쳐먹었다. 거의 처음 있는 경험이지만 눈앞에 있는 소녀는 뭔가 목적을 갖고 테라를 움직이려는 게 아니라, 테라에게서 영향을 받으려고 하는 사람이라는 걸 깨달았으니까.

"저처럼 되려면…… 어려운 질문이지만, 방금 말한 것들을 실천하는 것, 그리고 디컴프레션을 해주고 싶은 상대의 바람을 생각하는 것이 중요하다고 생각해요."

"해주고 싶은 상대? 누구인가요?"

당연히 나올 만한 질문이었지만 말문이 막혔다. 숨도 쉬지 못한 채 소녀를 바라보았다.

"엄마로 보자면 파파 같은 사람이야."

뜻밖에도 포히가 옆에서 거들어 주었다. 테라 씨한테 묻고 있는데……라는 불만이 묻어나오는 표정을 짓는 딸을, 어른끼리 얘기하는 중이니 다음에 물으렴 하고 부드럽게 거실에서 내보내고 나서, 족장 부인은 살짝 엄한 표정으로 돌아보았다.

"지금 보니 이제 확실해졌네."

"네?"

"왜 사귄 지 얼마 안 된 연인의 이름이 나오지 않은 거야?"

피했다고 생각한 총탄이 등 뒤로 날아와 명중당한 기분이었다. 테라는 어색하게 "그, 그건 조금, 부끄러워서……."하고 더듬거리며 대답했다.

그런 다음 이 상황에 대한 의문이 입에서 불쑥 튀어나왔다.

"그래서 어떤 얘기인가요? 오늘 부르신 용건은?"

"이게 오늘 부른 이유야. 테라 인터콘티넨털 씨. 당신의 연인은, 이름이?"

잘 받아쳤다고 생각했는데 다시 한번 정곡을 찔린 탓에 당혹스러워하면서도 대답했다.

"연인이라면 비트리치 씨 말인가요? 아직 그런 사이는 아니긴 한데 왜 그렇게 생각하시는 거죠?"

"먼저 순서대로 이야기하자면, 당신이 그 사람한테 마음이 있는 듯한 태도를 보였고, 그도 당신을 마음에 들어 하고, 어쩌면 사귀게 될지도 모른다며 주변 동료들한테 떠들고 다닌다는 얘기가 내 귀에 들어왔어. 여기까지는 문제없을까. 내가 오해하고 있는 점이 있어?"

"오해……." 막힘없이 시원시원하게 얘기하는 말투에 어안이 벙벙해져서 제대로 대답하지 못하고 머뭇거렸다. "아뇨, 오해한 부분은 없다고…… 생각하지만요."

"그래. 그럼 얘기를 계속할게. 당신은 그가 일하는 인세이셔블호의 디컴퍼에 지원했고, 배에 타 보거나 설비를 확인했지. 한번은 시험 삼아 디컴프레션까지 해봤고."

"앗, 네. 하기는 했는데—— 어떻게 그런 것까지 알고 계신 건가요?"

"그 점은 중요한 게 아니야. 당신도 배도 딱히 숨기는 일 없이 디컴프레션 테스트를 진행했고, 이곳은 엔데바의 『아이다호』니까. 내가 알고 있어도 문제는 없어. 오히려 문제가 있는 건 당신 쪽 아닐까."

테라의 질문을 가볍게 흘려보내고서 포히는 점점 핵심으로 나아갔다.

"그것도 한 가지가 아니야. 당신은 세 가지, 혹은 네 가지 문제를 안고 있어. 그렇지?"

"무슨, 말씀이신지."

"내가 직접 말하길 원해? 상관은 없지만 귀찮으니까 바로 제일 마지막의 가장 커다란 문제부터 짚어볼까. 먼저 네 번째. 당신은 『아이다호』에서 무단으로 탈출하려고 하고 있어."

"탈──."

또다시 얼어붙어 버린 테라에게, 당신 정말 거짓말은 못 하는 타입이구나, 라는 포히의 동정 어린 목소리가 푹 꽂혔다.

"탈선 계획이라고 판단한 이유는 당신이 디컴프레션 능력을 이용해 인세이셔블호의 점토 앵커에 승무원 숫자에 맞지 않는 우주복 한 벌을 따로 숨겨둔 걸 찾아냈기 때문이야. 설명할 필요도 없겠지만 나도 디컴퍼니까. 그 우주복은 이미 빼내 놨어. 왜 그런 짓을 했을까 생각해 봤는데, 당신은 그 우주복을 입고 다른 우주선에 옮겨 탈 생각이었던 게 아닐까. 물론 아이다호 항만에서가 아닌 얼음 소행성에서겠지. 얼음 소행성에는 다른 씨족의 채빙선도 오니까. 그곳에서라면 우주복 한 벌만 가지고도 도망칠 수 있어. ──어때, 이 이야기를 인정하겠어?"

"……너무 갑작스러워서 무슨 말인지 잘."

테라는 허둥거리면서 왼손의 미니셀이나 높은 곳에 있는 밝은 창문을 바라보는 등, 시선을 가만히 두지 못했다.

"그럼 얘기 계속할게. 문제 세 번째. 당신은 그 계획을 위해 이용할 생각으로 인세이셔블호 사람들에게 선원이 되고 싶다고 거짓말을 했어. 도망칠 계획으로 고용계약을 맺으면 엄연한 죄가 돼."

"죄……."

괜히 빙빙 돌리지 않고서 가장 큰 죄목을 처음부터 갑자기 들이미는 포히의 화법은, 마음의 준비를 할 시간이 없던 탓에 오히려 더 충격이 컸다. 테라는 변변찮은 대꾸조차 하지 못하고 얼굴이 새파래졌다.

"이어서 두 번째 문제는, 순조롭게 선원으로 잠입하기 위해서 사실은 좋아하지도 않는 비트리치 씨에게 마음이 있는 척을 했다는 점이야. 이건 딱히 경비대에 체포당할 만한 죄목은 아니지만 나쁜 짓이라는 건 알고 있겠지."

"저는…… 그를."

"어디 말해봐. 당신이 그를 정말로 좋아한다면, 아주 멋진 이야기라고 받아들일 사람이 늘어날지도 모르니까. 좋아한다는 남자한테 대체 왜 비밀로 하고 탈출 계획을 진행하고 있었는지 조리 있게 설명할 수 있다면 말이지만."

"……전부 다 알고 계시네요. 설마 제가 우리 집 다락방에서 무슨 짓을 했는지까지 보셨나요? 아무리 족장 부인이 높으신 분이라지만 그런 것까지 허용되는 건가요?"

"다락방에서 뭘 했길래? 사적인 부분은 안 봤어. 그런 짓을 하면 씨족의 모두한테 혼이 나겠지. 내가 알고 있는 건 작업항이나, 서고, 음식점 거리 등, 누구나 볼 수 있는 공공장소에서의 언동뿐이야. 질책을 당할 이유는 없어. 왜냐하면 범죄 행위를 찾아내기 위해서니까. 우리는 배에서 잠깐 외출하는 데에는 비교적 자유로운 편이지만, 배를 소유한 당신이 무단으로 탈출하는 건 절대 허락할 수 없어. 내가 지금 경비대를 부르면 당신은 제로G 에어리어의 무경관(無景觀) 구역으로 보내질 테고, 연 단위의 이동 제한을 당하게 될 거야——."

한 손을 휙 내젓고서, 포히가 날카로운 시선으로 바라봤다.

"뭐, 그런 건 말할 필요도 없겠지, 우리 모두 초등학교에서 배운 내용인걸."

테라는 고개를 돌린 채 대답조차 할 수 없었다. 방 안의 공기가 완전히 빠져나가 버린 것처럼 숨쉬기가 괴롭고 등줄기가 서늘했다.

"자, 그러니까 이쯤에서 묻고 싶은데——."

테이블 위로 서서히 몸을 내밀면서, 포히는 소파 뒤에도 닿지 않을 정도로 작은 목소리로 속삭였다.

"당신, 뭘 하고 싶은 거야?"

"어……."

"이쪽을 봐. 똑바로. 옆을 보지 말아줘."

얘기 중간부터 계속 왼손만 내려다보고 있던 테라는 그 말에 정면을 보았다. 자신보다 두 배는 나이가 많은 여성이 호박색 눈동자를 묵직하게 빛내며 자신을 올려다보고 있었다.

"문제 첫 번째. 당신은 이만한 일을 벌이면서까지 다이오드라는 아이를 쫓아가려고 하고 있어."

"——히익."

이번에야말로 언어화되지 못한 신음을 흘리면서 벌떡 일어나려고 했던 테라였지만, "가르쳐줘!" 하고 팔을 붙잡는 손길에 우뚝 멈췄다.

"그건 싸웠기 때문이야? 아니면 반대야?"

"포…… 포히 씨?"

눈을 깜빡이는 테라에게 포히가 빠른 어조로 물었다.

"당신이 오직 함께 고기잡이를 했던 트위스터만을 생각하고 있다는 건 알고 있어. 그 트위스터는 디컴퍼에게 있어서 틀림없이 그럴 만한 트위스터였어. 그래서 당신이 그 아이와 원만하게 헤어진 다음 돌아왔다는 소리는 안 믿어. 절대로 그럴 리가 없어. 하지만 그렇다면 실제로는 무슨 일이 있었지? 사소한 오해로 가볍게 다퉜을 뿐인 건지, 아니면 서로에게 온갖 불만을 토해낸 끝에 충동적으로 그 자리를 박차고 나온 건지——만약 그렇다면 얼마나 괴로운 일일까——나중에 돌이켜 보고 죽을 만큼 후회한 다음 다시 한번 만나려는 거야? 그런 거야? 응?"

테라는 멍해졌다.

무슨 얘기를 하는 건지 이해하기까지 상당한 시간이 걸렸지만, 제일 먼저 느낄 수 있었던 건 포히가 지금 꾸짖는 게 아니라, 오히려 자신을 동정하고 있는 것 같다는 점이었다. 오늘 느낀 것 중 무엇보다 믿기지 않는 사실이라 테라는 멍하니 되물었다.

"저기…… 애초에 여자를 파트너로서 트위스터로 고르는 건, 안 되는 거 아니었나요?"

"상식적으론 그렇지." 말하고 나서 포히는 흥, 하고 넉살 좋게 팔짱을 끼었다. "하지만 상식 따위는 곱게 접어서 저리 치워버리는 게 우리 디컴퍼의 힘이잖아."

"그런가요?"

"그런가요가 아니지, 당신은 그만한 디컴프레션을 해냈으면서──아아, 그렇구나. 당신 다른 디컴퍼랑 대화해본 적이 없구나."

"네에, 뭐."

"디컴퍼라면 누구나 생각하는 거고, 상상하는 것들이야. 좋아하는 형태를 만들고 싶어. 본 적 없는 형태를 보고 싶어. 자신이 알지 못했던 걸 보고 놀라움을 느끼고 싶어, 라고."

그 말이 가슴에 스며들어 와서 테라는 중얼거리듯 말했다.

"혹시, 인정해 주시는 건가요?"

"역시 그런 걸까 싶었어. 당신과 그 아이, 그런 사이 아닐까, 했지. 아주 신선했어."

테라는 털썩 소파에 주저앉았다. 온몸의 긴장이 풀려서 현기증까지 날 정도였다.

그 자리에서 울음을 터트리지 않기 위해 눈꺼풀에 힘을 주며 꾹 감아야 했다.

"어머, 괜찮아? 뭐라도 마실래?"

포히가 걱정스럽게 물으며 벽의 프린터에서 커피 라이크를 인쇄해 건네주었다. 테라가 연이어 심호흡하면서 뜨거운 컵을 양손으로 감싸 쥐는 모습에, 포히가 약간 쓴웃음을 지으며 말했다.

"아무래도 내가 많이 불안하게 만들었던 모양이네. 미안해, 가벼운 분위기로 얘기를 꺼내면 대답을 피할 것 같았어."

"죄송합니다……. 혼란스러워서요."

"괜찮아, 천천히 마음을 가라앉혀. 하지만 그 전에 미리 한 가지 말해두자면, 이건 엔데바 씨족 전체가 방침을 바꾼다는 얘기는 아니야."

테라는 얼굴을 들고서, "네, 알고 있어요." 하고 고개를 끄덕였다.

"내일 지온이 당신의 조종 콕핏을 넣어서 필러 보트를 재생한 다음 태워준다는 뜻도 아니야. 어디까지나 나 한 사람이 당신에게 조언과 도움을 주고 싶어졌을 뿐. 그것도 꽤 의미가 있다고 생각하긴 해. 적어도 아까 꼽았던 문제 중 몇 개는 전부 미수로 끝낼 수 있으니까. 그리고 더 좋은 방식으로 바꿀 수 있을지도 몰라. 채빙선의 앵커에 몰래 넣어둔 우주복으로 탈출한다고? 그 정도로 자살행위에 가까운 방법도 어지간해선 없다고 생각하거든! 조금 더 생각해 볼까? 어때."

"네." 고개를 끄덕이고서, 테라는 미소가 절로 흘러나오는 걸 참을 수 없었다. "네."

"좋아. 그래서…… 방금 하던 얘기로 돌아가자면."

포히는 자기 컵을 들고서 이번엔 테라의 옆으로 가 나란히 앉았다. 어깨가 한층 높이 있는 테라를 올려다보며 방금처럼 조그만 목소리로 속삭였다.

"어떤 식으로 다툰 거야?"

"아무것도 안 했어요. 그냥 납치당한 거예요."

겐도 씨족에게 납치당했던 일을 설명했다. 이 일을 밝히면 자신이 다이오드를 되찾고 싶어 한다는 걸 누구나 눈치채게 되기 때문에 지금까지 침묵했던 것뿐이다.

포히는 얘기를 듣고는 "맙소사……."라고 말하며 눈을 부릅떴다.

"헤어진 게 아니라 강제로 찢어 놓았다는 뜻? 그러면 필사적일 만도 하지. 그러면 당연히 구하러 가고 싶을 만도 하지! 어머, 어쩜 그런 지독한…… 이건 씨족 차원에서 공식 항의도 할 수 있을지 몰라."

"아뇨, 그러지 말아 주세요. 포히 씨."

노기를 띠는 포히를 향해 테라는 조심스럽게 달래듯이 손바닥을 내밀었다.

"그런 항의를 해봤자 겐도 씨족은 다이 씨를 돌려주지 않을 거예요. 오히려 경계심만 부추길 뿐이겠죠. 하지만 저는…… 어떻게든, 무슨 수를 써서라도 그 사람을 되찾을 생각이에요."

"……테라 씨."

포히가 컵을 테이블에 내려놓고선 테라의 손을 잡았다.

"그건…… 그렇구나. 그 마음은 정말…… 잘 안다고 말하기는 뭣하지만. 이해할 수 있어. 응원할게."

"감사합니다."

"그럼 어떻게 하는 게 좋으려나. 이 경우엔……." 포히가 곰곰이 생각했다. "생각해 봤는데 당신 계획은 이대로라면 범죄니까, 조금만 손을 봐서 비트리치 씨와 인세이셔블호의 힘을 빌리는 형태로 바꿀 수는 없을까? 뭐, 그 청년의 달콤한 희망까지는 이뤄줄 수 없겠지만. 소행성에서 다른 배로 옮겨 탄다는 흐름 자체는 괜찮다고 생각해. 그다음 일은 벌써 생각해 둔 거지?"

"그 점에 대해서 말인데요——."

테라는 컵을 들고서 내용물을 절반쯤 마실 때까지 신중하게 생각한 다음, 마침내 마음을 정하고서 포히를 마주 보았다.

"계획은 있어요. 포히 씨와 얘기하면서 살짝만 계획을 바꾸기로 했어요. 한 가지 부탁드려도 될까요? 딱 한 가지면 충분하니까요."

"무슨 부탁일까? 뭐든지 말해봐."

"저희는 배를 떠난 다음 아마 그대로 돌아오지 않을 거예요.—— 하지만 그 일로 루볼 이모부와 모라 이모한테 책임이나 배상을 묻지 말아 주실 수 있을까요."

포히는 당황하면서 고개를 저었다.

"안 돌아온다고? 그녀를 데리고 돌아오는 게 아니라?"

"네, 저희는 갈 곳이 있어요."

"그건 역시 아까 말한 범죄 계획 그대로?"

"아뇨, 다른 방법으로요." 어떤 표정을 지어야 좋을지 알 수 없어서 웃는 것 같기도 한 난서한 표정으로 테라는 솔직히 말했다. "계획에서 바꾼 점은 이걸 당신에게 솔직히 털어놓고 있다는 점이에요. 원래는 아무 말 없이 갈 생각이었는데."

"다른 방법이라." 포히는 확인하듯이 지그시 응시했다. "사람을 다치게 하거나, 물건을 빼앗는 방식이야?"

테라는 컵을 내려놓고서 천장에 난 창문을 바라보았다.

"지금 모두가 갖고 있는 것들을 빼앗지도 않을 거고, 아무도 다치지 않을 거예요. 굳이 말하자면 우리가 앞으로 잡아 올 어획량이 사라지긴 하겠지만—— 우리는 애초에 어부가 아니잖아요?"

"그러네." 포히는 씁쓸한 웃음을 지었다. "우리는 결국 너희를 어부로 인정해 주지 못했어. 운해 바닥에서 배를 가지고 돌아온 다음조차도."

"앙갚음하려는 건 아니에요. 다만 분명 씨족에게 도움이 될 게 틀림없는 일까지 무시당하는 건 조금 견디기 힘드네, 정도였을 뿐이지."

"그래."

"그런 이유니까요...... 신세 많이 졌어요, 포히 씨."

"알겠어, 건강히 잘 지내. 이모 부부 일도 똑똑히 기억해 둘게."

테라는 인사를 한 뒤, 현관에서 부인과 딸의 배웅을 받으며 집을 나왔다.

다음 날도 테라는 아침 식사와 도시락과 구운 과자를 만들었다. 회색의 얇고 커다란 구식 등산용 배낭을 짊어지고 『아이다호』 10년 층에 위치한 골동선 구역 매체 저장고로 출근한다. 깊은 계곡 위, 쑥 튀어나온 발판 위에 긴 밧줄에 묶인 여성이 서 있다가 힘껏 계곡 아래로 내던져지는 콘텐츠를 보며 이게 오락 작품인가, 과학 실험인가, 고문 기록인가, 다른 외설스러운 무언가인가에 대해 동료인 마키아와 의논했다. 점심에는 오래된 정원처럼 생긴 서고에서 도시락을 먹은 뒤 말의 꼬리를 쥐었다.

아이다호 골동선 구역이 지어졌을 때부터 존재했던 낡은 로봇 말의 꼬리다.

터벅터벅 걸어가는 말의 뒤를 따라 여기저기 유적처럼 널려 있는 소자석의 안쪽, 눈에 띄지 않는 숨겨진 문을 지나서 300년 전의 탈출선 안으로 들어갔다.

비밀의 영역에 발을 들여놓은 순간, 미니셸이 멋대로 작동하며 폭재 에다의 얼굴을 표시했다.

"축하해, 테라 짱. 너는 마침내 도망쳤구나."

"하아……."

낡은 등산용 배낭을 멘 상태 그대로 벽에 기대면서 주르륵 바닥으로 미끄러지듯 주저앉았다. 그 옆에서 안내역이었던 말이 푸르르, 하고 콧소리를 내더니 다시 서고로 돌아갔다.

문이 닫히고, 탈출선은 씨족선 『아이다호』 선내와 완전히 단절되었다.

테라는 한동안 일어나지 못했다. 계획을 완수했다는 안도감과 피로가 묵직하게 몸을 내리눌렀다. 아이탈 씨족의 청년들을 속이는 것도, 그걸 간파한 족장 부인과 신경전을 벌이는 것도, 평소 테라였다면 죽었다 깨도 못 한 만큼 어려운 일이었다.

"지쳤어요……. 수명이 10년쯤 줄어든 기분이에요."

"네가 그 아줌마 앞에서 솔직하게 털어놨을 땐 내가 다 조마조마했지. 운이 좋았네."

"운이 아니라 그 사람이 좋은 사람이었던 덕분이죠. 아줌마라고 부르지 말아 주세요."

테라는 미니셸을 노려보며 말했다. 에다가 웃었다.

"하핫, 뭐 어때. 나도 아줌마지만 신경 안 쓰고 잘 살고 있다고."

"그런 소리가 아니라……."

"알겠다고, 감사의 마음이라 이거지. 그거랑 미안함일까. 이제부터 그녀의 씨족이 소유한 물건을 가로채서 도망칠 작정이니까."

에다는 어깨를 으쓱하며 아무렇지 않은 듯 태연하게 말했다. "사실 『아이다호』에 있는 건 하나부터 열까지 전부 선단장인 나와 마기리^(그레이트 치프)의 소유인데 말이지. 테라 짱, 네 몸을 구성하는 분자 하나까지 전부."

"제 몸은 제 거예요."

"지당한 말씀. 다른 사람 것이 되기 전까지는 말이야!"

산뜻하게 쳐올린 숏컷에 백의를 입은 여성이 테라의 왼손 손등에서 대단할 정도로 스스럼없이 말했다. 그것이 이 세상 무엇보다도 이상한 일임을 진즉에 알고 있음에도, 쉽게 믿기 힘든 광경이다.

FBB 구름 밑바닥에서 만났던 드라이에다 데 라 루시드 성간 생물학 일등 박사와는 『아이다호』로 귀환한 다음 날 다시 만났다. 서고를 찾은 테라가 일말의 희망을 걸고서 말의 꼬리를 쥐었을 때, 처음으로 이곳의 문이 열린 것이다. 안으로 발을 들여놓았을 때 에다가 말을 걸었다. 그 덕에 탈출선 시스템이 살아 있다는 걸 알게 됐고, 테라의 탈출 계획은 처음으로 실현 가능성을 띠게 되었다.

이후부터 에다는 이 탈출선 안에서 지내고 있다. 육체는 존재하지 않지만, 인격은 존재한다. 테라가 구름 아래에서 여기까지 데려온 듯한 모양새였지만, 어쩌면 『아이다호』 중앙 AI 안에 잠들어 있던 데이터가 눈을 뜬 걸지도 모르고, 어딘가에서 통신을 보내고 있는 걸지도 모른다. 실제로 어느 쪽이 정답인지는 아직 잘 알 수 없었다.

그런 애매한 존재지만, 다행히도 이해관계만큼은 일치했다.

"아무튼 테라 짱이 여러 가지 물자를 가져와 준 덕분에 이 배도 거의 재기동할 수 있게 됐어. 이제 남은 건 한 명, 다이오드 짱만 배에 타면 GI로 날아갈 수 있다는 뜻이지."

"타기 전에 날아가시면 안 돼요, 절대로요."

"알고 있어. 그런 짓을 했다간 네가 배를 폭파할지도 모르니까. 확실히 그 아이를 픽업한 다음 도망치겠다고 약속할게."

에다 박사는 GI로 가고 싶어 한다. 그래서 손을 잡을 수 있었다. 테라가 채빙선을 통해 도망간다는 위장용 계획을 진행하며 씨족의 감시를 속이는 동안, 에다는 낡은 탈출선으로 진짜 탈출 계획을 진행하고 있었다. 만약 실수로 발각될 것 같으면, 에다의 선단장 코드로 씨족선에 긴급 사태를 일으킨 뒤 도망치는 플랜까지 세워두었다. 그걸 진짜로 실행할 일 없이 끝나서 다행이지만.

하지만 단순히 이해관계가 일치해서만은 아닌 것 같았다. 이상하게 여긴 테라가 물었다.

"에다 씨, 당신은 왜 이렇게까지 우리를 도와주시는 건가요? 이전에도 당신과 접촉했던 FBB 사람은 있었다고 들었는데요."

"취미로."

너무 노골적이라 할 말이 없어지는 대답을 한 다음 에다가 덧붙였다.

"그렇다면 나야말로 묻고 싶어. 너는 어째서 다이오드 짱을 구하러 가는 거니?"

"파트너니까 그런 건데요. 그게 굳이 물어볼 정도로 이상한 일인가요?"

"이상해서 묻는 게 아니야. 네가 가장 중요한 점을 똑바로 이해하고 있는지 아닌지를 묻고 있는 거야. 한 명의 인간은 다양한 요소, 다양한 측면으로 이루어져 있어. 그 모든 것을 타인이 받아들일 수 있는 경우는 드물지만, 어떤 점을 가장 사랑하는지를 정확히 알고 있다면 유대를 공고히 유지하는 데 도움이 돼. ——자, 너는 다이오드 짱의 수많은 속성 중에서 뭘 가장 되찾고 싶어?"

테라는 허를 찔려 입을 다물었다. 이건 예상치 못한 흥미로운 질문이었다.

"그녀의 얼굴? 성격? 파일럿으로서의 솜씨? 아니면 아직 내가 모르는, 본 적 없는 요소 중 무언가……?"

배관 틈새에 쑤셔 들어가 있던 15개의 쿠션, 거기에 배어 있던 그 달콤한 머리카락의 향기.

느닷없이 그런 게 떠올라서 테라는 순간적으로 얼굴을 빨갛게 물들였다.

"어, 아뇨, 그게 아니고."

"응?"

미니셸이 있는 왼손을 몸에서 멀리 떨어뜨리면서 오른손으로 얼굴을 가렸다.

"……죄송해요, 이 질문은 나중으로 보류해도 될까요."

"응? 좀 더 생각해 보고 싶어? 그럼 그러든가."

생각하면 생각할수록 확실한 자각이 솟구쳤다. 만나서 얼굴을 보고 싶고, 얘기하고 싶다는 마음도 있지만, 그 이상으로. 폭이 든 높이든 두께든 죄다 조그맣고, 맨날 빙글빙글 움직이고, 툭하면 냅다 도망가고, 가끔은 갑자기 부닥쳐 오기도 하는 그녀의 존재를.

이 손으로, 가슴으로.

──스읍, 하아, 하고 크게 심호흡하면서, 두근거리는 심장과 달아오른 체온을 진정시키려 애썼다. 이건 어떻게든 해야겠네. 특히 이 왼손을 좀 어떻게든 해야겠는걸.

"자 그럼…… 가볼까요, 슬슬."

숨을 가다듬은 테라는 사다리를 올라 조종실로 들어갔다. 열네 개의 등받이 의자가 바깥쪽을 향해 방사형으로 설치되어 있는 방이다. 천장이 선수 방향에 해당하는 디자인이다. 그 중심에 게기판께로 회진하는 열다섯 번째 선장석이 놓여 있었고, 테라는 그 선장석에 앉았다. 뭔가 으스대는 느낌이라 마음에 걸리지만 다른 승무원이 없으니 여기 앉을 수밖에 없다.

"준비는 완료된 거죠? 그럼 출항해도 될까요?"

테라가 눈에 잘 띄는 곳에 놓인 탈출 버튼으로 손을 뻗자 에다가 진지한 표정으로 말했다.

"아니, 잠깐만 기다려. 가장 중요한 일이 남았어."

"뭔가요?"

"이 배의 이름을 안 정했어."

"그런 건, 아무거나 하면 되잖아요……."

"아니, 중요한 거야! 이름 없는 우주선만큼 시시한 게 어딨어? 네가 짓지 않을 거면 내가 지을게. 인새너티호랑 인톨러런스호랑 인제미네이트호 중에서 뭐가 좋아?"

"전부 글러 먹은 이름뿐인 것 같은데요. 앗, 설마 지금까지 남아 있는 그런 이름이 붙은 배들은 전부 당신이?"

"정답이야. 그럼…… 맞다, 불면증^{인섬니아}호는 어때?"

"왜 불면증인가요?"

"분명 너희 두 사람은 그렇게 될 테니까."

그녀는 눈꼬리를 접으며 의미심장하게 웃었다.

주회자력^{C.C.} 304년 108일. 점심시간이 끝나는 오후 12시 59분, 엔데바 씨족선『아이다호』의 중앙 샤프트 북극 꼭대기에서, 현행 서크스 선박 리스트에 기재되어 있지 않은 조그만 물체가 뽕, 하고 떨어져 나갔다.

가로세로 20미터쯤 되고 옛날 와인병 코르크 마개처럼 생긴 물체는 근처 작업항에 계류되어 있던 AMC점토 의장 작업 중이었던 필러 보트에서 두 개의 조종 콕핏만 끄집어낸 뒤 수납. 이때 디컴프레션이 이루어졌기 때문에 그 물체에는 디컴퍼가 타고 있었음이 확실해졌다.

그 직후 메인 엔진이 점화했고, 물체는 그대로 도주.『아이다호』항관을 통해 추적을 시도했으나, 어째서인지 원인 불명의 데이터 손실이 일어나 궤도 결정에 실패, 놓치고 말았다.

같은 날 13시 40분, 골동선 구역 매체 저장고에서 신고가 접수되어, 테라 인터콘티넨털 엔데바의 무단 탈선이 밝혀졌다.

제2장 『후요(芙蓉)』

1

서크스의 공용 중력 가속도는 $9.8m/s^2$, 이른바 1G다. 당연한 것 같지만, 사실은 절대로 당연한 게 아니다. 물론, 이건 범은하 왕래권의 공용 수치에 맞춘 것이고, 무엇보다도 옛 지구의 표면 중력이 이 수치였다고 전해지지만, 사실 그렇지 않았던 우주 사회도 과거에는 얼마든지 있었다. 일상적으로 3G에서 생활하면서, 전사들이 장화 한 켤레만 신고 대기권 돌입을 감행했다고 전해지는 전설의 육탄사회 벨라폰을 비롯해, 완전한 0G에서 살아가는 비 회전 콜로니 사회까지, 6000년간의 우주 생활 동안 인류는 수많은 공용 중력을 만들어 냈다.

하지만 고중력이나 저중력 환경을 기준으로 사회가 형성되면, 다른 공용 중력을 사용하는 사회와 교류하기 힘들어진다. 저중력인이 고중력계에 들어갔을 때 겪는 고충은 물론이고, 반대로 고중력인이 저중력계에 들어갈 때도 다양한 문제를 일으키는 경우가 많았다. 상반신 팽만이나 내분비계의 변화로 인한 컨디션 악화, 난간이나 컵에서부터 연인의 쇄골에 이르기까지 뭐든지 부숴버리는, 『무덤의 팔』이라 불렸던 과잉 악력 사고 등등. 난간이나 컵은 그렇다 쳐도 연인을 부숴버려서야 융화를 도모하거나 자손 번영을 하는 데에 지장이 생긴다. 친밀한 관계를 구축하기가 어렵다.

그런 문제를 연이어 겪은 끝에 '행성 간 교류를 무시하고 살 생각이 아니라면 공용 중력은 주변에 맞추는 편이 좋다'라는 상식이 형성되었다. 처음에는 인공 천체 사회에서만 통용되는 상식이었지만, 새로운 천체를 탐색할 때 중력값을 더욱 중요하게 여기게 되면서, 공용 조도값이나 산소호흡과 함께 범은하 왕래권 전역의 상식으로 자리 잡았다.

그렇기 때문에, 서크스가 공용 중력 가속도인 $9.8m/s^2$ 이라는 값을 채택하고 있다는 점은 오히려 사리에 맞지 않는다. 왜냐하면 서크스는 행성 간 교류를 거의 무시하고 사는 고립 사회니까. 이 사회는 더 다양한 중력값을 채택할 가능성이 얼마든지 있었다. 그럼에도 불구하고 300년 전부터 1G였고, 지금도 자전하는 열여섯 척의 씨족선 모두가 외주 기저면에서 이 중력 가속도를 실현할 수 있도록 회전 속도를 조절하고 있다. 기이한 얘기다. 단순히 변경이 불가능하니까 이러고 있는 거 아니냐고 단정 지을 수도 있겠지만, 그것도 아니다. 예를 들어 엔데바 씨족의 『아이다호』만 봐도, 씨족선을 확장할 때마다 속도를 함께 바꾸면서까지 외주(外周)의 1G를 유지하고 있다. 완벽하게 의도적으로 하는 행동인데도 왜 그렇게 하는지는 설명된 적이 없다.

이유가 어쨌든 회전하는 우주 도시에선 원심 중력값이 가장 중요한 요소임은 틀림없다. 서크스의 각 씨족선은 그 점을 단단히 염두에 두고 만들어졌다.

열여섯 척의 씨족선은 외주가 1G가 되도록 자전하고 있지만(외주보다 바깥에 설치된 창고나 처리장은 제외하고), 그 이외의 것들은 그다지 공통점을 가지려고 노력하지 않는다. 물론 전력, 통신, 정화 장치 등등 중요한 기기들의 규격은 통일성을 유지하긴 하지만, 선내의 거리 풍경이나 배의 형태 같은 건 전부 제각각이라는 뜻이다. 『아이다호』는 도넛 형태로 생겼고, 해마다 직경이 커지고 있다. 자코볼 트레이즈 씨족의 『테이블 오브 조호르』는 문자 그대로 원형 테이블 형태다. 신친 씨족의 『차이진』은 오망성 형태를 하고 있고, 라덴 비자야 씨족의 『만다라』는 원형 주변에 또 다른 여러 개의 원이 인접한 형태로 구성되었다. 그리고 겐도 씨족의 『후요』는 꽃 모양이다.

『후요』는 芙蓉(부용)이라는 표의문자에 해당하는 이름이라고 겐도 씨족은 주장한다. 芙蓉이 뭘 가리키는 말인지는 불명이다. 그들의 씨족선은 현존하는 꽃 중 히비스커스라는 꽃의 형태와 흡사한데, 그걸 왜 후요라고 부르는지는 이제 와선 알 수 없는 일이다. 그들의 문자 체계는 너무 오래되어서, 그들 자신도 문자가 지닌 의미들 대부분은 잊어버렸다. 문자의 의미가 비슷하다거나, 글자 모양이나 발음이 마음에 든다는 이유로, 사실은 자기들 내키는 대로 소리와 문자를 대응시키는 경향이 꽤 엿보이는데, 그걸 솔직하게 대놓고 물으면 그들은 완고하게 인정하려 들지 않고 유서 깊은 전통이 있다고 주장한다. 겐도 씨족은 弦道라고 쓰고,

그것은 두 점을 잇는 최단 거리를 의미하는 말이며 초광속 항법 광관환의 발명과도 연관이 있다는 둥, 장황한 설명을 펼칠 때가 종종 있지만, 그 주장이 바우 아우어에서도 인정받았다고는 할 수 없다.

어쨌든 8000년의 역사를 가졌다고 주장하는 기묘한 표의문자 외에도 여러 가지 독자적인 습관이나 풍속을 가진 게 겐도 씨족이라는 사람들이다.

지난 바우 아우어에서는 이번 분기『후요』의 궤도 경사각이 78.8도로 정해졌다. 그래서 그들은 선단이 분리된 이후 적도면에 대해 상당히 크게 기울어진 궤도를 돌고 있다. 그건 다시 말해, 팻 비치 볼의 남북극을 둘러싼 오로라대의 바로 위를 10시간마다 통과하고 있다는 뜻이다. 가스 행성의 극지대를 다채롭게 물들이는 전앵색(電櫻色)과 뇌자색(雷紫色)의 거대한 왕관. 그 직경은 2만 8000킬로미터에 이른다.

겐도 씨족의 어부는 그곳에서 그물을 던진다.

오로라의 빛을 받으며 날아가는『후요』는 대부분이 탐스러운 붉은 핑크색을 띠고 있다. 이 직경 5킬로미터에 달하는 거대한 꽃은 외주에 다섯 장의 꽃잎을 펼치고 있으며, 각 꽃잎이 제1부터 제5까지의 거주구에 해당한다. 내주에는 살짝 어두컴컴한 보라색의 연결부가 있고, 거기엔 병원이나 배송소나 정수조가 배치되어 있다. 중앙에 우뚝 솟아 있는 무중력 탑은 다른 씨족과 마찬가지로 공용 우주항과 통신 시설이 위치한 부분이다.『후요』에선 이 탑 주변에 씨족의 깃발인 베쉬 모양의 노란색 깃발을 여러 개 달아놓았다. 이걸 10킬로미터쯤 떨어진 곳에서 바라보면 꽃술에 노란 가루를 뿌린 것처럼 보이기 때문에, 전체적으로는 마치 우주 공간에 활짝 핀 커다란 꽃 같은 운치가 느껴진다. 겐도 씨족 사람들은 이 광경을 대단히 자랑스럽게 여긴다.

『후요』의 특징으로는 꽃이라서 앞뒤가 존재한다는 점이다. 정면은 대체로 항성 마더 비치 볼 쪽을 향하는 만큼, 창문과 관측 설비를 갖추고서 풍부한 태양빛을 활용하고 있다. 반면 뒤쪽은 공기 조절 장치와 화물 승강기와 상하 배수 덕트 설비들이 이어진 곳이다. 분명 중요한 부분임은 확실하지만, 햇빛이 들지 않아 어수선하고 수수한 구역이다. 이 구역 역시 꽃에 빗대 *악편부(萼片部)라는 이름이 붙여져 있다. 악편부의 중심을 이루는 축단부(軸端部), 『아이다호』에선 남극 부분이라고 부르는 부분은 『후요』에선 **악통항(萼筒港)이라고 부른다.

주회자력 304년 108일. 커다란 꽃『후요』를 드나드는 우주선들 사이에 섞여 극히 평범한 현수형(피쉬) 용골(본) 화물선이 관제 허가를 받아 악통항에 입항하고 있었다.

선적은 자코볼 트레이즈 씨족, 선박의 이름은 인섬니아호였다.

"괘, 괜찮을까요, 이거……."

천천히 항구로 나아가는 인섬니아호의 선장석에서 테라는 조마조마한 심정으로 바깥 경치를 바라보았다. 전망이 탁 트인『아

---

* 악편(萼片) : 꽃에서 꽃잎의 아래 부분을 받쳐 주는 아랫 부분인 꽃받침을 구성하는 날개. 우리말로는 꽃받침조각이라고 한다.
** 악통(萼筒) : 꽃받침이 합쳐져서 원통형으로 되는 부분. 우리말로는 통꽃받침이라고 한다.

이다호』와는 다르게, 이곳은 항만 시설이 꽃봉오리의 외피처럼 생긴 우주쓰레기 대비용 방어막으로 덮여 있었다. 그 사이 틈새처럼 보이는 항구에서는, 투박하고 긴 통처럼 생긴 무언가가 이쪽을 노려보고 있었다. 문외한인 테라도 그 통의 정체는 한눈에 알아보았다.

"저거, 대포 맞죠?"

"입자 빔포네. 아주 화려한 광선을 뿜어내지. 우후후, 저건 한 번 구경할 만한 가치가 있다고."

손등에서 에다 박사가 엷게 웃었다. 현재 인섬니아호는 그녀가 조종 중이라서 테라로선 어찌할 도리가 없었다.

"게다가 저거 우리 때부터 존재했던 골동품이야. 아직도 저걸 쓰고 있구나."

"골동품이라고 해도 위장을 날려버릴 위력은 충분히 나오겠죠?"

테라가 말하는 위장이란 인섬니아호의 외형이었다. 『아이다호』를 탈출했을 때의 모습 그대로 입항하면 당연히 붙잡히고 말 테니까 다른 화물선으로 위장 중이다.

방법은 바로 FBB의 거친 구름 속에서 더미 필러 보트를 날려 추적자를 혼란에 빠트렸을 때와 마찬가지로── 디컴프레션을 통한 변형이었다.

선적 위장은 당연히 범죄다. 설마 대포가 있을 줄은 몰랐기 때문에 당장 뱃머리를 돌리고 싶었지만, 때는 늦었다. 이미 이 배 뒤에 다른 배들도 줄지어 따라오고 있다. 이젠 이대로 나아갈 수밖에 없다. 테라는 기도하는 심정으로 근처에 있는 대포와 뒤따라오는 배를 번갈아 보았다.

뒤에 따라오는 배는 튜브를 밟아 으깬 듯 납작한 원통형 배였다. 저 배를 어디선가 본 적 있는 듯한 느낌이 들어서 테라가 물끄러미 보고 있었더니, 에다가 김빠진 목소리로 말했다.

"뭐, 트릭을 밝히자면 항만 레이더도, 트랜스폰더도 내가 속이고 있으니까 걱정 안 해도 돼. 저쪽에서 보기엔 흠잡을 데 없는 배로 보여."

"그런 조작을 하고 있었어요?" 테라는 깜짝 놀라 목소리를 높였다. "아니, 그보다 그런 것도 가능하군요?"

"말했잖아. 서크스는 우리의 선단이야. 선단장 명령권이 통용되거든. 특히 씨족선의 낡은 시스템 대상으론 더더욱."

"그건 들었지만요…… 그럼, 다이 씨가 있는 곳까지 『후요』의 문이란 문은 전부 열어젖히는 것도 가능한 건가요?"

"물론 가능해." 에다가 득의양양하게 끄덕였다. "문을 여는 것만이라면 말이야. 그 광경을 본 사람들이 어떤 식으로 나올지는 모르겠지만."

"우르르 달려들어 다시 닫으려 하겠죠."

"큰 소동이 나겠지." 에다는 시원스레 어깨를 으쓱했다. "게다가 문만 열어봤자, 다이오드 짱은 뭐가 뭔지 영문을 알 수 없을 것 아냐. 그러니까 데리고 나오려면 실제로 찾아가야지. 그럴 수 있는 건 육신을 가진 존재뿐이야."

"게다가 에다 씨는 이 배에 계시는 거죠? 배에서 떨어져 있어도 도움을 주실 수 있나요?"

"무선이나 구내 통신을 쓸 수 있다면 목소리 정도는 전할 수 있겠지. 뭐, 지금 시대의 보안 장치가 붙어 있겠지만."

"의외로 믿음직스럽지 못해……."

"대놓고 말하는걸. 하긴 실감이 안 날 테니까 당연한 거겠지만." 에다는 투명감 있는 단정한 얼굴로 시종일관 가볍게 웃고 있다. "이해할 수 있을 만한 일을 해보도록 할까. 정면충돌을 피한다거나."

"네?"

되묻자마자 쿠웅— 하고 엔진이 분사하는 소리가 나더니, 테라는 옆으로 고꾸라질 뻔했다.

창문 역할을 하는 외부 디스플레이 바깥으로 분홍색의 거대한 원추형 배가 스치듯 지나갔다. 배의 후부에선 눈부신 빛줄기가 뿜어져 나왔다. 항상 저 배에 타고 있는 테라 입장에선, 외부에서 보는 저 모습은 낯선 광경이 있다.

"필러 보트!"

"고기잡이 시간인가 보네. 엇차, 또 온다."

이어서 두 번 더, 인섬니아호는 옆으로 미끄러지듯 연달아 피했다. 두 척의 필러 보트가 항로 한가운데를 점거하고서 당당히 나아간다. 이제야 부두를 떠난 직후일 텐데도 메인 엔진을 화려하게 분사 중이다.

그걸 본 테라는 깨달았다.

"비단잉어를 잡으러 가는구나……."

"그건 무슨 베쉬야?"

에다가 고개를 갸웃했다. 모르세요? 하고 물으니, 베쉬의 어획은 자기가 죽은 다음에 발명된 거라는 대답이 돌아왔다.

죽은 사람과 대화를 나누고 있다는 실감을 물씬 느끼면서 테라가 설명했다.

"비단은 겐도 씨족의 언어론 색이 선명한 오로라, 잉어는 입이 커다랗고 뛰어오르는 힘이 아주 센 물고기를 나타낸다는 모양이에요. 지금 저 사람들은 오로라 속에서 힘차게 날뛰는 베쉬를 잡으러 가는 거죠. 물론 어장은 FBB의 *극관부(極冠部). 혹은 그중에서도 극히 좁은 일부 구역이겠죠. 그런 한정된 지역을 노리고 내려가다 보니 다들 동시에 출항하는 모양이고요. ──어떤 베쉬인지는 당신도 알고 계신 거 아닌가요?"

"아하, 그거구나. 극관에서 특히나 활발하게 활동하고, 아주 높은 곳까지 뛰어 오르는 녀석이 있지. 60미터급의 중, 대형종이야."

"맞아요, 그거예요!"

"그거라면 나는 큰꼬치고기라고 불러. 흐응― 그런 녀석까지 잡는구나. 소형 베쉬떼를 잡는 것보다 어획 효율은 떨어질 텐데."

"바우 아우어 협정상, 씨족선이 극관 위를 지나는 2년 동안의 기간에만 잡을 수 있거든요. 비단잉어잡이는 효율보다는 남자다운 용기를 과시하려고 이루어진다고 하더라고요."

"아하, 그렇구만." 고개를 주억거리던 에다가 유쾌한 듯이 입

---

* 극관 : 영어로는 polar cap, polar ice cap이라고 한다. 행성이나 자연 위성의 얼음으로 하얗게 뒤덮인 고위도 지역을 말한다. 태양계에서는 지구와 화성에서 관찰할 수 있다.

꼬리를 말아 올렸다. "전에도 그랬지만, 테라 짱은 물고기나 고기잡이에 대해 잘 아네?"

테라는 자신감을 담아 미소로 화답했다.

"어부니까요."

"좋은 표정이야. 거기에 정박까지 할 수 있다면 더할 나위 없겠는걸."

어느새 인섬니아호는 악통항에 들어와 금속 튜브형 부두에 접근 중이었다. 항행사석 근처에 도킹 시퀀스 VUI 화면이 여러 장 표시되어 있어서 테라는 히엑, 하고 허둥거렸다.

"자, 잠깐만요. 저, 이 배는 처음이라, 게다가 혼자서 정밀 정박은 좀."

"그렇구나, 덩치 큰 테라 짱은 섬세한 작업이 서투르다 이거지……."

다행히 정박은 에다가 대신 해주었다. ──3축 방향으로 정확하고 흔들림 없는 움직임을 슥   슥─ 슥─ 한 번씩. 그러자 배가 멋지게 철컹, 하고 도킹을 마쳤다.

테라는 감탄하며 손끝으로 짝짝짝 박수를 쳤다.

"와, 대단해요, 대단해. 그런데 다이 씨랑은 전혀 다르네요."

"다이오드 짱도 배 조종이 서툴러?"

"아뇨, 그렇지 않아요." 단호하게 고개를 저으며, 테라는 자랑스럽게 말했다. "다이 씨는 아주 실력이 좋아요. 그런데 지금 에다 씨처럼 프린터 헤드 같은 정밀한 움직임이 아니라, 다가갈 때는 무서울 정도로 큼직하게 훅 다가가고, 가까이 간 다음에는 핑장히 주의 깊게, 살짝 가져다 대요. 그런 완급조절이 무척이나 대담한 데다, 그렇게 조작하는 다이 씨의 손과 손가락의 움직임을 전 정말로 좋아하거든요. 멋있다고 생각해요."

저도 모르게 신이 나서 설명하는 테라의 얼굴을 가만히 바라보던 에다가 낮은 목소리로 중얼거렸다.

"흐음, 그런 타입이구나…… 그거 꼭 보고 싶은걸."

정박 후에 입항 사무 절차가 발생했지만, 이것도 에다가 무마해 주었다. 덕트 청소용 로봇 500대를 수송해 왔다고 말하며, 구비해야 하는 서류와 선창의 합성 이미지를 제출한 것이다. 동시에 뒤로는 무언가 전자적인 조작까지 가했는지, 입항 관리관은 의심도 하지 않고 허가를 내렸다.

"이거, 만약 깊게 추궁당했다면 어떻게 해야 했을까요……."

"정신 탈압^{디컴프레션}. 어떻게든 사람들의 이목을 속이는 변형을 그 자리에서 할 수밖에 없었겠지?"

"예를 들면요?"

"예를 들면, 점토는 사람 모습을 할 수 있어."

그렇게 말하며 에다는 윙크를 날렸다. 사람 모습으로 바꿔서 뭘 어쩌라는 걸까. 점토 인간을 대량으로 만들어서 항구를 습격이라도 하라는 걸까. 가능하다면 그런 디컴프레션은 하고 싶지 않네, 하고 테라는 절실하게 바랐다.

아무튼 이걸로 어느 정도는 행동의 자유를 손에 넣었다.

"길어야 5일이야. 일주일까진 못 가겠네."

에다가 말했다. 테라는 상륙 준비를 갖추면서 "충분해요."라고 대답했다.

"그렇게 순조롭게 잘 될까?"

"일주일이나 들키지 않고서 어슬렁어슬렁 돌아다니는 건 기대도 안 했으니까요. 그때쯤이면 구출에 성공했거나 실패했거나 둘 중 하나예요."

"상당한 각오인걸. 발포나 납치까지 서슴지 않는 다른 씨족의 도시에 잠입해서 2만 명 중에 딱 한 사람을 찾아 구해낸다. 어지간히 용감한 남자라도 움츠러들 만한 계획인데 말이야. 그녀에게서 무엇을 바라고 있는지 이제는 분명히 깨달은 모양이지?"

"네에, 뭐."

"그건 미성년자인 여자애를 어른 여성이 홱 낚아채는 짓을 정당화할 수 있을 만한 이유려나?"

"미?"

살짝 뺨을 붉히고 있던 테라는 갑자기 들어온 지적에 당황하면서 돌아보았다.

"미, 미성년자가 아닌데요? 다이 씨는."

"그렇지만 18살이라고 그랬잖아. 6살이나 어린 애를 진심으로 쫓아다니고 있는 자신이 위험한 사람이라고 생각한 적은 없어?"

"자, 잠깐, 그런…… 그런 소리를 지금 한다고요? 이 타이밍에?"

"그 표정을 보니까 아예 자각이 없었던 건 아니네. 이야, 괜히 쓸데없는 소리를 했나. 신경 쓰지 말고 힘껏 나아가도록 해. 나는 응원할게! 그런 대담함!"

"저기, 이제 됐으니까 조용히 좀 해주세요……."

테라는 머리부터 발끝까지 덮는 풍관 정장(風管正裝)을 입고 있었다. 팔꿈치와 무릎에 튼튼한 보호장구가 붙어있는 기밀복으로, 우주 시설의 배수관이나 통풍관을 검사하는 균공사(菌工師)의 작업복이다. 사람 수가 적은 균공사는 여러 씨족을 오가는 일이 흔하다. 게다가 맨얼굴을 드러내지 않아도 된다는 이점이 있어서 이 복장을 골랐다.

무게가 제법 나가는 옷이지만 다행히 우주항은 무중력이다. 공중에 둥실 떠서 에어록 안으로 들어갔다.

목적지는 겐도 여학교다.

"그럼, 갑니다. 반드시 둘이서 돌아올게요."

"힘내. 되도록 회선이 연결되어 있을 만한 곳 위주로 움직여줘."

에어록에서 나와 부두로 들어갔다. 옆에 정박하러 다가온 화물선이 왠지 모르게 신경 쓰였지만, 부두에 막 발을 디딘 지금 남들의 이목을 끌어봤자 좋을 게 없다는 생각이 들어서 빠르게 그곳을 벗어났다.

2

처음엔 굳게 결속하여 새로운 땅을 찾아 여행을 떠났던 집단이, 도착한 곳에서 고난에 직면하면서 내분을 일으키고 분열하여 자멸한다. 7000년의 인류 우주사에서 조금도 드물지 않은 일이다.

하지만 300년 전, 범은하 왕래권을 떠나 행성 팻 비치 볼을 찾아온 서크스들은 그런 점에선 참으로 희귀하게도 지금까지 한 번도 분열한 적이 없었다. 작은 문제는 씨족끼리 대화를 나눠 해결하고 큰 문제는 바우 아우어에서 협의하는 방식으로, 씨족끼리 함포를 쏘는 일 없이 오늘날까지 공존해 왔다. 처음의 24개 씨족이 16씨족까지 줄어든 것은 전부 인구 감소로 인한 자연 소멸이었다.

그럼, 평화적인 공존이 가능했던 이유는 뭘까요? 어떤 씨족의 초등학교에서든 아이들에게 그렇게 묻는다. 그건, 우리가 숭고한 이상을 가지고 이곳에 왔기 때문입니다, 어떤 씨족의 AI 교사든 인간 교사든 그렇게 가르친다.

서크스는 새로운 땅을 개척하기 위해 숭고한 이상과 군건한 의지를 품고서 이 마더 비치 볼 성계에 왔다. 공교롭게도 도착하기 전 예상과 달리 필요한 자원 중 몇몇 개는 발견하지 못했지만, 다행히도 팻 비치 볼이라는 연료 자원이 풍부한 행성에 정착하는 데 성공, 멸밍은 피할 수 있었다. 그 이후로 베쉬를 잡아 GI에 수출한다는 유력한 산업을 확립하여 평화로운 생활을 유지하고 있다…….

서크스 시민이라면 대부분 이러한 교육을 받으며 자라왔다. 하지만 매년 반드시 이렇게 묻는 아이가 나타난다. 우리 선조님들은 왜 사람이 많은 범은하 왕래권을 떠나서 굳이 이런 시골로 도망쳐 왔나요? 저도 광활한 사바나에서 브론토사우루스를 타거나, 모르포 나비를 쫓아다니고 싶어요. 저도 고양이나 파란 그리규리나 빨간 그리규리를 쓰다듬어 보고 싶어요. 어른이 되면 가

보고 싶어요.

타신냐오에 타고 싶어요.

이런 질문에 대한 교사의 대답은 AI냐 인간이냐에 따라 나뉜다.

매일 규칙적이고 선량하게 생활한다면 탈 수 있을지도 몰라요, AI 교사라면 이렇게 대답하며 빙긋 웃는다.

선생님도 타보려고 했던 적이 있었는데 말이죠, 인간 교사라면 이렇게 대답하며 쓴웃음을 짓는다.

2년에 한 번 GI에서 찾아오는 타신냐오의 승선 조건은 불명이다. 누구든 신청은 할 수 있지만 좀처럼 허가가 나지 않는다. 여객선이나 관광선이 아니기 때문이라고 설명하지만, 날개폭이 60킬로미터에 달하는 거대한 새에 고작 승객 몇 명 태우는 게 힘들 리가 없다는 게 사람들의 공통적인 생각이다. 밀항을 시도하는 사람은 캡슐에 담아 배출하는 식으로 되돌려보낸다. 어쩌면 성공하는 사람이 있을지도 모른다. 확인할 방도는 없지만.

그러면서 정보는 드문드문 남기고 간다. GI 여기저기에 흩어져 있는 따뜻한 별과 시원한 별. 가혹한 폭풍의 별과 황량한 암석의 별. 사람들이 거리를 가득 메우고 있는 도회적인 별과 안개로 감싸인 인적 없는 별. 다양한 별이 있다는 사실은 알려주지만, 이상하게도 그 별이 어디에 있고 어떻게 해야 갈 수 있는지는 말해주지 않는다. 밤하늘에 빛나는 별 중 어떤 별이 그 별인지도 전혀 가르쳐주지 않고 모른 척 시치미를 뗀다. 어디로 가는지, 어느 별에서 왔는지조차 알려주지 않는다.

타신냐오는 분명 정보를 조작하고 있다. 그 의도가 무엇인지 서크스로선 짐작도 할 수 없다. 단순히 탈 수 없다는 것뿐만 아니라, 불가침이라는 분위기까지 풍기고 있다. AI든 인간이든, 교사들은 그 점에 대해선 입을 열 수 없었다.

아이들은 자신을 둘러싼 세상을 통해 이러한 태도를 은연중에 느끼기 때문에, 막연하고 불안한 우주관을 가지게 될 수밖에 없다. 형식적으로는 훌륭하다고 떠들지만, 만들어진 배경처럼 멀게만 느껴지는 GI의 세계. 그에 비해, 좁긴 해도 나름대로 안정된 서크스의 세계. 굳이 은하의 끝자락까지 가지 않더라도 다른 씨족이 열다섯 개나 있다. 음식도, 풍습도 달라서 당황스러울 수도 있지만, 그런 차이는 오히려 바라던 바다. 2년에 한 씨족씩만 돌아보더라도 전부 다 돌아보는 데 30년. 세 바퀴쯤 돌면 인생이 끝난다. 충분히 변화를 맛볼 수 있지 않은가.

아이들 대부분이 이런 생각에 이르게 된다. 이르지 못하는 아이도 있지만, 극히 드물다.

이리하여 다른 씨족과 다투는 행위는 어디로도 떠날 곳이 없는 FBB에서의 생활 자체를 위태롭게 만드는 어리석은 짓이라는 감각이 자연스레 젊은이들 사이에서 뿌리를 내린다. ——손이 닿지 않는 어딘가 높은 곳에 자리 잡은 숭고한 이상 같은 것과는 상관없이.

그런 서크스의 사회이기 때문에, C. C. 304년 겐도 씨족의 행동은 다른 씨족에겐 상당한 이상 사태로 받아들여졌다.

다른 씨족선에 야음을 틈타 잠입 후 여성의 집을 습격. 또한 소형선을 실탄으로 공격. 그것도 모자라 또 다른 씨족선에서도 납치를 감행했다. 어느 것 하나 빠짐없이 배상이나 문책을 받아야 마땅한 만행이었다.

사실 겐도 씨족이 문제를 일으킨 건 이번이 처음이 아니었다. 작년이었던 303년 중반쯤부터 이미 서크스 본연의 자세에 대해 아이탈 씨족과 QOT 씨족이 자유롭게 발언한 것에 항의하거나, 남녀의 역할 재분배에 대해서 자코볼 트레이즈 씨족이 내놓은 제안을 비난하는 등, 이미 여러 번 공격적인 태도를 보여 왔다. 그런 일들이 쌓이고 쌓여서, 직전에 열린 304년의 바우 아우어에선 그에 대한 조율을 위하여 논의가 이루어졌다. 비공식적이었지만, 겐도 씨족의 장로급 인물도 호출되어 사정 청취를 받았다.

그걸 통해 밝혀진 것은 문제의 원인이 족장이라는 사실이었다. 재작년 취임한 겐도 씨족장, 누루데 시키리요니 케이와쿠는 기묘한 생각을 품은 모양이었다. 외부인이 보기엔 짐작도 안 가고 이해도 안 가는 행동으로 보일 뿐이었지만, 쓸데없는 다툼을 일으키는 것 같아도 그 속엔 뭔가 그만의 생각이 있는 듯했다. 하지만 같은 씨족의 장로 격 인물이 보기에도, 그 의도를 이해하기란 몹시 어려웠다.

분석이 특기인 QOT 씨족의 말에 따르면 아무래도 겐도 씨족은 주변 씨족의 반응을 살피고 있는 것 같다고 한다. 일련의 문제 행동을 통해 다른 씨족이 새로운 사태나 사고에 직면했을 때 어떻게 움직이는지를 은밀히 주시하고 있다는 것이다. 그렇다면 그 앞을 내다보고서 품은 숨은 의도가 있다는 뜻이 된다.

이러한 이유로 이 시기의 서크스 사람들은 씨족의 경계를 넘어,

한 척의 배를──『후요』를 주의 깊게 지켜보고 있었다.

 태양을 향해 돌고 있는 꽃의 도시, 『후요』. 빛이 닿는 다섯 장의 꽃잎에는 무수히 많은 사각형 창문이 줄지어 있다. 그 창문들 하나하나에 겐도 씨족 사람들이 사는 주거 공간이 있고, 사무실이 있고, 교실이 있고, 상점이 있다. 집을 잇는 골목이 있고, 노인들이 휴식을 취하는 공원이 있고, 채소가 무성한 농장이 있고, 광화학 변화를 이용하는 공장이 있다. 어느 창문에서도 사람들의 '옆얼굴'을 볼 수 있었다. 어느 창문이든 씨족선이 FBB의 한낮 쪽을 항행하는 동안엔 풍부한 햇살이 내리쬐었다.
 서크스의 씨족선 대부분이 설계상의 문제 때문에 항성의 빛을 직접 받는 걸 포기하고 인공조명에 의지하는 와중에, 선내에 넓은 범위로 햇빛을 받아들일 수 있는 『후요』를 겐도 씨족 사람들은 틈만 나면 자랑했다. 언제나 태양이 '바로 옆 한쪽 면'으로만 비추는 탓에 몸의 반쪽만 햇볕에 타거나, 눈이 부시는 문제를 피하고자 다양한 궁리가 필요했지만, 다른 씨족이 그 점을 지적하면 그런 사소한 문제보다 빛을 쬘 수 있다는 이점이 더 크다며 반박하는 게 일상이었다.
 그렇지만 겐도 씨족 중에도 태양을 싫어하는 사람이 없는 건 아니었다. 그중 한 사람이 바로 지금, 『후요』에서도 햇빛이 닿지 않는 특히나 어두운 곳을 엉금엉금 기어 이동하고 있었다.
 "한동안 내버려둔 것치고는 깨끗해서 다행이네……."
 작디작은 혼잣말은 끊임없이 몰아치는 바람 소리에 휩쓸려 사라졌다. 비좁고, 무한히 길고, 블랙홀처럼 새까매서 아무것도 보이지 않는 공간이다.

다시 말해 환기용 덕트 안이다. 혼잣말을 한 사람은 그곳에서 움직이는 중이었다.

쿵, 하는 소리와 함께 "열렸다."라고 말하는 누군가의 목소리가 울리자, 팟, 하고 작은 불빛이 켜졌다. 한순간 먼지가 가득 쌓인 덕트의 교차점에 하얗고 매끄러운 가녀린 몸의 윤곽이 떠올랐다가 바로 어둠 속으로 사라졌다.

"아, 벌써 여기인가."

방향을 확인한 목소리가 점점 멀어져 갔지만, 만약 누군가가 이 모습을 봤다면 자기 눈과 정신이 멀쩡한지 의심했을 게 분명했다.

목소리의 주인은 다이오드다. 그렇긴 한데 평소의 덱 드레스 차림도 아니고, 최근에 건네받은 화살 깃무늬 기모노와 하카마 차림도 아니었다. 은색의 긴 머리카락을 틀어 올려 목욕용 수건으로 감싸고, 목에는 쿠키 한 장 정도 크기의 발광 칩을 착용한 게 끝. 그밖엔 아무것도 없었다.

상반신에도, 하반신에도, 등 뒤에도, 아무것도.

즉, 작은 체구의 소녀는 거의 알몸인 상태로 네발로 기어서 살풍경한 덕트 안을 움직이고 있다는 뜻이었다.

정확한 위치는 『후요』의 제5 꽃잎, 행정 중앙구 태풍각 231층, 악편부 환기 덕트 배기 계통 부관. 이해하기 쉽게 바꿔 말하면 다이오드가 붙잡혀 있던 정부 건물의 그늘 쪽, 복잡하게 뒤엉킨 기계 설비 일부에 포함된 위쪽으로 향하는 통로 중 하나다. 날짜는

C. C. 304년 109일이었다. 메이카한테 붙잡힌 지 15일, 일반 망상 구현 시험을 비롯한 각종 시험을 받은 뒤, 그 결과를 들은 당일이었다.

가늘고 긴 암흑의 공간을 망설임 없이 나아갔다. 교차점에선 소리의 변화를 감지하고서 부딪히기 전에 멈췄다. 조명 대신 벽에서 뜯어낸 발광 플레이트를 아주 잠깐 비춰서 벽면에 새겨진 기호를 읽을 때도 있지만, 대부분의 모퉁이에선 그조차도 하지 않았다. 복잡기괴하게 이어진 덕트 안을 오른쪽 왼쪽으로 휙휙 꺾으며 진행했다.

그리고 일정 간격으로 통로를 막고 있는 시끄러운 송풍 팬과 마주쳤을 땐 손으로 더듬어 전원 코드를 뽑고, 정비용 걸쇠를 풀어서 팬을 옆으로 회전시켜 통과했다. 수직으로 이어진 부분을 만나면 벽에 설치된 사다리 대용 손잡이에 의지해 그대로 수십 미터를 올라갔다.

사람이 지나다닐 수 있는 이런 공간이 있다는 것 자체는 전혀 이상할 게 없다. 거주 가능한 대기권 내 시설과는 달리, 우주 시설은 공기 순환이 모든 것이나 마찬가지다. 창문을 열어 바람을 안으로 들인다는 것 자체가 불가능하므로 모든 영역에 빠짐없이 덕트가 이어져 있어야 한다. 중앙구에 설치된 대규모 공기 정화 센터에서 만들어진 호흡할 수 있는 공기가 정화기 계통 설비를 타고 구석구석까지 배급되고, 배기 계통 설비를 타고 구석구석까지 회수된다. 덕트의 고장은 질식과 직결되는 문제라 커다란 파이프가 각 구역을 연결하고 있으며, 공기의 화학 성분도 숙련된 전문가가 직접 ppb 단위로 감시하면서 유해 물질은 신속하게 제거할 수 있도록 관리하고 있다.

그러니 이상한 건 덕트가 아니라 다이오드였다. 덕트의 경로에 관한 지식, 방향 감각, 기어다니고 타고 오르는 신체 능력, 그리고 대담한 꼴로 움직이는 행동력. 그 모든 게 그저 도망다니는 소녀라고는 보기 힘들었다.

덕트 안에 기어든 지 약 20분, 앞쪽에 희미한 빛이 보였다. 자신이 낸 빛을 제외하면 처음으로 마주한 빛이다. 조용히 그쪽으로 다가가 신중하게 안쪽을 엿보았다.

그곳엔 전혀 어울리지 않는 광경이 있었다.

가로세로 2미터 정도의 크기에 천장은 높은, 수직으로 푹 들어간 작은 사각형 공간이다. 배기정(配氣井)이라고 불리는 장소로, 벽에는 몇 개쯤 구멍이 나 있다. 예전에는 문자 그대로 주변 덕트에 공기를 유통하는 역할이었다.

지금은 다른 목적으로 쓰이는 중이었다. 벽면에는 주워 온 낡은 벤치가 놓여 있고, 바닥 중앙에는 어디선가 빌려온 테이블이 자리 잡고 있다. 테이블 위엔 제대로 작동하는지 의심스러운 정보 단말기와 범용 프린터와 거울, 화장품이 어지럽게 널려 있었다. 바닥엔 비어버린 식용 토너 팩과 인형, 옷, 신발 등이 어질러져 있고, 한쪽 벽에는 반으로 자른 매트리스가 억지로 비스듬히 세워져 있어서 소파인지 침대인지 구별하기 힘들었다. 마치 새 둥지처럼 잠자리를 꾸며 놓은 모양새다.

그리고 그 잠자리 위에 한 소녀가 한쪽 무릎만 끌어안은 단정치 못한 자세로 앉아서 테이블에 투영된 콘서트 영상을 멍하니 보고 있었다. 검은 머리카락을 새의 날개처럼 왁스로 고정해 놓고, 얼굴 오른쪽 부분엔 맹금류의 눈 같은 장식을 프린트한 제법 화려한 차림의 여자다. 모르는 얼굴이었지만 어떤 사람인지는 짐작이 갔다. 눈에 익은 화살 깃 기모노와 하카마를 입고 있었으니까.

저건 겐도 여학교의 학생이라는 뜻이다.

학교의 강령에서 말하길, '조신하고, 건전하게. 훌륭한 그물을 짓고 자아내는 여성을 가르치고 길러내는 전통의 장'. 그것이 겐도 여학교다. 그런 학교 학생이 덕트 깊숙한 곳 어수선한 은신처에서 유유자적 뒹굴고 있다니, 있어선 안 될 일이다.

그 있어선 안 될 광경을 본 다이오드는 안도의 한숨을 내쉬었다. 이 장소가 여전히 이런 장소이기를 기대하면서 왔으니까.

그렇다곤 하나 아직 완전히 마음을 놓을 순 없다. 벽의 구멍을 통해 얼굴만 내밀고서 벽을 똑똑 두드렸다.

"안녕하세요, 짓고 자아내는 중?"

여자는 흠칫 놀라 이쪽을 보면서 "안녕. 짓고 자아내는 중이긴 한데……."라고 대답했다.

이건 인사라기보다는 일종의 암구호다. 서로 이 말을 입에 담은 시점에서 일단은 동료라는 뜻이다. 하지만 그것과 기분은 별개다. 갑자기 나타난 낯선 여자를 경계하며, 상대는 "……누구?" 하고 날카로운 눈빛으로 노려보며 물었다. 당연한 일이다.

다이오드로선 신경전을 할 여유가 없었다. 어떻게든 회유하거나 그냥 넘어가고 싶은 참이지만 뾰족한 방법이 떠오르지 않았다.

어쩔 수 없이 솔직하게 사실대로 말하기로 했다.

"칸나 이시도로 겐도. 옛날에 여기서 지냈던 사람입니다. 사정이 있어서 이곳 설비를 사용하러 왔어요. 들어가도 될까요?"

"네? 누구?"

상대가 한층 더 이맛살을 찌푸리면서 일어섰다. 키는 평균 정도지만 체격이 좋고 당당한 몸짓. 위험할지도 모른다. 다이오드는 바로 뒤로 뛰어 도망칠 마음의 준비를 했다.

상대가 헉, 하고 눈을 휘둥그레 떴다.

"칸나, 칸나라면…… 그 작은 체구에 은색 머리카락, 설마 『한 병의 칸나』 씨?"

"……그거 설마, 그 약물 과다 복용 사건을 말하는 건가요?"

다이오드는 얼굴을 찌푸렸다. 예전에 바보 같은 동료들과 바보 같은 짓을 하던 중에 자기가 제일 바보짓을 했다가 쓰러졌다. 알사탕처럼 생긴 약효가 약한 수면제를 장난으로 나눠 먹던 도중에 일어난 일이었다.

그 사건을 겪고 난 다음부터 다이오드라는 이름을 쓰게 됐다. 그 시절 동료들도, 만난 지 얼마 안 된 사람들도, 욱해서 위험한 짓을 저질렀던 증거이자 단순한 자기주장의 표현이라고 여기는 것 같다. 그렇게 여겼으면 한다는 점까지 포함해서 더욱 이 이름을 밀고 있다.

그런데 눈앞의 소녀는 갑자기 얼굴을 빛냈다.

"바로 그걸 말하는 검다! 그검다! 다른 애들이 선생한테 걸리지 않도록 칸나 씨 혼자서 남은 약을 전부 먹어 치운 다음 도망쳤다면서요? 증거인멸을 하려고! 그거 진짜임까?"

"……어떻게 알고 있는 건가요."

의도를 남한테 말한 적은 없는데, 라는 의미로 한 대답이었다.

그런데 상대방은 그걸 단순한 긍정의 뜻으로 받아들인 모양인지 단숨에 바짝 다가와 쉴 새 없이 떠들어댔다.

"진짜였군요? 사실이라는 표정이네요! 우와 진짜였구나, 대단함다! 내키는 대로 마약을 하고, 선생을 속이고, 화가 나면 책상을 부수고, 상점가의 가게를 세 곳이나 불태워서 자경단에게 지명수배당하고, 결국에는 무단으로 뛰쳐나가 고기잡이배에 올라탄 진짜 위험한 사람 맞죠? 칸나 씨!"

"어떻게 그렇게까지 자세히 아는 거죠……?"

표현이 과격하다는 점에서 여러모로 반박할 말은 있었지만, 지금 말한 건 대부분 사실에 기반한 얘기였다. 웃음거리로 여겨지고 있을 줄로만 알았던 다이오드는 어안이 벙벙했다.

"다들 메이카 씨한테 들었슴다! 덕트 안을 여기저기 기어다니면서 괜찮은 장소를 물색해 이 아지트를 만든 것도 칸나 씨였다고!"

"……아아."

"앗, 저는 메이카 씨보다 두 살 아래인 란주라고 함다. 란주 요모스가라 타치마치! 전설의 칸나 선배를 만날 수 있어서 기쁨다! 잘 부탁드림다!"

"전설이라니, 아직 1년인가 그 정도밖에 안 지났는데……."

방금까지 경계하던 태도와는 다르게 란주는 감격한 표정으로 다가왔다. 다이오드는 난처한 표정으로 애매하게 웃으면서 고개를 끄덕였다. 후배가 자신한테 호의를 나타내는 일은 태어나서 처음이었고, 그 이전에 메이카가 자신을 칭찬했었다는 사실도 마음이 불편했다.

그래도 어쨌든 호의는 호의다.

"그래서―― 그 칸나 선배가 이 설비에 무슨 볼일이심까? 뭐든지 말씀만 해주시죠!"

란주가 그렇게 말하니 지금은 고맙게 받아들이기로 했다.

우선 설비를 빌리기 전에 구석에 굴러다니고 있던 기밀 재킷을 빌려 입었다. (알몸인 모습을 보고 다소 걱정하는 낌새였지만, 목욕 중에 도망쳐 나왔을 뿐이라고 둘러대며 억지로 납득시켰다.) 그런 다음 벤치에 앉아, 테이블에 있던 통신 단말기를 손에 들었다.

"사실은 바깥에 연락하려고 왔어요."

"바깥이라면 씨족 바깥 말임까? 금지되어 있는데요?"

"네, 알고 있어요. 하지만 그걸 뚫고 통신이 가능한 게 이 장치잖아요."

다이오드는 단말기의 구식 입력 장치를 직접 두드렸다. 이건 메이카가 어디선가 조달해 온 물건이다. 테라한테도 잠깐 얘기한 적 있었던, 학교를 빼먹고 봤다던 비합법적 콘텐츠라는 것도 여기서 동료들과 어깨를 맞대고서 봤었다.

씨족 외부와 통신하는 건 금지되어 있지만, 이 단말기에는 그 용도로 쓰기 위한 계정이 있다. 다이오드는 단말기를 기동해 개체 인증을 마치고, 씨족선 바깥으로 접속을 시도했지만―― 연결되지 않는다.

 그렇다고 해서 포기하진 않았다. 예비 계정, 가짜 계정, 남의 계정까지, 예전에 혹시 몰라 손에 넣고 암기해 둔 계정들을 차례차례 시도해 봤다.

 하지만 어느 것도 성공하지 못했다.

 "으음……."

 일단은 단념하고서 차선책을 고민하고 있었더니, 란주가 조심스레 말을 꺼냈다.

 "저기— 씨족 외부 통신이라면 저도 계정이 있는데……."

 "정말인가요?" 다이오드는 저도 모르게 휙 돌아보았다. "빌려줄 수 있나요?"

 "빌려드릴 수는 있습다. 그런데—— 누구랑 무슨 얘기를 할 건지 가르쳐 주실 수는 없슴까?"

 다이오드가 빤히 얼굴을 쳐다보자, 란주는 부자연스레 시선을 피하면서 "저기, 이런 걸 하면 바로 계정이 정지되는 경우가 많아서요. 저도 아무런 사정도 모르는 채 빌려주는 건 조금 그렇지 않나 싶어서."라며 변명했다.

 물론 그녀는 전설의 선배가 이렇게까지 하는 게 무엇 때문인지 호기심에 물어보는 거겠지.

 하지만 그렇지 않을 가능성도 있다. 다이오드는 그 점이 몹시 마음에 걸렸다.

 다만 란주의 태도는 다이오드가 예전에 좋아했던, 학교의 눈을 피해 말괄량이 짓을 하던 동료들과 기본적으로 똑같았다. 그 점을 봐서 얘기해 주기로 했다.

"7점이었거든요."

"네?"

"일반 망상 구현 시험. 그물을 치기 위한 테스트. 거기서 저, 7점."

"……진짜로요? 여학교 학생인데 그런 점수가 나올 수 있습까?"

"대놓고 말하네요." 란주가 순수하게 놀라고 있을 뿐이라는 걸 알았기 때문에 그냥 쓴웃음만 지었다. "있어요. 저는 역사상 최악의 학생이에요."

오늘 아침, 누루데에게 그 소식이 전해졌다. 그리고 다이오드가 터무니없을 정도로 디컴프레션이 서투른 소녀라는 걸 알게 된 순간 그는 깨달았다. 대단한 건 이 소녀가 아니라 파트너였다는 걸. 그녀가 전례 없이 귀중한 디컴퍼라는 사실을.

그래서 이번엔 테라를 『후요』로 부르고 싶다는 소릴 꺼낸 것이다.

이제 와서 무슨 소릴.

다이오드 입장에선 그야말로, 이제야 그걸 깨달은 거냐, 라는 말밖에 안 나올 정도로 뒤늦은 깨달음이었지만, 그 탓에 테라가 더 위험해졌으니 이젠 어쩔 수 없었다. 어떻게든 테라한테 위험을 알리기 위해 무리해서라도 연락하기로 한 거였다.

"그렇지만 우리가 씨족 외부 통신을 할 방법은 그다지 흔치 않잖아요. 뭐, 중앙 통신 탑을 점거한다거나, 우주항에 종이로 쓴 편지를 띄우면 되긴 하겠지만? 아무리 전설의 『한 병의 칸나』라고 해도 그건 좀 어렵거든요?"

그래서 여기에 왔어요, 라며 다이오드는 연극을 하듯 과장된 태도로 테이블을 가볍게 두드렸다.

란주는 조용히 얘기를 듣더니 "알겠슴다."하고 끄덕이며 단말기에 계정을 입력하기 시작했다. 지금 그 설명만으로 납득할 수 있었던 걸까? 라는 생각이 들었지만, 아무튼 입력을 맡겼다.

"이걸로 연결될 것 같은데……."

접속 지시를 내린 단말기를 란주가 다이오드에게 건넸다. 숨을 죽이고 지켜보던 두 사람 앞에서 마침내 스물네 개의 점이 행성 주위를 돌고 있는 그림이 표시되었다.

"됐다……!"

"성공임다!"

다이오드는 즉시 테라의 미니셸과 『아이다호』에 있는 인터콘티넨털 저택을 호출했지만, 거부당했다. 단순히 부재중이라거나 연락처가 불명이라거나 그런 문제가 아니다. 확실하게 씨족 간 서버에서 접속 거부 메시지가 떴다.

"뭐지? 이건."

"자, 잠깐 봐도 괜찮겠슴까?"

그런 쪽 조작에 능숙한지, 란주가 대신 자세한 사항을 조사해 주었다.

이윽고 이유가 밝혀졌다. 뉴스 사이트에 테라에 대한 기사가 나와 있었다.

『58K의 유명 디컴퍼, 미등록 우주선으로 무단 탈선.』

"테라 씨──!"

다이오드는 저도 모르게 천장을 올려다보았다. 이 타이밍에 저 지를 줄이야.

이렇게 된 이상 테라는 반드시 여기까지 찾아올 거라는 전제하에 앞으로의 계획을 생각할 수밖에.

어떻게든 도망쳐서 테라와 합류해야 한다. 지금 당장 도망쳐서도 안 된다. 금방 붙잡힐 테니까. 테라가 오는 타이밍에 이번과는 다른 방법으로 도망칠 수밖에 없다. 그러려면 믿을 수 있는 사람의 도움을 받아야 한다. 그 사람한테 연락해야 한다── 아주아주 은밀하게.

어떻게?

이마를 누르며 고민하고 있었더니 란주가 말했다.

"저기…… 하나 여쭤봐도 됨까?"

"뭔데요?"

"이 사람은 선배의 새로운 여자친구임까?"

순간 숨이 막혔다.

무엇을 어디까지 시치미 떼야 할까를 먼저 고민했지만, '새로운'이라는 말이 붙어있는 시점에서 란주가 뭘 알고 있는지 눈치챘다.

"……메이카한테 들었어요?"

"이것저것 귀에 들어오거든요. 칸나 씨에 대해서."

란주는 쓴웃음을 지으며 말했다. 뭔가 복잡한 감정이 전해져 와서, 이런 상황만 아니었더라면 좀 더 얘기를 나눠도 좋았을 텐데, 라는 생각이 절로 들었다.

지금은 그럴 여유가 없다. 극히 사무적인 어조로 대답했다.

"같은 필러 보트에 타는 업무상 파트너입니다. 그리고 소중한 사람이고요."

"그렇군요. 그 사람도 선배를 소중히 여기나요?"

"네에. 그 점은 의심의 여지가 없어요. 테라 씨는 사람을 소중히 여길 줄 아는 사람이에요. 정확히 말하면 저를."

말하고 나니 너무 솔직하게 털어놨다는 느낌이 들었다. 란주는 살짝 미소를 지으며 "헤에, 멋진 일이다."라고 말했다.

"그런 사람이니까 힘들게 덕트를 기어 오면서까지 연락하고 싶으셨던 거군요······."

감동한 것처럼 손끝을 비비고 있다. 그러고 있으니 노려보거나 기뻐할 때랑은 다른 사람처럼 보였다. 표정 변화가 다양한 아이라고 생각했다.

"오늘은 왜 여기 있었던 건가요?"

"메이카 씨가······ 아, 이게 아니지. 기숙사에선 이런 차림으로 이런 곡을 들을 수 없거든요."

란주는 일부러 여기까지 와서 꾸민 것처럼 보이는 헤어스타일을 만지작거리고, 방금까지 단말기에 표시되던 콘서트 영상을 가리키면서 말했다.

"기숙사에서 이걸 듣다가 혼쭐이 났는데 나중에 메이카 씨가 제게 말을 걸었슴다. 그런 걸 마음대로 할 수 있는 장소가 있다면서요. 저, 그래서 그 사람을 따르게 됐슴다. 좋은 사람이에요."

"그렇군요."

"그런데 그 사람, 저 말고도 많은 사람한테 말을 걸더라고요."
"아, 그건 알고 있었군요."
"넵."
그렇다면 새삼 말할 것도 없겠지, 싶었다.
이젠 떠날 때였다. 탁상 위 범용 프린터로 손을 닦을 종이 한 장을 인쇄해서 손가락 마디마디를 꼼꼼히 닦은 다음 주머니에 쑤셔 넣고선, 이만 돌아갈게요, 라고 말하고 일어섰다.
"되돌아가시는 겁니까? 도망치시지 않고요?"
란주가 허둥대며 말했다. 다이오드는 살짝 짓궂은 미소를 되돌려 주었다.
"마치 내가 뭘 피해 도망쳐 왔는지 알고 있는 것처럼 말하네요."
"아, 아뇨……."
"지금 도망쳐 봤자 금방 잡히니까. 그러니까 돌아가야죠. 아, 이거 고마워요. 잘 빌릴게요."
굳이 다시 벗는 것도 이상하니 그렇게 말한 뒤, 다이오드는 기밀 재킷을 입은 채 덕트 안으로 기어들어 갔다. 등 뒤로 "저기, 그게…… 또 뵙겠습다! 아니지, 조심하세요!" 하고 란주가 외쳤다.
다이오드는 왔던 길을 따라 되돌아갔다. 외부인의 눈에는 미로처럼 보일 통로를 지나면서, 멈춰 뒀던 팬을 전부 다시 작동시켜 흔적을 지우고 원래대로 되돌려 놨다.
그러면서 도중에 주머니에 넣어둔 손을 닦았던 종이를 꺼내 잘게 찢어 바람에 흘려보냈다.
마침내 출구인 밝은 빛이 들어오는 옆으로 난 구멍에 도착했다.

먼저 재킷을 벗어 그 자리에 남겨둔 다음 배를 깔고 엎드린 자세로 발끝부터 내밀었다. 이 구멍은 넓은 방의 벽 높은 곳에 뚫려 있는 공기 배출구였다. 다이오드는 악력만으로 구멍 끝에 매달린 다음 뛰어내리려고 했다.

그 순간 누군가의 손바닥이 발끝을 받쳐주었다. 오싹, 소름이 돋았다.

"그대로 올라타도 괜찮아요, 칸나 씨."

밑을 보자 메이카가 황홀한 표정으로 올려다보고 있었다.

"정말 멋진 경치. 변함없이 아름다워요."

알몸인 다이오드는 굳이 무표정을 유지하면서 말했다.

"왜 거기 있는 건가요."

"당신이 내려오기 힘들 것 같아서요."

"그 소리가 아니라."

"당연히 당신이 도망쳤기 때문이에요. 뭐, 돌아왔으니 용서해 드리겠지만요."

"뚫어져라 보지 말아주실 수 있나요?"

"귀여워서 무리겠네요."

세게 밟아 줄 요량으로 힘껏 손바닥에 체중을 실었지만, 손쉽게 받아내더니 바닥에 내려줬다.

수증기가 자욱한 태풍각 내부의 여자 목욕탕이었다. 슬슬 목욕 시간인데도 아무도 없는 걸 보니 메이카가 사람들을 내보낸 걸지도 모른다. 다이오드는 아까 이곳에서 대걸레 한 자루를 사다리 삼아 환기구로 기어 올라갔다. 그런 짓을 한 이유는 지고의 감시에서 벗어나기 위해서였다. 여자 목욕탕 안이라면 남자는 들어올 수 없다. 그 대신 알몸으로 덕트 안을 기어다니는 꼴이 되긴 했지만.

메이카는 흥미롭다는 듯이 말했다.

"제가 어떻게 알았을 것 같나요?"

"어떻고 자시고, 란주를 이용하고 있잖아요."

"어머, 알고 있었어요?"

"최악이라고 생각했어요. 저런 순진한 애를 낚아서 이용하다니."

직구로 던지는 쓴소리에도 메이카는 표정 하나 변하지 않았다. 옛날부터 이런 여자였다.

겐도 씨족 특유의 공용 목욕탕엔 현대식과 옛날식, 두 종류가 있다. 이곳은 옛날식 목욕탕이면서 동시에 고급스러운 쪽이었다. 주변을 천연 식물과 투영 정원이 둘러싸고 있고, 중앙에 스무 명 정도는 동시에 들어갈 수 있을 법한 대형 공용 욕조와 입식 샤워 스탠드가 설치되어 있었다. 사람이 직접 걸어서, 직접 씻고, 직접 탕에 들어가는 방식이다.

그건 다시 말해 보거나 만져도 기계에 방해받을 일이 없다는 뜻이다.

메이카가 목욕 수건을 벗어 가까운 장식용 바위 위에 걸쳐놓고는 오른손을 내밀었다.

"알몸으로 계속 바람을 맞았을 테니 몸을 따뜻하게 데워야 하지 않을까요. 들어오시죠?"

"당신을 소중히 여겨주는 사람한테 권하면 되잖아요."

아름다운 나신으로 유혹하는 메이카의 손을 뿌리치고서 다이오드는 탈의실로 나갔다.

3

골목에 걸린 『공용 목욕탕』이라는 간판 앞에서, 큼직한 덕트 드레스를 입은 누군가가 끙끙거리며 신음하고 있었다. 척 보기에도 수상쩍은 모습에 기모노 차림으로 지나가던 행인이 곁눈질로 흘끗거리며 지나갔다.

"다이 씨라면 분명 이해해 줄 거야…… 아니, 하지만 아무리 그래도…… 그치만 목숨이 달린 일도 아니니까…… 으으."

혼자서 중얼거리며 고민 중이다.

그건 바로 배에서 내린 지 5일째에, 어떠한 문제를 품게 된 테라였다.

다이오드의 소재는 벌써 파악해 두었다. 제5 꽃잎 바닥 부근, 태풍각이라는 관청 구역이었다. 근처에 여학교도 있고, 그 부근에 누군가가 갇혀 있다는 정보를 정보통신 계통에 잠입해 있던 에다가 찾아냈다.

문제는 그곳이 직경 5킬로미터인 『후요』 외주에 있다는 점. 즉, 우주항에서 밑으로 2500미터나 떨어진 위치에 있다는 점이다. 느릿느릿한 화물 엘리베이터밖에 쓸 수 없는 테라로선, 거기까지 하루 만에 다녀오는 건 도저히 불가능한 일이었다. 그래서 테라는 태풍각 근처 시가지에 머무를 곳을 정하고, 탈환 계획을 세우고 있었는데 사흘쯤 됐을 때부터 점점 괴로워지기 시작했다.

사람들의 시선을 피하고자 계속 건물 뒤편이나 덕트 안에서만 생활해 왔다. 덕트 드레스는 세균 오염이 있는 덕트 안에서도 움직일 수 있도록 밀폐된 구조다. 위장을 위해서 이걸 입고 활동하고 다녔지만, 이 옷은 너무 덥고 습했다.

한마디로, 평범하게 목욕도 하고, 옷을 갈아입고 싶어졌다는 뜻이다.

그런데 겐도 씨족의 거리에는 여행객을 위한 호텔 같은 것도 없었고, 있는 건 오로지 말로만 들었던 공용 목욕탕뿐이었다.

공동 목욕. 다른 사람과 같은 장소에서 옷을 벗고 탕에 들어가는 것. 테라가 나고 자란 엔데바 씨족이나 다른 대부분의 씨족에선 하지 않는 행위였다. 테라도 될 수 있으면 피하고 싶다.

하지만 이래서는 그다지 바람직하지 못한 상태로 다이오드를 맞이하러 가야만 한다. 아니, 그렇긴 한데 죽느냐 사느냐의 문제가 걸린 상황에서 이런 걸로 신경 쓰는 건 이상하지 않나. 그렇게 고민하는 사이 이틀이 더 지났고, 마침내 상태는 위험한 수준까지 다다랐다. 그래서 결국 목욕탕 앞까지 오게 된 게 지금이다.

대충 15분쯤 고민하고 있었을까. 갑자기 옆에서 누가 팔을 툭 두드렸다.

"외지인 씨, 뭐 하는 거야."

"네, 네에? 외지인이라뇨?"

놀라서 내려다보니 일반인으로 보이는 중년 여성이었다. 뭔지는 모르겠지만 한 손에는 짧은 지팡이처럼 생긴 봉을 들고 있었다. 대답하는 테라를 올려다보며 웃음을 건넨다.

"외지인이 외지인이지—. 당신 다른 씨족 사람이지? 겐도는 그런 차림으로 어슬렁거리지 않아."

"앗, 네. 그렇긴 한데요……."

"역시 그렇구나. 외지인이 목욕탕 앞에서 쭈뼛거리고 있다는 뜻은— 들어가고 싶어? 들어가는 방법을 모르겠어?"

"들어가는 방법이라고 해야 하나, 들어가기 위한 마음의 준비가 좀."

"마음의 준비고 자시고 뭐가 필요해? 돈 딱 내고, 휙휙 벗고, 첨벙— 하면 그만이야. 남자라면 당당하게 들어가. 별것도 아니야."

"저기." 테라는 자기도 모르게 덕트 드레스의 얼굴 부분을 덮고 있던 투박한 마스크 바이저를 열었다. "여자예요, 저."

"어머나, 여자?! 당신 정말 크구나!" 한 걸음 물러서서 위아래로 훑어본 다음, 감탄하면서 다시 다가왔다. "크긴 해도 여자라면 더더욱 별거 아니야. 여긴 신식이라 아무것도 걱정할 필요 없어—. 나도 들어갈 거니까 같이 들어가자고."

"그래도 되나요?"

"안 될 게 뭐 있어. 알몸의 교제가 하고 싶은 거지? 쫓아내거나 하지 않는다고—. 자자."

여자가 등을 밀었다. 깃발을 좋아하는 씨족성 때문인지, 가게 입구는 가림막 천을 드리워서 문 대용으로 쓰고 있었다. 테라는 그 천을 지나 공용 목욕탕으로 들어갔다.

"엇, 잠깐, 아직——."

낯선 땅에서, 낯선 사람에게 이끌려, 아마 이제부터 전부 벗게 되겠지. 당황하면서 슬금슬금 나아가던 테라는 안에 펼쳐진 광경에 얼어붙었다.

벽에 구멍 두 개가 나 있었다. 한쪽 구멍에선 사람들이 쏙쏙 미끄러져 나왔다. 다들 똑같은 기모노를 입고서, 얼굴에는 따끈따끈한 김이 올라오는 게 무척 만족스러워 보였다. 모두가 능숙하게 발부터 착지한 다음, 옆에 있는 벤치가 줄지어 놓인 작은 방으로 향했다. 휴게실인 모양이다.

그리고 다른 한쪽 구멍에는 먼저 들어온 사람들이 쏙쏙 머리부터 뛰어들고 있었다. 구멍 안은 깜깜해서 아무것도 보이지 않았다.

"여기에 들어가는 건가요?"

"먼저 돈부터 내야지 돈. 당신 동전 갖고 있어?"

있긴 했다. 서크스 공용 규소 화폐(전자 화폐보다 환전율이 낮다)가 담긴 카트리지를 갖고 있다. 그걸 가지고 어쩌라는 걸까.

어떻게 하는지 지켜보니, 앞에 선 중년 여성은 구멍 옆에 있는 가는 틈새에 동전 세 개를 넣은 다음 "당신도 바로 오라고—."라고 말하며 손을 흔들고서 구멍 속으로 쏙 뛰어들었다.

"이게 공용 목욕탕……?"

테라는 우두커니 멈춰 섰다. 그런데 인기척이 느껴져서 뒤를 돌아보니 나중에 온 사람들이 말없이 가만히 줄을 서고 있었다. 당황해서 순서를 양보하려고 했지만, 먼저 하려고 하질 않는다.

아무래도 겐도 씨족 사람들은 줄을 서서 완고하게 순서를 지키는 관습이 있는 것 같았다.

"저기, 그게…… 어휴, 모르겠다!"

 벗어야 할 옷도 아직 안 벗었지만, 그건 먼저 간 여성도 마찬가지였다. 반쯤 자포자기 상태로 동전을 넣은 다음 구멍으로 뛰어들었다.

 압축 공기인지 흐르는 물인지는 몰라도, 갑자기 무언가가 테라를 기세 좋게 흘려보냈다. 놀랍게도 공기 유입 차단을 위해 덕트드레스의 각 부분마다 달린 걸쇠나 지퍼가 저절로 풀리더니, 입고 있던 옷이 몸통, 팔, 다리의 파츠로 나뉘어 어디론가 흘러가 버렸다. 언뜻 정밀한 머니퓰레이터가 보인 것 같기도 했지만 확인할 틈도, 멈춰 있을 틈도 없었다.

 정신을 차리지 못하는 사이 첨벙, 하고 따뜻한 물이 몸을 받아 주었다. 그제서야 지금까지 공기 중에 떠 있었다는 사실을 깨달았다. 이번에는 몸을 일으키는 걸 용납하지 않는다는 듯 사방팔방에 배치된 노즐이 물을 뿜어내 몸을 마구 때렸다.

 "자, 잠깐……!"

 익사하는 줄로만 알고 허둥거렸지만, 신기하게도 호흡은 할 수 있었다. 세찬 물줄기에 베어링처럼 데굴데굴 굴러가고 있는데 질식하지 않는다. 헬멧이 벗겨진 뒤엔 머리카락도 흘러내렸지만, 엉키지도 않고, 몸에 감기지도 않고, 머리 주위에서 너울너울 춤을 췄다. 영문도 모른 채 아무튼 엄청난 기세로 씻겨졌다.

 그 격렬한 세척이 덜컹, 하는 충격과 함께 갑자기 중단됐다. 지금까지의 소란스러움이 거짓말이었던 것처럼 조용해지고, 위를 보고 누운 자세가 되었다. 온몸 구석구석이 무언가 따뜻한 솜 같은 거에 감싸여 있다. ──일단 테라는 안도의 한숨을 내쉬었다. 하지만 손발은 움직이지 않는다.

"외지인 씨, 왔구나─. 깜짝 놀랐어?"

목소리가 들려오길래 옆을 보자, 방금 앞서간 중년 여성이 누워서 웃고 있었다. 그런데 보이는 건 얼굴뿐이고, 목 밑으로는 보이지 않았다. 1인용인 것처럼 보이는 탱크 안에 들어가 있다. 이제 보니 자신도 똑같이 생긴 탱크 안에 갇혀 있었다.

정신을 차리자, 이곳은 따뜻하고 길쭉한 방이었다. 여자들이 차례차례 굴러 나와 덜컹, 덜컹, 소리와 함께 탱크 안에 수납된 뒤, 순서대로 컨베이어 벨트에 실려 안쪽으로 운반되고 있었다.

테라는 두리번두리번 주변을 둘러보며 물었다.

"깜짝 놀랐어요. 멋대로 벗겨지고, 물에 빠질 뻔하고."

"아하하, 사전 세척은 거침없이 팍팍 오니까 처음엔 깜짝 놀라지. 그래도 얼굴은 빈틈없이 피해 주니까 익사할 염려는 없어─. 여긴 마지막이 세안이니까 조심해."

"사전 세척인가요? 이건?"

"여기는 심화세척이야. 거품이 보글보글하고 올라오잖아. 그치?"

"보글보글…… 앗, 네." 탱크 안에 들어가 보이지 않는 자기 몸 주변에 액체가 보글보글 올라오기 시작했고, 테라는 도망치고 싶어졌다. "꼭 냄비에 삶아지는 것 같지만요."

"냄비가 아니라 세제야. 당황하지 말고 힘을 빼고 있으면 돼. 마사지 효과도 있거든. 앗, 그리고 머리──."

말이 채 끝나기도 전에 쏴아─ 하고 머리카락 세정이 시작됐다.

머리가 쭉 잡아당겨지는 감각에 대화도 나눌 수 없었다.

그게 끝나자 다음엔 예고했던 대로 세안 순서가 왔다. 이것도 테라에게 있어선 기습적이라 물을 삼키는 바람에 기침을 터트렸다. 그런데 물을 먹었는지 아닌지 빈틈없이 체크라도 하는 모양이라, 기침이 멈출 때까지 세안이 정지된 다음——게다가 황당하게도 이 대규모 목욕 라인 전체가 멈췄는지——테라가 어떻게든 숨을 가다듬고 헉헉 소리를 내고 나서야 다시 드럼통 행렬이 움직이기 시작했다. 다른 누군가가 "빨리 적응하도록 해, 외지인 씨!"라고 외치는 소리가 들렸다.

그리고 다시 한번 거센 흐름에 던져 넣어졌다. 헹굼 세척 단계에서도 마구마구 휘둘린 끝에 드디어 스펀지가 온몸을 감싸 가볍게 물기를 제거해 주었다. 의외로 꽤 괜찮을지도—— 하고 적응하기 시작한 타이밍에 어느새 아까 본 기모노로 갈아입혀져서 쏙, 하고 바닥에 배출되었다. 방심하고 있던 테라는 가게 앞까지 데굴데굴 굴러갈 뻔했지만 먼저 나와 있던 중년 여성이 멈춰 세워 주었다.

"엇차, 아직 나가면 안 돼. 휴게실 안쪽에서 옷이 나오니까 거기서 받는 거야."

"정말 극진한 대접이네요. 조금 기세가 지나친 것 같긴 하지만……."

"맞아——. 『후요』는 하나부터 열까지 빈틈없이 만들어져 있거든. 느긋하게 쉬다가 가, 외지인 씨."

친근하게 말을 건넨 중년 여성은 이제야 머리카락까지 포함해 고스란히 맨얼굴을 드러낸 상태로 몸을 일으키는 테라를 보고서, "어라? 당신 어디서 본 기억이 나는데. 어디더라——."라는 말을 꺼내길래, 테라는 허둥지둥 몸을 움츠렸다.
"앗, 정말 감사했습니다! 그럼 전 이만."
 산처럼 쌓인 수건 더미에서 수건 한 장을 집어 머리에 두른 다음 종종걸음으로 도망쳤다. 휴게실에서 자신의 덕트 드레스를 받은 다음 줄지어 있는 벤치 그늘에 웅크려 앉았다.
 그리고 자기 팔에 대고 킁킁 냄새를 맡고서, 이 정도면 괜찮겠지, 하고 고개를 끄덕인 다음에야, 자기가 이런 곳에서 뭘 하는 건가 싶어서 쓴웃음이 나왔다.

 휴게실 벽면에 설치된 평면 디스플레이에서 씨족 간 방송이 흘러나왔다. 아이탈 씨족에서 유행하기 시작한 새로운 프린터 요리, 기름에 졸인 치어 요리를 소개하는 요리 방송. QOT 씨족의 악단이 개최하는 현악 콘서트. 항성 마더 비치 볼의 플레어 경보 등등이 방송되었다. 언뜻 보기에는 다른 씨족의 정보가 자유롭게 흘러나오고 있는 것처럼 보이지만 실제로는 전부 다 무난하고 알맹이 없는 이야기들뿐이다.
 테라의 기억이 확실하다면 '외지인' 이라는 겐도어는 일부러 출신 지역을 강조함으로써 자신들과 타지 사람들을 구별하려는 배타적 표현일 텐데, 방금까지 대화하던 상대는 그걸 신경 쓰는 기색이 없었다. 분명 그 표현에 너무 익숙해져서 쓰지 않고는 못 배기는 거겠지.

디스플레이 옆에는 굉장히 오래된 걸로 보이는 섬유지가 붙어 있었다. 그림과 함께 이곳 대중 공용 목욕탕의 장점을 설명해 주는 종이였다. 아주 꼼꼼하게 목욕탕의 장점을 빼곡하게 적어놨다. 설명만 보면 역병 퇴치, 건강 증진, 효율 상승, 전력 절약 효과가 있다나. 옛날식 목욕탕과 비교하면 탱크 운송형 욕탕은 시간당 2.5배나 더 많이 손님을 세척 가능하고, 전력 절약 효율도 높으니, 선량한 겐도 시민은 꼭 탱크 운송형 욕탕을 애용하자고 적혀 있었다. 별난 풍습이지만, 이곳 사람들은 이치에 맞는 말이라고 여기는 모양이고, 또 다들 성격이 선량한 것도 있어서 그런지 거부하기가 쉽지 않아 보였다. 그저 오로지 받아들이기만 하면 편하게 살아갈 수 있는 사회인 것 같다.

──옛날식 목욕탕은 정말로 알몸으로 다 같이 들어가는 걸까?

멍하니 그런 생각을 떠올리며 눈에 띄지 않는 구석진 자리에서 몸을 식히고 있었더니, 옆에 턱 앉은 누군가가 최대한 억누른 목소리로 말했다.

"테라 인터콘티넨털 씨."

대답하려던 테라는 숨을 삼켰다. 방금 얘기했던 중년 여성이 아니라 다른 여자였다. 그리고 테라는 여기선 이름을 밝힌 적이 없었다.

여자는 아랑곳없이 말을 이었다.

"테라 씨 맞으시죠. 뭐, 발뺌할 수도 없겠지만요."

"⋯⋯누구세요?"

"안녕하세요, 저예요."

테라는 옆을 보았다. 자신과 마찬가지로 막 목욕을 마치고 나왔는지 따끈따끈하게 데워진 갈색 피부의 여성이 의자 등받이 뒤로 풍성한 황동색 머리카락을 늘어뜨리고서 곁눈질을 보내고 있었다. 겐도 씨족 사람은 아닌 모양이다.

"이러면 알아보시려나."

여자는 양손으로 자기 머리카락을 잡고서 머리 양옆으로 나란히 들었다. 그 얼굴과 어쩐지 즐기는 듯한 말투가 기억 속 인물과 일치하면서…… 앗, 하고 테라가 큰 목소리를 내려고 했다.

"당신은 프라이 씨! 트레이즈 씨족의——."

"쉿—!"

손으로 테라의 입을 막으며, 프라이…… 프라이즈백 백야드빌드 자코볼 트레이즈가 윙크를 날렸다.

"정답이니까 조용히 해주세요. 저는 딱히 수배된 신세는 아니지만 소란스러워지는 건 사양이에요."

"……왜 이곳에?"

"현대식 겐도 욕탕의 시스템을 꽤 좋아하거든요." 프라이는 짐짓 딴청을 피우며 말했다. "조리 공장의 채소가 된 듯한 기분이 들지만, 손톱 끝까지 깨끗하게 씻겨주는 게 고맙죠. 가격도 저렴하고요."

"그런 뜻이 아니라——."

"네네, 무슨 말인지 알아요. 테라 씨를 미행하고 있었거든요."

"미행이라니…… 어째서!"

"그 점이 본론이에요. 얘기가 길어지니까 설명은 나중에 할게요."

프라이는 거기서 말을 끊고서 얼굴을 불쑥 들이밀었다. "당신을 부르러 왔어요. 찾는 사람이 있어서요. 저는 그냥 말단이죠."

"누군가요?"

"당신을 몹시도 필요로 하는 사람." 말하고 나서 프라이는 장난스럽게 눈을 가늘게 떴다. "그리고 대화 상대로 삼기엔 좀 꺼려지는 사람……이라고 해야 할까요."

"제가 왜 가야 하는데요?"

"다이오드 씨를 만날 수 있어요."

"갈게요."

불안한 예감은 들었지만 테라는 즉시 대답했다.

『후요』 중심부까지 단번에 올라갔다. 2500미터를 올라가는 건데도 프라이와 함께 고속 엘리베이터에 타니 30분도 걸리지 않았다. 수상한 덕트 드레스를 입은 외부인에겐 사용 허가가 나지 않는 교통 기관이지만, 프라이가 미니셀을 치켜들자 아무런 제지 없이 게이트가 열렸다.

우주항 바로 옆까지 되돌아왔구나, 싶었는데 거길 지나쳐 더욱 중심부까지 안내되었다. 목욕 시간, 저녁 식사 시간이 지날 무렵이라서 그런지 인기척이 드문 무중력 통로를 지나, 관계자 이외엔 출입 금지인 문을 몇 개씩 통과한 끝에 특대형 파이프가 사방팔방에서 모여드는 시설로 들어갔다.

입구에는 후요 공기 정화 센터라고 적혀 있었다.

상황이 너무 갑작스럽게 진행되고 있다. 인기척이 없는 살풍경한 통로를 걸어가면서 테라는 미니셀을 얼굴에 가져다 대고 살짝 에다 박사를 불러봤지만, 통신 상태가 나쁜 건지 아니면 보안 탓에 방해받고 있는 건지 대답이 없었다.

어쩔 수 없이 통신은 포기하고서 앞에서 걷는 프라이에게 물었다.

"프라이 씨, 왜 이런 곳으로 들어가는 건가요? 그것도 트레이즈 씨족인 당신이."

"참 신기하죠―. 이상한 일이죠."

헬륨 채취선 소속 흡인사일 터인 그녀는 웃음으로 흘려 넘겼지만, 테라는 도무지 진정할 수 없었다. 타고난 상상력이 폭주하면서 말도 안 되는 일들까지 떠올리게 만든다.

"다이 씨를 만나게 해준다는 건, 당신이 저보다 먼저 구해냈다는 뜻인가요? 저랑 다이 씨를 함께 데리고 나간 다음 겐도 씨족과 엔데바 씨족한테 몸값을 요구한다거나?"

"우리는 돈 계산이 확실하긴 해도 해적질은 안 해요."

"그럼, 어디 보자…… 폐쇄적인 겐도 씨족이 숨겨두고 있는 오래된 보물을 찾으러 잠입했다거나? 엘리베이터를 쓸 수 있는 건 해킹이 특기인 동료가 있어서고, 저와 다이 씨도 동료로 삼아 금고 털이를 할 생각……?"

"테라 씨는 재미있는 사람이네요. 그런 게 아니라고요."

프라이는 웃음을 터트리며, 자 여기예요, 하고 어떤 방의 문을 열었다.

그곳은 별다른 특징이랄 게 없는 사방 10걸음 정도 되는 크기의 방이었다. 이곳이 공기 정화 센터라는 점을 고려한다면 말이지만.

 벽면에는 복잡하게 얽힌 가느다란 파이프가 잔뜩 붙어 있고, 몇몇 파이프는 분기점과 밸브를 거쳐 크고 작은 탱크와 수도꼭지에 연결되어 있었다. 찍찍이로 덮여 있는 제로G용 흡착 책상 위엔 구식 시험관과 혼합기, 분리기, 추출기, 시약 같은 것들이 빈틈없이 꽉꽉 채워져 있었다. 간단히 말해, 기체를 분석하기 위한 설비와 도구가 넘칠 정도로 가득했다.

 그리고 책상 앞에는 새것 티가 나는 위아래 일체형 비취색 인쇄복을 입고서, 바이저 마스크로 얼굴을 가린 작은 체구의 인물이 한 손에 네 개씩, 양손에 여덟 개의 시험관을 손가락에 낀 채 엄청나게 진지한 눈으로 비교해 보고 있었다.

 그걸 본 테라는 무심코 오래된 콘텐츠에 나오는 어떤 유형의 캐릭터를 떠올렸다. ──소위 매드 사이언티스트라고 불리는 캐릭터다.

 누굴까, 이 사람.

 당혹감에 아무런 말도 꺼내지 않고 가만히 바라보고 있었더니, 그 인물이 문득 이쪽을 보고선 우왓! 하고 소리를 질렀다.

 "뭐야? 이 덩치는."

 테라는 살짝 울컥했다. 자신을 보며 몸집이 크다고 놀라는 경우는 있어도, 대놓고 덩치라고 불리는 일은 거의 없었다. 아무리 그래도 덩치라니──라고 생각했다가 문득 깨달았다.

 생각해 보니 지금은 자기도 저 사람과 맞먹을 정도로 거창한 옷차림이었다.

목소리와 행동을 통해 상대가 남자라는 건 알 수 있었다. 옆에 있는 프라이를 봤지만, 자 가시죠, 라고 말하는 것처럼 손을 내밀고 있을 뿐이고, 여전히 설명 한마디 없었다. 보이는 그대로 받아들인다면 공기 정화 센터에 소속된 분석 과학자겠지만, 그런 사람한테 무슨 볼일이 있다는 걸까. 아무튼 얼굴을 드러낼 수밖에 없어 보였다.

테라는 덕트 드레스의 얼굴 바이저를 열고 헬멧을 벗었다. 확 흘러내리는 금색 머리카락을 뒤로 쓸어올리면서, "테라 인터콘티넨털입니다. 여기에 다이오드 씨…… 칸나 씨가 있다는 얘기를 듣고 왔는데요."라고 말했다.

그 말에 남자는 "헤에."하고 감탄의 목소리를 흘리면서 테라를 이리저리 뜯어보더니, "얼굴은 반반한데 옷차림 때문에 전부 엉망이 됐는걸."이라면서 지나치게 무례한 소리를 던졌다.

계속되는 무례한 태도에 결국 화가 나서 테라가 맞받아쳤다.

"사람을 불러 놓고 그런 소릴 하나요. 당신이야말로 어지간한 꼬락서니라고 생각하는데요. 뭔가요? 그 시험관."

"오, 거침없이 말하는데." 감탄한 것처럼 눈을 깜빡인 다음, 남자는 모든 손가락 틈마다 시험관을 끼운 양손을 보면서, "이건 『후요』 각지에서 미량의 오존 증가가 관측돼서 비교하고 출처를 추적하는 거야. 하지만 나중으로 미뤄도 되겠네. 그런 것보단 당신부터지, 인터콘티넨털. 흐음."

남자는 간결한 동작 한 번으로 8개의 시험관을 홀더에 끼우고, 테이블을 둘러싼 핸들을 따라 테라 옆으로 다가왔다. 테라의 가슴 높이쯤에서 바이저를 벗고 올려다본다.

 어두운 파란색 눈동자에 담긴 예리한 눈빛 탓에 한순간 소년처럼 보였다. ——하지만 눈가의 주름과 반쯤 하얗게 센 머리카락에서 느껴지는 연륜을 봐서는 훨씬 더 연상이라는 걸 알 수 있었다. 마흔 살 정도일까.

"당신이 엔데바 씨족의 58K인가…… 정말로 와버렸는걸."

"저기, 당신은."

"지금은 내가 누군지는 중요하지 않아. 문제는 당신의 존재야. 인터콘티넨털, 당신은 『후요』에 오지 말아야 했어."

"엇." 테라는 당황했다. "무슨 뜻인가요?"

"아니면 이 자리에서 사라져 준다는 방법도 있겠네." 남자는 테이블에서 다른 시험관 하나를 집어 들었다. 독극물이라는 노란색 라벨이 붙어 있다. "당신이 사라져 준다면 얘기가 쉬워져."

"네?!"

 신변의 위험을 느낀 테라가 경계 태세를 갖추면서 프라이한테도 시선을 던졌다.

"뭔가요, 살인인가요? 절 속인 건가요?"

"그런 게 아니에요. 이 사람이 원래 이런 사람이라."

 프라이도 당황한 기색으로 남자를 향해 말했다.

"치프, 지금 가만히 들으니, 테라 씨한테 두들겨 맞고 싶은 것처럼 보이는데, 그런 거예요?"

"뭐? 이 사람은 사람을 두들겨 패는 여자인가?"

"아뇨, 말이 그렇다는 거죠. 두들겨 패진 않아요, 아마도. ……쉽게 말해 테라 씨를 적으로 돌리고 싶은 거냐는 뜻이에요."

"딱히 그런 건 아니야. 방금은 그냥 시험 삼아 해본 제안이지." 태연하게 말하면서 흉흉한 시험관을 책상에 돌려놓았다. "나는 이 테라 인터콘티넨털이라는 여자한테 묻고 싶었을 뿐이야. 다시 말해, 무슨 생각으로 우리 가족의 딸을 데리고 돌아다녔냐는 거지."

"가족?"

몇몇 단어가 테라의 머릿속에서 이어졌다. 지금은 치프라는 단어가 그다지 쓰이지 않지만, 옛날엔 선단장을 뜻하는 말로 쓰였다. 그리고 이 남자는 겐도 씨족의 다이오드를 가족이라고 불렀다. 그 말은 즉.

"당신, 씨족장인가요?!"

"질문하는 사람은 나야, 인터콘티넨털." 짜증이 난 기색으로 남자가 말을 이었다. "왜 칸나를 빼앗아 가려고 하지? 그녀는 우리 겐도의 딸이야."

"빼앗으려고 한 적 없어요!"

상대가 족장이라면 프라이의 애매모호한 태도도 이해가 간다. 공식적인 면담을 원하지 않는다는 뜻일지도 모른다. 하지만 그런 것 따위 신경 써 줄 의리는 없다. 이번 기회에 테라는 하고 싶었던 말을 다 쏟아내기로 했다.

"빼앗으려고 하는 사람은 당신들이잖아요, 실제로 빼앗아 갔잖아요! 자기 의지로 배를 띄우고 싶다, 밖으로 나가고 싶다고 말하는 다이 씨를 붙들어 매고, 강제로 데려가고. 다이 씨를 다이 씨라고 부르지조차 않고. 아시겠어요? 그 사람은 다이오드라는 이름으로 불리고 싶어 한다고요. 이상한 이름이긴 해도!"

"아직 질문에 대답하지 않았는데. 당신 주장은 질이 나쁜 마인드 크래커나 옛날 종교에 세뇌된 사람이 하는 말과 똑같아." 남자는 차갑게 되받아쳤다. "교묘한 말로 사람을 꾀어낸 다음 본인이 가길 원한다고 우겨서 데려가지. 가족과 고향 사람들이 하는 말은 듣지 않도록 만들고. 그거랑 뭐가 달라?"

"저는 어부입니다! 디컴퍼예요!" 테라는 바닥을 둘러보고서 풋 바(Foot bar)에 양발을 단단히 고정한 다음 목소리를 높였다. "디컴퍼가 트위스터를 구하러 오는 게 뭐가 이상하다는 건가요!"

"나이도 어린 여자애를 배에 태우고 싶어 하는 디컴퍼는 들어본 적도 없다고!" 남자도 마찬가지로 격앙된 목소리로 맞받아쳤다. "그런 녀석은 젠도엔 한 명도 없어. 엔데바에는 있는 건가? 있으면 어디 말해 보시지! 거기선 대체 어떤 고기잡이를 하는 거야?"

"그야── 저 말고는 없어요, 엔데바에도 없긴 한데요." 반박하기 힘든 얘기가 나오자 테라는 마음이 괴로웠다. "제가 다이 씨의 조종으로 날길 원하고, 다이 씨도 제 그물을 원한다고 저한테 말했어요. 그걸로는 안 되는 건가요······."

"끝까지 그렇게 주장하겠다 이거지. 즉, 고기잡이에서 뛰어난 성적을 내기 위해서라는 뜻이군. 흥, 속물적이긴──." 남자는 잠시 생각한 후, 다소 어조를 누그러뜨리고서 말했다. "그럼 다른 걸 묻지. 당신은 GI에서 뭘 할 생각이야."

"지……." 등줄기가 확 차가워졌다. "GI……가 뭔가요."

"범은하 왕래권, 당신과 칸나 둘이서 도망쳐서 뭘 할 생각이냐고 묻고 있어." 정식 명칭을 말하며 남자가 노려보았다. "무모한 소리야. 아무런 계획도 없이 GI에 가 봤자 어떻게 될지 알 수 없어. 이건 누구라도 똑같은 말을 하겠지. 당신 자신도 그렇게 생각하지 않아? 어때?"

"어떻게 당신이 그걸 알고 있는 건가요?!"

"또 그런 식이군. 나는 질문에 똑바로 대답하지 않는 사람이 질색이야."

"질문에 대답하지 않는 건 당신도 마찬가지 아닌가요!" 테라는 필사적으로 소리쳤다. "대답해 주세요, 다이 씨는 어디 있죠? 둘이서 얘기하게 해주세요!"

"아— 잠깐. 두 분 다 잠깐 괜찮을까요?"

끓는점을 넘은 탓에 서로 마구 고함치기 시작한 두 사람 사이로 프라이가 떫은 표정을 짓고서 끼어들었다.

"사적인 부분엔 되도록 끼어들지 않을 생각이었지만, 지금 뭔가 이상한 쪽으로 얘기가 흐르고 있네요. ——어어, 테라 씨는 GI로 가시는 건가요? 다이오드 씨를 데리고?"

"……."

"정말로 그랬던 건가요. 대단한 생각을 품고 있군요. 그러고 보니 당신이 『후요』까지 온 방법도 수수께끼인 걸 보면 뭔가 비장의 수를 갖고 있겠군요?"

"……."

테라는 식은땀으로 얼굴을 흠뻑 적시면서 침묵했다. 거짓말은 정말 못하니 아예 안 하는 게 낫다는 평가를 듣는 몸이었으니까.

 프라이가 희미하게 입꼬리를 올렸다.

 "아무래도 정답인 것 같네요. ──그럼, 치프." 남자를 돌아보았다. "당신이 마음에 걸려 했던 게 그 점이었군요."

 "당연하지. 칸나를 알 수 없는 먼 곳으로 납치해 가려는 녀석이 있어. 그런데 그 녀석의 동기가 짐작이 안 돼. 그러니 내가 모르는 어떤 계획이 있을지도 모르고, 그걸 들어보면 나도 납득할 수 있을 거로 생각해서 대화를 나누고 있잖아 지금."

 "아, 네네, 그러세요."

 "뭔데? 백야드빌드."

 "프라이라고 불러주세요. 그게 아니라, 당신은 진짜로 테라 씨랑 다이오드 씨가 무슨 관계인지 모르시는 거네요?"

 "애를 기만하려는 것 말고, 다른 관계가 있다는 건가?"

 프라이는 맛없는 무언가를 삼킨 듯한 표정이 되었다.

 그리고 테라를 향해 돌아서서 사과했다.

 "죄송해요. 이 사람이 깜짝 놀라는 얼굴을 보고 싶어서 가만히 있었는데, 설마 이 정도로 아무것도 모를 줄은 몰랐어요. 이래서야 당신도 도무지 영문을 알 수 없겠죠."

 "네. 저도 뭐가 뭔지 이해가 안 가는데요……."

 "그럼 먼저 한 가지만 말씀드릴게요. 이 사람, 족장이 아니에요."

 "네?"

 "오즈노 이시도로 겐도 씨라고 해요."

"엥?"

 네 번 눈을 깜빡인 테라는 새삼 다시 남자를 보았다. 남자는 그래서 뭐? 라는 표정을 짓고 있었다. 테라는 그의 양 어깨를 꽉 붙잡고서 더 가까이 다가가 관찰했다. 처음으로 남자의 표정에 동요가 스쳤다.

"뭔데, 이봐. 가깝잖아."

"……그 반응!"

 테라의 센서가 최근 예민하게 감지할 수 있게 된 어떤 패턴을 발견했다.

"다이 씨의 아버님이세요?!"

"아까부터 가족이라고 똑똑히 말하고 있잖아."

"그치만 가족이란 건 씨족장이 즐겨 쓰는 표현이라——." 말하는 동안 점점 이해가 가기 시작했다. 그의 어깨를 붙잡은 채, 테라는 고개를 푹 떨구고 말았다. "……이해했어요. 말만 가족이라는 게 아니라, 진짜 부모님이셨다는 뜻이네요."

"유전적인 의미에서 말이지."

"죄송해요. 큰 착각을 했어요. 그런 의미에서 다이 씨, 따님분을 걱정하고 계신 거라면 말씀하신 것들도 이해가 가요. 실례했습니다."

 반성하며 사과하자 그 남자—— 오즈노는 의외라는 듯이 눈썹을 치켜올렸다.

"이해했으면 됐어. 지금까지 했던 질문에 대답해 준다면 더욱 좋겠는데…… 아니지."

갑자기 시선을 피하면서 오즈노가 중얼거리듯 말했다.

"나도, 남한테 설교할 수 있을 만큼 훌륭한 부모는 아니었어."

"……네?"

"칸나와는 그다지……." 말하면서 힐끗 보았다. "본인한테서 듣지 않았나?"

"앗, 네, 조금은." 테라는 채취선에서 나눴던 대화를 떠올렸다. "그게—. 철이 들기 전에 버려지긴 했지만 딱히 외롭지는 않다고 들었네요."

"외, 외롭지 않은 건가."

오즈노가 눈에 띄게 동요하는 기색이라서 테라가 덧붙였다.

"하지만 원망하고 있지도 않다고. 평범한 부모 자식 사이라고 말했어요."

"아, 그래." 가슴을 쓸어내리며 안도하는 모습은 아까까지보다 훨씬 인간적인 느낌이었다. "그럼 다행이야…… 오히려 고맙지. 아무것도 해준 게 없으니까."

"그래서인가요? 이제 와서 이렇게 걱정하시는 이유가."

"딱히 그런 건 아니지만…… 아니, 맞는 말인가? 그럴지도 몰라." 혼자서 생각에 잠긴 기색으로 중얼거렸다. "부모로서의 죄책감을 느끼고 있던 차에 칸나가 도움을 요청해 오니까, 이때다 싶어서 나도 모르게 열을 올린 건가. 보상 행위라는 거군, 나도 아직 수행이 부족해."

"다이 씨가 도움을 요청했다고요?"

남의 부모가 하는 자문자답엔 별로 관심이 없었지만, 그 말은 흘려 넘길 수 없었다.

"어디서요? 뭐라고 했어요?"

"냄새로 했어."

"냄새?"

"그래, 냄새. 나는 보다시피 이 센터의 소장을 맡고 있는데, 이곳에서는 『후요』의 모든 구역의 공기 성분을 10억 분의 1그램 단위로 감시하고 있어. 감시 대상은 주로 유독 성분이지만, 임의의 성분을 가진 화학물질도 사전에 참조 데이터를 준비해 두면 검출할 수 있지. 그리고 칸나는 특히나 독특한 냄새를 풍겨."

"앗, 맞아요! 그 풀 같은 냄새—." 말하고 나서 테라는 묘한 표정을 지었다. "아버님, 평소에 다이 씨의 냄새를 찾아다니고 계시는 건가요?"

"일부러 찾아다니지는 않아. 다만 그 테르펜 계열의 향기는 원래 옛날에 이와나가 몸에 지니고 다니던 향기야. 내 방에 떠돌고 있어서 데이터를 채취해 뒀는데, 2년쯤 전부터 다시 배 안에서 검출되기 시작하길래 어디에서 검출되는지 조사해 봤더니 여학교 덕트 안이었던 거지."

"덕트?"

"거기가 그 아이가 마음에 들어 한 장소였던 모양이야."

"……아하. 좁은 곳에 자주 기어들어 가죠."

"기어들어 가지. 그리고 칸나가 사라진 이후 한동안 끊겼던 그 냄새가 어제 갑자기 덕트 안에서 검출되었거든."

덕트에 숨어드는 다이오드. 테라는 왠지 모르게 납득이 갔고,

이해해 주는구나, 라는 듯한 표정을 짓는 오즈노와 서로 마주 보며 고개를 끄덕였다.

그리고 나선 무엇 하나 서로에 대해 이해하지 못했다는 사실을 깨닫고는 다시 마음을 다잡았다.

"아뇨, 그게, 어쨌든 다이 씨는 데려갈 거예요!"

결의를 담아 말하자, 오즈노가 뚫어지게 노려보았다. 그 순간 테라는 자신의 말이 지나쳤다는 걸 깨달았다.

다음에 나온 말은 예상했던 대로, 가장 들키지 않길 바랐던 내용이었다.

"다이 씨, 다이 씨, 하는데 당신은 마치 연인이라도 되는 것처럼 칸나를 탐내는군."

"연——."

부정할 필요성과 긍정하고 싶은 마음이 맞부딪혀서 테라는 한순간 얼어붙었다.

그렇지 않아요, 라고 말하는 것만으로 부족하다. 그럴 일은 없어요, 수준으로 단호하게 부정해야 한다. 이렇게까지 까다로울 필요는 없는데, 라고 예전 동료가 투덜거린 적도 있다. 하지만 서크스의 사회란 그런 곳이다.

그래서 테라는 말했다.

"연인이라니 그럴 일은…… 없어요."

억지로 자신의 마음을 걸어 잠그고서, 고통스러운 심정으로 그렇게 말했지만 의외의 대답이 돌아왔다.

"있을 수 없는 일은 아니야. 적어도 칸나는 동성인 여자애를 연인으로 삼았던 적이 있었으니까."

"어?"

"부모로서는 썩 달갑지 않지만, 있었다는 사실은 인정할 수밖에 없지. 동급생 친구와 사귀었던 모양이야. 하지만 칸나가 배를 나갔다는 건 그 관계도 끝이 나고 다음 단계로 들어갔다는 뜻이겠지——."

"자, 잠깐만 기다려 주실 수 있나요, 오즈노 씨."

테라는 양손을 내밀어 제지했다. 바로 조금 전까지 혹여 들킬지도 모른다는 생각에 품었던 두려움이 멋지게 정반대의 감정으로 탈바꿈했다.

"그걸 말한다고요?! 그렇게 떠벌떠벌!"

"뭔데? 똑바로 말 안 하면 모른다고!"

"다이 씨가 여자애랑 사귀었다니, 그건 다른 사람한테 함부로 말해도 되는 얘기가 아니라고 생각하는데요? 게다가 동급생이라니, 그 아이에 대한 것까지 까발리는 거잖아요!"

"응? 그것도 그런가. 그럼 미안하지만, 방금 한 얘기는 잊어 줄 수 있을까."

"그걸로 끝날 문제가 아니잖아요. 저는 알고 있었으니까 괜찮다고 쳐도……."

"뭐야, 결국 알고 있던 거잖아." 오즈노는 맥이 빠진 기색으로 말했다. "그렇다는 말은 역시 당신은 칸나를 좋아해서 쫓아온 거로군? 그렇다면 처음부터 그렇게 말하면 됐을걸. 쓸데없는 대화를 되풀이했어."

"처음부터 말할 수 있었다면 누가 고생을 하겠어요……." 테라는 피곤해져서 한숨을 쉬었다. "그럼 오즈노 씨, 저기…… 저희 사이를 인정해 주시는 건가요."

"다시 한번 말하지만 달갑진 않거든. 나는 딸이 아이를 낳길 바라니까."

자기야말로 달갑지 않은 소리라고 생각했지만, 일단 참기로 했다. 모든 걸 한 번에 극복할 수는 없는 노릇이다.

"달갑지는 않아도 인정해 주시는 거네요. 정말 감사합니다. 그래서——."

꾸벅 고개를 숙여 인사한 다음 옆을 보며 다른 쪽에도 손을 써뒀다.

"저기, 프라이 씨. 가능하다면 자리를 비켜주시면 감사하겠는데요……."

말을 걸자, 벽에 기대 흥미롭게 관찰 중이던 홉인사는 쓴웃음을 지었다

"이미 전부 다 들었는데요, 뭘. 게다가 대화 내용도 거의 다 예전부터 짐작하고 있었고요."

"그랬어요?"

"뭐, 그렇죠. 인솔벤트호에서 느낀 분위기도 그렇고, 조호르에서 그렇게 당황하던 모습을 봤으니까……." 프라이는 살짝 뺨을 붉히면서 옆을 보았다. "그런 걸 보면 자연히 깨닫게 된다고요. 솔직히 조금 난감했어요."

"앗, 네…… 죄송했습니다."

테라는 무심코 사과했다. 프라이는 어깨를 으쓱하고서 시선을 원래대로 돌렸다.

"뭐, 그 얘기는 넘어가죠. 그것보단 저는 아까 한 GI에 간다는 얘기에 대해 좀 더 자세히 듣고 싶은데요."

"그쪽인가요. 으음……."

"협박하려는 건 아닌데, 애초에 GI에 가겠다니 다른 데서 이런 얘기를 꺼내면 바로 문제가 터지겠죠? 협박하려는 건 아니지만요."

굳이 그런 말을 하는 프라이의 의도는 명백했다. 테라는 단념하고서 고개를 끄덕였다.

"알겠어요. 다른 데서는 말하지 말아 주세요."

"나도 알고 싶네. 같이 듣지."

오즈노도 끼어들었기 때문에 결국 테라는 두 사람에게 털어놓았다. FBB의 폐쇄적인 사회에서 벗어나고 싶다는 것, GI로 떠나 정착한 곳에서도 고기잡이를 하고 싶다는 것, 다이오드와 이미 의논을 마쳤다는 것.

"처음으로 도착하게 될 곳은 추크슈피체 성계일 거예요. 그 너머에 대해서도 조사하고 싶은데, 『아이다호』에선 시간적 여유가 없어서 거기까지 손을 대지 못했어요. 그래서 그것도 여기를 나가기 전에 조사하긴 해야 하는데……."

"거기까지 가기 위한 수단은? 우주선은 어떻게 할 건가요?"

프라이가 몸을 내밀면서 가장 핵심적인 부분을 물었다. 테라는 "이 이상은 다이 씨와 만나게 해주신 다음에 얘기할게요."라고 대답했다.

"그렇다는데요, 치프."

"그렇군. 너무 꾸물거리고 있다간 의전부에게 발각당할 테고."

프라이에게 말을 건네받은 오즈노는 방구석으로 가서 배전반 뚜껑에 손을 얹었다.

"뭐, 마침 적당한 때인가. 인터콘티넨털—— 아니, 테라 씨. 나중에 얘기해 주겠다고 약속해 주겠지?"

"네! 그럼 데려다주실 수 있나요?"

"아니, 아무 데도 갈 필요 없어. 여기 있거든."

그렇게 말하면서 오즈노가 뚜껑을 열자, 안은 배전반이 아닌 덕트의 일부였고, 기모노를 입은 은발의 소녀가 안에서 굴러 나왔다.

"다이 씨?!"

"네, 테라 씨, 오랜만이에요—— 자자, 잠깐 기다려요! 스톱!"

눈에 들어오자마자 테라는 바로 끌어안으려고 했지만, 냉정한 표정의 다이오드가 양손으로 막아 세웠다. 그 모습에 눈물을 그렁그렁 매달고서 항의했다.

"어째서인가요? 저는 더 못 참겠는데요!"

"저쪽에 관계없는 사람이 둘이나 있잖아요!"

"있어도 못 참아요! 그치만 거의 20일 만에 보는 거라고요, 다이 씨는 아무렇지도 않아요?"

"아무렇지는—— 아무렇지 않은 게 아니에요. 걱정했다고요."

슬금슬금 포위망을 좁혀오는 테라의 팔을 누르면서 다이오드가 말했다. "『후요』에 오면 위험하다니깐요. 오면 붙잡힌다고요. 게다가 지금도 이 괴팍하고 성격이 삐뚤어진 아빠랑 크게 다투는 게 아닐까, 싶어서 저기 안에서 조마조마해 하면서 보고 있었어요."

"그건 한마디로 다이 씨도 참고 있었다는 뜻인가요?"

"아뇨—— 그건——."

"참고 있었죠?"

추궁하듯 묻자, 다이오드는 고개를 숙이면서 "……네." 하고 고개를 끄덕였다.

힘이 풀린 팔째로, 가냘프고 작은 몸을 안아 올렸다. "다이 씨……!" 하고 테라가 뺨을 비볐다.

"만나고 싶었어요!"

"——."

다이오드가 무슨 말을 했는지 잘 알 수 없었다.

그저 조금이지만 저항하는 힘이 느슨해지는 걸 느꼈다.

그것만으로도 너무나 기뻐져서 다시 한번 꼭 끌어안았더니, "죄송하지만 의전부가 찾고 있어요." 하고 프라이가 미니셀을 들여다보면서 다가왔다.

"꼭 지금—— "꼭 지금 그런 소릴 해야 해요?!"

먼저 외치려던 테라의 말을 가로채며 다이오드가 버럭 소리쳤다.

"꼭 지금 해야겠네요—." 트레이즈 씨족의 선원일 터인 여성은 당연하다는 듯 올려다보며 무심하게 말했다. "이 의전부라는 거, 우리 씨족으로 따지면 안전보장부에 해당하는 곳이었죠. 엔데바 씨족으로 치면 뭐더라, 장로회의 정보원? 그런 곳에서 다이오드 씨가 어디 갔냐면서 엄청 뛰어다니고 있어요. 오즈노 치프, 다이 씨를 구해냈을 때 흔적은 제대로 지웠어요?"

"응? 나는 그런 거 안 했는데." 오즈노도 프라이 못지않게 무심한 태도였다. "칸나 앞으로 겐도 가문 전용 엘리베이터 전자키를 보냈을 뿐이야. 그 다음엔 저 아이가 자기 힘으로 왔어."

"으에엑?! 실화인가요······."

프라이는 어처구니없다는 듯이 외치고서 다이오드 쪽으로 시선을 돌렸다.

"그럼, 우리가 뭐라고 말할 필요도 없겠네요?"

"네." 몹시도 내키지 않는다는 듯이 다이오드가 테라를 안고 있던 팔을 풀었다. "최대한 메이카도 모를 만한 루트로 왔지만, 도착 지점이 이곳이니까 들이닥치는 것도 시간문제예요."

"뭐야, 아무런 계획도 없이 온 거냐, 칸나."

"제가 급히 서두르고 있다고 말했잖아요, 이 뜬금포에 멍청한 바보 아버지!" 다이오드는 오즈노를 향해 소리치고선 테라를 손가락으로 가리켰다. "이 사람이 슬슬 『후요』의 어딘가로 숨어 들어올 타이밍이었다고요! 제가 발각되는 것보다 이 사람이 발각되는 게 더 위험하다니까요!"

"아, 그런 뜻이었나."

"그런 뜻이에요! 그런 의미에서······ 붙잡히기 전에 여기로 데려올 수 있었으니까 이걸로 충분해요."

그렇게 말하고서, 다이오드는 시선을 내리깔았다.

그런 다이오드의 툴툴거리는 모습이 테라로선 이해하기 어려웠다. 원래부터 솔직하지 못한 성격이라는 건 알고 있지만, 지금 이러는 게 단순히 삐뚤어진 성격 탓인지, 아니면 다른 이유가 있기 때문인지는 잘 모르겠다.

모르겠지만, 지금은 그런 걸 신경 쓸 상황이 아닌 것 같다는 건 확실히 알겠다.

"프라이 씨, 그건 당장 도망치는 게 좋다는 얘기인가요?"

"으음— 어떠려나요. 이 안쪽에 있는 치프가 잡동사니를 쑤셔 놓은 구역에 숨는다면 아마 들키지는 않겠지만, 나중에 나가기가 더 어려워지겠죠. 아니면 테라 씨, 지금 당장 탈출할래요? 혹시 그럴 방법이 있다면 말이지만."

"네——." 말하려다가 프라이가 히죽히죽 웃고 있다는 걸 깨닫고서 살짝 망설였지만 더 이상 여유가 없다고 판단했다. "탈출할게요. 그럴 방법이 있으니까요!"

"아까 말한 비장의 수군요. 그건 어디에?"

"항구예요. 다이 씨, 서둘러 도망가죠!"

"잠깐만 기다리게."

왜인지 책상 서랍을 뒤적거리고 있던 오즈노가 말을 꺼냈다.

"테라 씨, 여길 나가면 바로 GI로 향할 생각인가?"

"네, 아마도요."

"어떻게? 아니, 그것도 물어볼 상황이 아니지. 아무튼 이걸 가져가도 돼."

그렇게 말하며 새끼손가락 끝 정도 크기의 금색 정육면체를 내밀었다. 영상 방송사인 테라에겐 익숙한 물건, 소자석이다.

"뭔가요? 이거."

"GI에 대한 정보가 들어 있어."

"네? 당신이 어째서 그런 걸?"

테라가 깜짝 놀라자 오즈노는 짐짓 점잔을 빼는 표정으로 올려다보며, "정보를 입수한 수단? 아니면 이걸 건네주는 이유?"라고 되물었다.

"어, 그건 둘 다……."

"둘 다 얘기할 시간은 없겠어. 간추려서 말하자면 내가 연구자이기 때문이야. 예전에 서크스의 내력과 GI의 관계를 조사했던 적이 있어."

"아하, 그럼 저희를 위해 따로 조사하신 건 아니군요."

"당연하지. 그건 그냥 온갖 자료를 다 쑤셔 넣어 둔 거야. 그래도 없는 것보다는 낫겠지."

"없는 것보단 훨씬 나아요! 감사합니다!"

"건네주는 이유는——."

오즈노는 테라에게 착 달라붙어 있는 다이오드에게 시선을 떨어트렸다.

"칸나."

"뭔가요, 되잖은 핑계를 둘러대는 성가신 아빠."

"나를 의지해 줘서 고맙다."

윽, 있는 힘껏 얼굴을 찌푸린 다이오드가 고개를 홱 돌렸다.

"테라 씨, 빨리 밖으로……."

"어? 앗, 네. 그런 거였군요."
"아무것도 몰라도 돼요!"
이쪽이에요— 하고 프라이가 통로에서 손짓하고 있었다. 독가스라도 뒤집어쓴 듯한 표정인 다이오드를 그쪽으로 떠민 다음, 테라는 돌아서서 인사했다.
소년 같은 분위기를 띤 남자가 두 손가락을 세우고 있었다.

공기 정화 센터를 나온 세 사람은 무중력용 핸드레일을 징검다리처럼 건너뛰며 길을 서둘렀다. 이미 취침 시간에 들어갔기 때문에 작업항으로 이어지는 통로는 아까 지나올 때보다 한산했다. 이따금 화물용 무인 공중 열차나 쓰레기, 액체 흡인 로봇이 스쳐 지나갈 뿐이었다.
추적자의 기척이 느껴지지 않아서 살짝 긴장을 푼 테라가 말했다.
"아버님, 좋은 분이시네요."
"치명적으로 무례하다고 느끼진 않았나요?"
"네에, 그렇게 생각한 순간도 있긴 했지만, 결국은 힘을 빌려주셨잖아요. 속마음은 둘째 치고서라도."
"그 속마음이 겉으로까지 드러나니까 이틀이나 같이 지내면 견딜 수가 없어지거든요."
"앗, 그럼 같이 지냈던 적이 있긴 했군요?"
"관두자고요, 그 얘긴." 질색하면서 손을 내젓고는 테라의 작업복 주머니를 가리켰다. "지금 문제는 세 가지, 방금 받은 소자석의 정보는 쓸모가 있는가, 이곳을 무사히 탈출할 수 있는가. 그리고."

"네."

"당신은 대체 누군가라는 점이에요. 프라이즈백 백야드빌드 JT."

다이오드가 노려본 사람은 자연스럽게 자기도 한 팀이에요, 라는 얼굴로 옆에서 걷고 있는 프라이였다.

"어째서 다른 씨족 사람이 세상 물정 모르고 사람 열받게 만드는 우리 아빠랑 같이 있는 거죠?"

"아— 그 점에 대해선 묻지 않겠다고, 아까 테라 씨가 약속해 주셨는데요."

"저랑 한 약속이 아니니까요."

"그럼, 저도 당신들에 대해서 자세히 물어봐도 되나요?"

끙, 하고 입을 다문 다이오드를 향해 프라이가 생긋 웃었다.

"저로서도 서로 툭 터놓고 얘기하는 게 더 달가운 일이에요. 묵묵히 입을 다물기만 해서야 부가 늘지 않아요. 거래를 거듭함으로써 부가 태어나는 법이니까요——."

"……그럼 조금만 얘기해 드릴 테니, 조금만 가르쳐주세요."

"다이 씨?!" 다이오드의 제안에 테라는 깜짝 놀랐다. "얘기하게요? 그렇게 신경 쓰이나요?"

"저런 아빠라도 나름 씨족 간의 정세는 파악하고 있을 거예요. 그런데 외부인을 『후요』로 끌어들여 무언가를 하려 한다는 건 이상한 일이에요. 겐도에서 그건 보통 일이 아니에요. 어지간한 사정이 있을 게 틀림없어요."

"그런가요……?"

테라는 다이오드와 함께 옆에 있는 사람을 바라보았다. 플렉시블 컨테이너들이 온 사방 벽에 매달려 있는 어수선한 통로가 끝나고, 작업항으로 이어지는 커다란 게이트가 나왔다. 세 사람은 활짝 열려 있는 게이트를 통과했다.

"다이 씨는 정말로 감이 좋은 사람이네요." 가늘게 뜬 프라이의 눈이 이쪽을 쏘아보는 느낌이 들었다. "태풍각에서 경계를 뚫고서 도망쳐 나온 것도 그렇고, 전에 채취선 안에서 갑자기 울음을 터트렸던 것도 그렇고. 만만치 않네— 싶어서 호감이 가요."

"띄워줘 봤자——."

그때 확, 하고 눈부신 조명이 상하좌우에서 켜지며 세 사람을 비췄다.

"큭."

테라와 다이오드는 반사적으로 팔을 들어 얼굴을 가렸지만 프라이는 달랐다. 허리춤에서 핸디 슬러스터를 뽑더니 전력을 다해 뒤쪽으로 훌쩍 뛰어 게이트 바깥의 컨테이너 더미 틈 사이로 숨어들었다. 도망치는 속도가 놀랍도록 빨랐다.

"추야, 저 녀석을 쫓아!"

빛 속에서 목소리가 들리고, 검은 옷을 입은 청년이 두 사람의 옆을 지나 화살처럼 달려 나갔다. 테라로선 그 청년이 누군지 알 수 없었지만, 서치라이트 그림자로부터 연극이라도 하듯 과장된 몸짓으로 등장한 여자가 누구인지에 대해선 이름을 듣기도 전에 짐작이 갔다.

"당신들은 거기서 움직이지 마시길. 칸나 씨, 그리고 인섬니아호의 선주, 엔데바의 테라 씨. 처음 뵙겠어요, 메이카 시키리오니 케이와쿠랍니다."

얼굴에 정면으로 내리쬐던 라이트가 치워져서, 테라는 드디어 목소리의 주인을 볼 수 있었다. 다이오드와 똑같은 옷을 입은 동갑으로 보이는 여자애였다. 어두운 파란색 머리카락을 형광 핑크색 리본으로 묶어 올린 장식적인 헤어스타일이 몹시도 화려했다. 키는 다이오드보다 컸고, 손은 다소곳이 앞으로 모았지만, 가슴을 편 모습은 자신감이 넘쳐 보였다. 주변을 둘러싼 어두운 색 옷을 입은 어른들은 아마 보호자라기보다는 부하들이겠지. 아까 들었던 의전부 소속 사람들일지도 모른다.

테라는 일단 둘러댔다.

"사람 잘못 봤어요. 저는 프라이즈백이라고 합니다."

"선주 등록은 그렇게 되어 있더군요. 하지만 그건 다른 누군가한테서 빌린 이름이겠죠. 이제 거짓말을 할 필요는 없어요, 자요."

메이카는 우아하게 손을 내밀며 미소를 지었다. 시치미 떼봤자 소용없을 것 같아서 테라는 다시 자기소개를 했다.

"테라 인터콘티넨털 엔데바입니다. 처음 뵙겠습니다, 메이카 씨."

"어서 오세요, 테라 씨. 『후요』에는 무슨 용무로 오셨나요? 장사? 관광?"

"보시는 대로인데요."

"그렇게 말씀하셔도 잘 모르겠어요. 미아가 되었던 제 친구 칸나 씨를 제게 데려다주시려는 걸까요?"

"그렇지도 않아요. ──그리고 다이 씨는…… 칸나 씨를 말하는 건데, 지금은 제 파트너입니다."

"흔치 않게도 여자 둘이서 트위스터와 디컴퍼를 하고 계신다고 들었는데요? 그건, 업무상 동료라는 뜻이겠죠?"

"물론 그 말이 맞는데요."

"부러워요. 저는 1년 넘게 칸나 씨와 같이 지냈고, 함께 여학교에서 디컴프레션을 배웠는데 한 번도 같은 배에 타고 고기잡이를 해본 적이 없는걸요."

가만히 듣고 있자니 테라는 점점 참을 수가 없었다. 메이카는 계속해서 다이오드와 얼마나 가까운 사이인지 과시하고 있었으니까. 그게 영 마음에 들지 않아 무심코 되받아치고 말았다.

"좋은 그물을 만들지 못했나 보네요?"

테라로서는 고작해야 살짝 쏘아줄 작정이었다. 학교에서 꼼꼼하게 디컴프레션을 배운 아가씨 쪽이 그물을 치는 게 서투르다며 툭하면 소박맞던 자신보다 훨씬 솜씨도 좋고 능숙할 게 뻔했으니까.

그런데 그 말을 들은 메이카의 표정이 굳었다.

"그물은── 만들 수 있었어요. 당연하지만요. 자신 있는 과목이기도 하고, 시험에서도 학년 3위였어요. 칸나 씨도 그 점은 잘 알고 계시겠죠──."

다소 빨라진 어조로 그렇게 말하다가, 다이오드와 눈이 마주치자 자연스럽게 고개를 돌렸다.

"아무튼 그런 건 억측이에요, 테라 씨."

그런 메이카의 태도를 테라는 의아하게 바라보았다.

가볍게 헛기침을 한 뒤 메이카가 말을 이었다.

"저에 대한 건 아무래도 좋아요. 그런 것보다 테라 씨, 자신이 이제부터 어떻게 될지 궁금하지는 않으세요?"

메이카의 태도 변화가 신경 쓰였지만, 테라는 바로 대답이 나오지 않았다. 그러자 대신 다이오드가 대답했다.

"어떠냐고 물어봤자 이대로면 당신한테 붙잡힐 텐데 당신 마음에 달린 거 아닌가요, 메이카. 괜히 잘난 척 돌려 말하는 건 그만두지 그래요?"

"딱히 잘난 척하는 건 아니에요. 테라 씨는 미묘한 입장이라고 말씀드리고 싶었을 뿐이죠."

메이카가 어째선지 기뻐하며 대답하고는 "아시겠어요, 테라 씨?"하고 다시 시선을 돌렸다.

"당신에겐 무단 탈선, 선적 위조, 불법 침입, 미성년자 유괴 혐의가 걸려 있어요. 전부 거의 확정이네요. 또한 제 아버지이신 누루데 족장님은 당신을 눈여겨보셔서 디컴퍼로써 초대하고 싶어 하세요. 그러니까 이제 마음껏 돌아다닐 수는 없답니다."

범죄 용의자를 족장이 멋대로 초대할 수 있는 건가요, 라고 묻고 싶은 기분이었지만 테라는 꾹 참았다. 이 상황을 벗어날 수 있을 법한 어떤 아이디어가 떠오르기 시작했다.

메이카가 말을 이었다.

"게다가 당신의 배…… 인섬니아호라는 배도 이미 항만 경비부가 압류했으니 허가 없이 출항은 불가능해요. 저 배, 흥미롭던데요. 평범한 피쉬본 화물선인 줄 알았더니 묘하게 보안이 단단해서 경비부의 사법 키로도 에어록이 열리지 않고요. 게다가 필러 보트용 조종 콕핏 같은 걸 매달고 있는데, 대체 무슨 생각이었죠?"

"그건…… 그게."

궁지에 몰린 것처럼 말을 흐리면서 테라는 행운에 감사했다. 들고 온 조종 콕핏까지 찾아내 주었을 줄이야. 보안이 단단한 건 분명 배를 탈취당하지 않게 에다가 지켜주었기 때문이겠지.

이거라면 가능할지도—— 시치미 뗀 얼굴로 메이카를 속일 수 있을지도 몰라.

악의는 없는 것처럼 미소를 지으면서 말했다.

"그건 디컴프레션…… 인데요. 알아보기 힘들었나요."

"어?"

"열리지 않는 이유는 디컴프레션으로 잠가놨기 때문이에요. 그것도 일반인을 대비한 안전장치로요. 상대가 디컴퍼라면 해제당할지도 모르겠다 싶었는데요."

"……그런 얘기는 들어본 적 없어요."

"앗, 겐도 씨족 학교에선 안 가르쳐 주는군요? 그래도 그 피쉬본 부분이 디컴프레션으로 만든 위장이라는 건 한눈에 알아보셨죠?"

피쉬본은 사실이고, 안전장치는 거짓말이다. 어떤 게 진실이고 거짓인지 구별하지 못했기를 바랐다.

그러자 메이카의 눈빛이 날카로워졌다.

"디컴프레션한 위장선으로 다른 씨족에 몰래 숨어드는 나쁜 짓은 일반적으로 학교에서 안 가르쳐줘요. 엔데바 씨족은 정말로 참 대단한 생각을 하네요."

놀랄 정도로 효과 발군이었다.

묘하게 험악해진 분위기를 읽고서 테라가 계속 말을 이었다.

"씨족에서 가르쳐 준 건 아니에요. 제가 개인적으로 고안한 거죠. 뭐, 특이하기만 하고 대단한 건 없지만, 다이 씨는 그게 마음에 든다고 말해주거든요. 괜찮다면 배를 구경해 보실래요? 전교 3등인 메이카 씨라면 금방 어떻게 하는지 익히실 수 있을 거예요."

테라의 계산으론 이 말이면 확실하게 메이카를 화나게 만들 수 있을 터였다.

"배를——."

뭔가 말하려던 메이카가 갑자기 입을 다물었다. 두 사람과 주위에서 조용히 상황을 지켜보고 있는 부하들을 번갈아 바라보더니 크게 고개를 끄덕였다.

"아아, 그렇군요."

"네?"

"지금 혹시 우리가 인섬니아호에 타는 쪽으로 유도하고 계신가요?"

"——아뇨."

"디컴프레션 실력을 과시하는 어린애를 살짝 부추겨서 유인한 다음, 자기 배까지 데려가서 감금하거나 뭔가 수작을 부린 후, 대신 자기들은 조종 콕핏에 타서 도망치겠다는 작전이 아닌지요?"

"아뇨, 무슨! 절대 그렇지 않아요!"

"테라 씨는 디컴프레션이 능숙하시죠? 58K 얘기는 알고 있습니다. 그 솜씨가 있다면 겐도의 비축 점토로 필러 보트를 재생해서 한 척을 고스란히 훔쳐 달아나는 것도 가능하겠네요? 할 만하다고 생각하신 거 아닌가요!"

"아뇨 정말로—— 그런 생각은 전혀——."

몹시 허둥거리며 테라가 손을 내젓자, 하필 다른 사람도 아닌 다이오드가 입을 열었다.

"그런 작전을 생각했던 건가요? 아무리 그래도 그건 메이카를 너무 바보 취급한 것 같은데요."

그 말을 들은 메이카가 기쁜 듯이 미소를 지으며 말했다.

"테라 씨. 저는 살짝 화가 났거든요."

"네……."

"당신은 이제 아버님을 뵈러 가주셔야겠지만, 그 전에 한바탕 열심히 일할 기회를 드릴게요. 고기잡이 좋아하시죠?"

"네…… 어?"

고개를 끄덕이려다 되묻는 테라를 향해, 메이카는 양손 손가락으로 베쉬로 짐작되는 윤곽을 허공에 그렸다.

"비단잉어를 잡아 볼까요."

"어째서요?!"

"전교 3등인 제가 좋은 그물을 만들 수 있는지 어떤지 봐주셨으면 해서요."

"저는 비단잉어를 잡아 본 적이 없는데요!"

"칸나 씨가 마음에 든다던, 특이하지만 대단할 건 없는 방식들을 제게 살짝 보여주시는 것만으로도 충분해요."

"애초에 당신은 아직 결혼하지 않았잖아요?"

"그 점은 제가 신경 쓸 일이니까 걱정하실 필요는 없어요."

"그래도——."

뭔가 더 반박할 말을 찾고 있었더니, 메이카가 갑자기 진지한 표정으로 돌아와 말했다.

"할 마음이 안 나신다면 한 가지 가르쳐 드리겠어요. 제 아버님, 누루데는 당연하지만 디컴퍼인 여성에게 씨족 바깥의 남자를 붙여서 애를 낳게 할 생각이죠. 지금 이곳엔 세 여자가 있고요. 아버님이 두 사람을 원한다고 치면 누구를 내미는 게 가장 적절하다고 생각하세요?"

그 말이 채 끝나기도 전에 다이오드가 "테라 씨, 그런 건 생각할 필요 없어요!"라고 외쳤다.

테라는 메이카를 보고, 다이오드를 보고, 다시 메이카를 본 다음 말했다.

"알겠습니다. 당신의 고기잡이에 어울려 드리겠어요."

"그거 기쁜 일이에요. ——정말로요."

생긋 웃는 메이카. 테라는 아주 조금이지만 그녀를 이해할 수 있었던 것 같은 느낌이 들었다.

제3장 비단잉어잡이

1

"『후요』항만포, 통과합니다. 주회자 항법 위성에 접속, 강하 궤도 요소와 참고 카운트다운 수신했습니다. T 마이너스 450, 자가 진단 실행 중, 필러 보트의 현재 질량은 17만 5500톤, 형태는 계류용 긴 원주형, 생존 자원 잔량은 47시간, 전주 전파 및 광학 시야 클리어…… 갈 수 있어요, 다이 씨!"

"도망치죠."

테라가 OK 사인을 보내자마자 다이오드는 터무니없는 소리와 함께 부채꼴 모양의 가상 스로틀들을 전부 밀어 올렸다. 추력 전개 지시를 내렸지만, 필러 보트는 아직 메인 엔진을 형성하기 전이었다. 대신 각 부분의 자세 제어용 소형 노즐 중 벡터 유효 성분을 가진 것들이 일제히 점화했다. 『후요』에서 급속도로 벗어나려는 시도였다.

그 즉시 작업항의 항만포가 단펄스 속사를 개시, 불을 뿜어내는 노즐들을 바깥쪽부터 차례로 망가뜨렸다.

"흐꺄아아아악?!"

폭음과 함께 덜컹덜컹 흔들리는 배 안에서 테라가 비명을 지르자, 다이오드는 칫, 하고 혀를 차며 스로틀의 미세 조정에 들어갔다. *요잉(Yawing), 배의 축을 포 쪽으로 돌려서 투영 면적을 줄이고, 그대로 선체 윗면의 노즐로 분사를 옮겨 포를 바라본 상태에서 수직으로 가라앉듯 도망칠 작정이었다.

그러자 이번에는 좌우에서 엄청나게 큰 핑크색 말뚝이 돌진해 오더니 배를 아래에서 위로 다시 밀어 올렸다. 겐도 씨족 소속인 다른 두 척의 필러 보트였다.

『배를 빌려드리자마자 도망치려고 하다니, 너무 예상 그대로네요. 이왕 할 거라면 좀 더 의외의 행동을 보여줬으면 해요.』

VUI 화면 위에 다섯 장의 꽃잎을 가진 검은색 꽃이 빙글빙글 돌더니 메이카의 얼굴이 나타났다. 동시에 트위스터석에 있는 추야도 같이 비쳤다. 프라이를 쫓아갔던 청년이 이번엔 메이카의 전방 콕핏을 맡은 모양이다.

다이오드는 후우 하고 불쾌한 기색으로 양손을 들었다. 테라는 대각선 뒤쪽에서 몹시 창피한 심정으로 말을 걸었다.

"다이 씨, 가자고 했던 건 고기잡이를 하러 가자는 뜻이었어요."

"왜 바보같이 시키는 대로 하고 그래요."

툭 던지는 말투에 기분이 상했다.

"바보라니 무슨 소리예요."

"말 그대로의 뜻이에요. 일단 강하를 시작하고 나면 점토 일부가 타버리지만, 지금이라면 추진제가 100% 꽉 차 있어요. 추진

---

* 요잉 : 항공기 등을 운전할 때 선회를 위해 좌우 방향을 바꾸는 행위.

제만 있으면 따돌리고서 『아이다호』까지 갈 수 있고, 거기까지 가면 겐도의 추적을 피할 수 있잖아요."

돌아보는 다이오드가 어처구니없다는 듯이 말했다.

"이 상황에서 도망치지 않는다면 그건 바보예요."

배경은 밤의 FBB. 거대한 가스 행성의 먹구름 여기저기에서 보랏빛 번개가 번쩍번쩍 빛났다. 그런 배경을 등지고서 단추가 달리지 않은 낯선 기모노를 입은 소녀가 자신을 내려다보고 있었다. 인쇄한 덱 드레스가 아니라 겐도풍 의상을 입은 모습은 청초하면서도 이국적이어서, 이런 상황만 아니었다면 질릴 때까지 바라보고 싶을 정도로 매력적이었다.

그런 다이오드를 향해 테라는 바로 옆에 우뚝 솟아있는 『후요』를 손가락으로 가리켰다.

"배! 여기에 우리 배가 있다니까요! 그건 절대로 잃을 수 없어요."

"아까는 그걸 메이카를 낚을 미끼로 써서 도망치려고 했던 거 아니었어요?"

의아하게 묻는 다이오드에게 테라는 잘 들으라는 듯이 힘주어 말했다.

"그건 메이카 씨의 오해예요. 저는 오히려 조종 콕핏을 미끼로 삼아 인섬니아호로 도망치려고 생각했어요. 왜냐하면 그 배가 전에 말했던 성계 바깥으로 나갈 탈출선이라고요!"

크게 뜬 눈을 깜빡이면서 다이오드가 되물었다.

"그 배가 그거였어요? 수상한 사람이 가르쳐 준 수상한 배."

"그 배예요." 끄덕이면서 테라는 피로를 느꼈다. "저는 그걸로 여기까지 왔다고요."

"그건——."

"GI까지 도망칠 수 있는 배라니까요! 정말이에요!"

더 이상 의심이 쌓이기 전에 테라가 열변을 토했다. 아무래도 에다의 설명을 직접 들은 사람은 테라뿐이다 보니, 그 점을 캐물으면 증명할 방법이 없었기 때문이다.

"그러니까 지금은 따를 수밖에 없어요. 공격당하지 않으면서 인섬니아호로 도망칠 틈을 찾을 때까지는."

"……뭐, 테라 씨가 그렇게 말한다면야."

시선을 휙 돌리고서 다이오드는 다시 앞을 보았다. 기모노의 하늘하늘한 소매와 찰랑이는 은색 머리카락이 체액성 젤 안에 작은 거품을 남겼다.

그 머리카락을 손에 쥐고 싶다는 생각이 들었다.

머리카락을 만지는 것 말고도 다양한 것들을 하고 싶었다. 쓰다듬고 싶고, 껴안고 싶고, 이쪽 이야기도 하고 싶고, 저쪽 얘기도 듣고 싶다. 무엇보다 지금 다시 만나서 얼마나 기쁜지를 얘기하고 싶었다.

하지만 또다시 통신이 끼어들었다.

『들려요? 칸나 씨. 알고 있나요? 이제 곧 강하 시간이랍니다.』

"잘 들리고, 이미 알고 있어요. 방금 건 살짝 손이 미끄러졌을 뿐이에요."

『좋은 대답이네요. 하지만 다음에 또 그런 장난을 치면 용서하지 않을 거예요?』

"네에네에네에네에. 이제 도망 안 친다니까요."

다이오드가 건성으로 대답하면서 통신을 끊었다. 진저리난다는 표정을 짓고 있어도, 오래 알고 지낸 사이 특유의 자연스러움이 느껴졌다.

자신과 비교해 봤자 소용없다는 건 알고 있지만, 항구에서 대치했을 때 메이카가 집요하게 어필했던 게 마음에 걸렸다.

"테라 씨, 그 복장은…… 뭔가요?"

"네?"

정신을 차려보니 다이오드가 다시 곁눈질로 이쪽을 보고 있었다. 테라는 투박하고 볼품없는 덕트 드레스 차림이다. 둘이서 근사한 옷을 입고 필러 보트를 타는 베쉬잡이엔 전혀 어울리지 않는 작업복.

"이, 이건 그게, 여러 사정이 있어서."

"흐—응…… 고생이 많았네요."

"네……."

평소라면 서로의 옷을 칭찬했을 타이밍이었을 텐데, 이런 쌀쌀맞은 반응. 울고 싶은 심정으로 고개를 수그렸다.

휘청휘청 배가 흔들렸다. 지금 이 순간까지 배를 밀어 올리고 있던 두 척의 필러 보트가 드디어 떨어져 나갔다. 가상 입출력 패널에 어부 로쿠죠, 어부 모쿠렌이라고 이름이 표시되어 있다.

서로 대화하느라 바빠서 눈치채지 못했지만, 배로 배를 밀어붙인다는 건 보통은 하지 않는 실력 행사 행위다. 두 척은 이쪽으로 엉덩이를 들이밀고선 면상에 대고 끼얹는 것처럼 화염을 분사하며 멀어져갔다. 우연일지도 모르지만—— 아니, 그럴 리가 없다. 일부러 도발하는 것이다.

 깔보고 있다. 어째서?

 이쪽 트위스터가 여자니까. 어디에서나 흔히 있는 어린애 취급. 그리고 언제나처럼 테라는 당하고 나서야 눈치챈 뒤, 말로 표현하기 힘든 심정을 가슴에 품었다.

 ——바보 취급하지 말라고요, 우리 다이 씨를!

"돌입 형태 부탁드릴게요."

 앞에 나타난 조종 콕핏에서 사무적인 목소리가 들렸다. 헉, 하고 정신을 차린 뒤 테라는 자신의 뺨을 때렸다.

"네, 넷."

"할 수 있겠어요? 극지방 사양으로."

"할 수 있어요! 맡겨 주세요!"

 심호흡하고서 눈을 감았다. 디컴프레션—— 배의 모든 형태를 사람의 손으로.

 디컴프레션은 마음이 안정된 상태가 아니고선 불가능하다. 교과서에도 그렇게 쓰여 있고, 스스로도 잘 아는 사실이다. 그래서 지금의 정신상태로 잘 될지 불안했지만, 어떻게든 디컴프레션을 시작할 수 있었다.

 커다란 점토 구석구석까지 의식의 손가락을 뻗었다——. 귀로 듣지 않고, 눈으로 보지 않고, '이 덩어리가 곧 나 자신이다'라고 의식하며 안쪽과 감응해 간다. 마치 혀끝으로 입안을 더듬는 것과 비슷한 방식으로 자신의 윤곽을 파악하고서, 어떤 곳은 넓히고, 어떤 곳은 쥐어짜면서 형태와 내부를 그려냈다. 날카로운 끝, 튼튼한 수납공간, 뜨거운 주머니를 또렷하고 확실하게 드러내는 사이, 어느새 깊이 몰두하면서 안과 밖의 구분도 점차 사라져갔다. 진공에 맞닿은 2만 제곱미터 이상의 표면을 자기 피부라고 느끼면서 감각을 뻗어 힘찬 날개, 강인한 노즐, 머나먼 운평선까지 내다볼 수 있는 전자의 눈을 열었다.

그건 언제 어느 때든, 이것만으로도 삶의 의미를 충족시켜 줄 정도로 해방감과 충실감을 안겨주는 행위였다. 테라는 디컴프레션을 통해, 마치 처음으로 탄생한 생명처럼 생기 넘치는 필러 보트를 만들어 냈다.

"다 됐습니다. 리엔트리 부탁드려요!"

"……고마워요. 카운트에 맞춰서 내려갈게요."

잠깐의 틈을 두고서, 다이오드가 감사를 표했다.

폭 22만 킬로미터의 광활한 밤의 끄트머리를 몇 개의 빛줄기가 가르고 지나갔다. 빛줄기는 테라와 메이카가 탄 필러 보트 두 척, 그리고 그들을 수행하는 젠도 씨족의 다른 필러 보트와 감시선 다섯 척이었다. 부드러운 오렌지색 빛이 일곱 척의 배를 감싸고 있었다.

테라는 메이카가 제공해 준 대여 필러 보트의 미세 조정을 이어가고 있었지만, 강하가 시작된 지 얼마 지나지 않아 배를 감싼 빛을 깨닫고 깜짝 놀랐다. 평소 고기잡이에선 볼 수 없었던 빛이었다.

"다이 씨, 조금…… 속도를 너무 낸 거 아닌가요?"

"속도요?"

"돌입광이 벌써 나타나고 있어요. 너무 빠른 거죠. 아직 고도 1000킬로미터도 안 됐는데."

"정말이네요." 배 주위를 빙글 둘러본 다이오드가 대답했다. "지금 초속 12.8킬로미터예요. 표준적인 강하 속도라고 생각하는데요."

"그렇다는 말은…… 이 주변만 대기 농도가 짙다?"

"아니면 뭔가 함정이 있거나."

조금 앞쪽에서 선행 중인 메이카의 배를 쳐다보며 다이오드는 손끝으로 가상 콘택트 다이얼을 빙글빙글 돌렸다.

"메이카 당신, 방귀 뀐 거 아니죠?"

『네에? 무슨 뜬금없는 트집을 잡는 건가요!』

"가스를 살포한 거 아니냐고 묻는 거예요. 보통 이 정도 고도에선 단열 압축이 일어날 정도로 농도가 짙지 않아요."

『가스 같은 건──.』

뭔가 말하려다가 갑자기 침묵했다. 아니, 추야와 뭔가를 속닥속닥 의논하는 목소리가 희미하게 들린다. 이윽고, 침착한 태도로 헛기침을 했다.

『……어흠. 새삼 여쭤보겠는데, 두 분은 비단잉어잡이에 대한 지식은 있으신가요?』

"다소는." "도감에서 본 정도예요."

『어머, 그런가요. 하지만 중, 저위도대를 자유자재로 누비고 다니신다고 하셨죠?』

"겐도 사람들이 평범하게 아는 만큼은 알고 있어요." 바보 취급하지 말라는 것처럼 다이오드가 대답했다. "비단잉어라면 어획할 때마다 뉴스에 나왔잖아요. 심층에서 상승해서 단숨에 전리층까지 뛰어오르는 녀석이죠. 크기는 5천 톤에서 2만 톤."

『2만 톤급 덩치가 어떻게 고도 1000킬로미터의 전리층까지 올라가는 걸까요?』

"그러니까 그건 기세를 타고──."

이번엔 다이오드가 말하다 말고 침묵에 빠졌다. 테라는 알 수 있었다. 기세만으론 1000킬로미터까지 올라갈 수 없다. 아니, 올라갈 수 있기야 하겠지만── 간단히 암산해 봤더니 그러려면 FBB의 2G 표면 중력 환경에선 초기 속도가 초속 5.3킬로미터는 필요했다. 그에 비해 일반적인 베쉬의 속도는 음속 수준, 기껏해야 초속 0.4킬로미터다. (그것도 생물치고는 대단한 속도지만.)

다이오드가 돌아보며 작은 목소리로 속삭였다.

"측후선 주변에는 비단잉어가 없었어요."

"중위도대니까요." 다이오드는 실전엔 강하지만 이론에 약하다. 도움을 구하는 모습을 보고서 테라는 기운을 냈다. "대신 대답할게요."

통신을 이어받아 테라가 말했다.

"메이카 씨, 비단잉어는 오로라를 이용해 상승하는 거죠? 사람이 모는 우주선 같은 반동 분사 대신. 오로라라는 건, 우주에서 내려오는 대전입자가 상층 대기와 충돌하면서 생기는 플라스마니까, 다시 말해 비단잉어는 플라스마 폭포를 거슬러 오르는 식으로 상승하는 거네요."

『네에, 맞아요. 그 폭포의 에너지는?』

테라는 침묵했다. 미니셀로 검색하면 바로 나오겠지만, 만약 지금이 초음속으로 고기잡이를 하던 도중이었다면 검색할 틈이 없다.

『……저기, 설마 그걸로 끝인가요?』 비웃음을 살지도 모른다고 생각했는데 아니었다. 『그렇다면 아까 했던 방귀 의심, 아니 실례, 극지역 상층 대기에 대한 무지도, 연기가 아니라 정말이었다고요? 오로라를 대비한 열 대책이나, 어탐 시 눈부심 방지 대책이나, 연소실 방호벽 형성 등등 필요한 이미지도 정말로 없으신 건가요? 설마 그럴 리가 없겠죠? 분기 우수 어부 3위의 성적을 거뒀는데.』

메이카의 말투는 걱정과 비웃음의 사이 그 어딘가에 있는 것 같았다. 아무리 그래도 호들갑이라고 생각해 테라가 받아쳤다.

"이쪽도 필러 보트로서 충분한 성능은 내고 있어요. 그런데 오로라의 에너지라뇨?"

『1조 5000억 와트는 가볍게 넘어요.』

"1조."

『5000억. 마침 어젯밤부터 카테고리 5의 플레어 경보가 나왔고, 그림자 내 해머링도 관측됐으니까 이번엔 7, 8000억까지 가지 않을까 싶네요.』

"……네."

『테라 씨? 괜찮으세요? 기운이 없어 보이시는데 고기잡이는 할 수 있으시겠어요? 만에 하나 당신이나 칸나 씨가 다치기라도 하면 미안하니까 돌아갈까요?』

"돌아간다면 승부는."

『당연히 제 부전승인 걸로 하겠어요.』

"우리는 충분히 할 수 있어요."

테라는 힘차게 수도를 내려치는 제스처와 함께 통신을 끊었다.

"후우!"

미간을 누르면서 숨을 내쉬었다. 체액성 젤 속에 뽀그르 떠오르는 거품 너머로 다이오드의 걱정 가득한 표정이 보였다.

"결국 이 주변의 빛은 뭐라고 생각해요?"

잠시 생각한 뒤, 테라는 방금 메이카와 나눈 대화를 통해 뭔가를 떠올렸다.

"이건 말이죠……. 다이 씨, 현재 바깥의 온도를 알 수 있나요?"

"고도 1000킬로미터 이상에서는 온도 같은 건 의미 없어요."

"트위스터의 감각으로는 진공이겠지만, 아무튼 측정해 보세요."

"흐음, 그렇다면야……." 적외선 온도계나 비슷한 무언가를 조작하는 듯하더니, 잠시 후 "섭씨 700도라고 나오네요. 기압은 100만 분의 1 이하인데. 뭔가요, 이거." 꺼림칙해하는 듯한 반응이 돌아왔다.

테라가 대답했다.

"즉, 극지에서는 여기서부터 이미 고온 대기가 시작된다는 뜻이네요."

"극지니까 태양광이 아주 비스듬하게 들어올 텐데요?"

"태양광 때문이 아니에요. 아까 메이카 씨가 말했던 오로라의 여파라고 생각해요. FBB는 남북극이 더 뜨거운 거죠."

"그럼 뭔가요, 여기서부터는 평소의 비행열에 700도가 더해졌다고 생각해야 한다?"

"항상 그런지 아닌지는 모르겠지만, 평소와는 환경이 달라지겠죠."

두 사람은 침묵했다.

이윽고 다이오드가 중얼거리듯 말했다.

"솔직히 말해서, 이대로 들이박는다면 살아남을 수 있으려나요."

그녀답지 않은 약한 소리에 오히려 테라가 자극받았다. 눈앞의 공간을 짝짝 두드려 6개의 VUI 디스플레이를 띄운 다음, 약한 마음을 꾹 억누르며 대답했다.

"메이카 씨한테도 가능한 거니까, 살아서 돌아갈 수 있는 선박의 사양과 어업 방식이 있겠죠. 지금부터 열심히 그 방법을 찾아내겠어요. 자료 검색은 특기예요."

"영상 방송사니까요."

"네."

"메이카는 요전까지 학생이었고요."

"네에."

——하지만 살아서 돌아가는 것뿐 아니라, 고기잡이에서 이겨야 할 텐데요.

다이오드는 그런 푸념을 일일이 말하지 않았고, 테라도 입 밖에 꺼내지 않았다. 대신 다이오드도 여분의 VUI를 열었다.

"방금은 저도 바보 꼴이었어요. 애초에 베쉬가 오로라를 타고 오른다는 게 무슨 소린지. 기본적인 것만이라도 확인해 두는 게 어떨까요? 도착할 때까지 아직 10분 정도 남았으니까요."
"그러죠."

하늘에는 별의 평야, 눈 아래엔 검은 구름. 광활한 밤을 나아가는 일곱 척의 배 전방에는 운평선이 라벤더색으로 물들기 시작했다. 날이 밝기까진 아직 시간이 남았다. 저 빛은 새벽보다도 먼저 자리 잡은 빛이었다.

그건 행성을 장식하는 왕관. 모래알보다 작은 인간들의 눈으로 보기에는, 좌우로 아득히 넓게 펼쳐져 물결치는 희미한 빛의 거대한 커튼.

코앞에 시험을 앞둔 학생처럼 벼락치기 공부를 하던 두 사람은 아직 그 빛을 눈치채지 못했다.

2

물건은 던지면 언젠간 떨어진다. 가속하고 있다면 떨어지지 않는다. 바람이 불어닥쳐도 떨어지지 않는다. 그리고 자석으로 밀어도 떨어지지 않는다.

행성은 거대한 자석이다. 그 말은 과거 지구를 설명하기에 적절한 말이었던 것처럼, 팻 비치 볼에도 딱 들어맞는 말이다. 남극과 북극을 강력한 자력선이 잇고 있다. FBB는 자신보다 훨씬 커다란 자기권을 두르고 있다. 그리고 그 상태로 한 바퀴에 10시간이라는 빠른 속도로 회전 중이다. 누구나 보고 느낀 적이 있듯이, 자기장은 자성체를 움직이려고 한다. 자전하는 FBB는 빗자루로 먼지를 쓸어내는 것처럼 주변 공간을 자기장으로 쓸어내고 있기 때문에, 만약 사방 100만 킬로미터 일대에 쇳가루를 뿌릴 수 있다면, 그 검은 쇳가루가 남북극을 향해 정렬하면서 자전에 붙잡혀 일그러지는 모습을 똑똑히 볼 수 있을 것이다.

그건 그렇고, 전선 근처에서 자석을 움직이면 전기가 발생한다. 지구에 살았던 플레밍 씨가 처음으로 발견한 이래, 은하계에 존재하는 모든 전선과 자석은 여전히 이 법칙을 따르고 있다. 천문학적 규모라 하더라도 예외는 아니다. 자력을 지닌 행성이 회전하면 그 주변 전선에는 전기가 발생한다. 하지만 행성을 한 바퀴 감을 정도로 긴 전선이 깔린 곳은 드문 만큼, 대신 행성 주변을 둘러싼 플라스마에 전기가 발생하는 경우가 많다.

플라스마는 이온화된 기체다. 간단하게 설명할 때 흔히들 하는 말이다. 이걸 바꿔 말하자면, 기체 상태인 전선이라고도 할 수 있다. 가스인데도 전기가 통한다. 그 이유는 플라스마 내부에선 플러스와 마이너스 전하가 제각각 흩어져 떠다니고 있기 때문이다. 흩어진 채 떠다니는 이유는 그때마다 달라서 플라스마마다 따로 물어볼 수밖에 없겠지만, 행성 부근이라면 다음 두 가지에 해당하는 경우가 대부분이다——. 첫 번째, 태양풍에 얻어맞았다. 두 번째, 은하 우주선(宇宙線)에 얻어맞았다.

FBB는 얼음 위성을 여러 개 갖고 있다. 이 위성의 표면은 항성마더 비치 볼이 내뿜는 태양풍에 얻어맞으면 수소와 기타 플라스마를 방출한다. 맨눈으로 확인할 수 있을 정도로 짙은 농도는 아니지만, 은은하게 풍기듯이 뿜어져 나온다. 가스는 중력이 작은 위성 표면을 떠나 우주 공간으로 흘러 나가고, 떳떳한 자유의 몸이 되어 어디론가 여행을 떠나려는 순간—— 사방에서 다양한 힘에 의해 밀고 당겨진다.

고향인 위성에서 물려 받은 관성력, FBB가 지닌 강한 중력, 태양풍으로 인한 압력, 그리고 자력선 때문에 일어나는 휩쓸림 현상이다.

여러 위성에서 흘러나온 가스는 처음에는 위성 근처에 고여 있다가, 점차 FBB 주변에 도넛 모양의 구름을 형성한다. 아직 어리숙해서 어디로 가야 좋을지 모르는 아이처럼 굴지만, 관성력 때문에 저러는구나, 하고 생각해 주는 편이 가스에 대한 예의일 것이다. '물건은 던지면 언젠간 떨어진다. 가속하고 있다면 떨어지지 않는다.' 위성에서 나온 가스는 위성과 함께 회전한다. FBB에 떨어지고 싶어도 떨어질 수 없다.

하지만 자력선은 그런 것 따위 알 바 아니다.

예의 바르게 천천히 궤도를 돌고 있는 가스의 옆구리를 FBB의 자력선이 거침없이 때린다. 그 주기는 10시간이라는 너무나도 빠른 숫자이며, 가스 각각의 궤도 주기 같은 건 조금도 신경 쓰지 않는다. 플라스마 가스는 기체가 된 전선이니까, 자력선에게 옆구리를 얻어맞으면 내부에 전류가 흐르면서 플레밍 씨가 한 말을 떠올린다. 힘을 내서 움직여야 한다. 이 자력선이 지나가는 방향으로.

이리하여 가스는 여분의 궤도 속도를 얻어 상승해 나간다.

상승한 가스는 태양풍에 떠밀려 멀어져 가지만, 이대로 우주 깊은 곳으로 여행을 떠나긴 힘들다. 아직 FBB의 중력을 받고 있다. 눈에 띄지는 않지만 일련의 흐름 속에서 가장 강한 영향력을 유지하고 있는 건 FBB의 중력이라는 점을 잊어선 안 된다. 항성 MBB에서 멀어지려 하면서도 FBB의 중력에서 벗어날 수 없는 가스가 어디로 갈지 생각해 보면, 그건 다양한 힘이 균형을 이루는 장소, 그림자 속밖에 없다.

FBB는 커다란 행성이지만 MBB는 그보다 훨씬 커서 FBB의 그림자는 끝으로 갈수록 점점 가늘어지다 결국 사라진다. 그 그림자의 뾰족한 끝부분에 가스가 모인다. 행성 지름의 100배 정도 떨어져 있는 위치에 뭔가 희뿌연 구름 같은 게 형성된다. 그것들은 불안하게 몸을 서로 맞대고 있다.

아니, 그보다 여전히 자력선이 닿아 있다. 그만큼 떨어져 있어도 FBB의 자력은 닿는다. 인간은 이 장소를 '온갖 힘이 균형을 이루는 장소'라고 부르는 경우가 많지만, 가스 입장에서는 쫓겨 다닌 끝에 몰린 막다른 골목이다. 꼼짝도 못 하는 상태로 자력선에게 옆구리를 계속 두들겨 맞는다. 도망칠 곳 없는 그들에게 불만이 축적되어 간다. 플라스마 가스라서 심리적 감정은 없지만, 물리적 열은 쌓아둘 수 있다.

가스 행성의 그림자에는 플라스마 와전류로 인한 막대한 열이 축적되는 것이다.

열이라는 건 무한히 쌓아둘 수 없다. 이것 또한 은하계 내의 모든 사람과 주전자가 알고 있는 사실이다. 주전자가 없는 사회에선 압력솥이나 로켓 엔진이나 원자로나 항성 등등을 통해 알려져 있겠지만, 아무튼 열은 발산하지 않으면 언젠가는 넘친다. 행성의 그림자에서도 똑같은 일이 일어난다. 원래 가스는 진공으로 둘러싸여 있기 때문에 열을 잘 발산하기 힘들다. 하려면 할 수야 있지만, 복사(輻射)라는 방법밖에 쓸 수 없다. 부피가 불어날수록 효율이 떨어진다.

자, 여기까지의 흐름은 항성이 격렬한 열을 갖고 있으면서도 온화한 표정을 짓고 있을 때의 모습이다.

그런데 갑자기 항성이 파워를 확 올려 금빛으로 빛난다면 어떻게 될까?

그런 일은 절대로 일어나지 않는다고 믿고 싶지만 실제로 자주 일어나는 일이다. 바로 태양의 플레어다. 이것 자체가 항성 내부의 자력선이 복잡하게 얽혀서 발생하는 과잉 열 방출이지만, 그로 인해 발생한 평소의 수백 배에 달하는 태양풍이 FBB 영역에 도달하면 거기서도 커다란 사건을 일으킨다.

태양풍 태양풍 하는데 사실은 이것도 플라스마다. FBB의 그림자에 한계까지 쌓여있던 플라스마에 한층 더 기세 좋게 플라스마가 쇄도한다면 어떻게 될까?

충격파가 발생한다. 그야 뭐, 그렇게 되겠지, 라는 말밖에 안 나오는 일이다. 빵빵하게 부풀어 오른 뜨거운 주머니를 세게 때린 거나 마찬가지라서, 주머니 바닥이 터져 내용물이 튀어나온다. 펄펄 끓는 고에너지 플라스마가 바로 아래 있는 FBB를 향해 폭포처럼 쏟아져 내린다.

 이것이 바로 서크스의 극지대 어부들이 그림자 내 해머링이라고 부르는 현상이다. 이때 행성으로 떨어지는 가스의 속도는 필러 보트의 20배 이상, 초속 400킬로미터에서 800킬로미터에 달하는 게 관측되었으니 그야말로 분출이라는 표현이 어울린다.

 하지만 분출된 가스는 일직선으로 FBB에 떨어질 수 없다. 행성 자기장은 본체에서 멀어질수록 거리의 제곱에 반비례하여 약해진다. 반대로 말하면 가까워질수록 극단적으로 강력해진다는 뜻이다. 자력선이 자전 방향으로 따귀를 퍼붓는다. 가스는 또다시 자력선으로 인한 궤도 속도를 얻어, 내려가고 싶어도 오히려 밀려 올라가고 만다. 그저 헛되이 적도 위에 축적된다. (덧붙여 서크스의 씨족선은 요령 좋게 이 밀어 올리는 선 안쪽을 돌고 있어서 플라스마를 뒤집어쓰지 않는다.) ──다만 아직 방법은 남아 있다. 넘쳐흘러 극을 향해 달리는 거다. 이전에는 불가능했던 일이라도, 기세가 오른 동료들이 잔뜩 있는 지금이라면 할 수 있다.

 극의 자전 속도는 0이다. 자전축과 지표면이 만나는 지점을 극이라고 부르는 거니까 당연한 말이다. 그러니 자력선을 따라 남북극으로 향하면 옆구리를 때리는 힘은 사라진다. 실제론 극에 도달하는 것보다 빠르게, 위도 80도 정도의 극권에 들어설 때쯤 자력선이 지표면으로 회수된다.

 그때에 이르러 마침내 가스는 눈사태처럼 떨어진다. 천공의 커다란 주머니에서 남김없이 쏟아져 나온 고에너지 입자가 행성 대기에 물보라를 일으키며, 세상에서 가장 선명한 빛의 난무를 일으키는 것이다.

그 에너지, 여기까지의 길고 긴 과정을 거쳐 발생하는 오로라의 복사 에너지가 1조 5000억 와트다. 힘의 출처는 팻 비치 볼의 자전력이다.

이상한 점이지만, 서크스는 대기권 돌입을 '엔트리'라고 부르지 않는다. 지금도 여전히 리엔트리라고 부른다. 이건 인류권 대부분이 그렇다고 한다. 인간이 아직 지상에서 나와 지상으로 돌아가던 먼 옛날 서력(아노 도미니) 시대의 흔적 중 하나다.

주회자력 304년 113일 오전 5시, 위도 77도, 기압 고도 100킬로미터. 이른 새벽 희미한 빛이 비치는 운해의 상공에서 고열의 불꽃에 휩싸인 채 리엔트리를 마치고, 탄도 비행에서 공기역학적 비행으로 이행한 필러 보트의 조종 콕핏에 포로롱, 하고 부자연스러울 정도로 상냥한 차임벨 소리가 울렸다.

"어?"

일부러 사람을 놀라게 하지 않으려는 듯한 평온한 음색이지만, VUI 위에 표시된 아이콘은 한없이 빨강에 가까운 주황색이었다. 두 사람이 전하 상승 경보(차지 얼럿)라는 문자를 읽을 틈도 주지 않은 채, 체액성 젤이 확, 하고 하얗게 흐려지더니 눈앞에 여성 의사 아바타가 나타났다.

"내(耐)G액에 황산바륨 방어액을 첨가했습니다. 여러분은 하전 입자포 공격을 받고 있거나, 또는 고에너지의 천체학적 플라스마 덩어리에 피폭되고 있습니다. 지금 즉시 근본적인 대책을 강구하거나 회피해주세요——."

 본선은, 이 아니라 여러분은, 이라고 말하는 점이 오싹하다. 안 그래도 아바타는 어지간한 위기 상황이 아니면 나타나지 않는다. 테라가 황급히 대응을 시작하려고 한 순간, 이번엔 배려고 뭣도 없는 날카로운 경보음이 체액성 젤을 꿰뚫었다. 테라보다 빠르게 앞좌석의 다이오드가 외쳤다.

 "외벽 소손(燒損) 경보! 테라 씨, 배 외피가 타고 있어요!"
 "엇, 재돌입은 완벽하게 해냈을 텐데요."
 "그쪽이 아니라 위! 배 밑면이 아니고 등!"
 필러 보트는 이미 돌입용 아폴로 형태에서 고속 순항용인 납작한 방추형으로 탈바꿈한 상태다. 일곱 번째 VUI 화면을 확 하고 띄워서 3면도를 표시하자, 확실히 윗면에 CAUTION 마크가 줄지어 있었다. 테라가 소리쳤다.

 "멋지게 불타는 중이네요. 이건 등딱지 구이라고 해야 하나, 직화구이라고 해야 하나."
 "등딱지가 뭔가요?"
 "등딱지는 거북이라는 생물의 등에 달린 단단한 껍데기인데요. 거북이는 싸우기 전에 그걸 가열해서 방어력을 높였다는 이야기가 있거든요——."
 "아뇨, 생물 얘기는 됐어요. 그것보단 이 화상이 뭔지 봐야죠."
 "그러네요."
 타고 있는 부분을 확대해서 손상의 심도 분포를 확인한 뒤, 두 사람은 동시에 고개를 끄덕였다.

"입자 화상이야."

"그러게요. 바로 위에서 오네요."

하늘에서 쏟아져 내리는 플라스마를 그야말로 몸으로 받아내고 있었다. 리엔트리 직전의 짧은 시간 동안 익혔던 지식을 바로 지금 실제로 겪는 중이었다.

테라는 거기에 더해 또 한 가지 사실을 깨달았다.

"타고는 있는데 돌입 화상과는 다르네요. 겉면만 그을리는 느낌. 에너지는 높지만, 열량 자체가 작아서 그런 걸까."

"겉면만? 한마디로 껍질 구이인가요?"

"네, 노릇노릇 바삭바삭 맛있게요."

"저── 저기, 너무 태평하지 않아요?"

다이오드가 돌아보았다. 테라는 죄송합니다, 하고 손바닥을 내밀었다.

"허둥대면 안 된다고 생각해서요. 지금 엄청."

"아아······."

"생각하고 있어요. 대책. 대책은 말이죠. 보자──." 눈을 꾹 감고서 집중했다. "어묵이에요!"

"엥?"

"반죽해서 감는 거예요!"

"네?"

"죄송해요 아무튼 해볼게요! 설명은 나중에!"

디컴프레션. 이번엔 특히나 어렵다. 배의 형태를 바꾸는 게 아니다. 형태를 바꾸지 않고서 기능만 변경한다.

비행하는 배의 오른쪽 옆구리에 갈라진 틈을 만들었다. 선수에서 선미까지 잇는 선을 따라 한 줄을 슥, 긋는다. 그리고 그 틈을 향해 배의 윗면 전체를 말아 넣었다. 소손 부분 회수 프로세스다. 그을린 표면을 배의 속살에 삼켜서 분해. 반대편 왼쪽 옆구리에도 갈라진 틈을 만들었다. 이쪽은 외피를 뱉어내는 역할이다. 평범한 점토를 단단히 굳혀서 외피로 삼았다. 그렇게 새로운 등껍질을 계속해서 만들어 냈다.

배의 내부에선 우현으로 삼킨 만큼 좌현으로 밀어내어 균형을 맞췄다. 게다가 이 작업을 항행 기능과 어업 기능에 지장을 주지 않도록 해내야 한다.

이미지로는 어묵에 가깝다. 길쭉하고 커다란 통 모양 점토를 모양만 유지한 채 외피만 반죽해서 계속해서 돌돌 굴리는 느낌.

"다 됐어요!"

"다 됐다니."

언제나처럼 한번 이리저리 휙휙 돌려 보면서, 조타와 추력을 확인해 본 다이오드가 특별히 문제는——이라고 말하려다 눈치챘다.

"아니, 이거 다 된 게 아니잖아요. 아직 디컴프레션 중인 거죠?"

"네!"

"외피가 미끄러지듯 흐르고 있어. 한 번 만들고 끝이 아니라 계속 움직이도록 설계한 디자인인가요? 이번엔?"

"맞아요!"

"그런 게 가능해요?!"

입에 거품을 물고서 이쪽을 휙 돌아보는 다이오드의 얼굴이 맑고 투명하게 보인다. 젤 내부를 흐려지게 만들었던 바륨이 회수되고 있기 때문이다. 다시 말해, 하늘에서 퍼붓던 하전 입자는 테라가 새로 계속해서 펼치고 있는 외피 덕에 의도대로 잘 차단되는 중이었다.

그 사실에 힘입어 테라가 미소를 지어 보였다.

"가능하다니까요. 실제로도 잘 되고 있고, 효과도 나오고 있어요."

"하지만 이런 건 들어본 적도 없어요! 무엇보다 테라 씨한테 부담이!"

"됐으니까 배는 제게 맡기고, 다이 씨는 고기잡이에 나서 주세요!"

다그친 다음 눈을 감았다. 입체 표면을 계속 미끄러지게 만드는 건 엄청난 집중력을 요구했다.

"맡겨도…… 되는 거죠."

다이오드가 앞을 보고서 사냥감을 찾아 S자 커브를 그리기 시작했다. 오른쪽 왼쪽으로 배가 기울었다.

거기서 테라는 한층 어려움이 더해졌음을 깨달았다. 필러 보트라는 탈것은 단 1초도 수평으로 날지 않는다. 사냥감을 찾아 선회하고, 사냥감을 향해 상승 하강하고, 그물을 펼치고서 방향을 바꾼다.

다시 말해 윗면이 계속해서 바뀐다는 뜻이다. 배의 등이었다가 뱃머리로, 선미로, 그리고 배의 바닥으로.

"앗, 저거!"

시야가 넓은 다이오드가 수백 킬로미터 너머를 응시하는가 싶더니, 주특기인 에일러론 롤을 선보였다. 17만 톤의 횡회전 강

하. 테라의 눈에 보이는 운평선이 회전하고, 테라의 머릿속에서 배가 회전하자, 그 양쪽에 맞춰 외피의 순환 축을 조종하려던 세반고리관이 원기 왕성하게 반란을 일으켰다.

"으윽."

"테라 씨, 저거! 마커를 찍을게요! ——테라 씨?"

"네, 네엣! 마커 말이죠? 지금."

"아뇨! 제가 찍을 테니까!"

푸른색과 보라색을 머금은 채 어둠에 잠긴, 어슴푸레하고 광활한 운해의 한쪽 면. 다이오드가 선명한 하얀색 마커 핀을 세웠지만 그쪽으로 눈길을 돌리는 테라의 안색도 그에 지지 않을 정도로 창백했다. ——지금까지 한 번도 이걸 경험한 적 없었던 테라는 처음으로 알게 됐다.

——이렇게나 힘들구나, 디컴프레션 멀미.

"저거 비단잉어 아닌가요?"

멀미를 참으며 눈에 힘을 주었다. 무언가가 있다. 마커에 따르면 좌측 전방 85킬로미터, 구름과 구름 사이 골짜기, 수직 방향 거리 감각이 이상해질 정도의 심연에서 흘끗흘끗 작게 빛나며 일제히 올라오는 뭔가가 있었다. 하나, 둘, 셋—— 무리는 아니었지만, 몇 마리쯤 있는 모양이다.

"네—— 아마도."

"몰게요, 테라 씨는 그물 준비를! 트롤로 밑에서부터 위로 찔러 올리는 형식으로!"

다이오드의 기합이 들어간 목소리가 멀리서 들리는 것처럼 반향

되어 울렸다. 어디선가 들은 적 있는 말이다. 저 말은 분명—— 처음으로 같이 고기잡이를 하면서 작전회의를 했을 때였지. 다이오드가 그렇게 말하자 자신이 선망을 제안했다.

그러자 이런 대답이 나왔다. 바보 아니에요? 라고.

갑자기 왠지 모르게 눈물이 나왔다. 그때는 서로가 어떤 사람인지조차 알지 못했던 두 사람이, 지금은 이렇게나 속마음이 척척 맞는 파트너로서 쉽게 잡을 수 없는 베쉬에 도전하고 있다. 상상도 못 했던 행운이다.

그런데 자신은 그때의 절반조차 실력을 내지 못하고 있었다.

"트롤망—— 알겠어요."

필러 보트는 화살처럼 날아갔다. 뒤로 적금색 분사염이 길게 뻗었다. 거기에 트롤망을 드리워야 한다.

——어라? 어떻게?

후방 45도의 원뿔 내에 있는 모든 걸 불태워 날려버릴 만큼 강력한 핵 연소 불꽃을 뿜어내면서, 그 안에 트롤망을 늘어뜨려야 한다니, 대체 무슨 마법을 써야 하는 거지?

모르겠다.

몸을 앞으로 내밀고 하염없이 돌진하는 다이오드가 배를 오른쪽 왼쪽으로 흔들어 대는 와중에, 윗면 방어 디컴프레션을 이어가는 것만으로도 테라의 뇌는 타버릴 지경이었다.

뱃머리가 하늘로 훅 꺾이자, 두 사람은 아래쪽으로 몸이 쏠렸다.

"벡터 접근…… 좋아, 교차. 테라 씨 보이세요? 85초 후에 진로 교차합니다. 사냥감이 어떻게 움직일지 알 수 없으니 일단은 이

대로 직진할 건데, 그물은 문제 없나요?"

필러 보트는 급상승으로 전환해 비단잉어가 올라올 예상 지점을 향해 나아가고 있었다. 거기서 덮칠 작정인 걸까. 이런 건 원래 고기잡이를 개시하기 전에 전술이에요, 라는 구호와 함께 테라 쪽에서 제안해야 했겠지만, 이번엔 다이오드가 이상하리만큼 열심이었다.

그리고 테라도 열심히 노력하고 있었지만, 지금은 기수 방향에서 내리꽂히는 플라스마 입자를 처리하는 것만으로도 벅찼다. 어떤 점이 어렵냐면, 방추형의 뱃머리 부분에 외피를 생성해서 배 전체로 잡아 늘이는 과정이 진저리가 날 정도로 어려웠다. 단순히 표면의 외피를 미끄러트리기만 하면 끝이 아니다. 골격에 해당하는 배의 형상도 외피와 완전히 똑같은 재질 아닌가. 골격 부분을 변형시켜서는 안 된다. 배의 형상이 변하면 공기역학적 특성이 변화해서 이런 고속 비행 상태에서는 눈 깜짝할 사이에 나선형으로 회전하며 급강하해 버리겠지——.

"테라 씨! 그물은?!"

그물?

"앗?! 네, 넵! 그물!"

엔진과 간섭하지 않는 위치에 있는 후방 돌출부를 급히 실로 풀어서 자루를 만들었다.

다시 말해, 네 개의 수평 수직 안정판들을 전부 마구 엉킨 털 뭉치처럼 만들어 버렸다.

그 결과 필러 보트는 급감속했고——.

"테라 씨――."

컥! 하고 엄청 아플 것 같은 신음이 들려서, 헉! 하고 테라가 걱정했다. 분명 혀를 깨문 게 틀림없다고.

하지만 실제로 일어난 일은 60미터, 1만 2000톤급의 거대한 생물이 입을 커다랗게 벌린 채 스쳐 지나가며 옆구리를 세게 때린 거였다. 그 때문에 필러 보트는 위로 튕겨 날아가, 뒤집힌 상태로 볼품없이 추락했다. 그 상황에선 트롤이고 뭐고 없었다.

풀린 그물이 낙하산처럼 펼쳐지고 그게 입자선을 막아 주었기에, 잠시 기절했던 두 사람은 운 좋게 피폭을 면할 수 있었다.

『잠깐, 테라 씨? 칸나 씨? 뭐 하시는 건가요?』

저 멀리 높은 곳에서 망설임 없는 일직선 상승 트롤로 멋지게 한 마리를 포획한 메이카가 의아한 듯이 통신을 보냈다.

『뭔가 굉장히 복잡한 디컴프레션을 하고 계셨던 모양인데, 디가우징 케이블을 깔아두지 않으신 건가요? 보통 플라스마 샤워는 전자기 방어로 견뎌내는 법이잖아요――?』

목소리는 웅웅 울려서 잘 들리지 않았다.

테라의 눈에 비친 광경. 극야를 다채롭게 물들인 멋진 오로라와, 오로라를 가로지르며 베쉬를 목표로 날아다니는 필러 보트가 이날 밤 처음으로 눈에 들어왔다.

플라스마 샤워는 애초에 자기장에 휩쓸려 여기까지 온 것이다. 자기장이 없었으면 그대로 적도대에 떨어졌을 테니까.

그런 원리니만큼, 배를 자기장으로 감싸면 튕겨낼 수 있다.

이런 기초 중의 기초를 떠올리지 못했으니, 디컴프레션 멀미가 어쩌니 운운하기 전에 역시나 테라의 컨디션은 최악이었다.

디가우징 케이블이라는 단어는 아주 옛날엔 다른 의미로 쓰였던 모양이지만, 성십이지장력 8830년의 가스행성에선 이런 뜻이다. 필러 보트나 우주선 주변에 코일 모양의 전선을 둘러쳐서 고에너지 플라스마를 막는 장치다. 케이블을 디컴프레션으로 만들어 내면 작업도 한 번에 끝나고, 배의 방향을 생각할 필요도 없어진다. 눈에 보이지 않는 역장이 입자를 튕겨내자 걱정스러운 표정을 지은 의료 아바타가 모습을 감췄다.

그 뒤를 이은 건, 부끄러움과 창피함을 동반한 어색함으로 가득 찬 산발적 개량이었다. 예를 들면 새벽녘이 된 직후의 이런 장면처럼.

"저기 다이 씨, 몹시 말 꺼내기 힘들지만, 지금도 그렇고 아까 전 그 돌격은."

"서슴없이 말해주세요. 제 키 조작이 형편없어서 진로를 벗어나 포획에 실패했다고 생각합니다만."

"아뇨, 그게 아니에요. 아닌 건 아닌데 아니에요! 눈이 부셔서 그랬던 거죠? 진행 방향 정면으로 MBB가 시야에 확 들어왔잖아요?"

"그건 그렇지만, 트위스터가 '태양이 눈에 들어오는 바람에 목표를 놓쳤습니다.' 라니, 7000년 전에도 용납되지 않았을 고리타분한 변명이에요. 그렇다면 그 얼빠진 약쟁이 자식은 자기가 책임지고 제대로 눈부심 대책을 세워놨으면 되는 거니까요."

"거의 바로 옆에 항성이 못 박혀 있는 공역은 처음 와봤으니까 어쩔 수 없는 거잖아요! 다이 씨가 잘못한 게 아니라 위도가 좋지 않았던 거예요! 그게 아니라면——."

"그게 아니라면?"

"디컴퍼인 제 잘못이에요. 그렇지…… 어탐 시 눈부심 방지 대책이야. 눈부심 방지 대책이 그런 뜻이었구나. 이 백야 현상에서도 문제없이 주변을 볼 수 있는 환경을 제가 책임지고 만들어 둬야 했어요."

"또 그런 식으로 자책하는 것 좀 그만하면 안 될까요? 메이카가 한 말은 저도 같이 들었어요. 눈치채지 못했던 건 저도 마찬가지라고요!"

"죄송합니다. 지금 당장 만들게요! 셰이드랑 편광 필터를 빈틈없이 둘러놓을게요!"

아니면 시야 확보가 겨우 안정된 다음, 잠시 시간이 지났을 때의 이런 장면처럼.

"저기 다이 씨, 또 지적하는 것 같아서 죄송하지만 지금도 그렇고 아까 전 그 돌격은."

"서슴없이 말해주세요. 엔진 출력이 부족한 걸 눈치채지도 못한 채 섣부르게 가속해서 *줌 클라임(zoom climb)을 했다가, 올라가는 비단잉어를 따라잡지 못하고 맥없이 꺾여버린 건 제 실수가 틀림없지만요."

"왜 엔진 출력이 부족했는지 영문을 알 수 없었죠? 다이 씨의

---

* 줌 클라임 : 항공기가 수평 비행 중 조종간을 당겨 급격하게 상승하는 기동. 속도는 줄지만 짧은 시간에 높은 고도로 상승할 수 있다. 줌 상승이라고도 한다.

스로틀링 미스가 아니었죠?"

"출력이 안 나오면 안 나오는 대로 상승하기 전에 길게 하강해서 가속한다거나, 열상승기류(熱上昇氣流)를 찾는다거나, 방법은 얼마든지 있어요. 그걸 게을리했으니까 어제 처음으로 콕핏에 궁둥이를 붙인 애벌레 트위스터처럼 이런 서투른 실수를 저지르는 거죠."

"다이 씨 말이 맞을지도 모르지만, 이쪽에서 보이는 수치로는 애초에 노심 8개가 전부 엉망진창이에요! 핵융합 엔진이 전혀 타오르지 않고 있어요! 왜 이렇게 연소가 어렵게 조정되어 있는 걸까……."

"핵융합로의 연소 조건은 세 가지밖에 없잖아요. 온도, 압력, 입자의 수였죠?"

"맞아요. 온도와 압력은 정상인데 입자 수만 이상하게 부족해서…… 앗, 이것도 플라스마 샤워 때문에?"

"디가우징 케이블을 깔았는데요."

"깔긴 했지만 노즐은 별개예요. 핵융합 불꽃을 뿜어내는 노즐까지는 케이블을 설치할 수 없어요! 그래서 노즐에는 하전 입자가 쏟아져 내리고 있죠. 하전 입자가 쏟아지면…… 아아, 이거다. 연소 전 단계에서 연료가 플라스마 샤워를 맞아 퍼석퍼석하게 변해버린 거예요. 흰개미 탓에 구멍투성이가 된 장작으로 목욕물을 데우는 거나 마찬가지였어요."

"흰개미라니—— 아니, 생물 이야기겠죠? 그건 나중에 하기로 하고!"

"네, 흰개미 얘기는 뒤로 미루죠. 아무튼 필요한 건 연소실 방호벽이에요. 이것도 당장 만들게요. ——메이카 씨가 말한 그대로 됐네요."

"그러니까아아아 그런 식으로—— 극지에서 고기잡이를 하는 겐도의 전통 기법을 겐도의 트위스터인 제가 똑바로 공부하지 않은 잘못이라고요! 다이오드라는 여자가!"

 극지역에서의 비행은 상상 이상으로 지금까지 겪었던 조건과 차이가 심했고, 날면 날수록 메이카가 얄미울 정도로 솔직하게 조언을 해줬음을 깨닫게 됐다. 그리고 싫어도 그 조언을 순순히 받아들여 뒤쫓아갈 수밖에 없다는 현실이 두 사람을 괴롭게 했다.

 한편, 그 메이카는 어떠냐면——.

 심연에서 몸을 꿈틀거리며 튀어 올라, 폭포처럼 쏟아지며 물결치는 웅대한 오로라의 광채를 삼키듯이 거슬러 올라가는 베쉬, 비단잉어. 그 추진 메커니즘은 완전히 규명되었다고 말하긴 어렵지만, 플라스마 샤워의 고에너지를 역으로 이용한다는 점은 분명하다.

 그걸 쫓으려다가 진로를 벗어나고, 쫓으려다가 가속에 실패한 한 척과는 대조적으로, 다른 한 척의 움직임은 아주 정확했다.

"몰이 어업법 여덟 번째의 기(起)! 선회하는 물고기의 궤적을 따른다!"

"침로 유지, 선회하는 물고기의 궤적을 따르겠습니다."

 디컴퍼인 메이카가 낭랑하게 선창하자, 트위스터인 추야가 복창했다. 한쪽은 좌우로 가지런히 나눈 머리를 귀 위에서 둥글게 말아 고정한 스타일에 후리소데를 입었고, 다른 한쪽은 고풍스러운 말총머리에 문장이 들어간 하카마를 입은 겐도식 덱 드레스 차림이었다. 배는 눈 아래 깊은 곳에서 빙글빙글 선회하는 한 마리의 베쉬를 가만히 감시하다가, 갑자기 직진하기 시작한 걸 보자마자 정확히 똑같은 수평 방향으로 가속했다.

비단잉어가 상승. 가파른 각도의 호쾌한 상승이지만, 엄밀히 말하면 완전한 수직 상승은 아니다. 각도로 보면 80도 정도고, 그 점만 깨닫는다면 완벽하게 등 뒤를 쫓아갈 수 있다. 두 사람은 정확히 그 뒤를 따라갔지만 바로 그물을 던지진 않았다.

"몰이 어업법 여덟 번째의 승(承)! 상승하는 물고기의 꼬리를 빠져나간다!"

"침로 유지, 상승하는 물고기의 꼬리를 빠져나가겠습니다."

두 번째 선창과 복창. 필러 보트는 아슬아슬하게 베쉬의 아래쪽을 지나간다. 벡터가 교차하며 이대로는 그대로 지나쳐 버린다는 생각이 드는 순간.

"몰이 어업법 여덟 번째의 전(轉)! 상승하는 물고기에 배를 맞댄다!"

"침로 유지, 상승하는 물고기의 배를 맞대겠습니다."

세 번째 선창과 복창이 떨어짐과 동시에, 필러 보트가 횡으로 반 회전. 한창 수직상승 중이었고, 옛날 기술인 이멜만 턴에 가까운 움직임이었지만, 회전 후에 수평으로 돌아가지는 않았다. 수직인 상태를 유지한 채 배 밑바닥을 가까이 붙였다.

그곳에 베쉬의 배가 있다. 쫓아가는 쪽이었던 필러 보트는 횡회전을 통해 절묘하게 감속하여 깔끔하게 베쉬와 나란히 날았다. 그리고 베쉬는 조금도 도망칠 기색이 없었다.

비단잉어는 배를 보지 않는다. 대부분의 베쉬에 해당하는 사실이지만, 이 종도 자기 몸보다 위쪽에 시야를 두고 있는 타입이었다. 배 쪽으로 다가가기는 매우 쉬웠다.

"몰이 어업법 여덟 번째의 결(結)! 상승하는 물고기를 일망타진!"

"침로 유지, 상승하는 물고기를 일망타진하라."

네 번째 선창과 복창. 앞의 세 단계는 종결형 어미로 끝났지만, '결'의 복창만 명령형으로 끝난다. 왜냐하면 앞의 세 단계까진 키잡이의 일이었기 때문이다. 그리고 '결'은 그물꾼의 일이다.

이런 형식을 갖춤으로써, 선장인 남자의 명령을 승무원인 여자가 받든다는 구도가 완성되어 겐도의 오랜 법식을 따르게 된다.

"일망타진하겠어요!"

이 순간 마침내 그물 전개. 하지만 트롤망으로 밑에서부터 삼키는 방법이 아니다.

뱃머리의 후면을 따라 미리 내걸어 둔 그물을 스윙 암으로 베쉬의 바로 위를 향해 휘둘러, 앞에서부터 덮어씌우는 것이다.

비단잉어는 전진한다. 하여간 추진력에 특화된 베쉬고, 접근해서 자극을 주면 한층 더 앞으로 나아간다. 안 그래도 초음속으로 상승 중이던 베쉬가 폭발적인 파워로 튀어 나가게 된다.

그러니 뒤에서 그물을 치는 건 어리석은 짓. 그물을 던진다면 앞에서 해야 한다.

두 사람의 외침에는 이 방식을 위해 오래전부터 차근차근 확립된 순서와 노하우가 담겨있다.

그건 그렇고, 이번 고기잡이는 너무나도 엉뚱한 일이었다. 기압

고도는 이 시점에서 이미 10만 미터를 넘었지만, 그래도 여전히 오로라의 밑단 절반쯤 되는 위치였고, 그건 다시 말해 이 공간에 분자가 가득 차 있다는 사실을 가리킨다. 쏟아져 내리는 샤워 속에서 그물을 던진다. 3개월 전만 해도 학생이었던 어린 소녀가.

메이카의 외침과 함께 그녀가 디컴프레션한 스윙 암이 회전하고, 그녀가 디컴프레션한 그물이 펼쳐졌다. 반원형의 하얀 안개가 확 퍼져나가 입을 크게 벌린 괴어의 턱에 닿았고——.

그 순간 베쉬가 있는 힘껏 몸을 뒤로 젖혔다. 꼬리지느러미를 무시무시한 힘으로 내리친다.

메이카가 탄 배는 순식간에 전복되었다. 공기 저항으로 인해 그물은 찢어졌고, 암은 부러졌고, 배도 기세 좋게 비스듬히 튕겨 날아갔다. 사냥감은 빙글빙글 회전하면서 멀어진다.

별과 빛의 장막이 반짝이는 하늘에서, 도주와 실패로 갈린 두 개의 하얀 점이 서로 떨어졌다.

"메이카 님!"

"별일 아니에요!"

7만 미터를 단숨에 추락한 필러 보트 안에서 주인을 염려하는 즈이진의 외침에 소녀는 곧바로 대답했다.

"좀 성질이 고약한 물고기였을 뿐이에요. 다음번엔 잡겠어요!"

조종 콕핏 내벽에 부딪힌 이마를 문지르며 메이카가 즉각 VUI를 열었다. 찌그러진 선체를 디컴프레션으로 가다듬고서 상공의 한쪽에 시선을 던졌다.

그곳에는 관전 역할을 맡은 몇 척의 배와, 수행 역할을 맡은 두 척의 필러 보트가 떠돌아다니고 있었다.

"모쿠렌과 로쿠죠한테 배웠는걸요. 저는 똑바로 잘 해내고 있어요. 하지만 칸나 씨와 테라 씨는 척 보기에도 형편없는 모양새예요. 그러니까, 당연히, 이기겠어요! 몰이 어업법 아홉 번째의 기(起)!"

"분부대로. 몰이 어업법 아홉 번째의 기."

추야는 대답하며 다음 사냥감을 향해 뱃머리를 돌렸다.

두 사람의 움직임에 참신함은 없었고, 눈길을 사로잡는 화려함도, 혀를 내두르게 만드는 절묘한 기술도 없었다. 씨족에게 전해져 내려오는 오랜 방식을 그것밖에 모르는 바보처럼 반복할 뿐이다.

하지만 그건 땅에 뿌리를 내린 초목처럼 확실한 방식이었다.

3

"앗, 또……."

상공을 힐끗힐끗 곁눈질하던 테라는 저도 모르게 중얼거림이 입 밖으로 나오는 바람에 황급히 입을 막았다.

다이오드한테 들리지 않게 하려고 한 행동이었지만, 정작 다이오드도 똑같은 곳을 쳐다보면서 "세 마리째네요." 하고 씁쓸한 어조로 중얼거렸다.

"메이카 씨는 아홉 번 시도해서 벌써 세 마리나 잡았어요. 그에 비해 우리는——." 테라가 입을 우물거리며 말끝을 흐리자 다이오드가 말했다. "아직 0마리. 제로. 없음. 빈털."

"그야말로 빈털이네요. ──그러고 보니 빈털이 무슨 뜻일까요?"

"옛날 어부들은 물고기를 못 잡으면 벌로 머리털을 반들반들하게 밀었다는 모양이에요. 이대로라면 우리도 그렇게 될지도."

"네? 다이 씨의 머리가 빡빡 밀리는 건가요?" 그녀의 윤기 나는 은빛 머리카락이 소멸해 버린 모습을 상상해 보고서 테라는 흐음, 하고 신음했다. "괜찮아요── 허용 범위예요! 쓰다듬을 수 있어요!"

"저는 싫어요. 아직 테라 씨의 머리카락을 만져 보지도 못했어요. 민머리 둘이서 메이카한테 백기를 드는 꼴은 사양이에요."

이때만큼은 다이오드의 독설에도 다소 애처로움이 배어 있었다.

"그런데 정말, 어떻게 해야 좋을까요……."

두 사람의 필러 보트는 대류권을 천천히 선회하고 있었다. 고기잡이를 시작한 지 어느새 세 시간이 지났고, FBB의 시간으로 보면 이미 한낮이었지만, 태양은 지평선에서 빼꼼히 얼굴을 내밀었을 뿐이다. 해가 뜬 쪽으로 고기잡이를 하려니 너무 주변 풍경을 보기 힘들었고, 반대로 태양을 등지고서 접근하려고 하면 베쉬가 너무 주변 색과 분간이 안 돼서 좀처럼 발견하기가 힘들었다.

"다이 씨, 비단잉어의 저 색은 보호색인 걸까요."

"그 말이 맞아요. 비단잉어의 비단은 각도에 따라서 광택이 변하는 특수한 천을 가리키는 말인데, 현대 프린터로도 재현이 불가능한 로스트 테크놀로지예요. 그리고 비단잉어는 그 천을 연상시키는 수수께끼의 광택을 지니고 있다나 봐요. 저 색은 어획하면 사라져 버려요."

"헤에에, 흥미로워. 그렇다면 쟤들은 상승 중에 공격받는 상황을 가정하고서 진화해 왔다는 뜻이군요. ……아니, 그건 또 어떠려나."

테라는 잠깐 고민했다. FBB의 베쉬는 폭재 에다 박사가 건네준 지구의 물고기에 대한 정보를 토대로 삼아 다양한 형태로 만들어졌다. 그걸 진화라고 불러도 될지 어떨지.

고개를 갸우뚱거리고 있었더니 다이오드가 따끔하게 말했다.

"그게 지금 상황에서 고민할 가치가 있는 일인가요?"

"모르겠어요. 아무튼 뭔가 공략의 실마리를 찾고 싶어서요. 하지만 진화는 지금 고민할 일은 아니네요."

테라는 쓴웃음을 지으며 머리를 쓸어 넘기는 제스처를 보인 다음 원래 하던 얘기로 돌아왔다.

"당장 신경 쓰이는 점은 그들은 애초에 왜 저렇게 높이 올라가는가…… 일까요."

"……그러고 보면 전에도 비슷한 일이 있었죠." 후우, 하고 다이오드가 한숨을 쉬며 얘기에 동참했다. "프시거두고래 때도, 왜 점프하는 거냐고 말을 꺼냈었고."

"맞아요 맞아요. 그때는 눈에 보이는 개체보다 훨씬 큰 녀석이 구름 속에서 쫓아다니고 있었어요. 혹시 이번에도?"

"리플레이해서 한번 확인해 볼까요."

테라가 VUI를 조작해서 지금까지 시도한 기록을 표시했지만 기대는 어긋났다.

"레이더에도 광학에도, 뒤쫓고 있는 개체는 안 보이네요."

"그렇다면 포식자에게서 도망치고 있는 건 아니라는 뜻."

"순수하게 높이 올라가고 싶은 걸지도?"

말하고 나서 테라는 하하하, 하고 메마른 웃음을 흘렸다. 단순히 장난삼아 수백 킬로미터씩 올라간다고 생각하기엔 무리가 있었다.

다이오드가 고개를 좌우로 저었다.

"저도 잘 모르겠어요. 그보다 다른 점이 신경 쓰이네요."

"다른 점?"

"저 녀석들, 어떻게 이런 강렬한 플라스마 샤워 속에서도 멀쩡한 건가요?"

다이오드가 가리킨 실드 미터를 보았다. 쏟아져 내리는 하전 입자는 디가우징 케이블로 방어하고 있었지만, 거기에 소모되는 전력이 만만치 않았다. 총 출력의 10퍼센트 이상을 잡아먹고 있었다.

"그러네요. 우리는 처음에 노릇노릇하게 피폭당해서 고생고생하다 간신히 중화시켰을 정도인데 쟤들이 태연하게 있는 것도 수수께끼예요."

"베쉬는 원래부터 터무니없는 태풍이나 번개 속에서도 살아가고 있으니까 여기서도 멀쩡하다?"

"그렇다고 쳐도 번개랑 이 플라스마는 비교가 안 돼요. 이런 하전 입자포 같은 걸 마구마구 맞고 있으면 저위도나 중위도대에서 사는 베쉬들은 바로 나가떨어질 거라고 생각해요. 그런데 쟤들은 녹초가 되기는커녕 한층 더 쌩쌩하게 움직이고 있으니까요……."

"다시 한번 비단잉어의 생태 데이터를 살펴볼까요."

두 사람은 라이브러리를 다시 살펴봤지만, 그 부분에 대해선 애매한 상태였다. ——비단잉어의 내부 기관은 포획 직후 짧은 시간 내에 용해되어 버려서, 세부적인 조사가 불가능하다는 내용이었다. 기묘한 현상이지만 그런 베쉬는 드물지 않다나.

"끄으으응, 목적 불명, 생태 불명인가……."

테라는 열심히 머리를 갸웃거리며 고민했지만, 뾰족한 해석도, 응용법도 떠오르지 않았다.

그러는 사이 배가 기우뚱 방향을 틀면서 하강을 시작했다.

"테라 씨는 계속 생각해 주세요. 저는 저대로 할 수 있는 일을 할게요."

"뭔가 방법이?!"

"흉내예요." 씁쓸한 선언. "일단 저거랑 똑같은 움직임을 취해 볼게요."

"그, 그러네요! 메이카 씨도 딱히 흉내 내지 말라고 하진 않았고, 따라 하다 보면 거기서부터 실마리가 보일지도 모르는 거니까요!"

"출력을 부탁합니다. 할 수 있겠어요? 어디까지나 무리가 아니라면."

다이오드가 최고의 컨디션이었다면 오히려 무리를 강요했을 텐데. 그래도 지금은 그 배려를 고맙게 받기로 했다. "정격 출력 낼 수 있어요." 최대한 씩씩하게 대답했다.

미리 눈여겨봤던 아래쪽 비단잉어 한 마리를 향해 급강하. 그 녀석의 상승을 관찰해 방위를 확인하고서 뒤를 쫓아 상승으로 전환했다. 하늘에서 너울거리는 빛의 장막 속에서 이중 나선의 궤적이 그려진다.

이번 베쉬는 유독 기운이 넘치는 녀석인지 노즐을 전부 전개해서 상승하는데도 좀처럼 거리가 좁혀지지 않았다. 스로틀을 긴급 출력 직전까지 밀어 넣고서 다이오드가 이를 갈았다.

"젠장…… 속도가 안 나와."

"분발할게요. 3퍼센트 더 낼 수 있어요!"

"무리는 금물이라고 했잖아요. 리소스를 어디서 가져올 건데요? 케이블?"

"저기, 그게."

"역시 케이블이죠! 안 돼요! 어획할 때마다 입자선을 정면으로 맞았다간 DNA가 몇 개 있던 모자라요! 소중한 테라 씨의 유전자가 넝마가 된다고요! 그 외의 방법은?"

"──죄송해요, 지금은 방법이 없어요……!"

"알겠습니다 제가 어떻게든 할게요!"

그리고선 선언한 대로 조종면 조작만으로 1퍼센트 남짓 속도를 올렸으니, 다이오드의 조종 테크닉은 경이롭다고 할 만했다.

힘차게 몸을 뒤틀며 상승하는 비단잉어의 꼬리 밑을 가위처럼 교차하는 궤적을 그리며 필러 보트가 따라붙었다. 마침내 거의 나란히 붙어 수직으로 질주하며 마치 한 쌍의 물고기처럼 질서 정연하게 반전하여 서로 배를 맞댔고——.

"큭." "햐윽!"

부웅, 하고 커다랗고 둔탁한 충격을 받았다고 느낀 순간, 갑자기 배 밑면에서 덜덜거리는 강렬한 진동이 전해져 왔다. 다이오드는 "*플러터!"라고 외치며 스로틀 패널을 당겼다.

필러 보트는 기세 좋게 사냥감에서 떨어져 나와 탄도 궤도 어디론가로 날아갔다.

"테라 씨, 괜찮아요?"

"네에, 아무렇지도 않아요. 이상 없어요. 단순한 긴급 회피였죠?"

"네. 아마 얻어맞은 게 아니라, 기류가 요동쳐서…… 아아, 그렇구나." 방금 기록을 되짚어 보며 다이오드가 고개를 끄덕였다. "베쉬한테 3미터까지 접근했을 때, 간섭해서 소용돌이가 생겼어요. 너무 가까이 다가갔구나."

"엇, 그치만 그물을 내미는 스윙 암은 20미터도 안 되잖아요. 물고기의 크기를 빼면 역시 3미터 정도까진 접근해 줬으면 하는데요."

"소수점 이하까지 정확하게 말하면?"

테라는 입체 도면에 눈금을 넣고 숫자를 읽었다.

"가능하다면 3.9미터 이하로."

"3.9미터 이하, 3미터 이상……."

중얼거리던 다이오드의 표정이 확 일그러졌다.

---

* 플러터(flutter) : 항공기 날개, 조종면 등 구조물에서 발생하는 진동 또는 불안정 현상.

"그렇구나…… 당했어."

"무슨 일이에요?"

"너무 메이카만 의식하고 있었어요. 정말로 경계해야 할 상대는 지고 씨였어요."

"추야 지고 씨, 저쪽 배의 트위스터 분이었죠." 그 점은 중요한 정보라 리엔트리하던 도중에 대략 설명을 들었다. "즈이진이라는 건 하인이나 부하를 가리키는 말이라면서요. 하인인데 필러 보트 조종을 할 줄 안다는 것도 대단한 일이라고 생각하지만요."

"테라 씨는 오해하고 있어요. 그는 평범한 하인이 아니라, 겐도 씨족에서 투톱인 어부 두 사람에게 직접 기술을 전수받은 뛰어난 트위스터예요."

"네? 그럼 프로?"

"프로는 아니지만 아마 그렇게 될…… 아니, 이렇게 말하는 게 더 이해하기 쉬우려나. 먹줄오징어 서식지에서 추격전을 벌였던 그 무장 셔틀의 파일럿이에요."

포물선의 꼭대기에 도달해 무중력 상태가 된 필러 보트 안에서 테라의 표정이 순간 멍해졌다. 머릿속에 경의와 적의, 상반된 두 개의 감정이 충돌하고 있었다.

"앗, 그럼 무사히 귀환한 거네요…… 아니, 그보다 빼도 박도 못할 적이었잖아요!"

"네, 그대로 추락해 줬으면 이런 귀찮은 일도 없었을 텐데요."

"아, 아뇨, 그렇게까지 말하긴 좀……."

"우유부단하다니깐."

다이오드는 입술을 비죽 내밀고선 거꾸로 뒤집힌 조종 콕핏 안에 매달렸다.

"아무튼 그는 솜씨 좋은 트위스터고, 지금은 그때와는 달리 목숨보다 소중한 아가씨를 태우고 있으니까 한층 더 진심으로 임하고 있을 거예요. 그래서 저런 터무니없이 빼어난 솜씨를 발휘하는 거죠. 오차 범위 1미터 이내로."

"다이 씨한텐 무리인가요?"

"무슨 웃기는 소리예요, 무리일 리가 없잖아요."

다이오드는 즉답했지만, 표정은 밝지 않았다.

"오차 0.1미터라 해도 다가가 보이겠어요…… 그런데."

"알고 있어요. 배만 완벽하다면, 말이겠죠."

"……."

소녀는 시선을 피했다. 당연한 일이다. 아무리 서로를 배려하는 마음이 앞선다고 해도 이건 얼버무릴 수 없었다. 숙련된 콤비가 완벽한 퍼포먼스를 발휘하지 않으면 결과를 낼 수 없는 영역에 관한 이야기였으니까.

"배만 완벽하다면……." 말하려다가 테라가 말을 고쳤다. "완벽 이상이 아니면 안 되겠네요, 이건."

"……거기까지는."

"아니요. 완벽한 배를 다이 씨의 천재적인 테크닉으로 조종해야 겨우 추야 씨와 대등. 겐도 씨족의 전통 수준. 하지만 우리는 그런 걸 하고 싶은 게 아니에요."

그 말을 되새기듯 다이오드가 작고 고개를 끄덕이며 "네."라고 말했다.

"전통을 비웃어 주지 않고서야 참을 수 없죠——."

이제 하늘 높은 곳에서 구름 사이로 뒤집힌 채 떨어지고 있는 필러 보트 안에서, 다이오드가 문득 말을 끊고는, 발아래 펼쳐진 하늘을 노려보았다.

"——저건?"

테라도 발밑으로 시선을 떨어뜨렸다. 청자색 불꽃이 여기저기서 뿜어져 나오는 심연 속에 드문드문 예리한 빛을 발하는 작은 공 같은 게 몇 개인가 떠올라 있었다.

"……어라."

감각이 뒤집힌 상태라 조종 콕핏을 회전시켰다. 심연은 다시 하늘이 되었고, 떠오르는 공은 떨어져 내리는 기구가 되었다. 마침딱, 그 기구들 근처에서 필러 보트로 짐작되는 불꽃이 번뜩이며 멀어져가는 참이었다.

"뭘까요?"

"메이카가 뿌려놓은 모양이네요."

망원으로 확대해 보니, 확실히 그건 기구였다. 지름 300미터에 가까운 커다란 기구였고, 강렬하게 빛나는, 아마도 연소 중인 걸로 보이는 부분이 있었다. 그리고 아래쪽에는 세로로 긴 두툼한 곤돌라가 매달려 있었다. 곤돌라도 50미터가 넘었다.

"감시 장치……? 크기를 보면 그런 느낌은 아니네요. 혹시 공격이나 방해용 병기?"

다이오드가 중얼거리면서 이쪽을 보았다. 테라는 고개를 좌우로 저었다.

"아니에요. 모르겠어요?"

"괜히 질질 끌지 말고 말해주세요……."

"질질 끄는 게 아니에요. 간단해요. 조업 중인 필러 보트에서 크고 무거운 걸 떼어냈어요. 그 정체와 이유는?"

"……어획물인가요, 저거!"

"네, 틀림없이." 테라는 굳은 표정으로 끄덕였다. "몇 번씩이나 오르락내리락하는데 잡은 베쉬를 배 안에 담아둔 상태여선 힘들죠. 그래서 저런 식으로 잡은 물고기만 기구에 매달아 띄워 두는 거겠죠. 약하게 분사하고 있는 이유는 열기구라서 그런 걸까."

"뭐야, 그런 것쯤은 우리도 했던 짓이잖아요."

다이오드 말대로 두 사람은 중위도대에서 비슷한 어법을 고안해 냈었다.

테라가 혀를 내두르며 말했다.

"우리는 필러 보트를 모선과 강하기로 분리한 다음 모선을 체공시키는 방식. 저쪽은 어획물만 아주 얇은 섬유로 감싸서 방치하는 방법이에요. 그다음에도 계속 배를 트위스터와 디컴퍼 둘이서 조종을 이어갈 수 있고요. 어느 쪽이 더 성능을 낼 수 있을 것 같아요?"

"……칫."

다이오드가 혀를 찼다.

철저하게 전통에 따르고 있는 메이카가 저런 기구를 디컴프레션으로 만들어서 분리했다는 건 저것도 전통 방식에 포함된다는 뜻이겠지. 그저 케케묵은 옛날 형식에만 얽매여 있다고 바보 취급하던 다이오드가 어떤 심정일지 테라로선 손에 잡힐 듯 생생하게 알 수 있었다.

"다이 씨, 다음으로 가죠."

말을 건네 재촉했다.

문득, 다이오드가 하늘 한쪽에 시선을 고정했다. 재빠르게 VUI를 조작해 망원 영상을 확대했고, 테라에게도 보여주었다.

메이카가 띄워 놨던 기구 중 하나가 꾸깃꾸깃 쭈그러들며 낙하하기 시작했다. 아무래도 터진 모양이었다.

"……이거, 이쪽으로 흘러오지 않을까요?"

테라의 말에는 항상 바로바로 반응하는 게 평소의 다이오드였지만—— 이때만큼은 주저한 것도 어쩔 수 없는 일이겠지.

그럼에도 다이오드는 뱃머리를 돌려 낙하물로 향했다. 특별히 이상한 움직임은 없었고, 종단 속도로 떨어질 뿐이라 궤도는 쉽게 예측할 수 있었다. 몇 분 후 합류해서 같은 벡터로 하강하기 시작했다.

그건 AMC 점토에 감싸인 원통형 물체였고, 확실히 어획물인 모양이었다. 다만 작다. 기껏해야 15미터 정도일까.

"주울 건가요?"

테라의 질문에 다시 다이오드의 등줄기가 딱딱하게 굳은 듯한 느낌이 들었다. 좀 더 말을 신중하게 고를 걸 그랬다고 생각했지만 어차피 어떤 식으로 말하든 마찬가지다.

"다이 씨, 주워서, 돌려주면 그만이라고 생각해요. 슬쩍하지 말고."

"……그러네요."

높이 솟은 구름의 그늘 속으로 떨어져 내리면서 다이오드가 배를 접근시켰다.

필러 보트의 등을 디컴프레션으로 열어서 떨어지는 물건을 받아내는 건, 나무에서 열매를 따는 것만큼이나 쉬운 일이었다.

4

빈틈없는 감시를 받으며 『후요』로 돌아오자, 그늘진 작업항이 아니라 햇빛이 비치는 상업항으로 입항하라는 지시를 받았다.

테라는 끝장이구나, 싶었다. 작업항으로 들어간다면 모 아니면 도 식으로 거기에 정박해 있는 인섬니아호로 옮겨 타 도망가는 방법도 있었다. 하지만 이래선 그것조차 불가능해졌다.

상업항은 꽃 모양을 한 『후요』의 암술 끄트머리에 있는, 화려한 색의 일루미네이션으로 장식된 정문 현관이다. 특히 눈여겨볼 곳은 중앙에 있는 지름 400미터나 되는 대형 홍채형 게이트로, 대형 우주선이나 함대 전체를 선내로 삼킬 수 있다. 진공 쪽으로 그냥 부두만 뻗어있는 다른 항구와는 차원이 다르다며, 이 또한 겐도 씨족 사람들이 자주 내세우는 자랑거리다.

그렇다곤 해도, 지름 400미터짜리 게이트를 매번 여닫아서야 순식간에 산소가 바닥나 버린다. 그래서 대형 게이트 개방은 주요 인물의 방문이나 식전 때만 한다고 들었는데——.

『칸나 씨, 테라 씨, 수고하셨어요. 용케 노력해서 잘 돌아오셨네요.』

항구에 다가가는 두 사람의 필러 보트에, 앞서가던 다른 한 척의 배에서 통신이 왔다. 메이카가 스카이 블랙색 머리카락을 묶어 올린 플라스마 핑크색 리본을 흔들며, 일부러 카메라 너머로 이쪽을 엿보는 듯한 시늉을 했다.

『어머, 얼굴을 좀 보여주시지 않겠어요? 뭐, 여자끼리니 그럴 때도 있는 거겠죠. 배에서 내려서 직접 얼굴을 마주하는 순간을 기대하고 있지만—— 매번 에어록을 통과하게 하는 것도 제 마음이 편치 않아서요.』

친절하게 제안하는 메이카의 영상 너머로, 초대형 홍채형 셔터가 천천히 열리기 시작했다.

『모처럼이니 배째로 들어오도록 해드렸어요. 항구에 모인 분들께도 여러분의 얼굴을 보여드리고 싶거든요.』

깔깔대며 즐겁게 웃고서 메이카는 사라졌다.

"저 속이 시커먼 여자가…… 완전히 우리를 구경거리로 만들 속셈이네요."

한마디도 반박하지 않고서 노려만 보던 다이오드가 원통한 듯이 눈을 감았다.

말할 것도 없이 승부는 완패였다. 메이카의 어획량은 여섯 마리, 4만 8000톤. 테라와 다이오드는 메이카가 떨어트린 조그만한 마리뿐이었다. 질량은 1800톤으로, 검사할 필요도 없었다.

이제부터 벌어질 일은 순수하게, 그리고 확실하게 두 사람을 체념하게 만들기 위한 의식에 지나지 않았다.

 테라는 후방 콕핏에서 주변 상황도 동시에 관찰하고 있었다. 두 사람의 필러 보트는 자동 입항 모드로 들어가, 저절로 내려가기 시작했다. 익숙하지 않은 고기잡이에서 격렬한 기동을 펼친 탓에 선체 잔여 질량은 1만 톤 이하. 그 뒤쪽에는 훨씬 넉넉하게 연료를 남겨둔 두 척의 필러 보트가 대기권 탈출 전부터 바짝 붙어 있었다. 거기다 상업항의 항만포도 계속 이쪽을 조준하고 있다. 물샐틈없는 경계 태세였다.

"구경거리도 되겠지만, 게이트 안에 가둬서 완전히 도망칠 길을 차단할 작정이겠죠."

"그런 여자예요. 쟤는."

"그럼…… 조금 이르긴 하지만, 다시 한번 사과할게요."

 테라는 조종 콕핏을 움직여 다이오드 옆에 나란히 붙였다.

"큰소리쳐놓고서 다이 씨를 이기게 해주지 못했어요. 이후로도 아마 고생을 시키게 되겠죠. 죄송해요——. 도와드리지 못해서."

"하아……."

 소녀는 어이없다는 표정을 짓더니, 바로 눈썹을 치켜올렸다.

"뭐예요? 갑자기 무슨 행세인가요?"

"제가 언니쯤 되려나요, 나이 차이로 보면."

"나이 차? 나이 차이가 갑자기 왜 나와요? 그런 건 지난 3개월 반 동안 단 한 번도 신경 써본 적 없고, 비행시간으로 보면 단연코 제가 훨씬 베테랑이거든요? 그 밖에 여러 가지 점에서도 그렇지만, 왜 갑자기 책임을 지는 쪽이 된 것 같은 표정으로 나오는 건가요?"

"해야 했던 일과, 저지르고 만 일과, 하지 못한 일은 단연코 제가 훨씬 많아요. 홀로 붙잡혀서 자유를 박탈당한 상황에, 탈출선도, 에다 씨의 조력도, 돈도, 아무것도 없었던 당신에 비하면, 저는 그모든 게 갖춰져 있었고, 효과적인 작전을 세울 시간도 있었고, 거기에 디컴프레션 능력까지 있었어요. 점토 덩어리로 항구를 파괴한 다음 다이 씨만 낚아채서 도망친다거나, 점토 덩어리에 숨어서 적을 따돌린다거나, 지금 생각해 보면 쓸 만한 방법은 얼마든지 있었어요. 그런데, 훌쩍, 각오도 아이디어도 부족해서."

"자, 잠깐, 거기서 운다고?! 너무 비겁하지 않아요? 울어도 된다면야 저도 울고 싶다고요. 그만큼 선택지도 능력도 있는 사람을 씨족과의 무의미한 싸움과 쓰레기 같은 악연에 말려들게 했고, 이제 기다리는 건 감금 유폐 번식 코스. 아니지, 듣자 하니 족장이 당신을 원한다는 모양인데, 그것도 보나 마나 정체 모를 욕심이나 계획 따위에 이용하려는 게 뻔해요. 이제 곧 그런 악의 신전에 좋아하는 사람을 보내야만 하는 제 입장이 돼 부세요!"

"으으으, 다이 씨이이이."

두 조종석을 하나로 이어서 와락 안겨들려고 했는데, "우와, 짜증나."라는 한마디와 함께 획 피해버렸다. 테라는 아우성쳤다.

"왜 피하는 건가요오, 앞으로 영영 만나지 못할지도 모르는데!"

"그럴지도 모르지만, 그 마지막이 이런 슬픈 장면인 건 싫다고요! 테라 씨는 그런 사람이 아니야! 좀 더 빠릿빠릿하게 굴 수 있잖아요. 빨리 얼굴 닦아요, 스물네 살!"

"커흐흑."

방금 드러낸 가장 큰 약점을 등까지 관통당해 테라는 몸부림쳤다. 몸을 뒤로 젖히고서 팔로 얼굴을 훔쳤고—— 아직도 투박한 덕트 드레스를 입은 상태라 코에 긁힌 상처가 생긴 채, 이젠 모든 게 수습 불가능하다는 얼굴로 돌아보았다.

"닦았어요."

"네."

"그리고 조금 진정됐어요. ——죄송해요."

가볍게 감정을 발산한 덕에 제정신으로 돌아온 테라는 얼굴을 붉히며 고개를 푹 떨궜다. 체액성 젤이 점점 뜨뜻해졌다.

"네, 뭐라고 해야 하나……." 마찬가지로 잔무늬가 들어간 기모노 차림인 다이오드도 옷매무새가 많이 흐트러진 채, 넌더리라는 표현에서 한 세 걸음쯤 더 나아간 듯한 표정으로 한숨을 쉬었다. "감정에 휩쓸릴 때가 많네요, 테라 씨."

"죄송해요."

"갑자기 굉장히 침착하네요."

"네. 참아왔던 게 살짝 터져 나왔어요. 그치만 그만큼 괴로워서."

"뭐…… 솔직한 건 좋은 거지만요."

"다이 씨는?" 물어봤다. "이대로 계속 냉정히 있을 수 있나요?"

"뭐라고요?"

째릿 노려본 다이오드가 비스듬히 위를 봤다가, 반대쪽 아래를 봤다가, 음— 하고 눈을 꾹 감은 다음 조그맣게 말했다.

"있을 수 있어요. 당신이 죽기라도 하지 않는 한."

"——이거 열어 줄래요?"

똑똑, 경계를 두드리자 다이오드가 콕핏을 열고선, 음, 하고 고개를 돌렸다.

테라는 슬금슬금 안으로 들어가 껴안으려고 했다.

"다이 씨——!"

그 순간 삐—— 하고 미니셀에 등록된 누군가에게서 통신이 왔다는 착신음과 함께 『실례합니다, 테라 씨. 이거 들리나요, 급히 제안할 게 있는데요.』하고 귀에 익은 목소리가 들렸다. 튕겨 나가는 것처럼 테라는 재빠르게 자기 콕핏으로 돌아왔다.

"엇—— 어라, 그 목소리는 프라이 씨?! 당신, 안을 엿보고 있었나요?"

『네? 엿보거나 하지 않았어요. 배는 지켜보고 있지만요. 아, 어디서 보고 있는가에 대한 설명은 생략할게요, 시간이 없으니.』 특별히 다른 의도는 없는 듯한 말투로 트레이즈 씨족의 여성은 터무니없는 얘기를 꺼냈다. 『여러분, 어획 승부에서 지셨죠. 그래서 이제부터 웃음거리가 될 예정이죠?』

"좋아서 그런 꼴이 되는 건 아닌데요."

『그런 꼴이 되는 길과, 이것저것 죄다 부숴버리고 완전히 수배범이 돼서 도망치는 길이 있다면 어느 쪽을 고르겠어요?』

테라는 그 말에 멍해져서, 이쪽으로 고개를 돌리고 있던 다이오드와 얼굴을 마주 보았다. 소녀가 말했다.

"함정이겠지. 뭔가 수작을 부려서 우리한테 죄를 뒤집어씌울 속셈일지도."

"저 사람이 그렇게 못된 사람이었어요? 아니지." 테라는 고개를 좌우로 흔들었다. "설령 함정이라고 해도 차라리 나아요. 프라이 씨!"

『네, 어느 쪽인가요? 1초 안에 정해주세요.』

"부숴버릴게요!"

『알겠습니다. 하긴 그 수밖에 없겠죠—.』

태평한 기색으로 대답하는 와중에 쿠웅, 하고 약한 진동이 울렸다. 자동 조종 중인 필러 보트가 항구의 바닥과 접촉한 거였다. 머리 위의 게이트가 닫히기 시작했다.

"그래서 프라이 씨가 어떻게 해줄 건데요?"

『실행은 당신이 주역이 돼서 하는 거예요. 지금 그 배, 디컴프레션 가능해요?』

"엥? 네에." 젤 너머로 가볍게 감각을 넓혀 배와의 일체감이 유지되고 있는 걸 확인했다. "할 수 있어요."

『필러 보트를 100개로 쪼개 주세요.』

"네에?!"

『미끼로 삼을 거예요. 하고 나면 99개를 방패막이로 삼아, 우리가 여러분이 탄 배 하나만 수거하러 가겠습니다. 가능한가요? 잘해주셔야 해요? 지금 당장!』

테라는 숨을 삼키고서 눈을 감았다. 다이오드와 의견을 나누기에 앞서 스스로에게 가능한지 물었다.

결론은 의외로 가능하다, 였다. 적어도 갑자기 죽는 사람이 나올 것 같진 않았다. 주변을 대규모로 파괴하지도 않는다. 그 대신 수습할 수 없는 대혼란이 벌어질 것 같지만 그 점이야말로 커다란 임팩트가 되겠지.

"다이 씨, 콕핏만 놓지 말아 주세요."

"OK."

"셋, 둘, 하나, 큐!"

 조금의 망설임도 없는 대답을 기분 좋게 느끼면서 테라는 결행했다. ──정신 탈압, 배를 100개로── 먼저 10개로 나눈 뒤, 그걸 다시 10개씩 분리.

 자기 몸을 갑자기 100등분 하는 이미지를 만들기는 힘들었지만, 수백 톤씩 10개로 나눈다고 보면 간단했다. 가는 섬유로 연결을 유지하면서, 선수부터 대충 9개 부분으로 둥글게 자르고, 각 덩어리를 거의 똑같은 크기와 형태로 만든 뒤 그걸 방사형으로 10개로 쪼갠다. 취미 삼아 하던 요리를 통해 재료를 손으로 자르는 이미지를 갖고 있던 게 꽤 도움이 되었다.

 자신들이 타고 있는 파츠와 그 외 세 개 정도는 표식 삼아 별 모양으로 만들었고, 나머지는 전부 다 피자를 자를 때처럼 부채꼴 모양으로 형성. 최대한 오차가 없도록 주의를 기울이면서 속도를 최우선으로 삼았다. 즉, 테라는 모든 과정을 5초 이내로 해낸 것이다.

 『후요』 상업항에 있던 사람들은 기겁했다. ──메이카의 필러 보트를 따라 항구로 얌전히 들어오던 다른 한 척의 필러 보트가 통통통통, 하고 갑자기 식칼에 썰린 것처럼 선수부터 둥글게 잘려 나갔다.

 그렇게 생각한 순간, 아예 산산이 분해되어 흩어지고 있었다.

『대규모 폭발 발생! 내열, 오염 대비 태세!』

즉시 유압 에어리어 전역에 경보가 발령되고, 인근에 있던 사람들은 전부 쉘터에 뛰어들었다. 닫히려던 대형 해치는 오염된 공기를 진공으로 내보내기 위해 긴급 정지했다. 비상 대응팀이 씨족선 곳곳에서 달려왔다.

그들 중 제일 첫 번째 팀만이 목격했다. 무중력 구역 곳곳에 흩어져 마구잡이로 회전하거나 충돌하고 있는 컨테이너 크기의 파편들 사이로, 한 척의 작업정이 파편 하나를 덥석 움켜쥐고서 우주 공간으로 뛰쳐나가는 광경을.

제4장 테이블 오브 조호르

1

씨족선 폭발, 테러인가.

 주회자력 304년 113일 오후 5시경, 우리의 씨족선 『후요』 북극 상업항 대형 게이트 내에서 우주선 폭발 사고가 발생했다. 이 사고로 승무원인 칸나 이시도로 겐도 씨(18세)와 테라 인터콘티넨털 엔데바 씨(24세), 두 사람의 행방이 묘연해졌다. 또한 저압 환경 작업원 두 사람이 팔을 다치는 등, 가벼운 부상을 입었다. 사고는 입항 중이던 필러 보트 한 척이 어떠한 원인으로 인해 갑자기 분해되면서 발생했으며, 당시 항구 내부는 비가압 상태였던 덕분에 폭풍이 발생하지 않아 물적 피해는 경미한 수준이었다. 한편, 사고 직후, 자코볼 트레이즈 씨족 소속의 배가 출항 허가를 받지 않고 게이트에서 이탈했으며, 의전부에서는 사고 원인과 관련성이 있다고 보고서 행방을 쫓고 있다.

겐도 씨족 신문 『등룡문』 114일 조간 기사

우리는 부당한 비난에 항의합니다.

113일 저녁, 겐도 씨족의 씨족선에서 폭발 사고가 일어났습니다. 이 사고로 행방불명된 분들과 부상당한 분들, 심적 고통과 물적 손해를 입은 분들에게 애도의 뜻을 표합니다.

사고 직후 출항했다는 배는 우리 잭 오브 올 트레이즈 씨족 소속인 인솔벤트호의 셔틀이며, 정당한 절차에 따라 운행된 무해한 선박입니다. 해당 폭발 사고의 원인은 자세한 조사를 통해 밝혀져야 하겠지만, 인솔벤트호가 직, 간접적인 어떠한 이유로든 폭발을 일으킨 것이 아님은 우리 트레이즈 장로회의 신용을 걸고 보증합니다. 이러한 중요한 문제에 대해서 마치 잭 오브 올 트레이즈 씨족의 일원과 선박이 범인인 것처럼 확실한 근거도 없이 보도하는 것은 용납할 수 없습니다. 우리 트레이즈 장로회에선 그러한 일부 보도가, 더 중요한 문제로부터 세상 사람들의 시선을 돌리기 위해 이루어지고 있다는 신뢰할 만한 정보를 얻었습니다.

우리는 부당한 비난에 항의합니다. 또한, 이러한 비난을 누가 어떠한 목적을 가지고 행하고 있는지, 계속해서 면밀히 조사할 것입니다.

　　　씨족 네트워크를 통한 트레이즈 장로회 공식 계정의 선언

"프라이 씨가 감사관?"

『후요』에서 도망쳐 타원 궤도를 그리며 상승하는 인솔벤트호의 선내. 또다시 조종 콕핏째로 회수된 두 사람은 미심쩍어하는 듯한 목소리로 외쳤다.

"감사관이라니, 그게 뭔가요?" "감사관이라니, 바우 아우어의 그 감사관?"

테라가 좀 더 아는 게 있는 모양이었다. 끄응, 하고 다이오드가 돌아보며 물었다.

"테라 씨는 아는 건가요?"

"그야 다들 초등 순항생 때── 아니에요, 쉽게 말해 감사관은 바우 아우어가 임명하는 임시 조사원이에요. '서크스 전원의 안전을 위해 모든 씨족의 정치적 정세를 탐지할 수 있다.'라고 하는 사람들이죠."

누구나 배우는 내용이에요, 라고 하려던 말을 삼키고서 설명했다. 그런 다음 VUI로 시선을 돌렸다.

"그게 진짜 정체라는 뜻인가요? 헬륨 흡인사라는 건 거짓말이고?"

프라이는 본선 쪽에서 영상을 통해 얼굴을 드러내고 있다. 투 사이드 테일을 한 갈색 피부의 여성이 쾌활한 미소로 애매하게 고개를 끄덕였다.

『아─ 그렇죠. 여러분의 조종 콕핏을 주웠던 것도, 뭐 임무라면 임무 비슷한 거였죠.』

"그런 거였나요……." "그럴 리가 없죠, 저 말을 곧이곧대로 받아들여선 안 돼요. 이런 사람이 감사관이라고요? 그런 직책에 있을 리가 없잖아요!"

테라가 순순히 수긍하려는 찰나, 다이오드가 말을 잘랐다.

"어? 무슨 말이에요?"

"무슨 말이고 자시고 우리가 이 사람의 헬륨 채취선에 구조됐던 건 우연이었잖아요. 마침 근처 운해에서 조업 중이던 배에 타이밍 좋게 감사관이 타고 있었다는 소리예요? 그럴 리가 없죠."

"앗, 그것도 그러네요."

"그게 아니라면 우리를 구조한 다음에 감사관으로 임명됐다는 뜻이 되는데, 흡인사가 그렇게 쉽게 감사관이 될 수 있나요? 그 점은 어떻게 설명할 건가요, 프라이 씨!"

논파했다는 확신과 함께 다이오드가 영상을 향해 손가락을 내밀었지만, 프라이는 아하하, 하고 태평하게 웃었다.

『그러네요— 그 말이 맞아요. 제가 감사관일 리가 없다, 그렇게 믿을 수 있다면야 그편이 훨씬 나으니까 앞에 했던 말은 잊기로 할까요—. 그럼 이만.』

"어? 잠깐만······."

『네? 뭔가요?』

작별 인사처럼 한 손을 들어 올리며 일단 통신을 끊으려던 프라이가, 하려던 동작을 멈추고서 이쪽을 보았다. 이 상황을 즐기는 듯한 눈빛이었다.

자신이 뭔가 바보 같은 말을 하는 듯한 느낌이 들어서 다이오드는 필사적으로 생각했다.

"그때 거기에 있었던 게 우연이라면 당연히 흡인사가 맞아……. 그런데 혹시 우연이 아니었다면?"

『어머.』

"처음부터 감시하고 있었다? 우리를? 그건 아니겠죠. 『아이다 호』에서 출발한 우리를 감시할 방법은 없어. 무장 셔틀 쪽이구나. 우리를 공격한 지고 씨의 기체를 감시하고 있었다? 그게 『후요』에서 출격한 시점부터? 그래서 추락했다가 다시 올라온 우리를 구조할 수 있었던 위치에 있었던 건가?"

『……칸나 씨. 아니, 다이오드 씨는 두뇌 회전이 빠르네요.』

프라이는 그 말만 하고서 입을 다물었다. 여전히 입꼬리는 올라가 있었지만, 눈은 웃고 있지 않았다.

아니지, 기다려 보세요, 라고 말하며 다이오드가 이마를 눌렀다.

"그게 사실이라고 쳐도, 테라 씨가 말한 대로라면 감사관이라는 직책은 중대한 사건일 때만 등장하는 직책이잖아요? 그런 사람이 왜 겨우 제가 납치당해서 테라 씨가 구하러 온 정도뿐인 일에 나타난 거죠?"

"중대한 사건이잖아요, 다이 씨!"

"중대한 사건이 아니에요, 바우 아우어 입장에선! 그렇지 않나요? 프라이 씨."

무슨 말이냐는 듯이 달려드는 테라를 밀어내면서 다이오드가 프라이를 보았다. 프라이는 미소를 무너뜨리지 않은 채 오른쪽 왼쪽으로 한 번씩 고개를 갸웃거린 후, 음— 하고 말을 꺼냈다.

『……이번에 두 분 덕분에 여러모로 도움을 받았으니까 이렇게 데려와 드린 거거든요. 그래서 최소한의 설명도 해드리고 있긴 한데.』

쾌활하게 싱글벙글 웃으면서 프라이는 영상에 비치지 않는 누군가를 향해 힐끗 눈길을 준 다음 아하, 하고 입을 열었다.

『──그런데 아직은 전부 얘기해 드릴 순 없는 모양이에요.』

"……정말로 감사관?"

『뭐, 그 점은 믿을 수 있을 것 같을 때 믿어주시면 돼요. 아무튼 일단 칸나 이시도로 겐도 씨랑 테라 씨 두 분은 이제부터 당분간 트레이즈 쪽에서 신병을 보호하게 됐어요. 정확히는 보호했죠. 그러지 않았다면 또 끌려갈지도 모르니까요. 그러는 사이에 우리 쪽에서 사태를 수습할 테니, 그게 끝나면 다시 풀어드릴 거예요.』

"그 말은 당분간 여기 갇히게 된다는 뜻인가요? 언제까지?"

테라가 몸을 내밀며 묻자, 프라이는 어깨를 으쓱했다.

『글쎄요. 그건 저쪽 하기 나름이라고 해야 하나, 우리야말로 그게 언제쯤일지 알고 싶은데요. 나중에 다이오드 씨한텐 이것저것 물어보게 될 것 같아요.』

두 사람은 말없이 입을 다물었다.

그러자, 아─ 그게 아니고요, 라면서 프라이가 쓴웃음과 함께 손을 내저으며 말했다.

『겁먹지 마세요. 두 분은 기본적으론 피해자라는 걸 알고 있으니──두 분 다 무단 탈선이나 뇌물 수수 혐의 등 이것저것 저지르셨지만, 그건 우리 관할 분야도 아니니까──굳이 문제 삼지는 않을게요. 손님으로 대우하는 거죠. 최대한 눈에 띄지 않도록 해주셔야겠지만요.』

"그럼 다행이지만……."

『앗, 그리고 체재비용은 걱정하지 않아도 되니까요!』

"그쪽에서 부담해 주나요?"

『아뇨, 이런 경우엔 무이자로 빌려드리게 되어 있거든요!』

"……."

『조급해하지 마시고 천천히! 자기 페이스에 맞춰서 변제하시면 돼요.』

트레이즈 씨족 나름의 농담일지도 모르지만, 두 사람은 그다지 웃을 마음이 들지 않았다.

그러자 프라이가 또 화면 바깥의 누군가와 대화하더니, 응응, 하고 고개를 끄덕이고서 말했다.

『전에도 말씀드렸지만 두 분, 정 안 되면 우리 쪽에 정착하지 않으실래요?』

"그 제안엔 이미 대답을 드렸었죠. 우리는 여자 둘이서 필러 보트에 탈 거예요. 그럴 수 있는 곳에 정착하겠어요."

다이오드가 단호하게 대답했지만, 프라이의 반응은 예상 밖이었다.

『네, 그렇게 들었죠―. 그 후에 위쪽과 대화해 봤는데, 분위기가 살짝 달라졌거든요. 여자 둘이서 타도 된다――라고 한다면 어떻게 하시겠어요?』

두 사람은 잠시 말문이 막혔다. 서로 얼굴을 마주 본 뒤, 왠지 모르게 시선을 피했다.

"생각할 시간을 주세요."

테라는 그렇게 말했다.

트레이즈 씨족의 씨족선 『테이블 오브 조호르』는 그 이름대로 원형 탁자가 다리를 항성 쪽으로 향한 채 회전하고 있는 듯한 구조다. 조호르라는 이름의 의미는—— 잊어버렸다.

도착하기 전에 선내에서 설명을 들었던 것 같은 느낌도 들지만, 테라는 슬슬 피로가 한계에 다다른 나머지 잘 기억나지 않았다. 요 닷새간, 특히 마지막 24시간은 너무나도 많은 일이 일어났던 탓이다. (마지막으로 제대로 된 곳에서 잔 건?——겐도 씨족선에 잠입하기 전날 밤, 인섬니아호 선내였다! 그곳에 두고 온 것도 여러 가지 잔뜩 있다.)

그래서——.

"뭐, 미리 말씀드렸던 대로 이런 방이지만, 푹 쉬세요."

프라이의 안내에 따라 어느 정도의 중력과 두 개의 침대만 있는 단출한 트윈룸에 도착하자마자 마음의 끈이 툭, 하고 끊어져 버렸다.

"잘게요. 죄송해요."

"네? 아직 이것저것 할 얘기가."

"네, 그렇긴 한데 더는 진짜."

비틀비틀 샤워실 문에 손을 대고서, 마지막 순간에 문득 돌아보며 물었다.
"같은 방도 괜찮아요?"
"……당연하잖아요."
 딱 그것만 묻고서, 테라는 진심으로 안도하며 먼저 샤워실로 들어갔다.
 생각할 것들, 서로 의논해야 할 일들이 산더미처럼 있었지만, 머릿속에 타고 남은 재가 가득 들어찬 듯한 느낌이었다. 아직도 입고 있었던 두터운 방호복 같은 덕트 드레스를 천천히 벗어 던지고서 머리부터 뜨거운 물을 끼얹었다.
 그러자마자 갑자기 등 뒤에서 문이 열리면서 테라가 벗어둔 옷을 덜그럭 덜그럭 밖에 던지는 소리가 났다.
"어어?! 잠깐——."
 흘러내린 앞머리에서 물이 뚝뚝 떨어지는 얼굴로 돌아보려고 했더니, 문이 닫히며 불어온 바람과 함께 가느다란 몸이 허리께에 찰싹 안겨들었다. 반사적으로 몸을 굳힌 다음, 올라오는 비명을 꾹 참으면서 이름을 불렀다.
"다, 다이 씨? 왜 그러세요?!"
"아무것도." 어깨뼈 아래쪽에 숨결이 닿았다. 허리에 단단히 팔을 두른 상대의 몸은 살짝 끈적였지만 매끄럽고 따뜻했다. 알몸이었다. "아무것도 아니에요. 으음……."
"저기, 아직 잠깐 여러 가지로, 기다려——."
"정말로 싫다면 나갈게요."
 당황해서 허둥지둥 쩔쩔매던 테라는 그 말에 딱 멈췄다.

아, 싫다고 하면 나가 주는구나, 하고 안심해서가 아니다. 이 대담한 행위와는 반대로, 너무 긴장한 탓에 뻣뻣하게 굳어버린 몸의 감촉이 팔을 타고 생생하게 전해져 왔기 때문이다.

한 번 심호흡한 다음, 오늘이 언젠가 찾아올 그날이었구나, 하고 받아들이면서 테라는 물었다.

"나간 다음이, 아닌 거네요."

"나가면 여러 가지를 얘기해야겠죠."

"……네."

"얘기하고 나면, 여러 가지 생각해야 할 것들이 많아요."

여러 가지라, 그게 뭘 지칭하는 건지 짐작 가는 것만 해도 양손 손가락으로 다 꼽지 못할 정도로 잔뜩 있었다. 테라도 그녀의 마음을 이해할 수 있었다.

"그러네요. 지금이 좋을 것 같아요."

"괜찮아요?"

"네. ──정말로 싫지, 않아요."

결심이 전해진 모양이었다. 고개를 든 다이오드가 테라 씨, 라고 말하며 손을 쥐었다.

"아, 불쑥 들어와서 죄송해요──."

"네. 다음엔 이러면 안 돼요."

테라는 몸에서 힘을 뺐다. 다이오드도 따라서 굳었던 몸에서 힘을 빼며, 둘은 부드럽게 살결을 맞댔다.

"다이 씨……."

"네, 테라 씨."

머리로 뜨거운 물이 계속해서 쏟아지고 있었다.

테라는 몸 앞쪽을 가볍게 씻은 다음, 다이오드의 부러질 듯 가녀린 겨드랑이 밑으로 손을 넣어, 훌쩍 들어 올려 자기 앞으로 위치를 옮겼다. 머리카락에 따뜻한 물을 끼얹으며 어깨를 씻겨 주었다. 이럴 때 뭘 해야 하는진 아직도 잘 몰랐지만, 이게 자기가 하고 싶은 일이었다. 분명 다이오드도 불만스러워하진 않겠지, 그렇게 생각하며 소녀의 몸을 몇 번이나 쓰다듬었다.

손으로 빗어 올릴 때마다 손가락 틈 사이로 마치 물처럼 은색 머리카락이 흘러내렸다. 샤워실에 피어오른 김에도 희미하게 약초 같은 향기가 섞였다. 어떻게 이렇게 아름다운 머리카락을 갖고 있는 걸까, 다이오드에 대해 테라가 아직도 모르는 점 중 하나다. 넋을 잃고 몇 번이고 되풀이하자, 저기…… 하고 다이오드가 걱정스러운 목소리를 흘렸다.

"혹시 그냥 씻겨주기만 할 생각인가요. 제 의도는 그런 게……."

"'그냥' 씻겨주기만 하는 것조차 엔데바에선 상상 못 할 일인데요?" 테라는 살짝 쓴웃음을 지었다. "솔직히 뭘 해야 좋을지 잘 모르겠다는 점도 있어요. 손가락에 씌우는 그것도 안 끼고 있고……."

"그건 없으면 없는 대로 살살 하면 되는 거예요…… 여기라면 씻을 수도 있고요."

"다이 씨는 정말 잘 아네요. 서로 씻겨준 경험이?"

"……."

"있군요. 그야 씨족이 다른걸요——." 지금껏 느껴본 적 없었던 달콤한 아픔을 가슴에 새기며, 테라는 상대의 가냘픈 손을 끌어당겨 가슴에 대었다. "저는 없어요. 아무것도 모르는 엔데바 여자예요. 그러니까…… 다이 씨의 방식대로 배울게요."

손바닥이 착 달라붙었다. 흉골 안쪽이 크게 맥박 치기 시작했다. 온몸의 피부가 저릿했다.

"으……."

다이오드가 꿀꺽, 침을 삼켰다. 원래부터 얼굴에 땀이 배어 있었지만, 지금은 눈에 띄게 혈색이 붉어졌다.

"……채, 책임이 무겁네요."

"무겁죠. 무거운 데다 이렇게 크기까지 한데 괜찮겠어요?"

"힘낼게요!"

다이오드의 자그마한 손이 테라의 커다란 손바닥을 끌어당겼다. 그 손길에 몸을 맡기며 테라도 바닥에 무릎을 꿇고 눈높이를 맞추며 입술을 포갰다.

지금까지 조그만 다이오드의 다양한 모습을 봐왔다. 서 있는 모습, 걷는 모습, 자는 모습에 거꾸로 매달린 모습까지. 거리의 지붕 위를 뛰어다니는 모습도 봤다. 그리고 물론, 예쁜 덱 드레스 차림으로 과감하게 필러 보트를 모는 모습도 봤다.

그때마다 항상 느꼈던 건, 이 사람은 정말 정수리부터 발끝까지 빠짐없이 몸 전체가 자기 거구나, 라는 감상이었다. 표현이 이상하지만, 자기랑 비교하면 그런 느낌이 든다. 테라도 자기 몸인 건 마찬가지지만, 그 몸은 항상 자기가 의식하는 것보다 커다랬다. 테라에게 자기 몸이란 좀 더 작았으면, 가늘고 가벼웠으면 좋겠다고 계속 느껴왔던 불필요한 부분, 그런 생각이 꼬리표처럼 붙어 다녔다.

그에 비해 다이오드의 몸은, 전부 벗은 모습을 봤더니 역시나 조금의 낭비도 없는 아름다운 형태였다. 적어도 맞닿은 부분을 통해선 찬탄과 동경, 그리고 사랑스러움밖에 느낄 수 없었다. 하지만 동시에 그 감각은 고스란히 뒤집혀 걱정으로 변했고, 거기서 한 번 더 뒤집혀 불안으로까지 발전했다.

쉽게 말해 자기는 지금까지 남들에게 몸을 보이는 것도, 남들이 몸을 만지는 것도 싫었다. 다이오드도 자기처럼 덩치 큰 사람이 몸을 보거나 만지면 싫어하는 건 아닐까. 그리고 나 역시, 설령 다이오드처럼 사랑하는 상대라 할지라도, 정작 몸을 만지는 건 싫다고 느끼지는 않을까.

"저, 테라 씨."

그런 걱정과 불안이, 처음에는 분명 존재했다.

"네?"

"따뜻해요."

끊임없이 따뜻한 물이 쏟아져 내리는 샤워실 바닥. 털썩 주저앉은 테라의 무릎 위에 옆으로 걸터앉은 다이오드가 혀를 내밀었다.

"테라 씨는 이렇게 크고, 높고, 엄청나게 넓고, 또 굉장히 깊은데."

목덜미를 몇 번이나 끌어안고, 테라의 팔을 잡고 어깨에서 팔꿈치로, 팔꿈치에서 손목으로, 연이어 양손으로 문지르고 쓸어올리며, 손바닥과 손등에 연거푸 입을 맞추고, 뺨을 비볐다.

"한 군데도 딱딱한 곳이 없어요. 폭신폭신하고 반들반들하고, 포근한 냄새가 나고, 따뜻해……."

그렇게 말하며 다이오드는 민감한 손가락을 움직여 톡 튀어나온 돌기도, 그 사이 골짜기도 빠짐없이 만지고 구석구석 훑으면서 테라의 팔뚝과 목덜미에 소름이 돋아나게 했다. 게다가 동작 사이사이마다 걸핏하면 테라의 풍만한 가슴에 어깨를 문댄다든지, 가녀린 몸을 밀착한 채 마치 다리미로 쓸어올리듯 강약을 섞어 가며 문지르기를 반복했다.

테라 입장에선 이미 호감으로 꽉꽉 채워져 터지기 일보 직전인 고밀도 발열체가 열심히 움직여, 자기 몸에 새로운 감각을 마구 덧칠하는 것만 같은 상황이었다. 방금까지 머릿속을 맴돌았던 걱정과 불안은 어느새 땀과 한숨에 섞여 쓸려간 지 오래였고, 예상을 뛰어넘은 경지에 놓인 지금, 오히려 정반대의 불안이 솟구치고 있었다.

"저기, 다이, 씨."

"네?"

"뭔가, 뭔가 이렇게──." 스윽, 하고 몸 어딘가에 다이오드의 무언가가 스치기만 했는데, 어깨가 움찔 움츠러들고 눈에 꾹 힘이 들어갔다. "큰일이에요."

"어?"

"안 돼요, 정말 큰일이에요…… 다이 씨가 부족해. 뭔가요, 이 느낌……."

"아아……."

살짝 안도한 듯 한숨을 쉰 다이오드는, 마음껏 뺨을 비비고 듬뿍 키스를 선사한 후 귓가에 속삭였다.

"죄송해요, 애태울 생각은 없었지만, 저도 모르게 신중해져서."

"너무, 너무 부족하면 저──."

"으왓."

뭘 어떻게 할 생각인지 자기 자신도 모르는 상태 그대로, 테라는 다이오드를 껴안고, 입술을 맞대고, 충동에 몸을 맡긴 채 허벅지와 그 안쪽의 골짜기와 더 깊은 곳까지 손가락을 뻗었다. ──힘은 최대한 조절해 가면서.

기세 그대로 바닥에 밀어 넘어뜨리기 직전, 손바닥으로 머리를 받친 다음 아기를 재우듯이 살포시 눕히고서, 테라는 커다란 그림자를 드리우며 다이오드를 덮쳐 눌렀다.

"지, 직접 다이 씨를 약탈하러 갈 건데…… 그래도 될까요?"

바닥에 누운 다이오드의 눈이 커다래졌다. 그럼에도 만면에 미소를 지으며 무방비하게 팔을 벌렸다.

"마음껏 빼앗으세요. 읍──."

가득 내준 만큼 빼앗아 갈 수 있다. 그런 교환이라는 걸 테라는 깨닫기 시작했다.

"하아……."

두 시간 후, 테라가 머리와 몸에 수건만 두른 모습으로 멍하니 침대에 늘어져 있자, 섬세한 레이스가 장식된 예쁜 뷔스티에에 프릴

이 잔뜩 달린 팬티, 가터벨트와 타이즈를 입고, 손에는 팔꿈치까지 오는 롱 글러브를 낀 데다, 난 베르 풍 고딕 스타일 헤드 드레스까지 머리에 쓴, 한껏 멋을 부린 다이오드가 "기다리셨죠—."라고 하면서 프린터가 설치된 샤워실에서 나왔다.

"어? 응? 무슨."

"큰맘 먹고 인쇄했어요. 어부식으로 표현하자면 선박 정장(덱)이 아닌 침실 정장(베드 드레스)이라고 해야 할까요."

오른쪽으로 허리를 꼬고, 왼쪽으로 허리를 꼬고, 한 바퀴 빙글 돌면서 팔을 뻗어 몸매의 굴곡을 뽐낸 다이오드가 어때요? 하고 물었다. 테라는 얼굴을 붉히며 손을 내저었다.

"그건 좀, 너무 자극적이라고 해야 하나."

"맘에 안 드세요?"

"숨넘어갈 정도로 근사하지만, 이곳저곳이 적나라하게 다 보여서!"

"벌써 전부 다 봤잖아요."

"그건 샤워실 안이었으니까——."

딸깍, 메인 조명을 끄고 어슴푸레한 간접 조명만 남긴 채, 다이오드가 다가왔다.

"이제 안 보이니까 괜찮겠네요."

"아으……."

그대로 몸을 가린 수건이 벗겨지고 침대로 끌려 들어갔다. 테라는 당황한 목소리를 냈다.

"다이 씨는…… 아무렇지도 않나요?"

"네? 아무렇지도 않냐고요?" 이불 속에서 테라에게 몸을 밀착시키며 다이오드가 되물었다. "저도 엄청나게 두근거리고 있고 숨넘어갈 정도로 걱정되는데, 아무렇지도 않아 보여요?"

"저보다는 침착한 것 같아서……."

"테라 씨는 어쩔 줄 모르겠나요?"

"어쩔 줄 모르겠는 건 아니에요. 뭐라고 해야 하나, 곤혹스럽긴 하지만요."

"어떤 점이?"

"다이 씨랑…… 저기, 이런 걸 하는 게 너무 기쁘고, 기분 좋다는 사실에."

"기쁘고 기분 좋은데 왜 곤혹스러운가요?"

"왜냐니…… 그건, 알잖아요…… 우리."

"제가 걱정하는 게 뭔지 알고 계세요?"

"……저한테 싫다는 말을 듣는 것, 아닌가요?"

"아니에요. 싫다는 말을 듣는 것쯤은 아무것도 아니에요. 싫다고 하면 안 하면 그만이니까요." 고개를 저은 다이오드가 숨을 한 번 들이쉬고서 말했다. "제가 걱정하는 건 테라 씨가 '상식적으로 생각하면 역시 이렇겠죠.'라는 식의 말을 꺼내는 거예요."

"……."

"이해해 주셨나요?"

"네."

테라는 갑자기 울고 싶은 기분이 들어 다이오드의 가느다란 허리를 껴안았다.

"미안해요. 그런 말은 절대로 안 할게요."

후— 후— 하고 흥분한 듯이 숨을 몰아쉬던 다이오드가 후우우우…… 하고 부풀었던 가슴을 가라앉혔다.

"다행이다…… 기뻐요."

"네."

자신에게 기대어 오는 다이오드의 머리카락에 얼굴을 묻고서, 테라는 연이어 심호흡을 했다. ──머리카락에선 아이다호 저택 다락방에 남겨져 있던 열다섯 개의 쿠션과 똑같은 냄새가 났다.

"아아, 다이 씨, 드디어……."

"음, 저기."

"다이 씨."

옆에 누운 그녀를 끌어안는 것만으로는 성에 차지 않아, 과감하게 자신의 몸 위로 안아 올렸다. "저기요." 하고 당황하며 꼼작거리는 다이오드의 무게를 온전히 가슴으로 받으면서, 마침내 테라는 안도의 한숨을 내쉬었다.

"드디어 잡았다."

"……굳이 말하자면 오늘은 수없이 붙잡혔는데요."

"기분 문제예요." 뺨을 손으로 감싸고서 미소 지었다. "이렇게 느긋이 있을 수 없었잖아요."

"뭐, 조금 전도 느긋하다기보다는 격렬한 시간이었고 말이죠."

"네, 맞아요." 시선을 피했다. "조금 전엔 그랬죠……."

"지금은 다른가요?"

희미하게 웃으며 도발하는 그녀의 유혹에 응할지, 얼버무릴지, 아니면 꼭 얘기하지 않으면 안 될 산더미 같은 이런저런 이야기들을 꺼낼까 망설이다가——.

"내일 해도 될까요. 오늘은 이제 배터리가."

한마디 항복의 말을 남기고 고개를 옆으로 돌린 순간, 마침내 테라는 깊은 잠 속으로 빠져들었다.

2

"안녕하세요— 테라 씨, 다이오드 씨! 벌써 10시예요 늦었다고요 문 따고 들어가진 않을 거지만 일어나세요! 할 일이! 잔뜩! 있으니까요!"

"네— 알겠습니다, 15분만 더 주세요!" "흐엣?"

문을 쾅쾅 두드리는 프라이의 목소리와 그 재촉에 맞서는 또 하나의 외침 사이에 껴서, 베개를 끌어안고 있던 테라는 눈을 떴다. 낯선 천장에 주광등이 켜져 있었다.

"좋은 아침이에요, 테라 씨."

그 순간 옆에서 그녀가 얼굴을 내밀었다.

잠시 멍해졌다. 반대 상황이라면 몇 번 겪었지만, 방에서 자다 깬 모습을 보여주는 건 처음이었다. 게다가 다이오드는 벌써 완벽하게 몸단장을 끝낸 상태였다. 몸에 착 달라붙는 반기밀 워크슈트에 타이즈, 타이트 스커트 위엔 녹색 칼라가 달린 재킷을 걸치고, 은발의 머리 위엔 함내 병사 느낌이 나는 미니 베레모를 쓰고 있었다. 화려한 덱 드레스는 아니지만, 어느 작업항에서든 정직원으로 통할 것 같은 단정하고 기능적인 차림이었다.

반면 테라는 이불만 덮은 상태.

"조, 좋은 아침이에요…… 일찍 일어났네요."

"안녕하세요. 잘 주무셨네요." 다이오드가 만족스러운 미소를 지으며 샤워실 쪽으로 손을 뻗었다. "자, 일어나서 준비하세요. 프린터에 옷 패턴을 남겨뒀는데, 같은 옷이라도 괜찮다면 쓰세요."

"잠깐 저쪽 좀 봐주세요."

"네, 이미 충분히 봤으니까요."

새치름한 표정으로 등을 돌리는 다이오드에게 둘둘 만 이불을 던지고서 샤워실로 뛰어들었다.

15분으로는 턱없이 부족했지만, 급속 모드 샤워와 다이오드가 미리 세팅을 마쳐 둔 프린터 덕분에 어떻게든 몸단장을 마쳤다. 밖으로 나오자 그녀가 기다리고 있었고, 스타일리스트라도 된 것처럼 테라를 머리끝부터 발끝까지 체크했다.

"거기 서 보세요. 옆 보시고. 저쪽 돌아보고. 네, 오케이예요. 칼라랑 옷자락이랑 소매를 귀엽게 꾸며놨어요."

"즐기고 있는 거죠?"

"그럼요. 아침에 갓 일어난 테라 씨를 드디어 놀릴 수 있게 됐는걸요."

지금까지 얼굴을 마주친 적 없는 시간대에 테라 주변을 빙글빙글 돌아다니는 다이오드의 모습에 흐응, 하고 어쩐지 간지러운 기분이 들었다.

40분쯤 느긋하게 즐기고 싶은 상황에서 40초 만에 준비를 마치고 복도로 나왔다. 한참 기다렸는지 지친 기색으로 프라이가 기다리고 있었다.

"자, 80분 초과예요. 공지는 똑바로 확인해 두세요."

"안 왔는데요." "저도요."

"네? 아, 겐도 사양인가요."

겐도 씨족의 여성용 미니셀엔 심한 기능 제한이 걸려있다. 그걸 깨달은 프라이가 자신의 미니셀로 무언가를 설정하고 두 사람과 손등을 맞대자, 제한 해제를 알리는 경쾌한 알림 소리가 울렸다.

"이제 괜찮겠네요."

"제한을 풀 수 있었군요." "어라? 저도……?"

다이오드가 기뻐하는 와중 옆에서 테라가 살짝 고개를 갸웃거렸지만, 가시죠! 하고 재촉하는 프라이의 말에 황급히 걸음을 옮겼다.

"오늘 다이오드 씨는 안전보장부에 와 주세요. 겐도 씨족의 중추에서 누가 무슨 짓을 하고 있는지 여러 가지 여쭤보고 싶은 게 있으니까요. 테라 씨는 어업 센터로 가주실 수 있나요?"

"어? 둘이 따로따로인가요?"

"맞아요. 저녁에 다시 합류할 거예요. 두 분이 조금만 더 일찍 일어났다면 간식 시간 전에 끝났을지도 모르지만요!"

지적하는 말은 조목조목 틀린 게 없었지만, 두 사람은 왠지 모르게 서로 얼굴을 마주 보았다. 따라오던 두 사람을 돌아본 프라이가 아아, 하고 미소 지었다.

"걱정되나요? 그럼 두 분의 미니셀이 계속 연결 상태를 유지하도록 설정해 놓을 테니까요."

"네에……."

"아직 못 믿겠어요? 음— 어떻게 하는 게 좋으려나요."

상황은 유동적이었고, 알 수 없는 일투성이다. 테라는 생각에 잠겼다가 이내 입을 열었다.

"트레이즈 씨족은 거래를 중요하게 여긴다고 들었는데, 여기서 우리가 협력하거나 일을 하면 임금이 발생하나요?"

"네? 음— 하는 일에 따라선 그렇죠. 하지만 분명 요금이 발생하는 경우가 더 많을 거예요."

프라이가 당황하면서 대답했지만, 테라는 고개를 끄덕였다.

"네, 우리가 이곳에서 지내거나 뭔가 이용하면 빚을 지게 되는 거죠. 그건 알고 있어요. 중요한 건 그런 거래가 기록에 남는다는 점이니."

"기록이요?"

"네. 빌리거나 빌려주면 기록에 남죠? 그건 이후에 받아낼 생각이니까 기록을 남기는 거잖아요. 기록을 꼼꼼하게 남겨 준다면 큰맘 먹고 믿도록 할게요."

"하항— 그렇군요. 즉, 이런 거군요."

재밌다는 듯 고개를 끄덕인 프라이가 한 손을 휘두르자, 테라와 다이오드의 미니셀에 한 쌍의 숫자가 떠올랐다.

"이 숫자가 존재하는 동안엔 우리가 당신들을 소중하게 대할 이유가 있을 거라는 뜻. 멋진 사고방식이네요—. 찬성이에요."

"네, 네에, 뭐어."

알고는 있었지만, 앞에 마이너스가 붙은 커다란 액수의 금액이 표시된 탓에 테라는 얼굴이 굳고 말았다.

"테라 씨……."

혼자만 수긍한 테라 옆에서 다이오드가 의심스럽다는 듯이 말했다.

"그렇게 성급하게 믿어도 되는 건가요? 이런 숫자는 저쪽에서 마음만 먹으면 얼마든지 조작할 수 있을 것 같은데요."

"거기서부터 의심하는 거예요? 우리는 어젯밤 내내 뭍으로 올라온 고래처럼 무방비하게 널브러져 있었잖아요. 혹시 뭔가 할 생각이었다면 이미 당하고도 남았겠죠. 하지만 아니었잖아요?"

"그 점은 뭐."

"결국은 어딘가에서 누군가에게 의지하지 않으면 아무것도 할 수 없어요. 일단 이곳은 우리 편이라고 생각하고 움직일 수밖에 없잖아요."

"그 말도 맞지만요."

"다이 씨——." 테라가 얼굴을 가까이 대고서 고개를 끄덕였다. "알고 있어요. 그 이야기는 나중에."

놀라서 살짝 눈이 커진 다이오드가 네, 하고 끄덕였다.

몇 걸음 앞에서 걷고 있던 프라이가 통로의 갈림길에서 발을 멈추고 돌아보았다.

"얘기는 정리됐어요? 그럼 다이오드 씨는 저와 같이 이쪽으로, 테라 씨는 미니셀 지시를 따라 저쪽으로 가 주세요."

"네." "그럼."

두 사람은 손을 들어 인사하면서 헤어진 뒤, 모퉁이까지 간 다음 돌아보았다. 마침 상대방도 이쪽을 보고 있는 걸 깨닫고서, 웃음이 나왔다.

빈틈없는 기색의 남자가 눈을 번뜩이고 있는 유치장이나, 금속 벽으로 둘러싸인 싸늘한 취조실로 끌려가지는 않았다. 다이오드의 심문 과정은 놀랍게도 거리 한복판에 있는 카페테라스에서 이루어졌다. 트레이즈 씨족의 일반 시민들이 오가는 개척지풍 포장마차 거리에서 안전보장부 부장이라는 남자와 조사관 여자와 악수하자, 남자는 스탠리, 여자는 소서라고 이름을 밝혔다. 다이오드는 테이블을 사이에 두고서 두 사람 맞은편에 프라이와 함께 앉았다.

"다이오드 씨라고 부르겠습니다만—— 당신은 그저 필러 보트 폭발 사고에서 구조된 일반 시민일 뿐이니, 우리는 강제로 당신을 억류할 권리가 없습니다. 또한 당신은 지금도 겐도 씨족의 일원이므로 자기 씨족에게 불리하게 사용될 수 있는 발언은 우리 트레이즈 씨족에게 묵비권을 행사할 권리가 있습니다. 이해하셨나요?"

"제가 정말로 저 길을 달려 도망가거나, 지금부터 6시간 동안 계속 입을 다물고 있어도 된다는 뜻인가요?"

"정말로 그렇게 한다면 손 쓸 도리가 없으니 가능하면 그러지 않으셨으면 좋겠군요. 우리가 조사 중이라는 걸 알고 계신 상황에서 말해도 괜찮겠다고 생각하신 점들을 얘기해주셨으면 합니다."

스탠리가 그렇게 말하며 쓴웃음을 지었다.

다이오드는 망설였다. 전에 왔을 때는 아예 대놓고 건성으로 취급하는 태도였는데, 이번에는 또 아주 부드럽고 스스럼없는 태도다. 회유책인 걸까. 방심할 순 없다.

"⋯⋯먼저 저부터 여러 가지 묻고 싶은데요. 그래도 될까요? 프라이 씨."

옆을 돌아보자, 감사관은 맞은편에 시선을 고정한 채, "저는 대답할 수 없지만 이 사람은 말할 수 있거든요."라고 말했다.

"그럼, 먼저 질문할게요. 그다음에 저도 얘기하겠습니다."

"좋습니다. 어떤 걸 묻고 싶으십니까?"

"하나도 빠짐없이 전부지만⋯⋯ 먼저 첫 번째로——." 다이오드는 과감히 물어보기로 했다. "누루데 족장의 디컴퍼 이용 계획은 위험한가요?"

덜컹, 하고 여성 조사관이 의자를 움직이는 소리를 냈다. 그 소리에 다이오드가 깜짝 놀랄 정도였다.

남자 쪽은 표정을 감추면서 "그렇습니다. ——어디까지 알고 계십니까?"라고 물었다.

상당히 솔직한 반응이었다. 어쩌면 이 사람들은 정말로 거짓말을 못 하는 정직한 사람들일지도 모른다.

"많이 아는 건 아니에요. 무엇보다 당신들이 그걸 조사 중인 것도 지금 알았어요. 죄송합니다, 우연히 맞춘 거예요."

"아아⋯⋯."

"어제 프라이 씨는 테라 씨가 끌려가는 걸 바라지 않는다고 했잖아요. 그래서 누루데 족장이 테라 씨한테 집착했었다는 게 떠올랐어요. 사실 말은 이렇게 해도 그쪽은 딸이 어지간한 변태니까, 족장도 똑같이 변태 같은 이유일 줄로만 알았지만요……."
"변태? 무슨 뜻이죠?"
"아뇨, 쓸데없는 말을 했습니다. 그 점은 넘어가 주세요."
의아해하는 두 사람을 향해 가볍게 손을 내젓고서 다이오드가 물었다.
"변태라서 집착하는 게 아니었네요. 디컴퍼에게 고기잡이 말고도 뭔가 실질적인 쓰임새가 있기 때문에 이용하려는 건가요?"
"맞습니다." 남자가 몸을 앞으로 내밀었다. "극히 중대한 사안입니다. 겐도 씨족에게만 국한되는 사태가 아니라, 서크스 전체와 관련된 일이니까요. 이미 피해가 발생했을지도 모릅니다."
"……피해?"
"네, 피해입니다. 아직 확실하지 않아서 이런 식으로 표현하게 되지만요—— 소서."
"네." 시선을 받은 조사관이 가볍게 헛기침하고서 이야기를 시작했다. "지금까지 세 건, 의심스러운 사건이 발견되었습니다. 첫 번째는 17개월 전인 C. C 302년 12월에 지룽 씨족의 씨족선에서 6분간 배 전체에 통신 두절 사고가 있었습니다. 두 번째는 C. C 303년 8월, 아이탈 씨족 씨족선에서 구역 분리용 폭약의 비정상 발화 사고가 소규모지만 세 번 발생했습니다. 세 번째가 같은 해 12월의 드론&덩글 씨족입니다. 씨족선 메인 슬러스터의 기동 에뮬레이터가 아무도 없는 상태에서 네 번을 완주했습니다. 모든 사고가 당시엔 원인 불명이었지만, 세 번째 사고를 계기로 D&D 씨족이 각 씨족선의 재점검 요청을 수락하면서 이전의 두 가지 트러블과 그 원인을 밝혀냈죠. 덩글 씨족은 씨족선 시스템의 전문가니까요."

"그들은 그달에 열린 바우 아우어에서 사건을 보고했습니다. 모든 사고가 시스템 크래킹으로 인해 일어난 사고였고, 겐도 씨족의 소행일 가능성을 암시하는 액세스 흔적이 있었다고 합니다."

스탠리가 이야기를 이어받아 말했다. 들으면 들을수록 다이오드는 눈이 휘둥그레졌다.

"잠깐만요. 그거 누루데가 각 씨족에게 닥치는 대로 테러를 저질렀다는 뜻으로 들리는데요."

"그렇게 들리셨습니까."

"아무리 생각해도 그렇게 들렸어요. 그게 아니라면 무슨 얘기라는 건가요?"

"누루데 족장이 다른 씨족선의 조종 권한을 쥐고서, 여러 가지를 시험해보고 있을지도 모른다는 얘기입니다."

"조종 권한——."

수많은 의문이 한꺼번에 솟구쳐 올라서 다이오드는 말문이 막혔다. 머릿속으로 정리하고 난 뒤 하나씩 열거했다.

"그런 권한이 존재하나요? 있다고 쳐도, 그래도 되는 거예요? 누루데를 체포하지는 않는 건가요?"

"그 점이 골치 아픈 부분이죠." 스탠리가 탁자 위에 깍지를 꼈다. "설령 시스템적으로 그런 일이 가능하다고 해도, 바우 아우어는 그런 행위를 인정하지 않습니다. 그러니 그들이 한 짓이 틀림없다면 처벌 대상이 됩니다. 하지만 애초에 일반적으로 운용 중인 선단 시스템에선 그런 행위가 가능할 리가 없죠. 모든 배가 결합하는 바우 아우어 시기를 제외하면 현재 서크스에겐 선단 지휘권^{코모도어} 헬름이 존재하지 않습니다. 따라서 공식적으로 그들을 비난할 수는 없는 겁니다."

"다시 말해——." 다이오드는 이해하기 쉽게 정리했다. "있을 리 없는 게 존재하는 것 같다. 그러니까 반란이든 범죄든 그 죄를 입증하기 위해선 먼저 그 있을 리 없는 것을 찾아야 한다?"

"당신은 정말로 똑똑한 아가씨로군요."

스탠리가 방긋 웃었다.

다이오드는 테이블에 푹 엎드릴 뻔했다.

"뭐…… 뭔가 굉장히 성가신 일이 됐네요. 차라리 묻지 말 걸 그랬어……."

"네, 성가신 일입니다. 하지만 회피한다고 해결될 문제가 아닙니다. 당신들은 더욱 그렇겠죠."

"알고 있어요, 그냥 푸념했을 뿐이에요."

사실은 몰랐지만, 일단은 그렇게 대답하고서 허리를 쭉 폈다.

"순순히 협력하겠지만…… 그럼 여러분이 묻고 싶은 건, 그 있을 리가 없는 게 존재하는지 어떤지인가요?"

"우리는 임의로 타륜^{헬름}이라고 부르고 있습니다."

소서가 말하자, 스탠리가 끄덕였다.

"타륜이라고는 해도, 물의 바다 위를 떠다니던 나무로 된 배의 부품과는 관련 없습니다. 요점은 누루데 씨가 소중히 여기는 도구는 없었느냐는 겁니다. 물리적인 장치일지도 모르고, 무형의 소프트웨어일지도 모릅니다. 아니면 전용 단말이든 로봇이든, 혹은 비밀번호, 코드네임…… 뭐든 괜찮습니다. 체류하는 동안 뭔가 보고 들은 건 없었습니까?"

"단말과…… 소프트웨어?"

머릿속 한구석에 걸리는 게 있었다. 태풍각에서 지냈던 보름 동안 메이카와 (마지못해) 나눴던 여러 가지 대화―― 헛소리라고 생각해서 대충 한 귀로 듣고 한 귀로 흘렸던 그녀의 의미심장한 말들.

"으…… 그건 뭔가 짐작 가는 게 있을지도."

"정말입니까?! 자세히는?"

"죄송합니다, 정말 대충대충 들었던 탓에 제대로 기억이 안 나요. 지금 바로 떠오르지는 않지만…… 잠깐 시간을 주세요. 떠오르면 바로 메모해 둘 테니까요."

"그렇습니까……."

스탠리가 아쉬운 기색으로 물러났다.

다이오드의 머리에 한 가지 더 의문이 떠올랐다.

"그런데 지금 얘기에 디컴퍼가 어떤 식으로 연관되는 건가요? 저기―― 소서 씨."

두 사람 중 메커니즘 담당은 그녀라고 짐작해서 묻자, 소서가 작게 고개를 끄덕이며 말했다.

"우리는 그 타륜이 디컴프로 작동하는 것일 거라고 예상 중입니다."

"그래서 테라 씨를……!"

모든 게 딱딱 들어맞는 느낌에 다이오드는 길게 한숨을 쉬었다. 그렇다면 지금까지 누루데가 소규모 사고만 일으켰던 것도, 지금은 테라를 노리고 있는 것도 설명이 된다.

분명 어마어마한 일을 벌이기 위해선 어마어마한 디컴퍼가 필요한 거겠지.

가장 큰 의문이 떠오른다.

"그렇게까지 해서 누루데는 대체 뭘 하고 싶은 걸까요?"

스탠리가 천천히 고개를 저었다.

"그거야말로 우리가 당신에게 가장 물어보고 싶었던 점입니다. ──그들은 대체 무엇을 바라는 거죠?"

한편 테라의 상대는 마이너스 270℃의 액체 헬륨 속에서 잠들어 있었다.

"비단잉어의 치어? 이걸 가져온 건가요?"

"프라이는 당신들을 구해낸 김에 가져왔다고 그러던걸."

귀한 유리와 강철을 아낌없이 쏟아부어 만들어진 50미터에 달하는 원통형 대형 챔버는 극저온을 유지하고 있어서 육안으로는 안을 볼 수 없었다. 하지만 부속 제어실에서는 다양한 비파괴 검사 기기를 통해 투시 결과가 표시되었다.

테이블 오브 조호르, 제4 레그 끝 쪽에 위치한 정신 탈압(디컴프 라보) 연구실이다. 프라이의 말대로 어업 센터로 온 테라는 그곳에 인접한 연구 시설로 안내받았다.

그리고 그 연구 시설에서 보여준 게 『후요』에서 도망칠 때 주워 왔던 소형 비단잉어였다.

"그래서, 이걸 왜 저한테?"

"너희 전리품이니까 그런 거지. 당연하잖아?" 남자 연구원은 테라를 올려다보며 왠지 고개를 끄덕였다. "우리 트레이즈에는 비단잉어를 잡아본 어부가 없어. 아무튼 이 녀석은 잡기 어려우니까 말이지. 그걸 잡았다고 하니 얼마나 대단한 녀석인가 했는데—— 뭐, 확실히 커다랗긴 하네!"

"아— 음— 네에, 뭐……."

여느 때처럼 미묘하게 신경에 거슬리는 말투였기 때문에 테라는 애매하게 미소 짓는 걸로 넘겼다. 정확히 말하면 잡은 게 아니라 주웠을 뿐이었지만.

"정식으로 잡은 어획물은 아니지만, 자원으로 매입해 줄 수도 있어. 하지만 그러면 큰돈은 안 돼. 아무래도 2000톤도 안 되니까. 그래서 제안하는 건데…… 이걸 자료 용도로 해부하게 해 줄 수 있을까?"

연구원은 의외의 제안을 꺼냈다. 해부? 하고 테라는 고개를 갸웃했다.

"이유가 뭔가요?"

"이 베쉬의 뛰어난 내전 능력, 방사선 저항력이 어디서 오는지 알고 싶거든. 너도 봤지? 온 하늘을 뒤덮는 오로라를 일으킬 정도로 격렬한 플라스마 샤워 속을 태연하게 거슬러 올라가는 이 녀석의 모습을."

"네네, 봤어요, 엄청났어요. 이쪽은 겉면이 노릇노릇하게 타들어 갈 정도로 강렬한 샤워 속을 단숨에 이렇게, 후웅 하고 가속해서, 슈웅 상승하더니 쾅 하고 우리를 날려 버리고."

"맞아서 날아갔다고?"

"네! 앗, 아뇨, 그럴 때도 있었고, 아닐 때도 있었고, 그랬죠." 좋아, 거짓말은 아니야. "아무튼 엄청난 베쉬였어요. 그런데 그 비밀을 조사한다는 건——."

얘기하는 사이에 한참 고기잡이 도중 나눴던 대화를 떠올리고서 어깨를 으쓱했다.

"무리 아닌가요? 이 물고기는 죽으면 바로 내장 기관이 용해되어 버린다면서요? 그래서 지금까지 조사할 수 없었다고 들었는데요."

"맞아. 너…… 아— 인터콘티넨털 씨?" 연구원은 씨익 웃으면서 투시 영상을 조정하기 시작했다. "우리는 비단잉어를 잡은 적은 없지만, 얼마나 빠른지는 종종 들었지. 아, 이동하는 속도 말고 부패하는 속도 말이야. 그래서 프라이한테서 『후요』 탈출 연락이 왔을 때 바로 지시했어. 베쉬를 최대한 차갑게 해서 가져와 달라고. 다행히 인솔벤트호는 헬륨 채취선이라 냉매는 충분했어."

"아, 다시 말해 얘는 계속 냉동 보존되어 있었다는 뜻이네요?"

"바로 그거야. 그 결과가 이거지!"

연구원은 테라 앞에 단면도를 크게 확대해서 표시했다. 엑스선과 초음파야, 봐봐! 바로 이 부분! 이라며 끄트머리를 손가락으로 가리켰지만, 테라로선 뭐가 뭔지 알 수 없었다.

"뭔가 구불구불한 그림자가 있는데요…… 내장인가요? 아니면 뇌?"

"모르겠어!" 모르는 건 상대방도 마찬가지였다. "하지만 모르겠다는 것도 수확 중 하나지. 단고등어나 범송어 같은 흔히 볼 수 있는 베쉬라면 얼어있든 썩어있든 단층 화상으로 어떤 부분이든 식별할 수 있어. 그런데 비단잉어의 이 구불구불한 부분은 익히 알려진 그런 기관이 아닌 것 같아. 이게 바로 이 녀석 특유의 강인함의 비밀일지도 몰라!"

"헤에에…… 해부해서 그걸 확실히 밝혀내고 싶다?"

"맞아! 서크스가 처음으로 포획한 귀중한 냉동 샘플이야. 꼭 좀 부탁할게!"

"흥미롭네요."

테라는 눈을 반짝이면서 몸을 내밀려다가, 아니지 잠깐만 기다려 주세요, 하고 대신 손바닥을 내밀었다.

"저 혼자서 잡은 게 아니거든요. 다른 한 사람과 의논해서 정해야 해요."

"아아, 트위스터구나. 의논하는 건 상관없지만, 최대한 서둘러서 결정해 줘. 가능하면 오늘 중으로, 가능하다면 지금 당장에라도!"

"지금은 좀…… 그녀도 다른 볼일이 있어서요."

"그녀?" 연구원은 새삼 테라를 어리둥절하게 바라보더니 아하, 하고 소리를 냈다. "그러고 보니 너는 여자애랑 팀을 맺고 고기잡이를 하고 있었지. 그거, 돈이 좀 되나?"

"네?"

"하긴, 분기 3위의 성과를 냈다고 그랬지. 물어볼 필요도 없었나." 연구원은 지금 떠올랐다는 듯이 이마를 쳤다. "그만큼 짭짤하게 벌어다 주는 파트너라면 팀을 맺을 마음도 들겠네."

"그런 이유는 아닌데요……."

"응? 아아, 네 지분이 더 큰가 보지? 그러면 좋아하는 사람이랑 팀을 맺을 수도 있었을 텐데."

"좋아하는 사람이랑…… 팀을 맺었는데요?"

"그래? 그러면 여자애랑은 취미 삼아 고기잡이를 해봤는데 우연히 좋은 성과가 나왔다는 거구나. 하하하, 그거 앞날이 힘들겠네——."

처음에는 무슨 소릴 하는지 잘 이해가 가지 않았지만, 아무래도 역시 자신과 다이오드가 제대로 된 페어라고는 생각하지 않는 모양이었다. 그건 분명 깊이 따지고 들어가면 얘기가 복잡해질 부분이었고, 테라는 지금 얘기가 복잡해지길 원치 않았기 때문에 "그러네요."하고 또다시 애매하게 고개를 끄덕이며 흘려 넘겼다.

미묘하게 어색한 침묵을 깨뜨린 건, 아아, 그렇지! 하는 연구원의 외침이었다.

"해부 말인데, 당연하지만 공짜로 해달라는 말은 아니야. 얻은 데이터는 전부 제공할게."

"데이터요?"

"그런 표정 짓지 말라고. 데이터도 공짜가 아니야. 정리해서 발표하면 업적도 되고, 돈도 되는 거라고. 너한테도 분명 도움이 될 거야."

"도움이 된다고요? 어디에?"

"당연히 고기잡이지! 비단잉어가 가진 생명력의 비밀을 이해하면, 다음에 비단잉어를 잡을 때 어획량이 늘어날지도 모르잖아?"

"어떤 식으로요?"

"뭐, 그걸 고민하는 게 네가 할 일이겠지."

"아, 그렇군요······."

테라는 김이 샜지만, 생각해 보면 그 말이 맞았다. 어획 계획을 세우고 필러 보트를 변형하는 건 디컴퍼인 자신이 해야 할 일이다. ──문제는 다음 기회는 없을 것 같았고, 있다고 해도 자신들은 사양할 것 같다는 점이다.

······아니지, 정말로 그럴까?

테라는 생각에 잠겼다가, 이윽고 미니셀로 파트너에게 메시지를 보냈다.

"그래서 인터콘티넨털 씨, 아직 물어보고 싶은 게 있는데 괜찮아?"

"앗, 네. 뭔가요?"

"고기잡이에 대해서야. 비단잉어 어획에 대한 노하우! 자세히 들려줘, 새로운 정보가 있다면 돈으로 바꿔 줄 테니까!"

"뭐든 다 돈이군요······."

쓴웃음을 지으면서도 기분이 나쁘진 않았고, 테라는 자기가 겪은 걸 얘기했다.

3

인공 태양 빛이 약해져 오렌지색으로 물들고, 많은 사람들로 북적이는 거리에는 호객과 장사꾼들의 외침이 난무했다.

『테이블 오브 조호르』의 저녁은 테라가 경험해 본 적 없을 정도로 활기찼고, 그럼에도 그 활기찬 분위기가 마치 남의 집의 단란한 모습처럼 어쩐지 자신과는 멀게 느껴졌다. 『아이다호』와도 『후요』와도 다르게, 이 도시에는 한 사람을 제외하면 친구도 적도 없었다. 마음대로 돌아다녀도 아무도 책망할 일이 없고, 반대로 누구도 걱정해서 찾으러 오지 않을 것이다.

그건 맑고 가벼운 공기를 마시는 것처럼 상쾌했고, 그러면서 동시에 안전끈 없이 우주 공간을 유영하는 것처럼 조마조마한 느낌도 들었다. 테라는 신기한 기분으로 낯선 사람들 속을 걸었다.

"테." "테라 씨." "여기."

등 뒤에서 띄엄띄엄 끊어지는 외침이 들려서 돌아보았다. 좌우로 오가는 인파의 흐름 너머에서 녹색 베레모를 쓴 누군가가 손을 쭉 뻗고 깡충깡충 뛰고 있었다.

단 한 명뿐인 예외를 발견하자마자 비로소 땅에 발을 디딘 기분이었다. 달려가려다가 두세 명을 밀칠 뻔했고, 죄송합니다 죄송합니다 하고 연이어 고개를 숙이며 나아갔다.

다이오드는 혼잡한 비어 가든 구석 원형 테이블에 필사적으로 매달려 있었다. 주변 사람들에게 위협적인 시선을 보내는 모습에서, 테라는 먹이를 사수하는 작은 짐승을 떠올렸다. 이곳을 지정한 건 씨족선에 소속된 관광 AI였다. 어딘가 탁 트인 장소에서 만나서 같이 식사할 만한 곳은 없냐고 물어본 테라에게 죄는 없었지만, 일이 길어진 데다 길을 헤매는 바람에 늦고 만 것도 사실이었다. 예상했던 대로, 가까이 다가가자 가늘고 긴 파란 눈이 노려보았다.

"이제야 왔네요. 두 번이나 눈앞에서 지나쳐 가지 마시라고요. 미니셀 연타로 불렀는데."

"아하, 죄송해요. 사람이 너무 많아서."

"테라 씨의 그 덩치는 이럴 때를 위해 있는 거잖아요. 이쪽은 콩알만 한 수준이니까 똑바로 찾아주셔야죠."

그렇게 말하며 흥, 하고 코웃음을 치고선 고개를 돌렸다.

으응? 테라는 어리둥절해서 다시 한번 바라보았다. 평소에도 원만한 성격이라고 하긴 힘든 다이오드였지만, 방금 말투는 묘하게 날카로웠다. 자세히 보니 평소엔 비쳐 보일 정도로 새하얀 뺨이 살짝 붉어져 있었다.

테라는 원형 테이블 맞은편에 놓인 의자를 굳이 다이오드 옆으로 옮겨서 털썩 앉았다.

"혹시 외톨이가 된 기분이었나요?"

미간에 주름 두 줄을 만들면서 다이오드가 더욱 힘주어 고개를 돌려 외면했다. 테라는 분위기를 타 나란히 어깨를 기댔다.

"저도 그랬어요—."

"그, 그만. 좁아요. 됐으니까 어서 식사하죠! 자요!"
"네!"
테라는 크게 고개를 끄덕였다.
이런 장소에 익숙하지 않은 다이오드가 아직 아무것도 주문하지 않았기 때문에, 언제나처럼 테라가 다이오드 몫까지 주문했다. 인쇄하고, 분배하고, 건배하고. 비어 라이크를 쭉 들이키자, 긴장이 확 풀렸다.
"꿀꺽꿀꺽…… 푸하."
"피곤했어요?"
"아뇨, 그냥 좋아서요." 팔꿈치를 괴었다. "무사히 다시 만났구나— 싶어서."
"……그러네요." 가볍게 팔꿈치를 맞댔다. "다행이에요."
기쁜 마음에 육포 라이크나 새우튀김 라이크 등등을 집어먹으면서 테라는 가볍게 말을 꺼냈다.
"다이 씨는 오늘 어땠어요? 별문제 없었다고 들었지만, 추궁당하거나 불쾌한 일을 겪지는 않았어요?"
"딱히요. 서크스라면 누구나 당연한 듯이 드러내는 무의식적인 무례함만 빼면 평범한 대응이었어요."
"무의식적인 무례함……."
"그래도 나은 편이었어요. 오히려 대우가 너무 좋아서 의심을 거두기가 힘들 정도였어요."
"아, 그거 다행이네요."
"네. 그것보다 테라 씨 쪽은? 지각해서 설교를 들었다거나?"

"그런 건 아니에요. 오히려 제가 떠들고 묻는 쪽이었어요. 계속 비단잉어 얘기를 했거든요! 트레이즈 씨족은 비단잉어를 잡아 본 적이 없다며, 우리가 비단잉어를 잡았다고 말하니까 굉장히 감탄했고요. 조그만 녀석, 아, 우리가 주웠던 1800톤짜리 그거요. 그걸 우리가 잡은 거라고 가져왔다는데, 실물은 처음 봤다면서 엄청 기뻐하더라고요—."

"테라 씨, 그거 주워서 메이카한테 돌려주겠다고 말했잖아요."

"윽, 그렇게 말하긴 했지만 이제 와서 돌려줄 수도 없고…… 앗, 그래서 해부 얘기는 어떻게 생각해요? 허락해도 될까요?"

"해부 얘기? 아아, 메시지가 왔었네요. 상관없어요."

"네, 그럼 OK라고 보내야지. 해부를 통해 새로운 발견이 있으면 가르쳐 주겠대요. 있으면 좋겠네요—. 다음 고기잡이를 대비해서요."

"다음. 다음 비단잉어잡이인가요? 음…….." 다이오드는 고개를 갸웃하더니 들고 있던 진저에일 컵을 내려놓고서, "있잖아요." 하고 테라의 손목을 건드렸다.

"네?"

"그것 좀 줘보세요."

"어?"

테라가 아직 조금 남은 맥주잔을 내려놓자, 다이오드는 그 잔을 잡더니 느닷없이 단숨에 들이켰다.

"콜록! 켁켁." "다이 씨?! 갑자기 무슨?"

당연히 사레가 들렸고, 테라는 허둥지둥 등을 두드려 주었지만, "괜찮아요……. 조금 마시고 싶은 기분이었거든요." 하고 다이오드가 손을 들어 막았다.

"우리가 『후요』에서 왜 갑자기 비단잉어잡이에 억지로 끌려 나왔는지 이해했어요."

"네? 왜냐니, 승부였던 거 아니에요?"

"그것도 있지만 그건 측정이었어요."

"측정?"

"디컴프 능력의 측정. 테라 씨가 진심으로 디컴프레션을 하면 어떻게 되는지 말이죠."

"……."

들떠있던 기분이 싹 가셨다. 테라는 진지한 표정으로 물었다.

"무슨 말이에요?"

그리고 테라는 다이오드의 씨족에서 진행되고 있는 불온한 음모를 처음으로 듣게 되었다.

"선단 지휘권…… 디컴프로 작동하는 기능?"

"누루데 마음대로 서크스의 모든 배를 움직일 수 있다는 뜻이에요. 와아, 그것참 기대되네요, 무슨 짓을 할 생각일까요, 하는 생각이 들죠?"

"그런 생각이 드나요?" 이번엔 테라가 미간에 주름을 만들었다. "그거…… 좋은 얘기가 아니잖아요."

"뭐, 좋은 얘기도 아닐뿐더러 저 같은 경우엔 토할 것 같은 기분이 머리끝까지 솟구쳤네요."

말하고 나서 테이블을 둘러보고는 죄송합니다, 하고 사과했다.

테라는 손짓으로 괜찮다고 답했다. "뭔가 좋은 의도였다면 그런 기능을 원할 리가 없겠죠." 그렇게 말한 테라는 허공에 시선을 두고서 말을 고쳤다.

"아니지, 정확히는 모든 사람을 위한 일이라고 자기 혼자서만 굳게 믿으면서 터무니없는 짓을 저지르는 패턴이겠네요."

"그런 패턴이 존재한다고요?"

"B급 액션 계열 콘텐츠에 나오는 악당들이 굉장히 자주 하는 짓이에요."

"헤에······." 다이오드는 조금 남은 맥주를 노려보며 "그게 틀림없어요."라고 말하고서 다시 한번 억지로 목구멍으로 넘겼.

"제가 납치된 경위나 저쪽에서 느낀 분위기도, 들은 얘기와 거의 일치했어요. 겐도 씨족과 바우 아우어의 대립 구도가 진저리 날 정도로 뚜렷하게 만들어졌네요. 그들은 모두를 적으로 돌리면서까지 뭔가 지독하게 위험한 짓을 저지를 작정이에요. 대체 왜······."

"다이 씨······."

고향에 그런 일이 벌어지다니 슬픈 일이네요, 라고 위로하려고 했던 테라였지만, 그 말을 꺼내기 전에 다이오드가 먼저 소리쳤다.

"이제 조금만 있으면 우리가 자유로워질 수 있었던 빌어먹게 중요한 타이밍에, 어째서 그 빌어먹게 부담스럽고 빌어먹게 집착하고 빌어먹게 변태 같고 빌어먹게 질척대는 여자의 가족이, 하필이면 저와 테라 씨까지 말려드는 형태로 초대형 블랙홀 급

빌어먹게 귀찮은 일을 터트리는 걸까요!"

 화기애애하게 담소를 나누거나 서로 다투고 있던 주변 반경 10미터가 쥐 죽은 듯이 조용해질 정도의 목청이었다.

 "다이 씨, 진정해요……. 죄송합니다 여러분 죄송합니다, 아무것도 아니에요."

 사방에 사과하고 나서 다이오드가 쥐고 있던 맥주잔을 조심스럽게 빼내 진저에일로 바꿔 주며 "자, 한 잔 더 마시죠, 마시고 잊자고요."하고 달랬다.

 꿀꺽, 한 모금 마시고서 긴 속눈썹을 깜빡이던 다이오드가 테라를 바라보며 "지금 제가 뭔가 했나요?"라고 물었다.

 "아무것도요. 뭐 짚이는 거라도 있어요?"

 잠깐 생각하더니, "음…… 맞다, 그래서 프라이 씨와 안전보장부는 그걸 막으려는 중이라는 모양이에요." 다이오드는 다시 평소 말투로 돌아왔다.

 "그렇다면……." 테라는 문득 깨달았다. "프라이 씨와 같이 있었던 다이 씨의 아버님은 그쪽인가요? 음모를 막으려고 하는 사람들 쪽."

 "그렇겠죠. 그 부분부터는 더 이상 말해주지 않았지만요. 뭐, 현재진행형으로 스파이 노릇 중이니까요."

 "그래도 조금 안심되는 말이네요. 아버님이 음모에 가담하지 않았다는 건."

 "그래요? 그 말은 툭하면 단정 짓고, 시야도 편협한 아빠가 배신자로 몰려 잡혀갈지도 모른다는 말인데요."

제4장 테이블 오브 조호르 · 255

"……죄송해요."

"뭐, 잡히든 말든 딱히 상관도 없고, 아빠라면 바로 도망칠 것 같지만요." 한 타이밍 말을 끊은 다음, "메이카의 의도대로 놀아나는 건 기분 나쁘네요."라는 말로 다이오드가 지금의 심경을 표현했다.

"무엇보다 겐도가 그런 꼴이라면 테라 씨가 곤란하겠죠……."

"어?"

"그냥 두고 나왔잖아요, 탈출선."

"네에…… 뭐."

테라의 기어들어 가는 대답에 침묵이 이어졌다.

테라는 마음 탓인지 왠지 모르게 시선을 피했다. 다이오드가 안주를 집어 먹으며 옆얼굴을 빤히 바라보았다.

그리고는 불쑥 말했다.

"헤어질래요?"

"왜—— 왜 갑자기 튀어나오는 거예요?! 그런 말이."

"테라 씨는 여기서 살고 싶어 하는 것 같으니까요."

"그걸로 왜 헤어지자는 소릴."

주변이 신경 쓰여 목소리를 낮추자, 서로의 방침이 다른 것 같아서요, 라며 다이오드가 쌀쌀맞게 말했다.

"뭐, 그게 프라이 씨한테 도움을 받은 이후로 최대의 걱정거리였죠. 이곳에 정착해도 된다는 말을 꺼냈을 때부터 계속 걱정했어요. 테라 씨는 엔데바 씨족에서도, 겐도 씨족에서도 적응하지 못했지만, 여기라면 괜찮을지도 모른다고 생각하지는 않았을까 싶어서."

"그건······."

"그런 생각은 안 했나요?"

테라는 고개를 떨구고서 작게 끄덕였다.

"조금이지만······ 했어요."

"왜요?"

"왜냐니, 다이 씨랑 고기잡이를 할 수 있으니까요. 프라이 씨가 그렇게 말했잖아요? 여자 둘이서도 어부로 일할 수 있다고."

"네. 그게 최소한의 조건이니까요. 하지만 테라 씨." 다이오드는 빈 그릇을 테이블 구석에 쌓아 둔 뒤 메뉴에서 대충대충 아무거나 다음 요리를 눌렀다. "GI에 가고 싶다고 하셨죠? 이곳에는 존재하지 않는 생물과 본 적 없는 풍경과 해 본 적 없는 일들과 먹어본 적 없는 진수성찬이 기대된다고 말했잖아요?" 테이블 위 프린터가 위이잉— 소리를 내면서 보기엔 잘 알 수 없는 재료가 들어간 고기 완자 같은 걸 출력하기 시작했다. "그 대신 고른 게 이거인가요?" 아직 절반 정도밖에 인쇄되지 않은 고기 경단을 그릇째 프린터에서 끄집어내더니 테라 앞에 휙 내밀었다.

"꿈도 희망도 없고, 빌어먹을 장로회가 떡하니 버티고 있는 이 팻 비치 볼에 은근슬쩍 정착해도 괜찮은 이유가 고작 이 미트 라이크 볼 라이크인가요? 네?! 테라 씨!"

"잠깐만요, 다이 씨, 잠깐 기다려 봐요, 여기 있어도 괜찮을 '지도'라고 말했을 뿐이에요, 절대로 괜찮다고 말한 적 없어요!"

테라는 황급히 달래려고 했지만, 다이오드는 고기 다음으로 음료도 대충 아무거나 주문하더니 테라를 똑바로 응시했다.

"그러니까 대체 왜 조금이라도 괜찮다고 생각했는데요? 우리가 받은 제안은 같이 고기잡이를 할 수 있다는 것뿐이에요. 그것 말고는 뭐 하나 보장받은 게 없거든요? 배는 같이 타게 해줬으니 내일부터 맞선 파티에 나가 달라는 소리를 듣는다면 어쩔 건가요?"

"맞선—— 그건, 최대한 거절하면."

"그런 소리가 아니에요." 손목을 단단히 붙잡혔다. "그런 말이 아니에요. 아시겠어요? 그런 상황을 어떻게 넘길까? 혹은 그런 상황이 오면 잘 넘기자는 말이 아니라고요. 그런 대화 자체를 테라 씨와 하고 싶지 않아, 그런 대화, 아, 진짜!"

테라가 손대기도 전에 손목을 붙잡은 손을 놓고는, 프린터가 출력을 마친 투명한 호박색의 음료가 담긴 잔, 척 보기에도 원샷으로는 절대 마시면 안 될 것 같은 음료를 덥석 쥐더니 괴로운 듯이 입가로 가져갔다.

"다이 씨!"

테라는 가까스로 막을 수 있었다. 액체가 다이오드의 입안에 흘러 들어가기 전에 잔을 빼앗았다.

하지만 역시 조금 늦었던 모양이다. 다이오드의 세련된 재킷 앞섶이 굳이 뒤집어쓰지 않아도 될 액체에 젖었고, 알코올 냄새가 확 올라왔다.

"앗, 죄송해요, 지금 바로."

허둥지둥 그녀의 가슴팍을 스펀지로 닦고, 프린터로 스펀지를 더 인쇄하고 있었더니 "됐어요—— 이제."하고 다이오드가 한 손을 들었다.

"방으로 돌아갈게요."

"무슨 말이에요! 잠깐만요, 지적해 줘요. 제가 잘못했다면 다시 생각할 테니까, 어떤 점에 그렇게 화가 난 건지——."

"그치만 이미 치마까지 다 젖어서."

다이오드는 일어섰다. 가라앉은 눈으로 테라를 바라보았다.

테라는 문득 어떠한 예감을 느끼고서 상대의 손목을 단단히 붙들었다.

"가지 말아줘요."

"잠깐."

"안 돼요. 놓치면 사라질 거죠."

"……."

"또 어디 뒷골목이나 창고 같은 곳으로 도망칠 생각이잖아요. 그건 안 돼요. 여긴 『아이다호』가 아니니까! 한 번—— 아니, 아무튼 가만히 있어요!"

한 번 헤어지면 두 번 다신 만날 수 없을지도 모른다, 그런 말은 무서워서 도저히 입 밖에 낼 수 없었다. 어쨌든 힘주어 말하고서 프린터의 서비스 버튼을 연타해 주변 테이블을 전부 윤이 나도록 닦고도 남을 만큼의 스펀지를 뽑아냈다. 그리고선 그 하얗고 푹신한 산을 여전히 꽉 붙잡아 둔 다이오드에게 마구 문질렀다.

"옷 같은 건 닦으면 된다고요. 이런 것쯤 신경 안 쓰면 그만, 어차피 벗어서 버릴 거고요, 조금 끈적거린다고 죽는 것도 아니고."

"말하는 게 엉망진창인데요."

"제발요……!"

이젠 거의 양손으로 매달린 꼴로 고개를 떨궜다.

끈적끈적한 솜 범벅이 된 다이오드는 더없이 난처하다는 표정으로 우두커니 서 있었지만, 주변의 시선이 그다지 모이지 않았다는 걸 문득 눈치채고는 크게 한숨을 내쉬고서 몸부림치기 시작했다.

"테라 씨, 저기, 놔주세요."

"가지 마세요!"

"아뇨, 앉을 테니까요."

테라는 고개를 들었다. 다이오드가 매정하게 팔을 뿌리치고선 다시 자리에 털썩 앉았다. 여전히 고개를 돌려 외면한 채 말했다.

"죄송합니다, 잠깐 패닉이 와서."

"네? 아…… 네……."

"차분하게 생각해 보니 이 주제는 아직 한 번도 얘기한 적이 없었어요. 얘기를 꺼내기도 전에 화부터 내서 죄송합니다. ——하지만 한 가지만 말해도 될까요?"

"네, 네에."

오히려 자기야말로 패닉에 빠질 뻔했던 테라는 갑자기 침착해진 다이오드의 모습에 당혹스러워하며 고개를 끄덕였다.

다이오드는 신중하게 말을 고르듯이 위로, 옆으로, 시선을 이리저리 굴린 뒤 말했다.

"애초에 저는 다른 별에서 날고 싶은데요, 잊은 건가요?"

"어? 앗! 그거였어요?"

테라가 의외라는 듯이 놀라는 모습에 다이오드도 깜짝 놀랐다.

"그거였냐니."

"아뇨, 당연히 기억하고 있죠! 기억하고 있지만, 알다시피 비단잉어를 잡을 때 우리도 아직 미숙하다는 걸 느꼈잖아요. FBB의 하늘에도 아직 모르는 게 많다는걸. 그래서 다른 별을 고려하기엔 아직 이른가 싶은 느낌이 들어서……."

"테라 씨는 그렇게 느꼈을지도 모르지만, 저는 딱히 그렇지도 않아요."

"그, 그런가요?"

듣고 나서 다시 생각해 보니 다이오드는 오차 1미터 이내로 날 수 있다고 단언했었다. 테라가 멋대로 자책하고, 멋대로 주눅 들어 있었을 뿐이었다.

"그랬네요……. 다이 씨는 계속 꺾이지 않고서 앞을 보려고, 다음을 향해 나아가려고 했는데. 저 혼자 벽에 부딪혀서 엉거주춤하고." 얼굴이 확 뜨거워졌다. "다이 씨도 마찬가지일 줄로만 알고 무심코 타협하려 했던 거야…… 으와아, 내가 무슨 짓을."

"뭐, 어쩔 수 없죠, 늙었으니까요."

"늙?! 누가요?"

"당신이 자기 입으로 말했잖아요."

"~~~! 제가 연상이라고 하긴 했지만!"

"그럼 연상답게 빨리 진정해 주세요. 그리고 어서 결론을 내고 이야기를 계속해 보죠. 이곳에 정착해야 하는가, 그리고 탈출선을 어떻게 할 것인가."

"얄미워! 완전 짜증 나……!"

"완자라면 여기 있어요."

인쇄되다 만 고기완자 접시를 내밀면서 다이오드가 희미하게 미소 지었다.

"그리고 헤어질지 말지에 대해선데——."

그렇게 말했을 때, 마침 바로 옆 테이블에 남성 그룹 손님이 앉았다. 신기하다는 듯이 이쪽을 쳐다본다.

말을 걸 것 같다는 예감이 든 직후, 다이오드가 눈짓으로 신호하고서 자리에서 일어났다. 테라도 서둘러 뒤를 따라갔다.

"도, 도망쳐야 하는 건가요?"

"그게 더 나을 것 같아서요. 경험상."

"하긴 여자 둘이 있으면 말이죠. 어떤 상황에서든 그렇죠."

"지금 흐름이었다면 그보다 더했겠죠. 그래서—— 음, 어때요?"

"뭐가요?"

"이 도시에서도 이런 일이 생긴다는 게 판명됐는데."

가게 출구의 체크 게이트 앞에 멈춰 서서 다이오드가 돌아보았다. 테라는 이해했다. 이런 것도 그녀가 직접 겪어오면서 날카롭게 감지할 수 있게 된, 성가신 일 중 하나겠지.

"그러네요……. 다음 도시를 찾아야겠어요."

"오케이."

"아, 그래도 지금은 일단 어디서 장 좀 보고 돌아가지 않을래요? 아무것도 못 먹었네요."

다이오드가 다시 한번 "오케이."라면서 미소 짓고는 게이트에 미니셀을 터치했다.

4

이곳에 정착하지 않겠다. 살 곳은 우리 스스로 찾자.
그렇게 정하긴 했지만 현실은 무정한 법이라, 다음 날 두 사람이 돌아다닐 수 있는 곳은 숙소와 시내와 어업 센터를 비롯해 두세 곳의 공공시설뿐이라는 게 밝혀졌다. 첫날 살짝 느꼈던 자유로운 분위기는 어디까지나 일반 시민에게만 허락된 것이었다. 두 사람이 정해진 구역에서 나가려고 하면 가차 없이 게이트가 닫혔다. 우주항, 통신 센터, 발전소나 공장 같은 중요 시설의 출입은 완벽하게 차단되어 있었다.
"그럼, 잠깐 살펴보고 올까요."
"앗, 다이 씨?!"
그 사실을 알게 된 순간 다이오드가 또 재빠르게 단독행동에 나섰다. 아케이드의 장식용 지붕을 폴짝폴짝 뛰어올라 어디론가 가버렸지만, 몇 시간 후 돌아와선 불만스럽게 보고했다.
"벽 뚫기도, 덕트 잠입도 실패했어요. 할 만한 짓은 거의 다 간파당했네요."
"그런 짓을 하셨나요……."
그 방면에선 프라이의 일이 끝나길 기다릴 수밖에 없어 보였다.
다행히 그것 말고도 할 수 있는 일이 있었다. 숙소로 돌아와 옷을 갈아입고서, 테라는 투박한 덕트 드레스 주머니에 들어있던 금색 정육면체를 꺼냈다.

"그러고 보니 제일 먼저 이걸 조사해야 했어요!"

"그건?——아아, 그 성격 고약하고 편견으로 가득한 아빠의."

"다이 씨 아버님이 주신 범은하 왕래권의 자료예요! 생각해 보면 싸우더라도 이것부터 보고 나서 싸워야 했는데."

"뭐 우리는 항상 마음부터 앞서기 일쑤니까요……."

크게 볼 수 있도록 방 한가운데에 테이블을 끌어다 놓고서 소자석을 세팅했다. 구석으로 밀어 둔 침대에 자리를 잡자, 옆에 누워도 되나요? 하면서 다이오드가 옆에 벌렁 드러누웠다.

"아빠가 준 거니까요. 쓰레기일지도 몰라요."

"꼭 그렇게 말하지 않아도 되는데. 보물 지도일지도 모른다고요."

"경치 좋은 행성이나 맛있는 특산물이 있는 스테이션 같은 걸 알려 줄 사람이 아니에요. 같이 식사하면 입소탕 해설을 늘어놓는 남자라고요, 그 사람."

"……뭐, 행성의 원소량 정보라면 그건 또 그것대로 고기잡이에 도움이 될지도 모르니까……."

하지만 정말로 그런 게 나온다면 좀 실망스럽다.

그 사람, 오즈노 씨는 뭐라고 했더라. 테라는 기억을 떠올려 봤다. 뒤죽박죽으로 쑤셔 넣어 놓았다고 그랬는데—— 서크스의 내력과 GI의 관계라고 그랬던가? 성간 지도나 무역 기록 같은 게 나오는 걸까.

프로젝터가 기동했고, 인덱스가 투영되었다. 약간의 불안을 느끼면서도 기대감을 품었던 테라는 어? 하고 입을 벌렸다.

"⋯⋯A. D. 8526, 왕래권 방위군, 작전 지시서?"

성간 지도도, 무역 기록도, 명승고적 VR 영상도, 각지의 맛있는 음식 소개도 아니었다. 나타난 건 범은하 왕래권 방위군의 마크, 성운과 곡물과 방패를 조합한 고풍스러운 문장이 박혀 있는 서류였다. 한눈에 공문서라는 걸 알 수 있는 격식 차린 문장들이 빼곡히 나열되어 있었다.

뭔가 잘못 들어간 건가? 라고 생각했던 것도 잠깐이었다. 첫 페이지를 훑어본 것만으로도 이 문서가 말도 안 되는 자료라는 걸 알아챘다.

"다이 씨, 이거⋯⋯."

"네." 누워 있던 다이오드가 몸을 일으켜 자료를 자세히 살폈다. "성십이지장력 8526년, 서크스가 처음으로 이곳에 도착한 그해의 기록이에요."

"아니, 그치만, 이게 뭐죠? 우리랑은 상관없는 자료잖아요?" 테라는 희미한 한기를 느끼며, 목소리가 점차 격해졌다. "우리는 300년 전에 이 행성으로 이주해 왔어요. 24개 씨족, 50만 명이 새로운 땅에서 풍요로운 생활을 누릴 생각으로 일족과 이웃들에게도 같이 가자고 손을 내밀며 꿈과 희망을 품고서 도착했어요——. 그렇죠? 그건 우리 모두의 상식이잖아요?"

"네, 상식이에요." 다이오드는 작게 고개를 끄덕였다가, 이내 고개를 저었다. "상식이었다는 말이 되는 걸까."

"——그렇게 되나요?"

"그렇잖아요. 이 내용이 사실이라면," 다이오드는 테라의 손을 잡고 긴 손가락으로 문서의 타이틀을 짚었다. "자, 읽어 봐요."

"정신 탈압자 추방 계획." _{디컴프레서 디포테이션 프로그램}

"우리는 은하계에서 추방당한 인간인 모양이네요?"

다이오드는 과장되게 눈을 휘둥그레 뜨더니, 오히려 고소하다는 듯이 후훗, 하고 웃음을 흘렸다.

서류 내용은 확실히 타이틀 그대로였다. 범은하 왕래권에서 발견된 기묘한 능력, 디컴프레션. 그 소질을 가진 사람들, 디컴퍼를 모아 쫓아낸다. 우주선과 최소한의 생활 설비를 마련해서 감시부대와 함께 머나먼 행성으로 보낸다. 현지에서의 생활이 어느 정도 궤도에 오르면 부대는 철수한다……. 개략적인 설명 뒤로는 선박과 인원의 리스트가 길게 이어졌다.

테라는 멍하니 중얼거렸다.

"어째서 이런 서류를 아버님이……?"

"그건 정보를 입수한 수단을 묻는 건가요? 아니면 이걸 제공한 이유에 대해?"

"우와, 부녀가 똑같아."

"아니, 안 닮았어요, 그냥 농담이에요. ……안 닮았죠?"

"네에, 뭐." 목소리는. "안 닮았네요. 입수 수단은…… 얼마든지 있으려나. 아무튼 '겐도'의 이름을 가진 분인걸요. 오래된 기록에 접근했거나, 어쩌면 선단장을 위한 극비 서류일지도 몰라요. 그렇다면 이걸 준 이유는……."

그것도 마찬가지로 굳이 생각할 것도 없었다.

"『후요』밖으로 가지고 나가라는 거겠네요."

"프라이 씨한테 넘겨주지 않은 이유는——." 다이오드 역시 잠시 천장을 올려다본 것만으로도 짐작 가는 이유를 떠올렸다. "트레이즈 씨족에게 이용되길 바라지 않아서인가."

"아니에요. 이건 트레이즈 씨족한테도 굉장한 충격이기 때문이에요. 한번 상상해 보세요. 우리의 선조는 긍지를 품고서 당당하게 제 발로 GI를 떠났다고 전해져 왔어요. 그런데 사실은 추방당한 거였다면 엄청나게 불명예스러운 일이 되잖아요."

"하지만 추방당했다고 치면, 이런 난감한 별로 온 것도 설명이 되네요."

"으……."

"게다가 이 타이틀을 보건대, '디컴프레션을 할 수 있으니까' 쫓겨났다는 뜻이잖아요? 이것도 앞뒤가 맞지 않나요? 왜 우리만 AMC 점토를 수출할 수 있는지. 어째서 우리가 FBB의 베쉬를 잡을 수 있는 건지."

"으으—."

"그리고 추방당한 거라면 타신냐오가 2년에 한 번밖에 안 오는 것도, 범은하 왕래권으로 떠난 사람들이 이상할 정도로 부자연스럽게 서먹서먹한 태도를 보이는 것도 이해가 가잖아요. 고향 사람들이 전부 죄수였다는 걸 알게 되면 돌아오기도 꺼림칙하고, 얘기하기도 어렵죠. 앞뒤가 아주 빈틈없이 딱딱 맞아요!"

"으으으, 화, 확실히……."

서크스의 수수께끼와 과거가 어처구니없으면서도 애처롭게도 하나씩 밝혀져 나갔다. 놀라움과 낙담에 마음이 흔들린 테라는 신음했지만, 도중에 문득 깨달았다.

"그런데 다이 씨. 뭔가 이상해요."

"뭐가요?"

"디컴프레션은 우리, 인간의 능력이 아니에요. 베쉬의 근원인 심층 행성 아이언 볼, 그 생물이 별 바깥으로 나가고 싶어서 인간의 상상력을 빌려 형태를 바꾸는 현상. 그것이 디컴프레션──일 텐데요."

"……으음, 에다 씨가 해준 얘기였던가요. 일단 들어볼게요."

"네! 다시 말하면, 베쉬는 이곳으로 이주해 온 다음 에다 씨가 만들어 낸 거예요. 그전에는 베쉬가 존재하지 않았어요. 그런데 이 서류에는 이곳에 이민 오기 전에 방위군이 디컴퍼를 모았다고 되어 있어요. 모순이잖아요."

"네."

"왜 그런 거짓말을 하는 거죠? 이 서류는."

"둘 다 사실이라고 생각해 볼 수는 없을까요? 즉, 에다 씨가 방위군 소속이었고, 디컴프레션 기술은 그녀가 이곳으로 가져왔다."

허를 찔린 테라는 입을 딱 벌렸다.

"그…… 그건, 좀."

"아닌가요? 전에 얘기했잖아요. 음─ 초창기에 선단을 지배하던 지도부가 워낙 무능했기 때문에 에다와 마기리가 반란을 일으켜 선단장이 됐죠. 그런 다음 두 사람이 사회를 재건했다고." 다이오드는 어깨를 으쓱했다. "이거, 두 사람 중 한쪽이 이 문서에 나온 감시 부대 소속 사람이었다고 생각해 보면 굉장히 그럴싸하지 않나요? 반란이 성공할 수 있었던 것까지 설명이 돼요."

"허어……."

다양한 언어마다 명칭이 다른 왕래권 방위군은 은하 공화국이라고 할 수 있는 범은하 왕래권 전역의 안전을 지키는 우주군이다. 테라와 다이오드의 삶에 밀접한 연관이 있었던 적은 거의 없지만, 방위군의 이름 정돈 알고 있다.

거기에 루시드 박사가 소속되어 있었던 걸까. 계획서의 추방 대상자 리스트를 검색해 보니, 에다는 검색에 나오지 않았고, 마기리는 검색되었다.

테라는 머릿속으로 에다에게 짙은 색 군복을 입혀 보았다. 꽤 잘 어울리는 느낌이었다.

감탄하며 옆을 내려다보았다.

"듣고 보니 맞아요. 다이 씨 대단해!"

"뭐, 간접적인 증거밖에 없지만요." 무뚝뚝하게 말하고서 다이오드는 팔짱을 꼈다. "그래도 확실히 굴욕적인 진실이네요. 서크스는, 그리고 디컴퍼는 왕래권에서 추방당할 정도로 골칫거리였다. 이 문서를 우리에게 맡긴 이유는 우리가 딱히 그런 것쯤 신경 안 쓸 것 같은 사람이니까 그렇겠죠──. 신경 안 쓰는 거 맞죠?"

"신경…… 안 쓰이네요. 선조가 어떤 사람들이었든, 우리는 우리예요."

"하지만 선조가 선량하고 고결하고 품위 있고 용맹하고 아름다웠다고 믿는 사람들에겐 충격을 줄 만한 정보예요. 만약 공개하면 조상 숭배에 여념이 없는 겐도에서는 엄청난 빈축을 사겠죠."

"시기적으로 봐도, 그 타륜 계획을 이걸로 견제하라는 뜻일지도 모르겠네요. 사용하기에 따라선 괜찮은 재료겠지만……." 테라는 생각해 봤지만 쓴웃음을 지을 수밖에 없었다. "그건 그렇고 정말로 우리가 바라던 종류의 정보는 아니군요, 이거."

"그러네요. 그런 점은 역시 핀트가 어긋난 괴짜 아빠다워요. 근처 행성의 항만 정보나, 하다못해 정세나 화폐에 대해서 알고 싶었는데……."

"앗, 그래도! 이런 중요한 서류를 몰래 갖고 있었던 아버님이니, 제대로 조사해 달라고 부탁하면 우리가 원하는 정보도 찾아내 주실지도 몰라요!"

"가능성은 뭐, 있을 수도 있겠네요. 그건 그렇고——."

다소 내키지 않는 기색으로 맞장구를 친 다이오드는 문서를 지우고 테라를 올려다보았다.

"이 타이밍에 잠깐 확실히 해두도록 할까요. 상당히 질질 끌고 있었으니."

"뭘 말인가요?"

"에다예요." 빤히 바라본다. "그 에다 씨라는 사람—— 사실은 여러 번 연락을 주고받은 거 아닌가요?"

"네?" 테라는 깜짝 놀라 물러섰다. "왜, 왜 그렇게 생각해요?"

"당신이 너무 철석같이 믿으니까요. 운해 바닥에서 말을 걸었다고 그랬죠. 그것뿐이라면 뭐, 테라 씨의 마음의 버팀목인 셈 치고 가만히 있을 생각이었지만, 그 조언을 따라 『아이다호』의 사람들을 따돌리고 정말로 탈출선을 손에 넣어 『후요』까지 왔다면서요. 그건 딱 한 번 만난 정도로 얻을 수 있는 수준의 조언이 아니잖아요?"

어두운 푸른 눈동자로 물끄러미 응시하면서 다이오드가 불쑥 다가왔다.

"이미 여러 번 대화한 거잖아요. 잠깐 저랑도 연결해 주세요. 얘기 좀 할게요."

"······혹시 질투하는 거예요?"

"그런 소릴 한다고요?" 갑자기 눈빛이 차가워졌다. "우리는 이제부터 그 사람의 조언을 따라 여행을 떠나려고 하고 있다고요. 목숨을 걸어야 할 수도 있어요. 게다가 그 녀석은 지금 인간이 아니라면서요? 어떤 녀석인지 확인하고 싶은 것도 당연하잖아요."

"하긴······ 네."

"그러니까 얘기하게 해 줘요."

쿡, 하고 다이오드의 손가락이 미니셀을 찔렀다.

테라는 쓴웃음과 함께 대답했다.

"사실 정답이라고 하면 정답이에요. 에다 씨는 탈출선의 AI가 되었기 때문에 『아이다호』에서 『후요』로 갈 때까지는 계속 대화했어요. ──그런데 그 배는 두고 왔으니까, 지금은 대화할 수 없어요."

"탈출선의 AI가 됐다고요?" 다이오드는 눈살을 찌푸렸다. "운해 바닥에 있던 녀석이 어쩌다가?"

"좀 사정이 있었어요. 어디 보자."

서고에 있던 낡은 로봇 말과 그 말을 따라 도착한 탈출선에서 나눈 대화들을 테라는 지금에야 드디어 얘기할 수 있었다.

"운해 바닥에서 『아이다호』까지 온 방법은 모르겠지만, 인섬니아호 기계 속에는 확실히 존재했었다고 생각해요. 대화하는 동안 지연 현상이 없었으니까요."

"흐음…… 그렇다면 살아 있는 누군가가 당신 뒤를 밟았다거나, 어딘가의 배에서 통신을 통해 교묘한 말로 속였다거나, 그런 가능성은 없어 보이네요."

"그런 생각을 했어요?"

"그야 할 만도 하죠. 어떤 케이스든, 운해 바닥에서 행성과 대화를 나눴다는 임사체험보다는 현실적이니까요."

"현실이라니까요! 한번 대화해 보면 알 거예요."

"결국 그게 문제란 말이죠……. 어떻게든 대화할 수 있으면 좋겠는데."

시험 삼아 에다를 호출해 봤지만, 당연히 대답은 없었다. 작은 미니셀로 멀리 떨어진 다른 씨족선과 직접 통신하는 건 불가능한 일이다. 연결하려면 중계 위성을 경유해야 하는데, 그 루트는 씨족선 통신 센터를 이용할 수밖에 없다. 지금 두 사람으로선 이용할 수 없는 방법이었다.

"그러면 역시 현지에서 인섬니아호라는 배를 조사할 시간을 어느 정도 확보해 둘 필요가 있다는 뜻이네요. 최대한 서둘러 『후요』로 돌격한 다음 배만 훔쳐서 도망치는 도둑 계획은 무리인가."

"상당히 신중하네요."

"탈출선이라고 믿고선, 털이 숭숭 난 컨테이너 같은 고물을 타고 외우주로 뛰쳐나가고 싶지는 않으니까요."

다이오드는 짐짓 새침하게 말하고는 데굴데굴 침대 위를 구르더니, 이쪽을 힐끗 돌아보았다.

"이건 질투 같은 게 아니거든요?"

오늘 밤은 어쩐지 집요하게 걸고넘어지는 듯한 느낌도 들었지만, 그 눈짓 한 번에 뭐든 다 용서할 수 있을 것 같았다.

테라는 테이블을 공중에 띄워 벽에 수납한 다음, 다이오드를 쫓아가 몸으로 그 위를 덮쳤다.

"이게 아노 도미니 시대의 거북이예요."

"거부기."

"네. 남생이, 바다거북, 코끼리거북, 가메라. 이게 싸우는 모습이고, 햐웃."

"지금은 제가 등껍질이에요."

"후후, 그러네요. 그리고 이게 전에 말했던 흰개미……인데요."

"어디요? 으웩."

"자, 잠깐, 손바닥으로 때리지 마세요. 네네, 지금 보고 싶은 생물은 아니죠."

"도감은 다음에 보죠?"

"조금 쉬고 싶다고 말한 건 다이 씨잖아요."

"그렇긴 한데 이럴 때의 휴식은 이런 걸 하는 게 아니라고요."

"……흐응—. '이럴 때'에 대해서 잘 아시네요. 에잇."

"흐왓?!"

침대에 엎드려 미니셸을 만지작거리던 테라가 힘껏 오른쪽 어깨를 들었다. 등에 딱 달라붙어 있던 다이오드가 옆으로 굴러떨어지며 불만 섞인 목소리를 냈다.

"괜히 심술 내지 말고요, 그냥 일반 상식이잖아요. ——아니면 옛날 일이 신경 쓰이나요?"

"글쎄요?"

"글쎄라니. 그럼, 이참에 한마디 하겠는데 저도 걱정이라고요."

"뭐가요?"

"뭐긴 뭐예요. 테라 씨는 맞선을 봤었으니까요. 저 말고는 동성에게 관심이 없어 보이고."

등을 돌리고 있던 테라는 몸을 돌려 마주 보았다.

"다이 씨 말고는 관심이 없으면 안 되는 건가요?"

"테라 씨야말로 너무 억지 부리는 거 아니에요? 저는 두 번이나 그 여자한테 욕을 퍼붓고 도망쳐 나왔는데 그 이상 뭘 어쩌라고요."

그렇게 마주 노려보다가—— 둘 다 픽, 하고 웃었다.

"그렇네요. 미안해요, 사소한 거에 트집 잡아서."

"맞아요. 저 말고는 관심 없는 거 최고예요."

"지금은 말이 심했다고 사과해야 할 상황 아닌가요……?"

집요하게 사소한 점을 트집 잡던 입술이 같은 입술로 덮였다. 다이오드는 방금 등에서 했던 것처럼 이번엔 앞에서 테라의 목에 팔을 감았다. 가녀리고 뜨겁고 자그마한 어깨를 가진 그 몸을 테라는 감싸안듯이 받아들였다.

다이오드의 걱정은 논리론 이해했다. 남자와 결혼 같은 건 하고 싶지 않다고 말했지만, 그래도 테라의 마음이 변덕을 부려 근사한 남자를 따라가 버릴까 봐 두려운 거겠지.

하지만 테라는 이미 그런 걱정을 완전히 남의 일처럼 느끼게 되었다. 이렇게 포개어진 입술과 콧속을 채우는 향기와 한 손에 쏙 들어오는 조그만 둔덕이 다른 무엇과도 비교할 수 없을 만큼 사랑스러웠다. 얼마 전까지만 해도 단순히 곁에 있고 싶다거나, 여기저기 쓰다듬고 싶다 정도로만 느꼈던 욕구가, 이젠 녹아내리듯 하나가 되고 싶다고 바라기까지 깜짝 놀랄 만큼 순조롭게 크기를 키웠다.

그래서 오히려 다이오드의 걱정에 대해 괜찮다고 단언할 수 있을지, 다른 측면에서 조금 자신이 없어져 버렸다. 아직까진 다른 동성에게 마음이 끌리는 일은 없었다. 하지만 그건 단지 같은 여성에게 구애받은 경험이 없었기 때문일지도 모른다. 만약 그런 일이 생긴다면 어떻게 대답하는 게 좋을까, 싶은 생각도 든다. 다시 말해, 이미 사귀는 사람이 있다고 대답해야 할까? 아니면 관심 없어요, 잘 몰라요, 라고 대답해야 할까.

"저기, 다이 씨. 이상한 질문이긴 한데요."

"뭔데요?"

"만약…… 다른 사람이 꼬시려고 하면 어떻게 거절하는 게 좋을까요?"

"미안하다고 하는 걸로 충분하지 않아요?"

"그렇긴 한데, 이 경우에는 뭐랄까…… 어떤 면에서 보면 동지라고도 볼 수 있지 않나요?"

 둘이 있을 땐 깜빡 잊어버리곤 하지만, 테라도 이 관계가 서크스 사회에서 드러내놓고 다닐 만한 관계는 아니라는 것쯤은 의식하고 있었다.

"네에? 그건…… 맞지만, 그렇다고 딱히 말을 고를 필요는 없겠죠. 이미 사귀는 사람이 있어요, 라든가."

"참고삼아 다이 씨라면 어떻게 거절하나요?"

"죄송합니다, 제 타입이 아니에요, 라고 하려나. 이러면 어느 쪽 의미로도 통하니까요."

"우와, 대단해."

 테라는 종종 속으로 떠올리면서도 입 밖으로 꺼낸 적은 없는 말이었다.

 다이오드가 만지는 방식은 기쁨을 안겨주면서도 꼼꼼하고, 또 힘차서, 그야말로 테라가 직접 몸으로 느껴왔던 필러 보트를 다루던 솜씨 그대로였다. 배와 똑같은 취급을 당한다는 건 조금도 싫지 않았다. 오히려 다이오드가 가장 좋아하는 행위를 이 몸으로 받아들이고 있다는 실감이 나서 기뻤다.

"테라 씨, 저기. ……아뇨, 굳이 말 안 해도 되려나."

"네?"

"지금까지 제가 뭘 하든 거부하는 게 없는 것 같은데…… 사실 싫은데 참는 거 아니에요?"

"아뇨? 전혀요?" 확실히 앞이나 뒤나, 상하좌우 마음껏 희롱당하고 있긴 하지만, 그건 그녀 나름의 자세 제어 방식이었다. "즐거워요. 굉장히 새롭고."

"……적응력이 높네요."

"당연히 무진장 부끄럽긴 하지만…… 이렇게 이곳저곳 전부 보여줘도 된다니, 저는 지금까지 몰랐고요."

"——앗, 그럼, 다른 것도 해 봐도 될까요."

눈을 반짝반짝 빛내면서 애무하는 손길이 이젠 조금도 두렵게 느껴지지 않는다는 사실이 신기하다면 신기한 일이었다.

다이오드에게 부리로 쪼듯이 쪼이고, 남김없이 조사당하고, 조여지고, 들어 올려질 때면, 가슴이 차분해지는 듯한, 끓어오르는 듯한, 저릿저릿한 듯한, 시큰거리는 듯한, 다양한 시그널이 온몸을 내달렸다. 대부분은 24년 동안 한 번도 느껴본 적 없는 시그널이라, 내 몸 안에 그런 기능이 있었구나, 마치 내 몸이 아닌 것 같다며 몇 번이나 놀랐고, 기뻤다.

그건 자기가 처음이라서 그런 줄로만 알았는데, 물어보니 의외로 그렇지도 않았다.

"다이 씨, 정말로 기분 좋아요?"

"네…… 네에. 테라 씨를 만지는 것도 기분 좋고, 테라 씨한테 만져지는 것도, 깔리는 것도, 마치 제가 아닌 것처럼, 굉장히…… 흐읏!"

"다행이다."

도감을 보면서 서로 투덜거리기도 했었는데 말이지…… 테라는 생각했다.

 어쩐지 우리는 상당히 궁합이 잘 맞는 모양이야.

 체류 5일째에 좋은 일이 생겼고, 6일째에 또 좋은 일이 생겼고, 7일째에 최악의 사태가 일어났다.

 5일째 일어난 좋은 일은 비단잉어가 가진 수수께끼의 기관이 무엇인지 밝혀진 것. 그건 지구의 생물이 가진 기관에 비유하자면 괴망(怪網)이라 불리는 혈관망(Wonder Net)으로, 그 기관이 가진 기능은 이름보다도 더욱 괴이했다.

 6일째에 일어난 좋은 일은 『후요』에 아직 남아 있는 잠입 공작원이 인섬니아호가 무사하다는 소식을 전해준 것이다.

 7일째에 일어난 최악의 사태는 전 선단 정전. 서크스의 씨족선 16척 중 15척이 갑자기 동시에 6분간 정전됐고, 그 후 남은 한 척인 『후요』에서, 씨족장 누루데는 서크스가 304년 만에 범은하 왕래권으로 귀환할 것을 호소했다.

제5장 정신 중압

1

 그때, 두 사람은 운 나쁘게도 번화가의 거리 한복판을 가로지르던 중이었다.
 "앗, 테라 씨, 저쪽에 신스 계열의 아로마 가게가." "잠깐만요, 다이 씨?"
 길 건너편에 있는 합성 향료 가게를 발견한 다이오드가 직각으로 발걸음을 틀었다. 인파 속에서 멀어지는 블루블랙 뷔스티에와 핫팬츠의 뒷모습을, 흰색과 오렌지색이 섞인 원피스를 입은 테라가 서둘러 뒤쫓았다.
 순간, 어둠이 덮쳤다. 누가 눈을 덮은 건가 착각할 정도로 아무것도 보이지 않았다. 테라는 당황하며 우뚝 멈춰 섰지만, 옆에서 누군가가 부딪혔고, 비틀거리다 누군가의 손을 때리고 말았다. "아, 죄송해요——." 반사적으로 사과했을 때쯤엔 주변 곳곳에서 불안과 당혹감이 서린 목소리가 터져 나오기 시작했고, 한발 늦게 테라도 공포에 휩싸였다.
 ——뭐지 이건? 내 눈이 이상해졌나? 아니면 조명 장치 고장?

공기 누출 경보는 울리지 않았지만, 그런 상황이라고 치고 행동해야 할까. 하지만 그러려고 해도 근처 마스크 보관함이나 대피소가 어디였는지 잘 기억이 안 나는 데다, 우선은 그 전에 다이오드를 찾고 싶어—— 사람들이 술렁이는 와중에 누군가가 손바닥에서 조그만 하얀 빛을 내뿜었다. 그걸 본 사람들은 미니셀의 또 다른 사용법을 떠올리고는 주변을 비추기 시작했고, 테라도 따라 했다.

사람들 머리 위로 손을 뻗어, 다이오드가 있을 것 같은 방향으로 손을 흔들었다.

"다이 씨—."

밑에서 달려온 조그만 그림자가 테라의 치마 옆으로 덥석 안겼다. 테라는 가슴을 쓸어내렸다.

"다이 씨. 무사한가요. 저는 깜짝 놀라서——."

"무사해요. 우선 이쪽으로."

소녀가 다급한 기색으로 손을 잡아끌었다. 당황하면서도 이끄는 손길을 따라 길가로 이동했다. 건물 벽에 등을 기댄 후에야 다이오드는 비로소 안도의 한숨을 내쉬었다. 테라가 물었다.

"왜 그러세요? 그렇게 다급하게."

"대피소 비상 램프까지 꺼졌어요."

그 말에 테라도 길 주변을 살펴본 뒤 깨달았다. 익숙한 사각형의 녹색 램프가 없다. 서크스가 비상사태 시에 가장 먼저 의지하게 되는 여압 대피소의 표시등까지 꺼져버렸다는 건 이상한 일이었다.

길거리 여기저기서 험악한 고함이 터져 나온다. 어딘가로 대피하려던 사람이 일단 멈추고 상황을 살피던 사람과 부딪힌 모양이다. 사람들 사이에서 증폭된 불안이 구름이 되어 솟아오르고 있었다. 조금 떨어진 곳에선 비명도 들려왔다.

두 사람은 서로 고개를 끄덕이고는 비명이 들린 쪽으로 달려가, 화단에 쓰러져 있는 여성을 발견했다. 부축해서 일으켜 세워 보니 다친 곳은 없어 보였지만, 미니셀 라이트가 없는 탓에 주변이 보이지 않아 몹시 겁에 질려 있었다.

"괜찮아요, 우리 같이 있어요."

근처 점포는 상품을 지키려고 가게에 들어오지 못하게 막는 모양이었다. 뒷골목으로 들어가면 더 위험할 것 같았다. 어쩔 수 없이 두 사람은 여성을 데리고 다시 벽으로 돌아왔다.

"무슨 일인 것 같아요?"

테라가 물었다. 다이오드는 대답 없이 반걸음 앞에 서서 주변을 경계했다. 그 반걸음에 담긴 용감한 의미를 테라는 눈치챘지만, 교대하자는 말 대신 높은 곳에서 주변을 감시하는 역할을 맡기로 했다.

장사꾼들의 열기로 가득한, 옛 행성 위에 있던 작은 섬의 이름을 딴 씨족선, 테이블 오브 조호르. 나중에 알게 된 사실이지만, 이때 선내 거주 공간의 70% 이상이 정전을 일으켰다고 한다.

잠시 시간이 지나자 다시 갑자기 원래 풍경으로 돌아왔다. 천장 조명이 빛을 퍼뜨리자, 아무 일도 없었다는 듯이 가게와 노점이 뒤섞인 혼잡한 거리가 드러났다. 사람들은 안도한 표정으로 서로를 마주 보고는 다시 걷기 시작했다. 두 사람의 발치에 웅크리고 있던 여성도 침착함을 되찾은 후, 감사 인사를 하고서 자리를 떠났다.

"괜찮은 모양이네요."

테라가 안심하고 있었더니 미니셀에서 통신벨 소리가 울렸다. 우선은 통신을 받았다.

"네, 인터콘티넨털입니다. 네, 지금 같이 있어요. 둘 다 무사해요. ──어? 정부 청사로요?"

대화는 짧았다. 통화를 끊고서 다이오드에게 알렸다.

"프라이 씨가 중요한 얘기가 있대요."

"보나 마나 골치 아픈 볼일이겠죠?"

"그건 아직 모르겠지만──."

"걱정 마요, 분명 골치 아픈 일일 거예요."

그 말대로였다.

☆   ☆

『험준하면서도 크고 아름다운 구름의 행성을 주회하는 형제들에게 기뻐함이 마땅한 해방의 때가 왔음을 「후요」의 겐도에서 알린다.

지난 성십이지장력 8526년, 범은하 왕래권에서 박해를 당하던 50만 명의 사람들은 한곳에 모여 왕래권을 둘러싼 은하 주변권으로 편도 티켓만 쥔 채 쫓겨났다. 그들에게 주어진 건 자원 부족에 시달리는 가스 행성이었고, 그곳에서 죽을 때까지 썩어갈 예정이었다. 3년 후 죄수들이 반란을 일으켜 감시자들을 쓰러트리기 전까진 비참하고 궁핍한 날들이 이어졌다.

그것이 우리의 선조다. 서크스라고 칭하기 이전의 우리 모습이다.

지금 여러분은 충격을 받았겠지. 무슨 말도 안 되는, 선조가 죄수였다니, 무슨 헛소리냐, 라고 생각했겠지. 그 심정은 겐도도 잘 안다. 우리도 똑같은 충격을 받았다. 불명예스러운 진실을 부정하려고 했다.

하지만 생각해 보라. 압제자에게 떠밀린 부당한 처지가 정말로 불명예스러운 것일까? 진정 불명예스러운 건, 무기력하게 계속 지배당하는 것 아닐까. 우리 선조는 분연히 일어서 자급자족을 이루었고, 자율적이고 독립적인 자치를 쟁취했다. 그뿐만 아니라 귀중한 자원 확보에도 성공하여 은하에 점토를 공급하고, 강압적인 왕래권으로부터 우리의 존재 의의를 인정받았다.

이것이 바로 명예다. 처음부터 강하고 존귀하지 않았더라도, 역경에서 자기 힘으로 성공을 이루어 낸 것은 그 이상의 가치를 지닌 행위다.

그러나 그게 300년 동안 이어져 온 것은 어떤가. 명예를 지켜왔다고 말할 수 있을까?

그렇게 생각하긴 힘들다. 명예는 끊임없는 투쟁이 있어야 비로소 지켜지는 것이다. 우리는 떠밀려 와 어쩔 수 없이 이 행성에서 베쉬잡이를 해냈지만, 우리가 지향해야 할 목표는 그것이 아니다. 우리 스스로 선택한 별에서 우리 자신을 위해 고기잡이를 해야 바라는 바를 이루었다고 말할 수 있을 것이다.

지금 그 순간이 왔다. 우리 자신의 별을, 대지를 손에 넣을 때가 왔다.

바로 지금, 우리와 가장 가까이 위치한 추크슈피체 성계에서 베쉬가 대량 발생 중이다. 이것은 거짓말도, 억측도 아니다. 지난번 찾아왔던 타신냐오로부터 겐도가 독자적으로 입수한 극비 정보다. 범은하 왕래권 사람들은 베쉬를 없앨 방법을 몰라 골머리를 앓고 있다.

하지만 우리는 그 방법을 안다.

이것이 해방이다. 지금이야말로 우리는 우리 자신의 의지와 능력으로 과거 추방당했던 땅으로 돌아가, 번성하는 베쉬를 잡아 올려 진정한 명예와 별을 쟁취하는 것이다.

뛰어난 어부가 필요한 순간이다. 서크스 내 가장 뛰어난 열여섯 팀의 어부가 선봉에 서게 되겠지. 우리는 모두 분기별 순위를 통해 누가 우수한 어부인지 알고 있다. 하지만 만약 본인이 직접 자진해서 나선다면 더욱 화려한 갈채를 받을 게 분명하다.

그 열여섯 팀을 지원하는 막중한 역할을 우리 겐도가 맡겠다. 무엇을 해야 하는가, 어디로 가야 하는가, 그리고 무엇보다도 어떻게 머나먼 범은하 왕래권으로 귀환할 것인가에 대해 유익한 조언을 할 준비가 되어 있다.

지금까지 한 이야기를 통해 대략적으로 이해한 사람들은 행성을 도는 우리 서크스에게 무엇이 가장 중요한지를 떠올려 주길 바란다. 즉, 신속하게 일을 추진하는 속도가 중요하다는 뜻이다.

 속도를 내기 위해선 강력한 엔진과 명확한 지휘가 필요하다. 명확한 지휘란 내린 명령이 즉시 실행됨을 말한다.

 우리는 여러분에게 그 의지와 능력이 있음을 믿는다.』

☆   ☆

"이상이 아까 시가지 정전 때 『후요』에서 보낸 선언문입니다. ……두 분 다, 이해하셨나요?"

 녹음을 들려준 프라이가 두 사람의 얼굴을 둘러보았다.

 "저는 잘……." "짜증 나지만 일단은요."

 애매한 웃음을 지은 테라와, 미간에 주름을 잡은 다이오드가 얼굴을 마주 보았다.

 이곳은 조호르 정부 청사 내, 어수선한 분위기의 안전보장부 깊숙이 있는 작전실이다. 처음 초대받은 그곳에서 두 사람과 프라이, 그리고 어쩐지 초췌한 느낌의 스탠리와 소서가 정보 테이블을 둘러싸고 있었다.

 다이오드가 테라에게 말했다.

 "선단은 우리 손에 들어왔다, 얌전히 우리 말을 듣도록. 누루데는 지금 그렇게 말하는 거예요."

 "네?! 어디에 그런 내용이 있었어요?"

 "마지막 부분에요. 아니, 명확하게 말하진 않았지만 에둘러서 그렇게 말한 거죠. 협박이에요."

"아, 그런 뜻이었어요? 아까 정전도 누루데 족장이 일부러 일으킨 건가요?"

테라가 시선을 옮기자 안전보장부 부장, 스탠리가 고개를 끄덕였다.

"우리 안전보장부와 트레이즈 장로회는 그럴 거라 확신하고 있습니다. 그건 합법 불법을 가리지 않고 다양한 전자 정보적 루트를 통한 공격이었다고요. 그리고 덧붙여 말하자면 피해를 입은 건 조호르만이 아닙니다. 각 씨족과 긴급히 연락을 나눠본 결과, 놀랍게도 열다섯 씨족 모두가 동시에 공격받았다는 사실을 알게 됐습니다."

"전 선단에 정전을?"

"무슨 그런 난폭한. 아아── 다시 말해, 그게 전에 말한 선단 지휘권의 발동이군요? 지금까지 몰래 원격 조작으로 다른 씨족선의 분리 장치나 엔진 모의 장치를 조작했던 건 이때를 위한 테스트였다?"

"아마도 그렇겠죠."

다이오드와 테라는 놀라면서도 한편으로는 이해했다. 이 일은 예상 밖의 천재지변이 아니라, 자신들이 막으려고 했던 사태였다는 뜻이다.

"누루데는 터무니없는 소릴 하고 있네요. 어디까지가 진심인가요?"

다이오드는 의문문으로 물었는데, 대답은 스탠리를 비롯한 다른 사람들의 굳은 표정이었다.

"여러분을 부른 이유는 바로 그걸 알고 싶었기 때문입니다. 선조가 추방당한 사람이라느니, 추크슈피체 성계에 베쉬가 대량 발생했다느니, 그걸 열여섯 팀의 어부가 잡으러 가자느니, 잠꼬대로밖에 들리지 않는 소리를 하고 있습니다. 이걸 어떻게 받아들여야 할까요? 어떤 비유나 암호인지, 아니면 누루데 씨가 정신이 나간 건지."

"아니면 사실인지."

다이오드가 슬쩍 살피듯이 시선을 위로 올리면서 말하자, 스탠리는 "사실일 리가 없습니다."라고 단언했다.

그러자 다이오드는 테라를 보면서 "그걸."이라고 말했다.

테라는 금색 소자석을 꺼내 말없이 소서에게 내밀었다. 의아한 기색으로 받아 든 소서가 그걸 모두의 앞에서 재생했고—— 그 믿기 힘든 추방 계획을 보고서 누구 하나 빠짐없이 깜짝 놀랐다.

"대체 뭔가요, 이게."

프라이가 헛웃음을 지으며 말했다.

"제 아빠, 오즈노 이시도로 겐도에게 받은 자료입니다."

다이오드가 일부러 풀네임을 말했다.

"오즈노 치프가? 아아! 그때!"

"기다려 주세요, 저번 조사 땐 이런 자료를 갖고 있다는 얘긴 못 들었습니다만?"

스탠리가 매서운 눈초리로 말했지만, 다이오드는 태연한 얼굴로 발뺌했다.

"이 돌은 평범한 여행안내 자료인 줄 알고 건네받았거든요. 내용을 확인한 건 바로 어제입니다. 은닉하려고 맡긴 건가 싶었는데, 아무래도 지금 같은 상황에서 꺼내기 위한 용도였나 보네요. 그래서 여쭤보고 싶은데 이게 진짜라고 생각하세요?"

물어볼 필요도 없이, 기술 담당인 소서는 문서를 보자마자 경악하며 정보 테이블을 씨족 간 네트워크에 연결해 분석을 시작했다. 문장과 문체, 역사적 사실과 명부가 일치하는지를 재빠르게 확인한 뒤 "진짜인 것 같네요."라고 말했다.

"트레이즈 씨족밖에 모를 터인 초기 트레이즈 사람의 이름도 기재되어 있습니다. 일단 위조품은 아니에요."

"그렇다는 말은 누루데 씨의 연설도 사실인 거군요. 아하하." 프라이가 공허한 웃음소리를 흘렸다. "진심으로 열다섯 씨족을 이끌고 범은하 왕래권으로 돌아갈 생각인가……."

"그것보다 문제는 우리 서크스의 내력이야." 스탠리의 얼굴이 한층 더 찌푸려졌다. "서크스의 선조가 추방자였다니, 심각한 문제야. ……일단 각 씨족의 장로회는 그 부분을 인정하지 않고 있지만, 이게 사실이라는 게 알려지면 동요할 수밖에 없어. 씨족에 따라선 바로 겐도의 편에 붙는 씨족이 나올지도 몰라."

"그것도 걱정이지만 다른 점도 신경 쓰입니다."라고 입을 연 소서. "누루데 족장은 선언문 내에서 정전에 대해 언급하지 않았습니다. 우리야 정보가 있으니, 정전은 타륜이라는 장치를 발동시킨 결과라고 짐작할 수 있지만, 사람들 대부분은 우연한 재난이나 미지의 공격으로 받아들이겠죠. 미지인 상태에선 상대가 가진 힘이 어디까지인지도 알 수 없으니, 사람들은 겐도를 터무니없이 강한 힘을 보유한 씨족이라고 받아들일지도 몰라요. 아주 위험한 사태입니다."

"거기다 제일 중요한, 어떻게 왕래권으로 돌아갈지에 대한 방법을 숨기고 있는 것도 쓸데없이 노련하네요. 실제론 광관환 항행 장치가 없으면 돌아갈 수 없을 텐데, 그걸 정말로 갖고 있는 건지——."

"조금씩 확장을 거듭한 씨족선의 오래된 심층부에 그런 장치가 남아 있다는 전설은 어느 씨족에게나 전해지고 있어요."

다이오드와 소서가 그런 대화를 나누며 미간을 찌푸렸다.

어쨌든, 하고 스탠리가 모두를 대표하듯이 무겁게 말했다.

"이걸로 사태는 우리 안전보장부가 대처할 수 있는 범주를 넘고 말았습니다. 이렇게 된 이상 온건한 방식으로 상황을 수습할 방도는 없습니다. 모든 서크스가 공개적으로 연계해 힘을 합쳐 겐도에 맞설 수밖에요."

"저기, 잠깐 괜찮을까요?"

모두가 조심스럽게 손을 든 테라를 올려다보았다.

"지금 얘기에선 나오지 않았는데, 누루데 씨가 디컴퍼를 모으고 있다는 얘기는 어떻게 됐나요?"

"어떻게 됐냐니, 뭐 지금 실제로 봤다시피 저 사람이 전 선단을 어두컴컴하게 만들었으니까, 타륜을 돌린 거예요. 어떻게든 해낸 거겠죠. 우리의 조사가 미치지 못한 부분에서."

프라이가 쓴웃음을 지으며 어깨를 으쓱했다.

그러자 다이오드가 아뇨, 하고 고개를 흔들었다.

"정말로 전 선단의 지휘권을 빼앗았다면 진짜로 지휘하는 모습을 보여주면 그만이에요. 정전 같은 시시한 잔재주에 그치는 게 아니라, 메인 엔진을 점화해서 열다섯 척의 씨족선을 움직이면 되니까요. 그런데 그러질 않았다는 건."

"맞아요. 그 대신 뭔가 이상한 소릴 하고 있죠? 각 씨족에서 한 팀씩 어부가 나오라고. 하는 말만 보면 뛰어난 어부가 솜씨를 뽐낼 무대인 것처럼 말하고 있지만, 이건 사실 실력 있는 디컴퍼를 모으려는 수작 아닐까요?"

"아앗."

테라가 꺼낸 의문에 트레이즈 씨족의 세 사람이 외쳤다.

"디컴퍼가 부족한 건가!" "맞아요, 누루데는 아직 완전히 지휘권을 장악하지 못한 거예요."

"타륜은 아직 조금밖에 돌아가지 않았군요. 그렇다면——."

테라는 고개를 끄덕이고는 다이오드의 귓가에 대고 속닥속닥 얘기한 다음, 승낙을 얻고서 다른 사람들에게 말했다.

"우리를 임시로 트레이즈 씨족의 어부로 등록해 주시면 안 될까요?"

스탠리가 "자세히 들어봅시다." 하고 몸을 내밀었다. 테라는 끄덕이며 말했다.

"누루데 씨는 여전히 디컴퍼를 원하고 있어요. 그걸 거부하거나 무시하지 말고, 일단은 따르는 척하는 거죠. 그리고 가짜를 잠입시키는 거예요. 안으로 잠입해 사정을 조사하고…… 타륜을 찾아내 파괴한다."

"호오. 하지만 여러분이 간다면 배째로 붙잡히고 끝나는 게 아닌지?"

"그 점을 트레이즈 씨족이 도와줬으면 해요. 트레이즈 씨족 소속 어부의 얼굴과 이름을 빌려주세요. 우리가 타는 배는 자유자재로 형태를 바꾸는 필러 보트니까 배의 외견만으론 식별할 수 없으니, 아마 마지막까지 직접 얼굴을 마주치지 않겠죠. 입항만 하면 기습이나 잠입이 가능할 거예요. 어떤가요!"

테라는 기세 좋게 말했다.

이번엔 트레이즈 씨족 사람들이 속닥속닥 귀엣말을 나눈 뒤 대답했다.

"……나쁘지 않은 생각이군요. 하지만 할 거라면 좀 더 다듬어 보죠. 이 위장 잠입 계획을 믿을 수 있는 몇몇 다른 씨족에게 전달해 협력을 얻겠습니다. 백업과 만일의 사태를 대비한 대역이죠. 그리고 두 분에게 훈련을 시키겠습니다. 타륜을 발견했을 때 그걸 부술 수 있도록."

"훈련 같은 걸 받을 시간이 있나요?"

"이럴 때를 위한 속성 훈련이란 것도 있거든요."

스탠리가 보여준 미소에 두 사람은 살짝 등골이 오싹해졌다.

"그래도 두 분이 하겠다고 먼저 나서 주셔서 다행이네요—."
프라이가 안도한 기색으로 말했다. "트레이즈 어부에게 똑같은 계획을 맡기려고 했다면, 먼저 현재 상황부터 장황하게 설명해야 했을 테니까요. 그랬다간 누루데 씨가 뒤에서 음모나 꾸미는 음험한 사람이란 것도 모르고 겉보기엔 그럴듯한 저 미사여구에 낚여 넘어갈지도 모르고요."

그 말을 들은 테라는 자기도 모르게 무심코 중얼거렸다.

"하지만 다소 수긍 가는 부분도 있지 않았나요? 스스로 선택한 별에서 스스로를 위해 고기잡이를 하는 게 바람직하다는 말."

곤란하다는 듯이 바라보는 모두의 시선이 한 몸에 집중돼서, 테라는 얼굴을 붉혔다. 다이오드가 씁쓸하게 말했다.

"테라 씨, 그게 바로 미사여구예요. 거기에 낚여서 어쩌려고요. 정신 똑바로 차리세요, 『후요』에서 협박당했었잖아요?"

"네, 넷!"

몸을 움츠리며 고개를 끄덕이는 테라를 보며, 역시 사람을 꼬드기는 저 문구는 위험하네요······라며 프라이와 소서가 함께 고개를 주억거렸다.

스탠리가 말했다.

"그럼 우리는 이제부터 이 위장 작전을 주요 임무로 삼아 행동을 개시하죠. 테라 씨, 다이오드 씨, 만약 이 작전이 성공한다면 지난번에 말씀드린 그걸 인정해 드리겠다고 약속하겠습니다."

"지난번 그거라면——." 테라는 옆 사람의 눈치를 보면서 저도 모르게 몸을 굳혔다. "우리 둘이서 고기잡이를?"

"네. 일반적으론 부부로서 어부가 되는 게 규칙이지만 여러분에 한해서는 결혼 후에도 여자 둘이서 배를 타도 된다는 특례를 마련할 수 있을 겁니다."

테라는 4초쯤 얼어붙었다. 그런 다음 "감사합니다."라고 웃으면서 말했다.

옆 사람이 침묵한 이유는 보지 않아도 알 수 있었다.

"대충 이렇게 트레이즈 씨족 사람들을 잘 속여 넘겨서 빠져나왔는데 다행이었죠?"

밤의 FBB 타원 궤도 위를 나아가는 필러 보트. 테라의 말을 전방 콕핏에서 듣고 있던 다이오드가 대체! 하고 외치며 고개를 떨궜다.

"……다이 씨?"

"대──체 뭔 헛소리를 지껄이는 거야!"

"으와앗."

"뭐가 결혼 후에도 페어를 짜도 됩니다야 그딴 걸 누가 부탁했냐 애초에 다른 씨족에서 온 여자만 보면 자기 씨족 남자랑 짝지어 주려는 그 근성부터가 구제 불능에 원시적이고 그게 아니면 돈을 목적으로 여자끼리 팀을 맺었다고 착각해 대는 옹졸한 녀석들한테 허락을 받는 형태로 저와 테라 씨가 고기잡이를 할지 말지 멋대로 판단하지 말라는 거예요 이건 오히려 우리를 결혼시키려는 수작이잖아요! 그죠?!"

물 흐르듯 쏟아지는 욕설에 마침표를 찍듯 소녀가 돌아보았다. 마지막 부분만 알아들을 수 있었던 테라는 굳어버렸다.

"어? 아, 그, 결혼? 인가요?"

"아니, 잠깐. 아니에요…… 그게. 조금만 되돌릴 수 있을까요."

"네? 네……."

어색하게 앞을 본 다이오드의 어깨가 심호흡할 때마다 연거푸

오르내리더니, 갑자기 다시 돌아보며 따지듯 말했다.

"테라 씨도 그때 그러면 안 되잖아요! 누루데의 달콤한 문구에 현혹되어서는 좀 괜찮은데? 싶은 표정을 지었죠? 그것 때문에 트레이즈 씨족한테 의심을 사서 잘 풀리던 흐름이 끊길 뻔했다고요, 위험했어요!"

아, 화제를 돌렸구나, 하고 눈치채고서 "그러네요! 죄송합니다—!"라고 사과했다.

다시 전방으로 고개를 돌린 다이오드의 뺨은 붉었다. 뒤에서 웃음을 참고 있는 테라도 마찬가지로 붉었다.

오랜만에 둘이서 타는 거라 기합을 넣은 덱 드레스를 입고 싶었지만, 단순한 고기잡이가 아닌 특수 임무였기 때문에 복잡하고 화려한 복장은 불가능했다. 두 사람 다 바디 라인에 딱 달라붙는 기능적인 타이트슈트와 긴 머리카락을 보호하는 헤어 커버를 착용하고 있었다. 대신 고집을 부려 색과 장식만큼은 공을 들였다. 다이오드는 어두운색을 바탕으로 도시의 불빛을 연상시키는 오렌지색을 흩뿌린 밤의 행성색. 나이트 플래닛. 테라는 무광 남색 바다에 희끄무레한 새털구름을 두른 바다 행성색. 시라샌드 시. 거기에 뺨, 손등, 발목에는 산악 지형의 색을 모방한 비리디언과 소일 브라운 빛깔을 띤 시인성 낮은 금속 액세서리를 찼다. 테라가 직접 본 적 없는 고체 행성을 모티브로 삼은 장식이다.

때와 상황만 평화로웠다면 홀린 듯이 바라보고 싶은 모습이었지만 안타깝게도 그럴 상황이 아니었다. 테라는 계속해서 지난번 회의 내용을 곱씹었다.

"그때 스탠리 씨나 다른 사람들은 검토조차 하지 않고 즉시 기각해 버렸잖아요. 행성 밖으로 떠나는 거. 좀 답답하진 않았나요?"

"……듣고 보니 그런 것 같기도 하지만 저로선 딱히요. 왜냐하면 누루데가 제안한 얘기에 동의할 필요는 없으니까요."

"그건 그렇죠."

"우리가 이곳을 떠나고 싶은 이유와 그 사람이 밖으로 떠나고 싶은 이유는 달라요."

"그러네요, 맞는 말이에요."

테라는 마침내 수긍하고서 고개를 끄덕였지만, 한 걸음 더 생각을 이어가 보자 또 걸리는 게 있었다.

"그런데 정말로 범은하 왕래권은 디컴퍼에게 강압적인 곳일까요. 만약 그렇다면 장래의 전망이……."

"음— 누루데의 연설 중간쯤에 자신들은 왕래권에 인정받았다는 식으로 한 말도 있었죠. 그래서 어부로서 그곳으로 가겠다고. 그게 사실이라면 300년 전과는 다르게 지금이라면 나갈 수 있다는 의미가 되지 않을까요."

"하지만 그러면 그 사람 말 중에 마음에 드는 부분만 취사선택하는 기분이 들어서 찜찜해요."

"그러게요……." 다이오드는 잠시 생각한 다음 타협안이라는 듯이 말했다. "그럼 예정표에 그 사람과 마주쳤을 때 따져 묻기라고 적어 둘까요?"

"네." 테라는 끄덕이면서 덧붙였다. "그 말은 이 타륜 소동을 해결할 때까지는 도망가지 않는다는 거죠?"

"그렇게…… 되겠네요. 도중에 도망치면 최악의 경우엔 선단장으로 등극한 누루데가 온 힘을 다해 쫓아올 수도 있으니까요."
"우와— 그건 진짜 싫어……."
테라는 고개를 도리도리 흔들었다.
그러다 문득 떠오른 생각에 무선으로 불러보았다.
"여보세요, 에다 씨? 인섬니아호, 들리나요?"
『테이블 오브 조호르』를 나와 필러 보트로 이동 중이니 통신 경로는 바뀌었을 터였다. 하지만 역시나 대답은 없었다.
"안 되네요. 아마 『후요』 쪽에서 차단했겠죠."
"그야 그렇죠. 선단을 크랙해서 시비를 걸었으니까 당연히 역으로 크랙당하는 상황도 경계하고 있을 테니까요."
"그러면 전파나 빛이 직접 닿는 곳까지 가야겠어요…… 다이 씨, 『후요』의 그늘에 있는 작업항으로 가는 것도 염두에 두세요. 최우선 사항은 아니지만."
"알겠어요. 누루데를 혼내주고 나서 그다음에 작업항으로 가는 것도 가능하니까요."
테라는 자신들의 목표와 실제로 진행 중인 일을 머릿속에서 비교해 보았다. 『후요』에 잠입해서 누루데의 손안에 있는 타룬을 부수고, 다이오드의 아버지 오즈노와 한 번 더 대화를 나누고, 마지막엔 배를 빼앗아 도망친다. 지금 두 사람이 타고 있는 조종 콕핏 역시 탈출할 때 챙기는 걸 잊어선 안 된다.
그 목표를 달성하기 위해 필러 보트를 타고 지정된 궤도로 향하는 중이다.

참으로 지난한 목표라는 생각에 올라오는 한숨을 참고 있었더니 "테라 씨!" 하고 다이오드가 아래쪽을 가리켰다.

"봐요, 우주 선단."

"……와아."

앞에서, 밑에서, 사선에서, 바로 옆에서. 사방팔방에서 날아온 빛의 점들이 한곳으로 모여들고 있었다. 어떤 배든 이곳으로 향하는 타원 궤도에 진입한 시점에서 다들 진즉에 상당히 근접해 있었겠지만, 그럼에도 실제로는 수백 킬로미터 정도 거리가 있었을 것이다. 이제 편대를 짜기 위해 다 같이 미세 조정에 들어간 만큼, 주변에서 한꺼번에 다가온 것처럼 보인 거였다.

점차 형태를 갖춰가는 건, 십수 척의 필러 보트로 이루어진 커다란 뒤집힌 V자 편대였다. 그 등 뒤로는 깊숙한 곳까지 햇빛이 비쳐 마치 타오르는 솜사탕처럼 화려하게 빛나는 한낮의 FBB가 당당히 웅장하게 솟아 있었다.

"철새 떼 같아……."

"철새라는 새도 있군요?"

"아하하, 그런 새는 없어요."

"네?"

항상 그렇듯 고개를 갸웃거리는 다이오드였지만, 테라가 마커로 자신들이 대기할 위치를 표시하자 왼쪽 새끼손가락을 까딱까딱 움직여 분사를 조정한 것만으로도 아주 손쉽게 그 위치로 배를 미끄러지듯 이동시켰다. 열여섯 번째. 편대의 가장 왼쪽 날개 끝이었다.

그런데, 자리를 잡자마자 여러 개의 통화 창이 콕핏 안에 펼쳐지면서 남자들이 얼굴을 내밀었다.

『여어, 살린잔, 왔구나! 멋 좀 냈는걸.』『와이프는 잘 지내냐?』『바우 아우어 때 보고 반년 만이네. 그때는 같이 한잔할 시간이 없었는데.』

고풍스러운 검은 코트 차림, 온몸의 피부로 정보를 수신하는 레이더 슈트, 발목까지 내려오는 긴 옷자락에 인공 조개껍데기와 비즈가 주렁주렁 달린 무도복 등, 우열을 가리기 힘든 화려한 텍드레스 차림 밑으로는, 히브리 씨족의 누구, 드론&덩글 씨족의 누구, 지룽 씨족의 누구라고 이름이 떠 있었다.

다이오드는 가볍게 헛기침을 한 다음, 목소리를 낮게 깔고서 가성으로 대답했다.

"그래, 왔어. 우리 집사람은 변함없이 미인에 씩씩하지. 저번에 못 마신 만큼 나중에 실컷 마시자고!"

"푸흡."

테라는 재빨리 입을 눌렀다. 그러면서 "이봐, 웃지 마!" 하고 돌아보지 않은 채 호통치는 소녀였지만, 타이트슈트 밖으로 드러난 어깨는 살짝 붉은색으로 물들어 있었다.

당연하지만 다이오드는 겐도 씨족의 다이오드로서가 아니라, 이름과 얼굴을 빌린 트레이즈 씨족의 살린잔 어쩌구로서 대답한 거였다. 그녀의 모습과 목소리는 선내 기기를 통해 변조되어 남성의 모습으로 송신되고 있다. 발언 내용까지는 편집해 주지 않지만, 생뚱맞은 소리는 아니었는지 『그래, 두 배로 마시게 해주지!』라는 유쾌한 대답이 돌아왔다.

남편, 즉 선장끼리 인사가 끝났다고 보자, 이어서 또 몇 개의 통화 창이 열렸다. 이번에는 전부 여자, 즉 디컴퍼였다.

『안녕— 아사이. 잘 지내는 모양이네. 그 뱅글 멋진걸.』『참 난감하지, 갑자기 이런 곳으로 불러내다니. 유모한테도 일정이란 게 있는데.』『우리 집은 나올 때 막내 애가 어찌나 우는지.』『아사이네 집은 어땠어? 말 잘 듣디?』

"으……."

테라는 말문이 막혔다. 살린잔의 아내 아사이는 두 아이의 엄마라고 들었다. 하지만 조호르에서 부부와 대면했을 땐 시간이 없어서 거의 대화를 나누지 못했다. 그녀의 아이나 교우 관계에 대한 정보는 아예 없었다.

다급히 말투만 흉내 냈다.

"뭐, 뭐어 어떻게든. 이번엔 기분이 좋았는지 울지는 않더라."

여자들이 미간을 찌푸렸다.

『안 울었다고? 당신 아들은 중등부를 졸업하지 않았어? 평소에 잘 울어?』『마마보이구나. 사랑받고 있네.』

"앗, 그게, 평소엔 그렇지 않은데, 저기——."

"미안해, 사모님들." 다이오드가 단호히 끼어들었다. "이번에는 평소와 다른 고기잡이가 될 것 같아서 우리 집사람 머릿속이 걱정거리로 가득해. 집중하게 해줄 수 있을까."

그 말을 들은 통신창의 여자들이 어머? 그런가요, 그럼 이만, 하고 손을 흔들며 사라졌다.

다이오드가 게슴츠레 뜬 눈으로 돌아보았다.

"저도 어디 한번 웃으면서 구경해 주는 게 나았을까요?"

"아, 아뇨……. 덕분에 살았어요……."

이번엔 테라가 얼굴이 빨개질 차례였다.

둘이 그러고 있는 와중에도 전방 콕핏에선 트위스터끼리 대화가 이어지고 있었다.

『이런 모임만 아니면 최고일 텐데…….』

『이런 모임이 아니었으면 추진제값도 안 나온다고.』

『그건 맞아. 단순히 한자리에 모이기 위해서 필러 보트를 탈 일은 없으니까 말이지. 열여섯 척 편대라니 처음 봤어.』

『이 멤버로 한 팀이 되어 고기잡이를 한다고 생각하니 은근히 불타오르는데.』

남자들의 대화가 달아올랐다. 하지만 주의 깊게 들어보면 정말로 의욕에 찬 사람과, 연기로 그러는 사람을 구별할 수 있을지도 모른다. 연기로 의욕 있는 척하는 사람은 트레이즈 씨족의 제안에 협력을 약속해 준 씨족의 어부들이었다. 여섯 명 정도였고, 그들은 두 사람과 함께 누루데의 음모를 저지할 계획이었다.

"다이 씨, 다른 아홉 사람은 다들 누루데 씨의 계획을 믿는 걸까요."

"그런 멍청이가 아홉 명이나? 그렇진 않다고 생각해요. 정도의 차이는 있겠지만, 우선은 조사하러 왔겠죠."

"하긴 그렇죠……."

그렇게 생각하니 신이 난 기색으로 오가는 활발한 통신도 어쩐지 가식적이라는 생각이 들었지만, 그렇다고 갑자기 겐도 씨족에게 적의를 드러내는 사람도 없겠지. 여차할 때까진 최대한 우호적인 태도를 이어갈 게 틀림없다.

내심 탐탁지 않은 생각을 품은 사람들을, 겐도 씨족은 어떻게 다룰 생각일까──.

테라가 그렇게 생각했을 때, 공통 채널에 새로운 통화 창이 열리고, 검은 머리카락에 검은 옷, 단정한 이목구비를 가진 젊은 남자가 나타났다.

『모이신 여러분께 먼저 심심한 감사의 인사를 드립니다. 이 편대의 길잡이를 맡은 저는 추야 겐닛세 지고. 아직 풋내기입니다만 겐도 어부 순위 3위에 있는 사람입니다.』

"지고 씨!" "이 사람…… 메이카 씨의 트위스터네요!"

그렇다는 말은 이 편대 선두에 그 두 사람이 있다는 뜻이다.

긴장한 두 사람 앞에서, 그리고 다른 열네 팀 앞에서, 추야는 젊은 나이에 어울리지 않는 침착한 태도로 말을 이었다.

『저희 씨족의 족장, 누루데의 명령에 따라 외람되지만 인선 역할을 맡게 되었습니다. 이번에는 항성 너머로 가 다른 별의 베쉬를 잡는다는 중요한 계획이므로, 실력 있는 어부만이 참가하실 수 있습니다.』

『어이, 너무하는구만. 우리는 지룡의 톱이야. 다른 사람들도 쟁쟁한 실력자들이라고. 그런데 겐도의 3위가 우리를 시험하겠다는 건 참 흥미로운 예의인걸.』

『불쾌하셨다면 사과드리지요. 하지만 씨족 3위와 맞먹을 정도도 못 한다면 씨족 1위라는 간판이 울지 않겠습니까?』

『뭐라고……?』

전파로 이어진 통신망 속에서 갑자기 분노가 부풀어 오르는 듯한 느낌이 들었다. 테라는 침을 꿀꺽 삼켰다.

"제대로 부추기네요. 추야 씨는 배짱이 두둑하군요, 몸은 호리호리한데."

"저 사람은 얼굴은 반반해도 낯가죽은 철판이거든요. 그도 그럴 게, 메이카의 트위스터를 맡고 있을 정도니까요."

다이 씨, 그건 칭찬하는 말이잖아요, 라고 말하고 싶은 마음을 꾹 참다가, 문득 신경이 쓰였다.

이 상황까지 메이카 본인의 발언이 없다. 베쉬 어업의 세계는 확실히 남성이 주도하지만, 주최 측 디컴퍼로서 인사 정도는 해도 될 텐데.

그게 없다는 건 무슨 뜻이지……?

생각에 잠기려던 테라였지만, 추야의 이어진 다음 말에 사소한 의문은 전부 날아가 버렸다.

『도전해 주셔야 하는 건 비단잉어―― 극지 오로라를 거슬러 올라가 베쉬를 쫓는 플라스마 내 수직 어업입니다.』

"……다이 씨!"

테라의 마음속에서 두 가지 감정이 부풀어 올랐다. 최악이었던 첫 번째 고기잡이에서 느꼈던 허탈함과, 다음엔 꼭 이렇게 해야지 하고 마음속에 응어리로 남았던 분함.

이렇게 빠르게 바로 그 순간이 왔다. 몸을 내민 테라를 보며 다이오드도 눈을 가늘게 뜨고서 웃었다.

"멋진 일이잖아요. 여기서 빚을 갚아 주자고요."

어부들을 환영하는 건가 싶은 성대한 하늘의 커튼을 향해, 이윽고 열여섯 줄기의 항적이 뻗어 나갔다.

2

『하하핫, 젠장! 이 녀석 진짜 어디까지 올라가는 거야. 다들 잘 따라가고 있어?』

『그거야 당연하지만 플라스마 샤워가 장난 아닌걸. 피폭 방어에 신경 써야겠어.』

『힘내라구, 우리는 어떻게든 해나가고 있지만.』

『700℃의 고온 저압 대기라니 꽤 재밌어……. 센서들은 남김없이 구워지고 있는데 조종은 전혀 듣질 않고. 난감하기 짝이 없네.』

『재밌다고? 힘에 부친다는 걸 잘못 말했겠지. 표면 손상 처리 방법 같은 것도 모르는 거냐?』

『야야, 놀리지 말라고. 경험이 없으면 이건 못 견뎌.』

푸른색과 보라색이 섞인 빛의 장막이 너울거리는 극지방에, 붉은빛을 길게 늘어뜨리며 사나운 육식 물고기들이 난무한다. 하나하나가 도시를 움직일 수 있을 만한 거대한 힘과 축적된 지혜를 갖췄으며, 자유자재로 형태를 바꾸는 엄청난 물고기들이지만, 오늘 밤의 춤은 다소 볼품없었다.

『이 사냥감, 항성 쪽으로 도망친다. 플로리나―― 칫.』

『저런, 또 한 마리 놓쳤구만. 아내한테 뭐라고 하지 말라고.』

『누가 그런 짓을 한대. 우리는 잘하고 있으니 괜한 소리 하지 마.』

지금도 또, 한 척이 주야를 가리지 않고 떠 있는 극야의 항성에 현혹되어 사냥감을 놓쳤고, 다시 심연의 사냥감을 탐색하는 시작점으로 돌아갔다. 이 하늘에선 기상 상황, 베쉬, 자기 배의 성능, 그 모든 것이 평소보다 훨씬 혹독했다. 숙련된 어부들에게도 조업이 쉽지 않은 상황이었다.

거기에 더해 보통은 고기잡이 도중에 음성 통신을 하는 일이 거의 없지만, 아무래도 자기 실력에 자부심이 있는 사람들이 모인 만큼 허세 섞인 자랑과 계산적인 도발이 오가며, 팽팽하게 긴장된 분위기가 감돌고 있었다.

그런 와중, 테라와 다이오드 두 사람은 더 많은 어획량을 올리려고 경쟁하는 라이벌들은 거들떠보지도 않고서—— 오로지 상승과 하강만을 되풀이하는 중이었다.

"테라 씨, 출력은 맡길게요. 그래도 되죠?"

"네."

"네 번째, 개시."

줄지어 솟은 양떼구름의 구름 꼭대기 고도 부근부터 점찍어 둔 사냥감을 향해 골짜기로 하강 개시. 상승하기 시작한 베쉬의 아래쪽을 통과한 다음 추적으로 이행해 베쉬의 배 쪽으로 접근하는 가위형 비행. 메이카의 방식을 모방한 전통적 접근법을 재현했다.

"따라잡고 있어……. 파워가 나오네요. 이번엔 여유 있나요?"

다이오드는 힘을 주지 않고 조용히 스로틀을 조작하고 있었다. 그 뒤에서 테라도 차분히 VUI 패널들을 감시했다.

"뭐, 그렇죠. 하지만 지난번과 사양은 동일해요. 그저 필요한 요소가 모였을 뿐."

패널 두 개를 확대. 수직 상승하는 원통형 물체의 상세한 이미지. 옆에서 내리쬐는 빛을 받으며 꿈틀꿈틀 율동하는 다른 별의 독특한 비행 생물. 몸길이 65미터, 추정 질량 1만 6000톤, 오로라의 장막을 거슬러 올라가는 모습에선 묘하게 익숙한 절실한 소망이 느껴지는 듯한 기분이었다.

"디가우징 케이블, 어탐 시 눈부심 방지 대책, 연소실 방호벽. 처음부터 전부 만반의 준비를 갖췄으니까, 집중에 전념할 수 있을 뿐. 이래선 안 돼요."

"이것도 없는 사람들보다야 100배는 낫겠지만요."

다이오드는 힐끗 아래를 보았다. 2만 미터 아래에서 어설픈 접근 방식으로 애매하게 상승하다가 맥없이 낙하하는 점이 보였다. 웃을 기분은 들지 않았다. 저건 자신들의 지난번 모습이었다. 메이카의 조언이 없었다면 저곳에서 기어 올라올 수 없었다.

다이오드는 문득 생각했다. 메이카는 누루데의 행동을 어떻게 생각하고 있을까? 그녀와 그녀의 부친은 협력해서 자신들을 손아귀에 넣으려고 했지만, 각자 이유는 달랐다. 메이카는 어떤 의미에선 사랑을 추구했을 뿐이지, 누루데처럼 지배와 비약을 목표로 삼은 건 아니었다. ——그렇다면 지금 그녀는 어떤 마음으로 날고 있는 걸까.

생각에 빠져 있던 다이오드는 문득 시야 끄트머리에 시선을 멈췄다. 어지럽게 춤추는 필러 보트 중 한 척이 두 사람보다 아득히 높은 하늘에서 비단잉어를 따라잡아 스윙 암으로 머리부터 그물을 씌웠다. 포획에 성공한 배는 완만한 곡선을 그리며 수평 비행으로 전환했다.

그 기체엔 선내 기기 내비게이션을 통해 검은 꽃 아이콘이 표시되어 있었다.

"메이카가 포획에 성공했어——."

"좀 더 붙어 주세요!"

날카로운 목소리가 등을 때린 순간, 바로 눈앞으로 의식을 되돌려 50미터 앞을 나란히 날고 있는 베쉬에 맞춰 살짝 트림을 조정했다. 지금 다이오드는 이곳에 없는 사람과는 비교도 안 될 정도로 아주 소중한 사람을 위해 날고 있다. 그렇다, 테라를 위해서. 항상 최우선으로 삼는 자신의 비행 본능보다도 우선된다. 왜냐하면——.

"으으으, 입자 밀도가 엄청나······. 쟤는 왜 안 죽는 거야? 하다못해 왜 떨어지지도 않는 거지?"

테라는 입 밖으로 혼잣말을 중얼거렸다. 듭으라고 하는 소리가 아니라 그 정도로 집중하고 있다는 증거다. 지금 다이오드는 주의 깊게 배를 몰아 베쉬에게 가까이 붙이고 있을 뿐이지만, 테라의 조종 콕핏에는 3단 4열, 총 12장이나 되는 VUI가 펼쳐져 있다. 수많은 센서로 사냥감을 정밀하게 파악하려는 것이다. 온도 센서, 유속 센서, 초단파부터 X선까지 각 파장의 능동 센서와 수동 센서, 거기에 이런 용도에는 썩 적합하지 않은 중력계까지 꺼내놓고 있었다.

"저 부위에 뭔가가 있다는 건 알겠는데, 뭘 하는 건지 도저히 모르겠어……!"

푸른 물보라를 흩뿌리며 높은 하늘의 대기를 거슬러 오르는 녀석. 입을 크게 벌린 사냥감의 주둥이 근처를 테라가 마커로 쿡쿡 찌르고 있었다. 다이오드는 조심스레 중얼거렸다.

"혈관망으로 고온을 식히는 중……이라고 했던가요?"

"보통 괴망은 식히는 게 아니라 데우는 용도예요." 다이오드가 그다지 들어본 적 없는 낮게 깔린 목소리. "하지만 이곳의 환경은 반대로 냉각이 필요할 정도고, 식혀봤자 뭔가 의미가 있는 상황도 아니야! 뭔가 달라요, 뭔가가……!"

테라의 고민을 등으로 받아내며, 다이오드는 조호르 정신 탈압 연구실에서 들었던 얘기를 떠올렸다.

"구조로 볼 때, 이 미지의 기관은 괴망의 일종이 아닐까 싶어."

비단잉어를 해부한 남성 연구원은 입을 열자마자 그렇게 말했다.

연구소의 정보 테이블에는 붉은색과 푸른색으로 구분된 미세한 관들이 복잡하게 얽혀 있는 구조가 투영되어 있었다. 처음에 다이오드는 그걸 태반(胎盤)이나 그와 비슷한 무언가라고 생각했지만, 연구원이 설명하기 시작한 건 다른 기관에 대해서였다.

"괴망이란 몇몇 종의 생물이 지닌 혈관의 망이야. 진화한 생물은 몸의 말단 쪽을 향하고 있는 동맥과 다시 몸 중심으로 돌아오는 정맥이 순환계를 구성하고 있는데, 그 중간 부분에 형성된 동맥과 정맥이 서로 얽혀있는 망을 괴망이라고 부르곤 하지. 이 망은 너무 차가워진 정맥의 피가 심장으로 돌아가기 전에 따뜻하게 만들거나, 너무 뜨거워진 동맥의 피가 뇌로 향하기 전에 식히는 등, 온도 조절 기능을 갖추고 있어."

"태반이 아니라 온수기구나."

다이오드가 중얼거린 말을 들은 연구원이 끄덕였다.

"맞아. 괴망이라는 건 혈관으로 이루어진 열교환기를 가리키지."

"앗, 생각났어요. 괴망이라면 아노 도미니 시절 지구에 살았던 청새치 체내에 있는 기관이죠."

테라가 말하자, 그 말이 맞다며 연구원이 한 번 더 끄덕였다.

"괴망을 가진 생물은 그 외에도 상어나 기린, 붉은 쪽 그리규리 등등이 있지만, 이 경우엔 청새치에 가깝겠네. 청새치는 아주 빠른 속도로 헤엄치는 물고기였는데, 그렇게 빨리 헤엄칠 수 있었던 이유가 괴망 덕분이었어. 그 기관 덕분에 바닷물에 닿는 차가운 몸의 표면에서 심장으로 돌아오는 혈액을 따뜻하게 만들 수 있었고, 청새치는 변온 동물인데도 근육의 활동성을 유지할 수 있었던 거야."

"정교하게 만들어진 생물이었군요."

"생물들은 다 정교한 짜임새를 갖고 있어. 이 비단잉어의 경우, 정확히는 순환계가 두 계통으로 나누어져 있고, 그 중간에 놓인 괴망에서만 서로 접촉하게 되어 있어. 다단식 열교환기와 아주 흡사하지. 아니, 열교환기 그 자체인 것 같은데……."

막힘없이 설명하던 연구원이 갑자기 말을 흐렸다.

"사실은 커다란 수수께끼가 있어."

"수수께끼?"

"이건 괴망이 아니야." 연구원은 돌연 이상한 소리를 했다. "형태만 보면 맞는데, 이 기관이 그럴 리가 없어."

"무슨 뜻인가요?"

"청새치가 헤엄치던 곳은 차가운 바닷물 속이야. 그런데 베쉬인 비단잉어가 나는 곳은 700℃에 달하는 가스 행성의 하늘이지. 다시 말해 체내를 따뜻하게 만들 필요 따위 없는 거야. 그런데도 왜 열교환 기관이 존재하는 거지? 짐작 가는 점이 있어?"

이야기의 배턴을 넘겨받은 테라가 고개를 갸웃했다.

"반대로 식히기 위해서라거나?"

"열은 연료를 통해 생성해 낼 수 있지만, 냉기는 만들어 낼 수 없어. 그러니 순식간에 몸속까지 뜨거워질 거야. 열교환기에서 교환할 게 없어져 버리지. 그렇다면 뭘 교환하고 있는 거지?"

"으음…… 뭘까요."

"맞아! 그야말로 수수께끼야!" 연구원은 정보 테이블에 팔꿈치를 대고선 머리를 감싸 쥐었다. "해부 후 바로 융해되어 버린 탓에 재질이나 성분도 수수께끼야. 아마 조직이 자기 파괴를 일으키기 때문이라고 생각하지만…… 베쉬의 연구는 항상 이 모양이야. 크고 작은 수수께끼가 끊임없이 솟아나고, 가장 큰 수수께끼에 대해선 감도 못 잡겠어."

"가장 큰 수수께끼?"

"지구의 생물과 유사한 베쉬가 대체 왜 가스 행성에서 태어났냐는 점이야!"

"아……."

다행인지 불행인지 그 수수께끼에 대해 즐겁게 고민할 수 있는 입장이 아닌지라, 별말 없이 미소만 지었다.

"정말이지…… 손 쓸 도리가 없네."

잠깐의 침묵 후, 다이오드가 옆에서 입을 열었다.

"그런데 말이죠. 비단잉어한테 그런 기관이 있다는 건, 최소한 무언가 도움이 되는 역할이 있으니까 그런 거라고 봐도 되지 않나요?"

그러자 연구원과 테라가 마치 동료라도 되는 것처럼 서로 어깨를 으쓱하면서 다이오드를 내려다보았다.

"그랬으면 좋겠지만 꼭 그렇다고 볼 순 없어. 생물은 반드시 그 환경에 가장 적합한 몸을 갖게 되리란 법도 없고, 어쩌다 우연히 갖게 된 기관이나 능력을 그럭저럭 활용하면서 어떻게든 살아가는 경우도 많거든."

며칠 전에 있었던 그런 대화를 떠올리면서 다이오드는 입속으로 중얼거렸다.

"……한마디로, 이런 짓은 소용없을지도 몰라."

그때 배 쪽 시야에 커다랗게 비치고 있던 비단잉어가 움직였다. 정확히는 '자세를 바꾸려는 기미가 보였다' 수준의 낌새에 불과했지만, 다이오드는 그걸 민감하게 캐치했다.

재빨리 스윙 암을 기동해 베쉬의 머리에 그물을 씌운다.

하지만 성공할 가망이 없다는 건 이미 알고 있었다. 이 방식에 꼭 필요한 정밀한 접근이 이루어지지도 않았고, 무엇보다 지금까지 한 번도 성공한 적이 없었기 때문이다. 머리부터 잡으려는 이 행위가 베쉬의 다음 행동을 유발한다는 걸 이젠 잘 알았다.

거대한 물고기가 빙글 몸을 틀었다. 지체 없이 배의 옆면 슬러스터를 전부 개방. 베쉬의 폭발적인 가속과 함께 얻어맞을 뻔했던 지느러미의 일격을 비스듬히 배를 틀어 피해냈다.

공격을 피했으니 자세가 무너지는 건 당연한 대가다. 테라가 비명을 질렀다.

"아앗— 이, 이 심술쟁이가!"

"죄송합니다."

"아니에요 다이 씨한테 한 말이 아니에요, 이——."

"이 사람 고생시키는 녀석과 겐도와 운명에게."

"한 말이에요!"

필러 보트는 뒤집힌 채 낙하. 베쉬는 한층 더 힘차게 상승하기 시작했다. 그걸 지켜보던 다이오드의 귀에 집념 어린 목소리가 들렸다.

"다이 씨, 다섯 번째 시도 부탁해요!"

"……하나만 물어봐도 될까요."

배를 빙글 돌려, 바른 자세로 완만하게 하강하도록 수정한 다음 물었다. 네, 뭔데요? 라고 대답하는 테라.

"비단잉어는 오차 90cm 이내의 초음속 정밀 비행을 하지 않으면 잡을 수 없을지도 몰라요. 그러기 위해선 겐도의 전통 어업 방식 말고는 답이 없고, 괴망인지 기망인지는 아무 상관없는 기관이고, 우리가 아예 정말 잘못 짚어서 엉뚱한 짓을 하고 있을 뿐이라면── 어쩔 건가요? 지금부터라도 겐도 식으로 전환할까요?"

뒷좌석이 조용해졌다. 다이오드는 운해를 내려다보고, VUI 계기판을 확인하고, 하늘을 쳐다봤다가 다시 아래쪽을 둘러보고, 한 마리 두 마리 세 마리 네 마리, 다섯 마리나 사냥감을 찾아냈을 때쯤 되자 마침내 숨이 막힐 것 같았다.

쓸데없는 소리를 한 걸지도 모른다. 힘든 과제를 해결하려고 필사적으로 애쓰던 파트너의 의욕을 꺾어버렸을지도 모른다.

그렇다면 뒤에 있는 테라는 분명 의기소침해 있겠지. 그 커다란 몸을 힘없이 옹크리고서 울먹이고 있겠지. 그랬으니까, 지금까지, 몇 번이나.

그렇다면 다시 한번 꾸짖어 주고──그건 솔직히 귀찮기도 했지만──의욕을 불어 넣어야 한다. 그렇게 하는 것 말곤 다른 방법이 없으니까.

다이오드는 그렇게 결심하고서 숨을 크게 들이마신 뒤 뒤를 돌아보았다.

"테라 씨!"

"아, 잠깐만요."

"⋯⋯어?"

어안이 벙벙했다. 뒷좌석엔 큼지막하게 확대된 한 장의 VUI 화면이 떠올라 있었다. 화면에 비친 건 베쉬의 3차원 모델. 모델 안팎으로 파란색, 노란색, 빨간색, 초록색의 수많은 화살표가 복잡하게 움직이고 있다.

그 보기만 해도 빌어먹게 복잡해 보이는 시뮬레이션 화면과 한창 정보 처리의 격투를 벌이고 있는 듯한 테라는 웃고 있었다. 정확히 말하면 상기된 뺨으로 눈을 반짝반짝 빛내며 입꼬리가 귀에 닿도록 올라갔다. 그다지 가까이 다가가고 싶지 않은 느낌으로 혼자 실실 웃는 모습에, 다이오드는 식겁했다.

"으엑."

"이거⋯⋯ 어쩌면 이거일지도. 설마 이만한 기관으로 이런 효율이라니. 하지만 그것밖에 없어. 전계(電界) 수치가 말이죠? 측정해 둔 게 기적인데요? 아니, 이렇게 나온다고? 싶은 느낌 아닌가요?!"

"죄송합니다 무슨 소릴 하는지 하나도 모르겠고 표정이 무서워요."

"어? 무서운가요?"

테라는 황급히 자기 뺨을 양손으로 조물조물 주무른 다음 가냘프게 미소 지었다.

"이러면 될까요. ——그래서 무슨 얘기였죠?"

"아뇨."

다이오드는 고개를 젓고서 최선을 다해 웃는 표정을 만든 다음 머리를 숙였다.

"미안해요. 저는 아직 당신을 믿지 못했어요. 최고예요."

"엥?"

"아무것도 아니에요. 하던 거 계속하세요. 진로는 어떻게 할까요?"

"네? 앗, 네! 그럼 다음 사냥감을 천천히 따라가 주세요!"

"천천히. 그걸로 충분한가요?"

확인하듯 묻자, 천천히 따라가면 어떻게든 해보겠다는 대답이 돌아왔다.

"그러는 동안 디컴프레션할게요."

"……어떤 형태로?"

"형태는 이전과 그대로예요. 그 기관을 베끼겠어요. 아니, 소화하겠어요."

"소화?"

"네!"

테라는 너무 흥분한 나머지 밀짚 색 금발을 젤 안에 크게 너울거리며 손깃발깃끼지 둥 인해 생각한 걸 얘기하려 했다.

"이 하늘의 빛과 바람을 소화해서 휙 돌려 나는 거예요! 아니, 이렇게 말하면 너무 두루뭉술하죠. 쉽게 자세히 설명하면——."

"설명하지 않아도 돼요."

지금까지 몇 번이나 맛봤던 감탄과 경탄이 다시 한번 찾아올 예감에, 다이오드의 가슴이 두근거렸다.

"됐어요. 말로 하지 마세요. 마음껏 내키는 대로 표현하세요."

3

 추야의 시야 아래에서 또 한 척의 필러 보트가 베쉬를 따라잡아 포획했다. 곧바로 디컴프레션을 실행, 방추형의 커다란 기낭 두 개를 만들어 배에 짊어지는 형태로 수평 순항을 시작했다.
 이번 고기잡이는 비단잉어잡이 실력을 겨루는 것뿐이니 어획량을 늘릴 필요는 없다. 한 마리 잡았으니 그대로 상공에서 대기하며 상황을 지켜볼 셈이겠지.
 앞서 다른 네 척이 그랬듯이.
 『신친 씨족의 루우가 잘 해냈는걸. 신친 씨족은 최근 10년간 극관 궤도에 오른 적이 없었을 텐데.』
 『뭐, 저 녀석도 경력이 보통이 아니니까. 어디선가 방법을 배워 왔든가, 지금 하는 법을 보고 흉내 냈겠지.』
 『이렇게 빨리 흉내 낼 수 있을까? 이 어업법을.』
 『조건은 복잡해도 그다지 위험하진 않아. 심부 역전층에서 잠행 어업을 하거나, 부유 분출물 안에서 건져내는 방식보다는 훨씬 간결하지.』
 『환경에 대비한 몇몇 대책을 갖추면 남은 건 직진 정밀도뿐이니까요.』
 『뭐, 그 대책을 모른다면 손쓸 방법이 없긴 하지…….』
 높은 상공에 자리 잡고서 유유히 구경하고 있는 건, 이미 어획을 마친 어부들이었다. 다들 어부 경력 20년 이상의 베테랑뿐이고, 비단잉어잡이 경험도 있었다. 솜씨가 보통이 아니라, 이 중

두 사람은 추야보다도 빠르게 어획에 성공했다. 다른 두 명도, 방금 막 성공한 한 명도, 추야보다 나이가 많았다.

그중 한 명이 말을 걸었다.

『이봐, 겐도 청년. 이 운동회는 언제까지 할 생각이지.』

시작하기 전에 제일 먼저 추야에게 트집을 잡았던 지룽 씨족의 어부였다. 오랜 옛날 따뜻한 바다로 둘러싸인 포르모사라는 섬 출신 혈통이라고 자칭하며, 그 자신감만큼이나 훌륭하게 비단잉어를 포획했다. 말투가 다소 누그러진 건 누가 먼저 잡느냐의 경쟁에서 추야에게 진 탓이다. 그렇지만 그 차이는 겨우 2분 정도였고, 실력보다는 운이 좌우한 결과였다.

『내가 볼 때 젊은 친구들은 성과가 없는 모양이야. 적당한 타이밍에 끊어도 될 것 같은데.』

"가능하면 제한 시간까지 할 수 있도록 양해 부탁드립니다."

다른 필러 보트처럼 기낭을 만드는 게 아닌, 공기 역학과 추력으로 비행을 이어가며 추야가 대답했다. 호오? 관대한걸? 하고 지룽의 어부가 의아해하는 기색을 보였다.

『실력 없는 녀석은 걸러내는 거 아니었나.』

"저희도 어부의 수를 줄이고 싶은 건 아닙니다. 여기서 숙련도를 높여 비단잉어를 잡을 수 있게 되는 사람이 나온다면 오히려 만족스러운 결과죠."

『흐응? 뭐, 추진제를 헛되이 낭비하는 꼴만 아니라면 좋겠군.』

그가 가벼운 말투로 간단히 물러난 이유 역시 추야에게 졌다는 약점 때문이겠지.

추진제 따윈 아무래도 좋다고 추야는 내심 생각하고 있었다. 이번에도 연료 고갈이나 사고에 대비해 구조선을 대기시켜 두었기 때문이기도 하지만, 이유가 그것만은 아니었다. 임무를 위해서다.

추야는 어떻게든 뛰어난 디컴퍼를 한 명이라도 더 많이 데려가야 한다. 뛰어나다는 건, 단순히 경험이 풍부하다거나 어려운 고기잡이를 할 수 있다는 의미에서 끝나지 않는다. 그 정도라면 여기 있는 네 팀── 방금 한 척이 더 올라왔으니 다섯 팀만으로도 충분하다.

하지만 이 다섯 팀은 모두 가위형 궤적을 그리며 나란히 배를 맞대고 날아가다 머리부터 그물을 씌워 베쉬를 포획했다. 세세한 차이는 있어도 전부 겐도의 전통 방식을 토대로 한 방식이다. 초기 서크스가 고안했고, 이후에 고정된 방식이라는 의미다.

그건 어부로서의 실력을 보여줬다는 뜻은 될지언정, 뛰어난 디컴퍼로서의 능력을 보여줬다곤 하기 힘들다. 뛰어난 디컴퍼란 다른 씨족의 디컴프레션을 요령껏 흉내 낼 수 있는 사람이 아니다. 비행을 잘하는 사람도 아니고, 베쉬를 잡을 줄 아는 사람도 아니다.

진정으로 뛰어난 디컴퍼는──.

『오, 잡았다.』

상공으로 올라온 팀 중 한 명이 그렇게 말하자, 어디? 하고 모두가 주목했다. 저거야, 저거, 라며 선회하는 빛의 점 하나에 공유 태그가 붙었다.

『──자코볼 트레이즈의 살린잔이야. 그런데 누구 아는 사람 있나? 저 친구는 어떤 사내지?』

『어, 몇 번 같이 한잔했었어. 저 녀석 꽤 재미있는 친구야. 술을 먹이면 고주망태가 되는 게 아니라 오히려 점점 정신이 또렷해지더라. 마시면 마실수록 등이 꼿꼿해져. 어부로 두기엔 아까울 정도로 성실한 남자야. 그런데 그 녀석에 대해선 왜 묻지?』

『굉장히 희한한 방식을 쓴 것처럼 보였어. ──저런데 성실한 성격이라고?』

『희한한 방식?』

베테랑의 말에 흥미가 생겨서 각자 본격적으로 원격 관측을 시작했다. 추야도 그들을 따랐다. 살린잔이라는 남자는 모르지만, 얼마 전 마찰이 있었던 참인 트레이즈 씨족의 어부라는 점에서 경계 중이었다.

그리고, 듣고 말았다.

『이 공역에 계신 여러분, 특히 아직 못 잡은 분들! 제 얘길 들어주세요, 저는 엔데…… 가 아니지, 자코볼 트레이즈의 살린잔입니다!』

공통 채널에서 남자 이름을 외치는 여성의 목소리. 그렇다면 살린잔의 아내 아사이인가? 하고 생각한 어부들 중에서 딱 한 사람, 추야만이 숨을 삼켰다.

──이 목소리가 아사이? 한 번도 대화해 본 적 없는 여성의 목소리가 어쩐지 익숙한데…….

그 의혹은 다음 한마디를 듣고서 바로 확신으로 바뀌었다.

『새로운 비단잉어 어획법을 개발했습니다! 이 방법이라면 겐도 방식이 어려운 분들도 할 수 있을 거예요! 지금부터 할 테니 지켜봐 주세요!』

"뭐라고?"

이런 말은 평소에 어지간해선 하지 않는 추야가 무심코 입 밖으로 중얼거렸다. 애초에 방금 막 고안한 어업법은 함부로 남들한테 자랑할 만한 게 아니다.

당연히 공통 채널은 어부와 그 아내들의 외침으로 가득 찼다.

『보여주는 거야?!』『새로운 어획법이라니 사실인가.』『그건 그렇게 대단한 게——.』『좋지! 아까 그 급가속은 어떻게 한 거야?』『어딘데? 좌표는?!』『잠깐만, 갑자기 남들한테 보여주겠다니 성급하게 굴지 마!』

경악과 만류와 환호와 망연자실함. 한데 뒤섞인 수많은 외침에는 전혀 아랑곳하지 않고서, 트레이즈 씨족의 마커를 단 필러 보트가 다음 먹잇감을 바짝 쫓았다. 구름의 골짜기로 하강하고는 갑자기 무언가를 눈치챈 것처럼 급상승. 온 힘을 다해 천공으로 향하는 고운 빛깔의 베쉬와 하나로 뒤엉키듯 길고 긴 상승을 시작했다. 이날 이미 익숙해진 광경이었다.

그런데 대류권을 지나 구름 꼭대기를 넘어 성층권에 들어서자마자 필러 보트는 갑자기 상대의 등 뒤로 돌아 들어가더니—— 쑤욱, 하고 위로 나왔다.

"엥."

모두가 얼빠진 소리를 냈다. 눈을 의심하고, VUI 화면의 처리지연으로 인한 착오를 의심했다.

 그 정도로 기묘한 움직임이었다. 제대로 부스트 분사도 하지 않았는데, 배에서 내린 직후에 덱 드레스 주머니에서 체액성 젤이 뿜어져 나오는 것처럼 제멋대로 살짝 더 앞서나간 것이다.

 그러자 베쉬가 그걸 덥석 물었다.

 "아!"

 또 한 번 외침이 터졌다. 이번에는 본 적 있는 움직임이었다. 어부가 머리부터 그물을 씌우려는 순간에 일어나는 급가속이다.

 그런데 지금은 그물을 피해 도망가려는 게 아니라, 필러 보트를 따라가듯이 뒤에 딱 달라붙어 있었다.

 앞뒤로 나란히 선 채, 놀랍게도 둘 다 한층 더 속도를 높였다.

 "어— 어어어……?"

 이젠 놀라움이나 의문의 외침이 아니었다. 도무지 이해할 수 없는 광경을 사람이 처음으로 목도했을 때 나오는 감탄과 당혹스러움이 섞인 얼빠진 목소리가 채널에 떠돈다. 왜 필러 보트를 따라가시? 어떻게 속도를 낸 거지? 이렇게 플라스마 방어를 치는 거지?

 이게 대체 무엇인가, 조작인가 현실인가.

 그 모든 혼란을 고도 5만 미터 부근의 저공에 남겨 둔 채, 하나가 된 필러 보트와 베쉬는 높이 높이 더 높이 상승해서 고도 10만 미터, 하늘이 우주로 변하는 100킬로미터의 경계를 넘어, 비단잉어에 얽힌 전설이 가리키는 아득한 높이—— 1000킬로미터에 도달할지도 모른다는 생각이 모두의 뇌리를 스칠 때쯤, 툭 끊어졌다.

 연결이. 달라붙어 있던 필러 보트와 베쉬가. 마치 한 몸이었던 것처럼 보이던 연동이.

 움직임을 멈추고, 가시광선이든, 적외선이든, 마이크로파 이하의 전파든, 거의 아무것도 방사하지 않게 된 거대한 생물이 기우뚱 기울어지며 멀어져 간다. 지금까지의 관성이 있어서 갑자기 낙하하진 않았지만, 더 이상 필러 보트를 따라갈 순 없다. 천천히 포물선을 그리며 자연스레 시작된 하강을 받아들이기 시작했다.

 그런 생각이 든 순간, 앞서가던 필러 보트가 180도로 방향을 바꿔, 완만한 분사를 개시해 왔던 경로를 따라 되돌아갔다. 베쉬는 이제 옆에 바싹 붙어도 아무런 반응이 없었다.

 자유낙하 도중에 디컴프레션으로 베쉬를 삼키고, 떼어내서 열기구를 만들고, 그걸 상공에 띄워 놓았다. 의기양양하게 동력 하강을 개시하며 디컴퍼가 선언했다.

『이게 다이…… 아니, '상승어 진 빼기 어업법' 입니다!』

"아니, 그건 좀."

 바꿔 줬으면 좋겠다, 이름을.

 어이없어하는 반응에 공감하면서도 추야는 완전히 매료되었다. 촬영한 영상을 즉시 선내 기기에 입력해 분석을 명령했지만, 어업 시작부터 어업 종료까지의 전 어업 과정을 프로세스화 했는데도 대부분이 의미불명이었다. 무엇을 노렸는가, 왜 노렸는가, 뭘 했는가, 무슨 일이 일어났는가, 정말 아무것도 알 수 없었다.

베쉬가 제멋대로 따라오다 제멋대로 기진맥진했다. 파악할 수 있는 건 그것뿐이었다.

서크스 300년 역사에 존재하지 않았던 어업법이 등장했다. 이유 없이 절로 웃음이 새어 나온다.

한술 더 떠서, 살린잔은 전 어업 과정을 이진 파일로 전송했다. 추야한테만 보낸 게 아니다. 모든 배에 보냈다. 자꾸만 나오는 웃음에 어깨까지 떨며 내용을 훑어본 추야는 그 내용에 잠시 말문을 잃었고, 이번에야말로 저항 없이 크게 웃음을 터뜨렸다.

"전하 교환 가속……! 그렇구나!"

눈 아래에선 그걸 처음 선보인 한 척 주변에서, 열 척 이상의 배가 새로운 시도를 시작했다.

"전하 교환 가속!"

두 번째 어획에 성공하고서 하강하는 필러 보트. 그때가 되어서야 드디어 원리를 들을 수 있었던 다이오드는 돌아보면서 크게 고개를 끄덕였다.

"네, 그래서요?"

"뭐, 이 단어만으론 잘 모르겠죠." 테라가 가볍게 쓴웃음을 지었다. "쉽게 말해서 플라스마의 파워로 가속했어요."

"너무 쉬운 것처럼 말하는 거 아닌가요??"

"네에, 그게 쉬웠다면 누구나 그렇게 했겠죠. 먼저 플라스마 샤워는 위에서부터 쏟아져 내려오니까 상승하면 그걸 정면으로 맞게 되고, 일반적으론 가속은커녕 피폭당해 목숨을 잃게 되니까요."

"그렇죠. 그럼 대체 어떻게 그게 가능한 건가요." 말하고 나서 미심쩍은 표정으로 중얼거렸다. "설마 그 괴망 덕분인가요? 교환할 열이 없다고 말했었는데."

"네, 교환할 열은 없어요. 그건 막을 통해 다른 걸 교환하는 혈관망이었던 거예요."

다이오드의 손으로 테라가 줄곧 만지작거리던 한 장의 VUI 화면이 날아왔다.

"보세요. 비단잉어는 크게 벌리고 있는 입 주변에 혈관이 밀집되어 있고, 먼저 그곳으로 플라스마 샤워를 받아내요. 이 대량의 입자선을 피폭당한 혈액이 온몸을 돌아다니면 여러모로 큰일이 날 것 같지만, 그렇지 않아요. 이 혈액은 조금 안쪽에 있는 괴망을 통해 바로 다시 입 끝으로 돌아와요. 그리고 괴망보다 더 안쪽에 다른 혈관계가 있어서 내장이나 몸 뒤쪽 표면의 순환은 이쪽을 이용하죠. 괴망으로 교환되는 건 오직 하나, 전하예요."

"전하? 전하 같은 걸 교환해서 뭘 어쩐다는 거죠?" 트위스터지 화학자가 아닌 다이오드는 설명을 따라가려고 애썼다. "혈관에 스포츠음료가 흐르기라도 하나요?"

"스포츠음료인지 아닌지는 모르겠지만, 사람이 마시면 몸이 폭발해 버릴 만한 무언가일 것 같네요." 테라도 억지로 자세히 설명할 생각은 없는 것처럼 곤란해하는 표정으로 얘기를 이어갔다. "어쨌든 그곳으로 플라스마 샤워의 에너지를 받아들이는 거예요. 그리고 그걸 체내 자기장에 통과시켜서 추진력을 얻죠……."

"추진력? 무슨 바보 같은 소릴." 이해할 수 있는 단어가 나와서 다이오드가 그 부분을 물었다. "지금 아무것도 분사하지 않았잖아요. 분사 없이 나아간다고요? 물리적으로 말이 안 되는 거 아닌가요?"

"분사하지 않아도 힘은 생겨나요. 로런츠 힘이에요." 테라는 구조도를 양손으로 밀어내며 반박했다. "자기장에 전류를 흘려보내 힘을 발생시키는 유명한 장치가 있잖아요? 전기 모터라고 하는데요. 그게 로켓을 분사하나요? 확, 하고 불을 뿜으며 회전하나요?"

"뿜을 리가 없잖아요, 절 바보로 알아요? 아니, 제가 먼저 바보라고 하긴 했는데." 다이오드는 있는 힘껏 자신이 느끼는 거대한 불신감을 말로 표현하려 했다. "앞에서 쏟아지는 플라스마 샤워를 그대로 받고 있는데, 그걸 통해 더욱 앞으로 나아간다니 너무 이상해요! 에너지 보존 법칙에 위배되는 말이에요!"

"플라스마 샤워는 운동 에너지 외에도 전기 에너지를 가져다주는 거예요. 그 전기 에너지가 훨씬 더 큰 거죠!" 관념보다도 명백한 현실을 방패 삼아 테라가 힘주어 말했다. "들어오는 전기 에너지의 양을 따져 보면 모순은 없어요! 비단잉어는 하전 입자선의 전하를 흡수해서 체내에서 순환시킬 수 있는 구조로 되어 있고, 그걸 흡수할 수 있는 건 정면으로 샤워를 맞을 때뿐이에요. 그래서 오로라가 내려오는 하늘을 향해 올라갈 때만 터무니없이 빠르게 가속할 수 있는 생물인 거죠!"

헉헉 숨을 몰아쉬며 두 사람은 서로를 노려보았다. 배는 천천히 하강 중이다.

"······비단잉어는, 그렇다고 했죠."

"네."

"잉어는 일단 제쳐두겠어요. 그럼 배는요? 지금 이 얘기가 방금 보여준 정신 나간 부스트에 대한 설명이 되나요?"

다이오드는 자기 VUI를 둘러보며, 방금 막 테라가 추가해 준 가상의 레버를 두드렸다.

"이걸 밀어올리기만 했는데 어떻게 그런 미끄덩한 느낌으로 기분 나쁜 가속이 가능했던 건가요?"

"그런 디컴프레션을 했으니까요." 테라는 비로소 맑은 웃음을 지었다. "저번에 배의 표면 외피를 미끄러트리듯 회전시키려고 했잖아요, 실패하긴 했지만. 그래서 이번엔 배에 혈관을 깔아봤어요."

"······죄송한데 혈관이라니." 다이오드는 상상해 보려고 했다가 이마를 짚었다. "지금 이 배는 총길이가 200미터인가 그쯤 되는데, 그 안에 상상력만으로 구석구석까지 파이프를 깔아뒀다는 거예요?"

"아뇨, 전체가 아니라 뒤쪽 절반, 엔진 지지 구조가 있는 곳 근처에만 깔았는데요."

"그것만 해도 호텔 한 채가 들어가고도 남을 정도의 배관이 필요하잖아요?!"

"굳이 표현하자면 제 몸속 혈관을 흉내 내는 느낌일까요."

"보통 자기 몸속 혈관을 속속들이 아는 사람은 없죠?"

"그렇게 걱정하지 않아도 괜찮아요─. 배관이라는 건 펌프를 작동시키면 알아서 액체를 순환시켜 주는 구조니까요." 테라는 웃고 있었지만 그건 모든 힘을 다 쏟아낸 사람이 만족감에 안겨 쓰러지기 직전에 짓는 미소였다. "외피를 계속 변형시켜 끊임없이 미끄러지도록 하는 것보단 비교도 안 되게 편하거든요—."

"아니, 그거, 테라 씨…… 아아."

너무 무모한 짓이라 아직도 실감이 나지 않는다. 뭔가 말하려다가, 포기했다. 즉, 그녀는 유사 수준이라고는 해도 한 생물의 몸을 재현해 낸 것이다. 무모한 짓 하지 말라고 꾸짖고 싶지만, 진짜 꾸짖을 건 그녀의 도전이 아니라 이 고기잡이 그 자체, 아니, 이 가혹한 극지에서의 삶 그 자체겠지.

다이오드는 가볍게 고개를 흔들며 마지막으로 남은 의문을 입에 올리려 했다.

그런데 말을 꺼내자마자 어렴풋이 대답을 깨달을 수 있었다. 자신은 그 녀석과 마찬가지였으니까.

"그래서 비단잉어는 왜 저렇게 올라가려 애쓰는 건가요."

"그건 말이죠, 다이 씨." 몽롱하게 머리를 흔들면서 테라가 속삭였다. "결국 에다 씨의 아이들이니까요."

"……이 구름바다의?"

"언젠가는 이 구름바다를 빠져나가려는…… 거예요."

대답이 끝나자마자 흐아암, 하고 커다란 하품 소리가 들렸다.

"잠깐, 테라 씨?"

뒤를 돌아본 다이오드는 가상 스로틀 패널을 적당히 조작해 배를 수평 운항으로 전환했다. 한 번 시도하고, 두 번 시도해서 확인했다. 자신들은 그물을 던져 어획에 성공했다.

2만 톤이면 틀림없는 대어다. 당분간은 뭘 보여주려 애쓸 필요도 없다.

조종 콕핏을 결합하고서 파트너의 곁으로 다가갔다.

"수고했어요."

꾸벅꾸벅 조는 테라의 어깨를 잡고서 몸을 띄워, 너울거리는 금발을 쓰다듬으며 머리를 꼬옥 품에 안았다.

주변 하늘에서는 어부들이 이리저리 날아다니고 있었다. 누구도 그 방법을 재현하지 못했다. 전통적인 방식과는 근본적으로 다른 건축생물학적 디컴프레션은 쉽게 해낼 수 있는 재주가 아니다. 할 수 있다고 해도 기껏해야 베테랑 중 한두 명 정도겠지. 보통 그런 방식은 실현 가능성을 의심받는 법이지만, 테라는 하는 방법과 순서를 숨김없이 공개했으니 의심할 여지가 없다. 그저 테라가 얼마만 한 재능을 가졌는지 더욱 두드러질 뿐이다──.

"……후훗."

아니, 자신들은 지금 트레이즈 씨족의 어부로서 이 자리에 왔다.

그러니까 겐도 씨족의 코를 납작하게 만들어 준 사람으로서 서크스의 역사에 이름을 남기는 사람은 살린잔과 아사이 부부다. 분명 두 사람은 갑자기 떨어진 영예에 당혹스러워하겠지. 아니면 뻔뻔한 표정으로 받아들이려나?

뭐, 어느 쪽이든 상관없는 일이다. 그런 얘기가 나올 무렵에는 이미 두 사람은 이 별에 없을 테니까──. 아니면 서크스 자체가 한 남자에게 지배당해 다른 무언가로 탈바꿈해 있겠지.

그 사실을 떠올리고 다이오드가 다시 마음을 다잡았을 때, VUI 위에 검은 꽃 아이콘이 반짝였다.

『살린잔 씨, 어획을 축하드립니다. 잠시 개인적으로 이야기를 나눌 수 있을까요?』

추야다. 다이오드는 긴장하며 가볍게 목을 매만진 후 대답했다.

"아— 아—. 살린잔이다. 고마워, 무슨 용건이지."

『칸나 님이시죠?』

히끅, 저도 모르게 이상한 목소리가 튀어나와 버렸다. 그러고는 한숨을 쉬면서 목소리 변조용 아바타를 끄고, 진짜 목소리와 모습을 드러냈다.

"맞아요. 어떻게 알았나요."

『계기는 목소리였지만 결정적이었던 건 디컴프레션입니다. 다른 사람은 하기 힘들죠.』

"하긴 무리겠죠."

『그건 그렇고 무사히 살아남았을 뿐만 아니라, 이런 식으로 여기까지 오셨을 줄은.』 잠시 다이오드를 응시하더니 추야가 눈인사를 건넸다. 『놀랐습니다. 「후요」에선 사망했다는 소문도 돌았으니까요.』

"보다시피 잘 살아있어요. ——그래서? 다시 붙잡을 생각인가요?"

묻고 나서, 만약 그럴 작정이었다면 이렇게 말을 걸 필요도 없이 조용히 해치우면 됐다는 사실을 깨달았다.

『아뇨, 두 분에게 부탁드리고 싶은 게 있습니다. 부탁이라니,

감히 이런 말씀을 드릴 처지는 아닙니다만, 얘기를 들어주실 수 없겠습니까.』

"부탁?"

다이오드가 눈살을 찌푸렸을 때였다.

"그건 메이카 씨가 배에 타고 있지 않은 것과 뭔가 관련이 있나요?"

옆에서 테라가 눈을 뜨고 있었다. 다이오드에게 가볍게 미소를 건넨 다음 추야를 향해 고개를 돌렸다.

"거기 없는 거 맞죠?"

추야는 무표정으로 대답했다.

『갑자기 무슨 말씀이십니까?』

"갑자기가 아니에요. 아까부터 그 사람이 아무 말도 없어서 신경 쓰였어요. 그리고 결정적이었던 건 배의 형태예요." 테라는 하늘 위, 추야가 탄 배의 영상을 확대했다. "지금 기낭 없이 날고 있죠. 메이카 씨가 없으니까 대규모 디컴프레션을 할 수 없는 거겠죠. 당신은 오늘 계속 자동으로 가능한 정형화된 변형만 했어요."

『…….』

"그런 배로 한 마리를 어획한 건 정말로 대단하다고 생각해요. 당신의 기량은 아마 이곳에 있는 사람 중 최고겠죠."

긍정하거나, 거짓말임이 뻔히 보이는 부정의 말이 돌아올 거라고 다이오드는 생각했다.

그런데 좀처럼 대답이 돌아오지 않았다. 테라가 불렀다.

"추야 씨?"

『……훌륭한 통찰입니다만, 한 가지 틀린 점이 있습니다. 거듭 부탁드리게 되지만 비밀 이야기를 해도 되겠습니까?』

돌아보는 테라의 시선에 다이오드는 끄덕여 보였다.

"말씀하세요, 추야 씨."

『메이카 님을 구해주십시오.』

차분하지만, 커다란 감정이 실려 있는 듯한 한마디였다. 두 사람은 멈칫했다.

"……무슨 말인가요?"

『메이카 님 외에도 수많은 디컴퍼 분들이 후요의 추축원에 갇혀 있습니다. 족장, 누루데 시키리요니 케이와쿠는 자기 딸을 *타마테바코의 열쇠로 삼고 말았습니다. 이대로라면 모든 것이 와해되고 맙니다. 부디 도움을……!』

"잠깐만요, 추야 씨, 한꺼번에 말하지 마세요."

추야를 진정시킨 후, 테라가 조용히 말했다.

"타마테바코라는 게 그 타륜인가요?"

"아마도요. 타마테바코는 겐도의 동화에 나오는 상자인데, 급속 노화 가스가 든 함정 상자를 말해요. 분명 중요한 기능이 있는 위험한 장치니까 그런 이름이 붙은 거겠죠. 하지만 그런 것보다——."

다이오드는 테라와 통신을 교대했다. 지고 씨, 하고 불렀다.

"당신에게 한 가지 하고 싶은 말이 있어요. ——그거 지금까지 꾸민 음모 맞죠. 계속 그 음모에 따라 움직여 왔으면서, 이제 와서 도움을 요청하다니 너무 뻔뻔스러운 거 아닌가요? 지금까지

---

* 타마테바코(玉手箱) : 일본의 전래동화, 우라시마 타로에 나오는 보물 상자의 이름.

우리한테 무슨 짓을 했는지 까먹었어요?"

청년은 깊이깊이 머리를 숙이며 대답했다.

『그 점에 대해선 변명의 말이 없습니다. 해칠 생각은 없었다는 말도 못 하겠죠. 한때는 말씀대로 여러분을 붙잡아서 누루데 님께 바칠 생각이었습니다. 하지만…… 그것도 전부 메이카 님을 위해서였습니다.』

"메이카 따윈 상자에 담아 항성 마더 비치 볼에다 쏴버리고 싶다고 생각하는 저한테 그런 소릴 한다고요?"

『마음은 이해합니다. 그렇게 생각하시는 것도 당연합니다. 비난은 모든 일이 끝나면 전부 저, 지고가 받겠습니다. 그러니 이 말만큼은 들어주실 수 없을까요.』

"아까부터 부탁 부탁, 계속 그 소리만!"

"다이 씨, 저거!"

VUI를 향해 고함치려던 다이오드를 테라가 흔들며 상공의 영상을 가리켰다.

테라가 가리킨 곳에서, 믿을 수 없는 일이 일어나고 있었다. 불꽃을 뿜으며 계속 선회 중이던 한 척의 필러 보트가 서서히 녹아내리듯 윤곽이 무너지며 낙하하기 시작했고—— 눈 깜짝할 사이에 커다란 뒤집힌 항아리 같은 형태가 됐다 싶더니, 다시 천천히 상승하기 시작했다.

"디컴프레션……."

"정형 디컴프가 아니에요, 저건 사람이 하는 거예요!"

"——지고 씨?"

테라가 하는 말이 어떤 의미인지 아직 이해하지 못한 채, 다이오드는 VUI 화면으로 눈을 돌렸다.

추야는 앞으로 몸을 숙이고서 이마를 누르고 있었다. 단순히 미안함의 표시로 머리를 숙이고 있는 게 아니라는 걸 다이오드는 알 수 있었다. 그건 고통을 견디고 있는 모습이었다.

"디컴프 멀미……?"

『네——.』음, 하고 입가를 누르는 청년의 목소리는 떨리고 있었다. 『저는 그물을 칠 수 있습니다. 하지만 아시다시피 겐도에서 그물치기는 여자가 할 일이며, 남자가 거기에 손을 대는 걸 수치스러운 일로 여깁니다. 그리고 물론 이 사실이 누루데 님께 알려진다면 저 역시 상자의 열쇠가 되고 말겠죠.』

충직한 즈이진은 입가를 슥 닦고서 고개를 들었다.

『메이카 님은 그래서 저를 여기로 보내주신 겁니다.』

『저기, 그리고 저 때문이기도 함다!』

갑자기 추야 뒤에서 여성의 얼굴이 나타났다. 다이오드는 한순간 깜짝 놀란 뒤, 누군기 떠올렸다.

"너는 분명…… 란주, 라고 했던가?"

『넵, 맞슴다. 란주 요모스가라 타치마치임다! 기억해 주셔서 기쁨다!』

"네가 디컴프레션 한 거야?"

『제가 한 게 아닙다, 앉아 있었을 뿐임다! 해낼 수 있을지도 모른다고 생각했는데 진짜 필러 보트의 디컴프는 너무 어렵슴다—!』

기모노는 제법 고급인데 머리 모양은 그때 봤던 왁스를 발라 새처럼 만든 스타일 그대로였다. 그 상태로 조종 콕핏의 자리를 채우고 있던 여학생은 대형 짐승 우리에 던져진 중형 짐승 정도로 핼쑥해진 표정으로 호소했다. 『원래 처음엔 제가 누루데 님의 명령으로 불려 갈 예정이었습다. 그런데 메이카 님이 대신 나서주셨고, 그래서 반대로 제가 추야 씨의 뒷좌석을 맡게 된 겁다.』

『칸나 님, 들으신 대로입니다. 메이카 님은 지금 이런 분들의 방패막이가 되어 주고 계십니다.』

"잠깐잠깐, 무슨 소릴 하나 했더니——." 다이오드는 손을 흔들어 눈앞의 통신 영상을 끄고, 귀를 막았다. "듣고 싶지 않다고요, 그런 얘긴!"

"다이 씨……."

"그렇게 자기 내키는 대로 굴더니, 저도 테라 씨도 쫓겨 다니느라 고생했고, 그리고 만약 탈주하지 않았다면 우리가 대신 그 키인가 뭔가가 됐을지도 모르는 거잖아요? 그런 여자가 자기가 기르던 개한테 살짝 동정을 베풀었습니다, 그러니 사실은 좋은 사람이에요 같은 소리를 해봤자, 그래서 뭐 어쩌라는 건데? 라는 느낌이라고요 알까 보냐 멍청아, 백억만 년은 꼴도 보기 싫어!"

"다이 씨."

테라가 가만히 손을 쥐었다. 뭔가 훈계라도 하려는 걸까 하고 마음의 준비를 하던 다이오드는 깨달았다.

"그럼, 도망칠까요."

테라가 어쩔 수 없다는 듯, 미소 짓고 있다는걸.

"아무튼 이유 따위 어쨌든 생리적으로 싫다는 것도 있잖아요.

도망쳐 버리죠. 지금이라면 아직 우린 살린잔 씨라고 둘러댈 수 있으니까, 어딘가 다른 씨족선으로……."

그 결과 새롭게 생겨날 게 분명한 산더미 같은 귀찮은 일도 함께 짊어지고 같이 헤쳐 나가자는 표정이었다.

"에휴우우우우……!"

다이오드는 어깨를 축 늘어뜨렸다.

"치사해."

"응?"

"자기를 인질로 삼다니."

"그게 돼요? 제가 인질로서 가치가 있나요?"

"차고도 넘치죠. 그런데 테라 씨." 고개를 든다. "테라 씨야말로 용서하는 건가요? 그 변태녀와 그 밖에 여러 가지를."

"그 부분은 일단 나중으로 미뤄두자는 방침이에요. 추야 씨한테 빚을 지워두면 앞으로 움직이기 더 쉬워질 것 같은 느낌이 들거든요. 이게 최적의 루트 아닐까 해서."

그렇게 말하는 테라의 표정이 조금이지만 굳어 있는 것처럼 느껴졌다. 다시 말해 그녀 나름대로 생각하는 바가 있다는 거겠지.

얘기를 나누는 동안 다이오드의 마음도 조금이지만 바뀌었다. 즉, 등을 밀어줄 계기가 필요했을 뿐이었다.

다시 채널을 열었다.

"지고 씨."

『네.』

"알겠습니다. 당신과 메이카를 돕겠습니다. 그 대신 나중에 우리가 도망칠 때도 있는 힘을 다해 돕겠다고 약속해 주세요."
"약속을 깨면 전부 까발릴 거니까요."
단호하게 테라가 덧붙인 한마디에 조금이지만 기분이 풀렸다.
『동의하겠습니다.』
추야 겐닛세 지고가 눈짓으로 인사를 보냈다.

4

오로라로 빛나는 팻 비치 볼에서 올라온 스무 척의 선단이 원점(遠點)에서 대분사를 차례차례 마치고 위성궤도에 올랐다. 대형을 갖추고서 천천히 접근 중인 목적지는, 선명한 적도색 꽃잎을 우주 공간에 펼친 씨족선『후요』다. 선단은 머나먼 범은하 왕래권으로 고기잡이를 떠난다는 계획에 찬성한 각 씨족의 필러 보트 열다섯 척과 앞에서 길잡이를 맡은 겐도 씨족의 배 몇 척으로 이루어졌다. 과제를 극복한 팀도 있고 그렇지 못한 팀도 있지만, 아무튼 보급이 필요하기 때문에 한 번은 입항해야 한다. 『후요』항관과의 교신을 무사히 마치고, 남극 쪽 악통항을 향해 최종 진입을 개시했다.

그런 구실로 진입하는 선단이 한 척도 빠짐없이 저항 세력에 가담했다는 사실은, 『후요』의 누구도 알 수 없는 일이었다.

"일단 여기까지는 문제가 없었는데요……."

오늘의 MVP라며 사다리꼴 진형의 선두에 서게 된 테라가 앞뒤를 불안한 듯이 번갈아 살폈다.

"괜찮을까요? 갑자기 항관에 들키는 건 아닐까."

"괜찮지 않을까요. 감시선 승무원이 뭔가 꿍꿍이속이 있지 않는 한."

"보통은 무조건 꿍꿍이속이 있는 법이죠?! 액션 영화 같은 데선."

"우리가 호쾌하고 화려한 폭발 장면이 들어간 콘텐츠의 일부가 되지 않길 기도하자고요."

 속내를 털어놓고 보니 열네 척의 어부들은 모두가 타도 누루데를 목적으로 모인 습격자였다. 트레이즈 소속 배와 원래부터 밀약을 맺고 있었던 네 척이 호소하자 다른 사람들도 동의했다. 심판 역할을 맡고 있던 겐도 씨족의 감시선은, 추야가 말을 걸어 빈틈을 만든 다음 여러 척이 달려들어 배째로 제압했다.

 그 배는 현재 선단 가운데쯤 위치한 상태로 필러 보트에 둘러싸여 있었다. 섣부르게 행동했다간 디컴프레션해서 샌드위치로 만들어 버리겠다고 위협했지만, 목숨 걸고 날뛴다면 막을 방법이 없다.

 그 외에도 문제가 두 가지 더 있었다. 첫 번째는 테라와 다이오드가 아직 어부 동맹에 정체를 밝히지 않았다는 점이다. 누루데에 대한 승산이 보이는 아슬아슬한 순간까지 숨길 작정이었다. 그게 길이 될지 흉이 될지는 아직 알 수 없었.

 또 하나는 그래서 그 승산을 어떻게 찾을 것이냐였다.

"지고 씨는 친족이든 뭐든 동원해서 협력하게 만들도록 하겠다고 했지만, 그것만으론 조금 미덥지 못하네요."

정밀한 조정이 필요한 항만 진입을 여느 때처럼 깔끔하게 수동으로 해내면서 다이오드가 말했다. 그 솜씨에 감탄하며 테라가 물었다.

"미덥지 못한가요? 빈틈없는 사람처럼 보였는데요."

"본인이 미덥지 못한 게 아니라 지고 가문의 세력이 약해요. 지금 겐도 씨족에서 힘을 쥐고 있는 건 누루데의 케이와쿠 가문과 그들의 입김이 닿아 있는 의전부인데, 인사 배치나 자원 배분으로 따졌을 때 케이와쿠가 차지한 몫이 전체의 10분의 6 정도라고 친다면, 지고는 20분의 1 정도죠. 옛날에 살짝 족장을 거스른 적이 있다느니, 그런 사소한 이유로 계속 야금야금 갉아 먹히고 있는 딱한 사람들이에요."

"20분의 1! 앗, 그러고 보니 다이 씨 아버님은요? 장로직을 포기했다고는 들었지만."

"그 사람도 가문 간의 힘겨루기로 따지면 프린터 토너 알갱이 정도의 존재감이에요. 뭐, 없는 것보다야 낫겠지만요."

다이오드는 추야를 불러, 아빠와 연락해도 되냐고 물었다. 그리고 돌아온 대답에 벌컥 화를 냈다.

"그 얼빠진 멍청한 아빠, 벌써 붙잡혔대요. 몸을 빼낼 수단 정도는 있을 줄 알았더니!"

"아앗……"

"테라 씨야말로 비장의 패를 쓰는 게 어때요?"

"비장의 패? 아아, 네."

테라는 사전에 합의해 뒀던 통신 프로토콜로 호출해 봤다.

"에다 씨, 살아계세요?"

그녀는, 그리고 인섬니아호는 지금도 무사할까.

몇 초간 숨 막히는 시간이 지나고, 미니셀이 반짝 빛나며 백의를 입은 여성이 손바닥만 한 사이즈로 나타났다. 테라의 얼굴을 향해 손을 흔든다.

『오, 테라 짱이다. 오늘도 귀여운걸─. 이쪽은 무사해. 고장 나서 움직일 수 없게 된 척 경비를 속이고 있어. 그쪽은 지금 어디야?』

"다행이다. 항구 바로 바깥쪽이에요."

안심한 순간, 다이오드가 슈웅, 하고 콕핏째로 바로 옆까지 다가왔다. 깜짝 놀라는 테라를 향해 자기한테 보여달라며 손짓했다.

"네──."

"통칭 다이오드, 본명은 칸나 이시도로 겐도, 테라 씨의 트위스터이자 사적인 파트너입니다. 저를 똑바로 보세요, 에다인가 뭔가."

위압적으로 선언하고서 테라의 왼손을 들여다보았다. 테라는 황급히 말렸다.

"다, 다이 씨?! 갑자기 그런 식으로 말하지 않아도."

"그건 제가 할 말이에요, 방금 그 친한 척하는 태도는 뭐예요! 끼 부리고 있잖아요 귀엽다니 뭔 소리래 이 사람이 누구 거라고 생각하는 거야, 거기다 테라 짱? 왜 그런 호칭을 허락하는 건가요!"

"그, 그건 제가 허락한 게 아니라 멋대로 그렇게 부를 뿐인데…… 이 사람은 초대 선단장이니 엄청 높은 사람이라 뭐라 반박하기가 힘들어서."

"초대 선단장인 게 뭐 어쨌다는 건데요 이미 죽은 사람이잖아요! 됐어요 제가 대신 한마디 할게요 인터콘티넨털 씨라고 부르게 만들게요. 똑똑히 들었나요 에다, 앞으로 테라 짱이라는 호칭은 금지——."

『푸하하하하, 아하핫. 아하 그렇구나, 너희는 그런 식이구나? 귀여워라—. 풋풋해라—.』

조그만 에다가 배를 잡고 웃기 시작해서 두 사람은 일단 입을 다물었다. 하지만 다이오드는 헛기침한 다음 다시 나섰다.

"진지하게 하는 얘기입니다. 테라 씨를 꼬시지 마요."

『에이— 딱히 꼬신 적 없는데. 이건 필요한 정보 교환이야. 거기에 윤활유 삼아 친밀함을 첨가했을 뿐이지. 그치? 테라 짱?』

"저기, 죄송해요. 그건 참아 주세요…… 저는 다이 씨 거니까."

『윽.』

에다는 고개를 숙이고서 안경을 손으로 누르며 잠시 몸을 떨었다.

『다시 말해 그게…… 네가 되찾고 싶은 거였다 이거군.』

불현듯 시간이 되감기는 느낌. 테라는 『아이다호』에서 받았던 질문을 떠올렸다.

"음, 다이 씨의 성격도 그렇지만, 존재라고 해야 하나 직접 만질 수 있는 것이라고 해야 하나…… 한마디로 몸? 이라고…… 생각해요, 네."

"그만 하세요 진지하게 대답 안 해도 돼요!"

『오케이.』

짤막하게 대답하고서 에다는 짧은 머리를 가볍게 쓸어 올린 뒤, 한 손을 가슴에 대고 다이오드에게 인사했다.

『드라이에다 데 라 루시드, 향년 29세다. 놀려서 미안해. 앞으론 삼가도록 하지. 너희와 아침까지 실없는 얘기를 나누고 싶은 참이지만 지금은 그럴 여유가 없어. 아마 도착할 때까지 차 한 잔 마실 정도의 시간밖에 없을 거야. 정보 교환에 집중할 생각인데 상관없겠지?』

 갑작스러운 변화에 다이오드가 살짝 몸을 젖혔지만, 바로 "좋아요." 하고 동의했다.

『그렇게 됐으니 서로 많은 정보 교환을 나누었던 나와 테라 군을 중심으로 대화하지. 테라 군, 설명을 시작할게.』

 "앗, 네!" "큭……."

 다이오드는 이를 갈면서도 입을 다물었다.

『이쪽에선 현 족장인 누루데라는 녀석이 타마테바코를 열고서 못된 짓을 시작했어. 타마테바코라는 건 옛 추방 선단 시절에 설치되었던, 재미리곤 초급도 찾아볼 수 없는 시계인네——.』

 "저기, 타마테바코는 알아요."

『안다고?』

 "네, 추야 씨가 얘기해 준 정보와 그 외에도 여러 정보가 있었거든요. 열여섯 척의 씨족선을 마음대로 조종하는 장치죠?"

『맞아, 그거야. 얘기가 빠른걸. 그래서 다 같이 범은하 왕래권으로 넘어가자는 소릴 꺼냈다는 거지. 한심한 전개야.』

 그 말을 듣고 테라는 쭈뼛거리며 물었다.

"저기…… 에다 씨는 왕래권으로 돌아가고 싶으시죠. 그러면 누루데 씨랑 손을 잡겠다는 생각은 없는 건가요?"

굳이 말하지 않는 편이 좋을 것 같기도 했지만, 이건 확실하게 짚고 넘어가는 게 더 낫다.

그러자 의외의 대답이 돌아왔다.

『아니— 그건 아니지, 검토해 볼 가치조차 없어.』

"그런가요?"

『내 목적은 조각조각 나뉘어져 있고 몹시 어렴풋하고 불확실해. 그건 자유로운 너희와 힘을 합쳐도 쫓아갈 수 있을지 어떨지 알 수 없는 희미한 단서인데, 하물며 씨족이니 사회니 하는 걸 짊어진 덩치만 큰 굼뜬 녀석이랑 손을 잡으면 도저히 붙잡을 수 없게 될 게 뻔하거든.』

"……."

에다는 속을 읽을 수 없는, 뭔가를 시험하는 듯한 눈빛이었다. 아니, 미니셀에 투영된 조그만 홀로그램으론 잘 알 수 없었지만, 그녀의 목적 같은 화제에 깊이 발을 들였다간 아주 골치 아픈 복잡한 대화가 끊임없이 이어질 게 틀림없었다.

그래서 테라는.

"잘은 모르겠지만 지금은 우리 편을 들어준다는 뜻이죠?"

『맞아—. 지금은, 그리고 분명 마지막까지.』

그냥 마음 놓고 편리한 쪽으로 해석했다. 당분간은 걱정 없다.

"……음, 하던 얘기로 돌아오자면 누루데 씨가 서크스를 지배하는 일은 막아야 하잖아요. 그리고 그러기 위해서, 동시에 이것도 중요한 목표인데, 우리는 붙잡힌 디컴퍼들을 구해내고 싶어요."

『아아, 상자의 열쇠 말이구나.』

"맞아요! 추야 씨도 언급했었는데 열쇠라는 게 뭔가요?"

"타마테바코는 24명 이상의 디컴퍼와 물리적으로 접속되었을 때 기동하는 시스템이야."

"24명과…… 물리적으로 접속?"

『맞아. 「후요」의 중앙 부근에 숨겨진 방이 있는데, 그곳에 코어 장치와 침대들이 설치되어 있어. 거기에 13명의 디컴퍼를 혼수상태로 재워놨을 때부터 단계적으로 기동이 가능해지고, 모든 침대에 디컴퍼를 채우면 전 기능이 해방되는 구조로 되어 있어.』

"그건 조금, 아니, 엄청나게 비인도적인 장치처럼 들리는데요?!"

『그야 그렇겠지. 왜냐하면 타마테바코는 방위군의 관리자가 추방 탈압자들을 제압한 상황에서 사용하는 장치니까.』

"추방 탈압자……."

『서크스의 선조가 개척자가 아니라 추방자였다는 얘기는 이미 들었지? 그런 녀석들이 지휘 장치를 장악한 다음 멋대로 범은하 왕래권으로 돌아왔다간 곤란하잖아? 그래서 방위군은 반란자들이 자발적으론 쓸 수 없는 구조로 장치를 만든 거야. 그게 타마테바코지. 왜 24명이 필요한지 알겠어?』

"그 당시 추방자들에겐 스물네 씨족이 있었으니까? 다시 말해…… 모든 씨족이 한 명씩 인질을 내놓지 않으면 가동하지 않는 장치?"

『맞아맞아, 바로 그거야. 테라 군, 오늘은 이해력이 빠른걸. 머리 쓰담쓰담.』

 장난스러운 말투로 말하는 에다가 누루데와 손을 잡지 않는 이유를 어쩐지 알 것 같은 느낌이 들었다. 테라가 입가를 누르면서 옆을 보자 다이오드도 마찬가지로 찌푸린 표정으로 고개를 끄덕였다.

"끔찍한 장치군요…… 왜 그런 걸 만든 건가요."

『그건 만든 녀석한테 물어봐야 알겠지만, 옛날얘기를 하자면, 그 당시 일반인들은 디컴퍼를 기분 나쁘다고 여겼기 때문이야. 그래서 녀석들은 그런 짓에 그다지 저항감을 느끼지 못했겠지.』

"에다 씨는 달랐어요?"

『만약 내가 그쪽 편에 있었다면 분명 3년 차에 일어난 반란 때 바로 즉삭 제거당했을걸.』

"하하……."

 에다의 저 가벼운 말투는 사람들에게 셀 수 없이 설명하다 보니 몸에 익은 습관일지도 모르겠다는 생각이 들었다.

"아무튼── 그 장치에 아는 사람이 붙잡혀 있어요. 어떻게 무사히 구해낼 방법은 없나요? 에다 씨의 선단장 권한 같은 걸로──."

『타마테바코의 기능은 선단장 권한과 딱 겹쳐있어. 어느 쪽 권한이 더 우선되느냐의 문제인데, 당연히 엄중한 승인 절차를 거친 저쪽이 더 강하지.』

"그, 그래도 지금은 아직 완전히 작동하지 않았잖아요?" 반사적으로 테라가 물고 늘어졌다. "그, 아직 저쪽이 자유롭게 다룰 수 없는 기능을 몰래 조작해서 빈틈을 잘 찌를 순 없을까요?"

『오, 테라 군 재미있는 점에 주목했는걸.』 딱, 하고 손가락을 튕겼다. 『준 가동 상태에선 건드리지 못하는 권능을 이용한 사각에서의 공격인가. 으음…… 이런 건 어떨까?』

에다의 모습이 사라지고 간단한 도면으로 전환됐다. 보자마자 한눈에 이해했지만, 테라는 도저히 말하지 않곤 견딜 수 없었다.

"너, 너무 과격하지 않나요……?"

『과격하지만 아마 죽는 사람은 없을 테고, 무엇보다 들킬 염려가 없어. 기습의 요점은 타이밍과 단순함이야. 복잡한 방식은 쓸 데도 없고 쓸 수도 없어. 연습할 시간도 없으니.』

"으…… 듣고 보니 그러네요."

『너를 포함해 열다섯 팀의 어부가 누루데를 만나러 가는 거야. 그 첫 대면에서 끝내버리자. 이번엔 상황만 살피겠다거나 그런 생각은 하면 안 돼. 상대도 이런 싸움은 처음일 테니까 분명 잘 풀릴 거야.』

"그랬으면 좋겠는데요. 그래서 에다 씨의 조력을 받는 점에 대해선…… 아, 사람들한텐 오즈노 아버님이 도와준 덕분이라고 해두면 되려나. 다이 씨, 그래도 되나요?"

『다이 짱은 앞에서 일하는 중.』

그 말에 깜짝 놀라 배 주변을 둘러보았다. 꽃봉오리의 외피에 해당하는 우주쓰레기 방호벽을 지나, 투박한 항만포 앞을 지나, 악통항에 진입 중이었다. 금속 튜브형 부두에 다가가며, 어느새 콕핏을 앞으로 되돌린 다이오드가 주의 깊게 키를 조작하고 있었다.

이쪽으로 살짝 얼굴을 돌리며 말한다.

"최종 진입 중이에요. 본선 도킹 후, 전 선단이 도착할 때까지 아직 여유가 있으니까 그 사이에 다른 사람들과 연락을 취하세요."

"네!"

"대략 어떤 흐름인지 들었습니다. 맡길게요."

테라는 『후요』에게 캐치당하지 않도록, 비밀 채널로 선단에 작전을 전달했다. 동시에 추야에게서도 입항 후에 정체가 들키지 않게 두 사람만 별도 루트로 도시에 들어가도록 안내가 왔다.

그러는 와중 필러 보트는 부두에 무서울 정도로 성큼 다가가다, 부딪히기 직전에 부드럽게 감속해서 사뿐히 도킹했다. 무선으로 최종 조정에 여념이 없었던 테라는 에다가 눌러 죽인 웃음소리를 내는 걸 들었다.

『그렇구나, 잘하는걸.』

"그쵸? 저는 이걸 진짜 좋아하거든요."

『응, 잘 감상했어. 나는 이쯤에서 가볼게.』

"앗, 그 전에 잠깐 여쭤보고 싶은 게 있는데── 에다 씨?"

미니셀에서 백의를 입은 여성의 모습이 사라졌다.

다이오드가 콕핏을 옆으로 붙이며, "내릴 거예요, 괜찮은가요?" 하고 도킹 해치 반대편에 있는 배의 그림자를 가리켰다.

자신들에 대해, 에다에 대해, GI에 대해, 그리고 디컴프레션에 대해. 이것저것 얘기하고 싶은 게 많았지만 지금은 시간이 없었다.

"에다 씨, 나중에 봐요."

그렇게 말하고서 테라는 서둘러 하선 준비를 시작했다.

5

하라고 강요당하고, 왜 했냐고 혼나고, 항상 일일이 참견하고, 그러다가 뭘 했는지 보고하면 무시당한다.

그런 시커먼 고통에 마음이 짓눌리고 있었던 메이카는 얼굴을 때리는 빛에 눈을 떴다.

천장에서 내리쬐는 작은 스포트라이트와, 그 빛을 가리듯 뚜렷한 이목구비를 가진 장년의 남성이 얼굴을 내밀어 내려다보고 있었다. 자신은 서랍형 침대에 들어가, 벽에 반쯤 수납된 채로 얼굴만 내민 상태였다.

『후요』의 추축원, 타마테바코라 불리는 방이었다.

자신을 내려다보는 남자가 메이카를 위로하듯 뺨에 흐르는 눈물을 손으로 닦아줬다.

"괜찮니, 메이카. 실험을 견딜 수 있겠니."

메이카는 살며시 입꼬리를 끌어올리며 대답했다.

"괜찮아요, 아버님. 이 정도라면 별문제 없어요."

"하지만 힘들겠지. 고통스럽겠지. 도저히 못 견디겠다면 다른 사람으로 바꿔 줄 테니."

"그럴 필요 없어요, 아버님. 이 기계는 알아서 조절해 주는 모양이에요."

"그래, 물론 그렇지. 그렇지 않았다면 설령 겐도의 세력을 크게 끌어올리겠다는 대의를 위해서라 해도, 소중한 너를 이런 기계에 집어넣진 않아……."

남자——누루데는 조금 안심한 표정으로 웃었다.

"그것도 오래 가진 않을 고통이야. 곧 도착할 열다섯 개의 열쇠를 이곳에 넣으면 너를 꺼내 줄 수 있어. 조금만 더 참으렴."

"네, 알고 있어요."

"물론 약속은 꼭 지킬 테니까."

"고마워요, 아버님."

주위의 즈이진들이 메이카의 몸 상태를 염려하며 잠시 휴식하는 게 어떻겠냐고 권했다. 아버지는 점잖게 허락하고서 방을 나갔다.

주변에 인기척이 사라진 다음, 메이카는 견고한 침대 안쪽을 주먹으로 쾅 내리쳤다.

자신은 분명 견딜 수 있었고, 고맙다고 말한 감사의 마음 역시 거짓말은 아니었다.

하지만 견딜 수 있는 이유는 평소에도 비슷한 스트레스에 시달리기 때문이었고, 감사했던 건 아버지가 이쪽을 얕보고서 깊이 파고들지 않았기 때문이었다. 애초에 대의에 순교하고 싶은 마음에 따르는 게 절대 아니라는 사실을, 아버지는 조금도 이해하지 못했다. 자기 딸이라는 존재를 그저 부하 중 하나처럼 여기며, 그 딸이 추야와 약혼한 것도 그저 마음을 고쳐먹어서 그러는 줄 알고 있다.

그리고 이제 칸나에게는 손이 닿지 않는다.

그 모든 것들이, 메이카가 뼈까지 아플 정도로 세게 벽을 내리친 이유였다.

옆에 있는 다른 침대가 벽의 선반에서 멋대로 쑥 튀어나오고, "으거어어억!"하고 기묘한 비명이 울려 퍼졌다. 담당 즈이진이 달려와 피험자의 상태를 조사한 다음, 마실 걸 건네주고서 침대는 그대로 둔 채 자리를 떠났다. 바로 다시 밀어 넣어도 될 만한 상태는 아니지만, 그렇다고 데리고 나갈 정도로 위중한 상태도 아니라고 판단했나 보다.

그렇게 남겨진 피험자가 불평을 토했다.

"빌어먹을, 뭐 이런 끔찍한 기계가 다 있지. 정말 설계가 어떻게 이렇게 악질적이람."

남자 목소리였다. 이 타마테바코에 남자가 들어가 있다는 사실만으로도 드문 일이고, 견딜 수 없는 일일 텐데, 목소리를 통해 누군지 알아챈 메이카는 흥미가 동했다.

먼 친척뻘인 이 남자와는 인사 정도밖에 나눈 적 없었다. 하지만 공통의 화제는 분명 존재했다.

살짝 몸을 일으켜 주변에 즈이진이 없는 걸 확인하고 옆을 들여다보며 목소리를 낮춰 말을 걸었다.

"안녕하세요, 칸나 양의 아버님."

방금 메이카가 그랬듯이 뺨에 흐른 눈물을 닦고 있던, 마치 소년처럼 앳된 얼굴을 가진 작은 체구의 남성이 시선을 돌렸다.

"어라, 이거 누루데의 따님 아니신가."

"상당히 크게 신음하시던데 어떤 악몽을?"

"떠나간 사람들이 불행해지는 꿈…… 아니, 당신에게 할 만한 말은 아니지. 이거 꼴사나운 모습을 보였군." 오즈노가 흐른 콧물을 손등으로 훔치고서 시선을 피했다. "걱정 마. 순찰 중이었다면 계속하도록 해."

"저도 피험자예요."

"뭐라고? 대체 무슨 생각으로 그런 짓을?"

그저 놀라기만 하지 않고, 거기서 질문을 던지는 점이 역시 칸나의 아버님이구나 싶었다.

"왜 저한테 다른 생각이 있을 거로 생각하세요?"

"너는 똑똑하고 강한 사람이야. 우리 애를 쫓거나 말로 구워삶던 솜씨는 대단했어. 그런 네가 아무 생각 없이 여기 들어올 리가 없지. 아버지를 위해선 아닐 거잖아?"

"……자기 딸은 몰라도 남의 딸은 잘 아시네요."

뭘 위해서 여기에 있는가보다, 누구 때문에 여기에 있는지를 생각해 보면, 이 사람한테 얘기하는 건 마침 좋은 기회라는 생각도 든다. 메이카는 다시 침대에 몸을 눕히고 천장을 보며 담담히 입을 열었다.

"제 즈이진과 결혼하기 위해서예요."

"호오……?"

"아버님은 저를 외지인 그물잡이와 결혼시킬 생각이었어요. 그게 아니었더라도 제 즈이진은 지고 가문의 핏줄이라 격이 맞지 않죠. 그래서 일반적이라면 허락받을 수 없는 일이겠지만, 이번 일로 그물잡이가 부족해져서 곤란해하셨기 때문에 그 점을 파고

들어 거래했어요."

"아주 솔직하게 대답해 주는군. 그렇군, 추야라면 항상 자네와 함께 있는 추야 지고 군 말이로군. 그는 좋은 남자라고 생각하지만…… 너는 우리 딸을 좋아하는 줄 알았어."

"맞아요. 하지만 도망쳐 버렸으니까요." 다소 조심스러운 기색으로 던지는 질문에 별거 아니라는 듯 긍정한 뒤, 한층 더 별거 아니라는 듯 말을 이었다. "어쩔 수 없이 우리 추야로 타협하기로 했어요. 왜냐하면, 그라면 분명 저를 안지 않고 살아줄 것 같아서요."

"그건—— 흠."

옆이 조용해졌다. 메이카는 조금 속이 시원해졌다.

하지만 곧 그가 다시 얘기를 시작했다.

"나는 사실 디컴프레션을 조금 할 줄 알아."

"어머……."

"실제론 눈엣가시처럼 행동했기 때문이라고 생각하지만. 일단 명분은 남자 그물잡이라는 이유로 붙잡혀 왔어."

"……그런 얘기를 제가 들어도 되는 건가요?"

"남자인데 그물을 칠 줄 아는 게 수치스럽지 않냐고? 뭐, 다소 그런 느낌도 있지만, 그건 고리타분한 감정이야. 칸나라면 코웃음을 치겠지. 자네도 그렇지 않나?"

"글쎄요……."

"게다가 어느 쪽이든 바보 같은 이야기야. 우리 조상들은 전부 디컴프 죄로 추방당한 사람이지. 우리는 그 후손이니까 모두에게 어느 정도 디컴프레션의 재능이 있을 터. 남자 그물잡이고 여자

키잡이고 없어. 게다가 씨족 간 상혼(相婚)으로 피도 섞여 있으니까 어느 씨족 사람이냐고 따지는 것도 공허한 이야기에 불과해."

"그건 좀 과격한 이야기네요."

"뭘, 네 아버지만큼은 아닌걸."

그 말에는 메이카도 입을 다물 수밖에 없었다.

머나먼 별로 이주하겠다지 않은가. 아버지는 점점 이상해지고 있고, 주변 사람들도 덩달아 이상해지고 있다. 너도나도 자기가 품은 비밀을 주절주절 떠들기 시작했고, 『후요』의 진로는 얼토당토않은 방향으로 비틀리고 있었다. 그걸 바로잡을 방법은커녕, 어느 쪽으로 되돌려야 할지조차 알 수 없었다.

흡착 부츠의 발소리가 점점 다가오는 게 들렸다. 메이카가 중얼거렸다.

"마치 이 세상의 종말 같네요."

그러자 옆에서 대답이 돌아왔다.

"아직은 우리 애가 어떻게든 해줄지도 몰라."

"네에? 무리겠죠."

저도 모르게 날카롭게 되받아치자, 아니, 그건 그럴지도 모르지만…… 하고 말을 머뭇거리다가 그가 덧붙였다.

"그래도 그 아이들이라면."

즈이진이 멈춰 서서 메이카와 오즈노의 침대를 정신 증압기의^{맨 프레서} 뱃속으로 밀어 넣었다.

겐도 씨족의 초대를 감사히 받는 척하며 열다섯 씨족의 어부들이 『후요』의 중추에 잠입, 누루데 일당을 제압한다는 계획은 입항과 동시에 좌절됐다.

웃는 얼굴로 기다리고 있던 겐도 씨족의 환영단은 어부들이 부두에 도달해 하선하자마자 돌변하여 배와 어부들의 연결을 절단, 변형하는 필러 보트라는 최대의 무기를 빼앗고 전원을 포박했다. 에어록 열다섯 곳을 동시에 폭파한다는 상당히 과감한 작전, 하지만 씨족선 전체로 보면 사소한 결단으로 인해 어부들은 말 그대로 일망타진당했다.

게다가 붙잡힌 사람들 중에는 제일 먼저 입항해야 했을 살린잔 부부가 없었다. 연기처럼 사라진 그들을 두고, 처음부터 겐도의 앞잡이였던 거냐며 남겨진 사람들은 분개했다. 환영단은 환영단대로 그 사실에 당황하는 것처럼 보였지만, 그런 건 어부들이 보기엔 적들끼리 사소하게 합이 안 맞은 결과처럼 보일 뿐이었다. 속았다는 생각에 발을 동동 구르고 싶어도 무중력 우주항에는 바닥을 디딜 수가 없으니, 그저 허공만 걷어차며 분한 심정을 표현할 수밖에 없었다.

아무튼 한 팀이 줄어들어 열네 팀이 된 어부들은 추축원으로 연행되었다.

"『추축』이란 샤프트와 휠을 나타내는 고대의 말."

어슴푸레한 무중력 구역. 검은 머리카락의 청년 어부가 왼손에는 횃불 모양 램프를 들고, 오른손으론 벽에 달린 배배 꼬아놓은 식물성 로프를 잡고서 해설 같기도 하고 혼잣말 같기도 한 말을 중얼거리며 나아갔다.

"이 말이 고대부터 존재했다는 건, 다시 말해 아노 도미니 시대의 젠도 씨족이 원심중력형 우주 정거장을 건설했다는 증거가 틀림없습니다. 전통이라는 점에선 은하계에서도 손꼽힐 정도고, 어업 기술도 뛰어난 우리 씨족이 서크스의 선두에 서는 것이야말로 사람들에게 풍요와 행복을 가져오는 길이라는 것이 우리의 씨족장, 누루데의 생각입니다……."

"그건 너희가 멋대로 생각한 논리잖아." "우리한테도, 그리고 다른 씨족한테도 훌륭한 씨족의 전통이 있어."

그물로 한꺼번에 줄줄이 엮인 채 검은 옷을 입은 젠도 사람들에게 끌려가던 어부들이 맞받아쳤다. 이미 서로의 꿍꿍이가 드러난 탓에 말투도 난폭했다.

"이제 와서 선단장이니 원정 계획이니, 서크스에 그딴 건 필요 없어. 고기잡이와 리사이클을 반복하고, 바우 아우어에서 서로의 몫을 의논하는 것만으로도 어떻게든 잘 살아가고 있다고."

그렇게 말한 사람도 한데 묶인 어부 중 한 사람이었다. 아마도 유독 기세가 등등했던 지룽의 어부였겠지. 그의 아내도 옳소 옳소 우리를 그냥 내버려 둬, 라고 외치며 거들었다.

그때 전방의 어둠 속에서 온화한 어조의 낮은 목소리가 들려왔다.

"하지만 어떤 씨족이든 아이들은 점점 줄어들고 있죠."

화륵, 화륵, 횃불 모양의 램프에 차례차례 불이 들어오고, 그 중심에 보통 사람의 두 배는 될 법한 커다란 얼굴이 떠올라서 어부들이 숨을 삼켰다.

이상한 얼굴이었다. 눈은 실처럼 가늘었고, 눈꼬리는 축 처져 있다. 입꼬리는 지나칠 정도로 올라가 있어 이유도 없이 웃는 것처럼 보였다. 좌우로 한 가닥씩 긴 콧수염과 약간의 턱수염을 기르고 있었지만, 뺨이 불룩해서 위엄이 없었고, 몹시 기묘해 보였다. 머리숱은 적었고, 검은 천으로 만든 등지느러미 모양의 작은 모자를 정수리에 올리고 있다. 얼굴이 흔들릴 때마다 그 모자도 좌우로 까딱까딱 기울어졌다.

그리고 무슨 의도인지, 왼쪽 겨드랑이에는 펄떡펄떡 날뛰는 물고기를 안고 있었다.

"생활은 점차 빈곤해지고, 축소되어만 가고, 가장 튼튼해야 할 구조재에도 균열이 발견되고, 3년 동안 아무도 드나들지 않은 구획이 어느샌가 폐쇄되어 있습니다. 스물네 씨족은 열여섯 씨족으로 줄었죠. 우리는 FBB를 빙글빙글 돌면서 가장 중요한 속도를 잃고 점점 낙하하고 있어요. 대기권으로 낙하한다는 뜻이 아닙니다. 언젠가는 닥쳐올 급격한 파탄으로 향하는 내리막길로 말입니다."

그자는 앞으로 나서며, 그 모습과 주변 풍경을 드러냈다. 통로는 어느새 목재를 짜서 만든 바닥과 기둥과 천장, 그리고 종이로 된 무수히 많은 미닫이문으로 사방이 둘러싸여 있었다. 웅장한 건축물은 아니었지만, 다른 씨족선에서는 볼 수 없는 기이한 광경이었고, 전방과 과거를 향해 어디까지고 이어져 있을 것 같았다.

"우리는 굶주리고 쇠락해 죽겠지요. 추축원에 잘 오셨습니다, 누루데 시키리요니 케이와쿠입니다."

소매가 넓고 품이 넉넉한 동양식 상의와 바지를 입은 남자가 손

날을 들어 좌에서 우로 허공을 부드럽게 가르는 동작만으로 허공을 걸었다. 실내 중앙까지 사붓사붓 다가오더니, 전방을 향해 힘차게 손바닥을 훅 내밀며 정지했다.

그걸 본 어부들은 바짝 긴장했다. 무중력이니 공중에 떠 있는 건 이상한 일이 아니다. 멈춰 섰다는 점이 불가사의한 것이다. 누루데는 눈으론 볼 수 없는 어떤 힘을 가진 걸지도 모른다. 그와 동시에 어부들을 묶고 있던 그물도 풀렸지만, 달려드는 사람은 없었다. 다들 경계하며 노려보고 있다.

그 광경을—— 테라와 다이오드는 15미터 떨어진 천장 안쪽 덕트에서 엿보고 있었다.

엎드린 채 미니셀 화면을 바라보며 테라는 감탄한 어조로 속삭였다.

"굉장해……! 마치 손바닥에서 자기장이라도 나오는 것 같아. 누루데 씨도 디컴프레션을 하는 건가요?"

"아뇨, 저건 미리 방 안에 가로세로로 깔아둔 발판용 실을 눌렀을 뿐이겠죠." 다이오드가 찌푸린 얼굴로 말했다. "배경이 바다이며 벽이며 전부 종횡으로 그어진 직선적인 윤곽이다 보니, 거기에 섞여 안 보이는 거예요."

"어? 그건—— 상당히 케케묵은 허세, 아니지, 고풍스러운 트릭이네요."

"굳이 말을 고를 필요 없어요. 상대가 이런 인테리어에 익숙한 겐도 사람이었다면 이런 짓 안 했을걸요. 저 가면도 그런 허세의 일종 아닐까——."

"가면? 저 커다란 얼굴, 마스크를 뒤집어쓴 거였어요?"

"맞아요, 나무로 만든 가면이에요. 아무리 그래도 진짜 얼굴처럼은 안 보이잖아요?"

"원래 저런 얼굴인 줄로만……."

"그럴 리가 없잖아요. 누루데는 지극히 평범한 중년 남성이라고요!"

"우리는 그런 건 모르는걸요! 본 적이 없으니까요. 뭔가 굉장한 게 튀어나왔다고 생각했어요! 어둡기도 했고!"

"다른 씨족 사람한텐 그렇게 보이는 건가…… 그러면 의외로 효과적인 작전이려나."

"어떻게 할까요?"

"조금만 더 살펴보죠. 저건 돌아버린 망상에 사로잡힌 사람일 뿐이라고 생각하지만, 뭔가 유용한 정보를 얻을지도 모르고…… 어쩌면 제정신일지도 모르니까."

말하고 나서 다이오드는 자기가 어쩐지 겁을 먹은 것 같다고 생각했지만, 테라의 말에 위안을 얻었다.

"그러네요, 그리고 저 보이지 않는 실은 비장의 패에 방해가 되니까요."

"……아아, 그 말이 맞네요."

"될 것 같은 각이 보이면 위에서 확, 하고 돌격하죠. 저, 열심히 할 테니까요!"

테라가 좁은 덕트 안에서 주먹을 꾹 쥐며 힘을 넣는 바람에, 옆에 있던 다이오드가 벽에 꽉 눌리고 말았다.

"꾸엑."

두 사람이 이곳에 있는 건 몇 가지 조건이 겹친 덕분이었다. 어부들과 동행할 수는 없었다. 추야와 에다는 몇몇 잠입 루트를 제공했고, 경보 장치를 꺼 주었지만, 안내까지 해 줄 여유는 없었다. 그래서 다이오드의 특기를 살려 덕트를 통해 잠입하게 되었다. 두 사람이 고른 옷이 저항이 적은 타이트슈트형 덱 드레스인 것도, 따지고 보면 이런 사태를 대비한 결과였기 때문에 좁은 덕트에도 쉽게 잠입할 수 있었다.

다만 한 가지 쉽지 않았던 건 아무래도 테라는 타고난 덩치가 크다는 점이었다. 하지만 그것도 돌격 상황에선 유리한 이점이 되어 주겠지.

만일의 사태를 대비해 직접 눈으로 엿보는 대신 조금 벌어진 틈을 통해 미니셀 카메라를 내려서 지켜보았다.

"그 차림은 환영하는 복장치고는 너무 기발한 거 아닌가, 누루데 족장."

잠시 기세에 눌려 있던 어부들 사이에서 체격 좋은 부부가 앞으로 나섰다. 분명 두 번째로 비단잉어 어획에 성공했던 히브리 씨족 어부였다. 다소 부자연스러웠지만, 주변을 둘러보며 말했다.

"무대장치에도 공을 들였는걸."

"이런 건 바우 아우어 때 공연해 주면 좋을 것 같아. 돈 좀 벌겠는데?"

"칭찬해 주시니 감사하지만, 이건 씨족 사람들을 즐겁게 할 용도가 아니라, 다른 나라 사람들에게 똑똑히 보여주기 위한 모습입니다."

누루데는 왼쪽 겨드랑이에 안고 있는 물고기를 치켜 흔들며 말했다.

"에비스라는 괴물의 모습입니다. 괴물, 혹은 우리가 이젠 잊고만 신이라는 존재의 상징이라고 주장하는 사람도 있지만, 아무튼 평범하지 않은 모습이죠. 어업과 주조를 관장하고, 바다 너머에서 찾아온 기묘하고 강력한 존재. 우리가 그런 존재라는 사실을 이런 식으로 표현하는 겁니다."

"굳이 표현하지 않아도 돼. 겐도 씨족이 훌륭한 어업 실력을 지녔다는 사실은 우리도 인정하지." 히브리의 어부는 됐다는 듯이 손을 휙휙 털었다. "술을 빚는 솜씨까지 뛰어난지는 모르겠지만 말이야. 그런 것도 평범한 방식으로 보여줄 수 있잖아. 서크스 열여섯 씨족은 항상 그런 식으로 의논하면서 살아왔잖아. 왜 갑자기 성급한 짓을 시작했지?"

그래, 그 말이 맞다며 끄덕이는 어부들에게 누루데는 고개를 저었다.

"여러분은 오해하고 있습니다. 우리는 다른 씨족을 협박하고 싶은 게 아닙니다. 별을 넘어간 그곳에서 존재감을 드러내고자 할 뿐입니다."

"별을 넘어가?——아아, 그 원정 계획인가 하는 거 말인가? 이제 그런 헛소리는 그만해도 된다고 생각하는데."

"대장 노릇이 하고 싶은 거라면 그렇다고 솔직히 말하면 된다고요."

어부의 어이없다는 표정에, 그의 아내까지 한마디 보태고서 서로 눈짓을 주고받았다. 누루데는 잠시 침묵했다.

그들의 머리 위에서 테라가 걱정스럽게 중얼거렸다.

"부인까지 대놓고 말하네요. 누루데 씨 입장에선 상당히 무례한 말이겠죠. 저래도 괜찮을까."

"저건 무례가 아니라 일부러 부추기는 거예요. 화나게 만들고 있어요."

"아하."

다이오드는 테라의 팔을 만지며 준비하라고 신호했다.

"……헛소리가 아닙니다." 괴상한 가면 속에서 누루데가 다시 입을 열었다. "그 방송을 통해 밝혔던 말 중에서 거짓말은 한마디도 없습니다. 우리는 모두 추방당한 자들이며, 가혹한 환경에 놓인 자들입니다. 하지만 그 덕분에 이 행성에서 디컴프레션이라는 힘을 단련할 수 있었고, 타마테바코를 완전히 기동하기만 하면 은하의 강물에 그물을 던지는 것도 가능해지겠죠. 그 증거로——."

"그 증거가 동료네 집을 몇 분쯤 깜깜하게 만들었다는 것뿐이라면 협박으로 보기에도 박력이 빈약하네요."

히브리 씨족 여자에게 또 조롱을 받았지만, 누루데는 이번엔 침묵하지 않았다. "박력이, 뭐라고요?"라며 겨드랑이에 끼고 있던 물고기를 어딘가로 놓아주었다.

좌우에 쭉 늘어서 있는 네모난 기둥 그늘에서 검은 옷의 즈이진들이 그림자처럼 튀어나와 어부들에게 달려들었다.

그러자, 비단잉어를 가장 먼저 잡았던 드론&덩글 씨족의 어부가 "디컴프레션!"이라고 외쳤다. 그 말이 떨어지자 놀라운 일이 일어났다.

지금까지 체액성 젤에 젖어 있었던 부인들의 덱 드레스, 그리고 덱 드레스의 버슬(Bustle), 드로어즈, 예비 산소 탱크, 핸드백 등등에서 검이나 곤봉, 낫이나 방패가 일제히 모습을 드러냈다.

"헛된 저항이다! 제압해라!"

누루데가 명령하자 난투가 벌어졌다.

"으아, 여기서 이렇게 되고 마는구나. 누루데 씨는 끝까지 설득으로 밀어붙일 줄 알았는데."

"D&D 씨족 어부는 전 선단 어획 1위인 에시크예요. 저 사람은 설득할 수 없어요. 혈기와 광신으로 넘쳐나고 있으니까 어차피 결국은 부딪힐 수밖에 없죠."

서로 치고받는 광경을 보고서 당황하는 테라에게 다이오드가 작은 목소리로 재촉했다.

"지금이에요. 에다 씨한테."

"네, 넷!"

다이오드는 밑을 주시했다. 난투 개시 30초 시점에선 어부들이 우세해 보였다. 아무래도 전 선단에서도 손꼽히는 운동신경을 가진 남자들과, 점토로 만들었다고는 해도 자유롭게 변형하는 무기를 건네는 여자들이 뭉쳤으니까. 붙잡으려는 자들을 때려눕히고 밀쳐냈다.

하지만 갑자기 덜컹, 하는 소리와 함께 벽의 기둥이 쓰러지자,

마치 그 기둥에 끌려가듯이 어부 대여섯 사람이 우당탕 넘어졌다.

"와이어다! 누가 좀 잘라줘!"

D&D의 어부가 밀치락달치락 격투를 벌이며 지시했다. 그들도 누루데가 공중에서 정지한 트릭을 눈치채고 있었던 것이다. 하지만 혼란 속에서 보이지 않는 실을 절단하는 건 너무 위험했다. 날붙이를 든 어부가 주저하는 사이에 쿠웅, 하고 방을 크게 뒤흔들며 또 기둥 몇 개가 쓰러졌다. 와이어에 튕긴 어부가 이상한 자세로 공중을 날아가고 있었다.

거기에 더해 증원을 온 즈이진들이 뛰어들었다. 순식간에 어부들이 밀리기 시작한다. 전황은 뒤집혔고, 검은 옷을 입은 자들이 어부를 한 명, 또 한 명 제압하는 모습이 보인다.

"이러다 전부 당하겠어요."

"괜찮아요. ……괜찮을 거예요."

다이오드는 누루데를 뚫어져라 응시하면서 연이어 말했다. 지금까지 부족장이나 심복 같은 사람들은 나타나지 않았다. 그 말은 즉, 누루데 혼자서 겐도 측을 지휘하고 있다는 의미. 그의 움직임에만 주의하면 아직 승산이 있다.

그 누루데는 방구석에서 상황을 지켜보고 있었다. 난투가 거의 수습되자, 지친 기색으로 손을 들었다.

"거기까지 하도록. 다들 수고하셨군요."

그물로 한꺼번에 묶여 있던 아까와는 달리, 이번에는 한 사람씩 손을 결박당했다. 누루데는 그중 한 명, 리더 격인 D&D의 어부에게 다가가 가면을 쓴 얼굴로 눈높이를 맞췄다.

"난폭하게 굴어서 미안하군요. 반드시 이 과정을 거칠 수밖에 없었거든요."

"난폭하게 군 건 이쪽인데…… 아니지." 어부는 무언가를 깨달았다. "설마, 일부러 디컴프레션을 하게 만든 건가?"

"네."

"여자들을 지치게 만들기 위해서인가. 한 방 먹었군."

그 광경을 지켜보던 테라와 다이오드도 감탄할 뻔했지만, 돌아온 누루데의 대답은 더욱더 수수께끼였다. 회수한 점토 무기 중 하나를 즈이진에게 건네받아 흥미롭다는 듯이 살펴보며 말했다.

"소모하게 한 건 여자들의 체력이 아닙니다."

"뭐……?"

"그래도 이걸로 여러분을 타마테바코에 집어넣기 쉬워진 건 맞군요."

누루데는 몸을 일으켜 주위 부하들에게 명령했다.

"그물잡이 분들을 안쪽으로."

"그만둬!" "아내를 놔줘!"

여자들이 끌려가는 모습을 보고서 남자들이 외쳤다. 누루데가 다시 고개를 저었다.

"곧 무사히 돌려드리겠습니다. 다만, 딱 하나 문제가 있지만요. ——앞으로 그물은 칠 수 없게 됩니다."

"뭐라고?"

안쪽으로 향하던 누루데는 딱 한 번 뒤돌아보았다.

"이건 어쩔 수 없는 일입니다."

그리고선 여자와 즈이진들을 데리고 어둠 속으로 사라졌다. 뒤에 남겨진 남자들이 이마를 맞대고 의견을 나누기 시작했다.

테라는 덕트 안에서 숨을 죽이고 지금 들은 말을 곱씹어 보았다.

(소모하게 한 건 여자들의 체력이 아닙니다.)

(그물은 칠 수 없게 됩니다.)

——오싹, 소름이 돋았다. 그물을 칠 수 없게 된다는 게 무슨 뜻일까. 무사히 돌려주겠다고 했으니까, 상처를 입힌다는 뜻은 아니다. 하지만 그물은 마음으로 던지는 것이다. 말과 일상의 굴레에서 정신을 해방했을 때 그물이 펼쳐지고, 배가 하늘을 난다.

그게 불가능한 상태라면 말 그대로…… 더 이상 상상이 불가능한 상태가 아닐까.

하지만 그렇다면 앞에 한 말의 의미는?

누루데는 지금의 소규모 교전을 통해서 뭘 소모하게 만든 걸까?

"테라 씨!"

강하게 어깨를 흔드는 손길에 정신을 차렸다. 다이오드가 초조한 시선으로 바라보고 있었다.

"가죠. 괜찮아요?"

"네…… 네."

"정말로 괜찮은 거예요? 지금 뭔가 중요한 생각을 하고 있었죠?"

"아뇨—— 됐어요, 괜찮아요. 돌입하는 거죠?!"

어딘가로 도약하고 있던 생각의 초점이 현재로 돌아왔다. 테라는 통로 끝을 보았다.
"저 사람들을 쫓아가야 해요. 앗, 하지만 여기서는······."
덕트는 이 앞으로 이어지지 않았다. 이곳 추축원 안까지는 다이오드의 경험과 감을 통해 도달할 수 있었지만, 역시 극비 중의 극비인 타마테바코 안까진 이어져 있지 않은 모양이었다.
"어쩔 수 없어요."
다이오드는 지금까지 카메라를 내밀고 있던 환기구를 가리키며 뒤로 조금 물러났다.
대신 앞으로 나선 테라가 덱 드레스의 잘록한 허리 부분에서, 몸에 감고 있던 AMC 점토를 떼어내 환기구 뚜껑에 올렸다.
눈을 감고서 심호흡──지켜보는 다이오드 입장에선 경이로움밖에 느껴지지 않는 과정을 거쳐──끈 모양이었던 점토가 덕트의 위아래를 꽉 채우는 강력한 실린더로 변했다.
삐걱삐걱 소리를 내며 흔들리던 뚜껑이 결국 아래쪽으로 부서졌다.
"해냈어요! 이제 앞으로 갈 수 있겠네요!"
발끝부터 내밀어 긴 몸을 미끄러트리듯 빠져나간 테라의 뒤를 쫓아 다이오드도 머리부터 뛰쳐나왔다.
공중에 둥둥 뜬 채 방구석에 처박혀서 허우적거리던 어부들의 눈앞에 검은색과 남색 옷을 입은 한 쌍의 여자들이 나타났다. 어안이 벙벙한 얼굴들 속에서 역시 D&D는 금방 눈치챘는지 "엔데바 씨족의 58K인가? 어째서 여기에?"하고 물었다.

"누루데 씨를 막으러요. 우리는 트레이즈 씨족의 살린잔이기도 하거든요."

"그 목소리. 너는——."

"죄송합니다. 시간이 없으니 얘기는 나중에. 아내분들을 구해 오겠습니다."

"잠깐!"

제지하는 목소리를 무시하고서 두 사람은 어둠 속으로 나아갔다. 다이오드가 슬쩍 테라를 돌아보았다.

"사정을 설명한 다음 데리고 가는 방법도 있지 않겠어요?"

"시간이 없어요. 다들 벽 쪽에 달라붙어 있었잖아요." 테라는 고개를 저었다. "그건 이미 에다 씨의 조치가 시작됐다는 뜻이에요."

"아아!"

다이오드가 긴장하며 고개를 끄덕였다.

이윽고 무시무시할 정도로 낡아빠진 튼튼한 나무문 앞에 이르렀다. 문 앞에는 아무도 없었고, 살펴보니 감시나 경계 장치도 없었다. 대신 놀랍게도 안쪽에서 빗장을 걸어두고 있었다. 만약 두 사람이 암호키를 해석하는 현대적인 잠금장치 해제 기기를 가지고 왔다면 어찌할 바를 몰랐을 것이다.

하지만 지금 이곳엔 단 한 명 남은 디컴퍼가 있다.

테라는 허리의 점토를 문 한가운데에 대고서 눈을 감았다.

——디컴프레션. 점토를 단단히 끼워 넣어 방해물을 제거.

문틈으로 의식을 흘려 넣고, 가느다란 틈을 통해 문 너머로 펼쳐 빗장을 옆으로 밀어냈다.

눈을 뜨고서 문에 양손을 올린 다음, 테라는 옆을 향해 말했다.

"다이 씨, 들어가기 전에 하나만 부탁해도 될까요?"

"네?"

"우리는 타마테바코를 부수고 디컴퍼 분들을 구할 거예요. 하지만 그 전에 저는 누루데 씨한테 물어보고 싶은 게 있어요. 잠깐만 대화할 시간을 주세요. 그래도 될까요?"

"상관없어요. 다만." 힐끗 올려다보며 다이오드가 말했다. "자폭, 막무가내식 돌격, 자기희생은 절대 금지예요. 무슨 일이 생기면 제가 어떻게 할지—— 알고 있죠?"

"알고 있어요. 지금은 그런 흐름이 아니잖아요."

살짝 쓴웃음을 짓고서 테라는 다시 문에 손을 올렸다.

"갑니다——!"

미닫이문이었다. 둘이서 힘껏 옆으로 밀어제치고서 안으로 들어갔다.

"테라 인터콘티넨털과 다이오드입니다. 이야기를 나누러 왔습니다, 누루데 씨!"

작은 사당 주변에 있던 거대한 가면을 쓴 남자와 검은 옷을 입은 부하들이 일제히 뒤를 돌아보았다.

바깥쪽을 빙 둘러치듯, 높게 솟은 벽이 사당을 감싸고 있었다. 가로세로 1미터쯤 되는 격자가 정연하게 배치된 벽이었다—— 아니, 벽이 아니다. 서랍이다. 선반이다. 한 단에 수십 개는 늘어선 서랍이, 고개를 들어 올려다봐야 할 정도 높이까지 수십 단이나 겹겹이 쌓여서, 이 원통형 방의 바닥을 구성하고 있었다. 원통의 축은 아마 『후요』의 축이겠지. 어쩌면 이 방은 씨족선의 중심일지도 모른다.

 그 바닥에서 두 사람은 누루데와 마주했다.

 공기 조절 장치조차 멈춘 건가 싶을 정도로 고요한 분위기. 하지만 그것도 겨우 몇 초였다. 아무런 대답 없이 스물네 명이나 되는 즈이진이 일제히 달려들어 두 사람을 붙잡았다. "이거 놓으세요! 얘기하러 온 거예요!" 하고 저항하면서 테라는 주변을 자세히 관찰했다. 여자들은 모습이 보이지 않는 걸 보니 이미 주변 서랍 안에 들어간 모양이다. 그리고 중앙의 사당, 가느다란 나무를 짜 맞춰 만든 애완동물용 집 정도 크기의 조그만 구조물이었지만, 누루데와 부하들이 단단히 지키고 있는 것만 봐도 그만큼 중요한 물건임이 틀림없다. 아주 공들여 만든 가짜가 아니라면야 저게 이 방의 핵심이다. 즉, 타마테바코의 코어.

 "누루데 씨!" 테라가 외쳤다. "한 가지 가르쳐 주세요. 젠도 씨족이 으뜸이라고 생각하는 당신이 어째서 다른 씨족에게 간섭하는 건가요? 『후요』가 단독으로 추크슈피체 성계에 가면 승리를 독차지할 수 있는데, 그러지 않은 데에는 이유가 있는 거 아닌가요?"

 그 말을 듣자 누루데는 한 손을 슥 들었다. 그 신호에 즈이진들이 움직임을 멈췄다.

 "겨우 여자 둘이서 뭘 하러 왔나 했더니…… 그건 무슨 뜻으로 하는 질문인지요?"

 "당신이 AMC 점토의 비밀을 알고 있는 게 아니냐는 뜻이에요."

 "비밀이라. 왜 그렇게 생각하셨는지?"

"조금 전 난투가 끝났을 때, 디컴퍼 분들의 소모를 노렸던 건 아니라고 말했잖아요. 그건 AMC 점토를 소모시키기 위해서였다는 뜻 아닌가요. 점토를 여러 가지 무기의 형태로 변형하게 만들어 디컴프레션의 힘을 줄여 놓은 거죠."

"상상력이 뛰어나군요. 아아, 생각났다. 당신은 테라 인터콘티넨털—— 별명은 『이야기꾼 테라』였죠."

"……제 말이 틀렸나요?"

"계속해 보십시오."

누루데는 이상할 정도로 침착한 태도였다. 그 점을 의아하게 여기는 동안, 테라의 뒤로 커다란 문이 다시 닫혔다. 어부들이 도우러 올 가능성을 차단한 만큼 마음을 놓은 걸까.

"우리는 알고 있어요." 테라는 비장의 패 중 한 장을 꺼내기로 했다. "디컴프레션은 온전히 인간만의 힘이 아니에요. 사실은 반대로 점토가 가진 능력이죠. AMC 점토라는 다른 별의 생물이 인간의 상상력을 받아들였을 때만 성립하는 상식을 초월한 변형 현상. 그것이 디컴프예요."

"다른 곳에서 조용히 이야기해야 했군요." 누루데는 그렇게 말하고서 즈이진들을 둘러보았다. 그들도 소란을 피우지는 않았지만, 상당히 동요하는 기색이었다. 베쉬도 아닌 점토가 생물이라는 생각은 일반인에겐 너무나 낯설 테니까. "……뭐, 됐습니다. 어차피 머지않아 모두에게 밝힐 생각이었습니다. 이 사람들 앞이라면 괜찮겠죠. 그래서? 테라 씨는 그 정보를 어디서?"

"엔데바 씨족한테도 오래된 시설이 있거든요." 좋아, 거짓말은 아니야. 테라는 속으로 고개를 끄덕였다. "출처야 어디든 상관없겠죠. 제가 하고 싶은 말은, 점토가 겉으로 보이는 것 이상으로 훨씬 커다란 수수께끼를 품고 있는 복잡한 생물이고, 우리 서크스는 표면적인 성질만을 겉핥기로 맛보고 있는 것에 지나지 않는다는 뜻이에요."

"흥미롭군요──." 누루데는 다시 한번 신호를 보내 테라를 풀어주라고 지시했다. "그에 대한 설명은 나중에 자세히 들어보도록 하죠. 하지만 그래서요? 거기까진 그냥 지식에 불과합니다. 요구는?"

"여기까지 알고 있다는 것만 봐도, 저 정도 되는 사람은 꽤 귀하겠죠." 테라는 자신감을 드러내며 앞으로 나섰다. 좌우의 즈이진들은 제멋대로 위아래로 흘러가는 것처럼 보인다. "누루데 씨, 당신은 사정을 잘 아는 동료를 원하고 있겠죠. 아닌가요? 긍지 높은 겐도 씨족 사람들이 단독으로 떠나지 않고서 타마테바코로 다른 씨족까지 데려가려고 하는 건, 그냥 머릿수가 필요해서 그런 거 아닌가요? 동포 의식 같은 게 아니라."

"뭐, 아주 틀린 말은 아닙니다. 그래서요? 왜 우리가 동료를 원한다고 생각합니까?"

"그야 점토는 만만한 상대가 아니니까요. 이곳 FBB에서조차, 300년이 지났는데 여전히 어획하기 쉽지 않은 베쉬들이 많이 있어요. 그런데 당신이 잡으러 가는 건 미지의 베쉬, 어쩌면 베쉬조차 아닌 미지의 점토 생물. 그런 곳에 가는데 염려되지 않을 리가 없죠."

"오호라…… 이해가 가는군요. 즉, 당신이 하고 싶은 말은."

"네." 전부 다 알고 있다는 표정으로 테라가 끄덕였다. "추크슈피체 성계에서 점토 대책을 세우는 계획에 저도 함께할 수 있게 해주시겠어요?"

"과연—— 그걸 위해 이런 곳까지 오셨군요. 어떻게 온 건지는 모르겠지만."

"네. 어떤가요?"

이젠 완전히 애드리브로만 이야기를 이어가면서 테라는 어떻게든 자연스럽게 고개를 끄덕였다.

그리고 이어진 누루데의 말에 얼어붙었다.

"좋습니다. 당신이 제 발로 맨 프레서에 들어가겠다면야 우리로서도 거절할 이유가 없습니다."

"맨 프레…… 네?"

"점토를 사냥하려면 디컴프레션이 필요하죠. 하지만 디컴프레션을 하는 사람은 점토와 같은 꿈을 꾸게 됩니다. 이 커다란 모순을 설마 깨닫지 못했다고는 하지 않겠죠?"

누루데의 가면에 뚫린 작은 구멍 너머로, 아직 보지 못한 맨얼굴이 웃고 있는 듯한 느낌이 들었다.

"당신이 깔끔하게 사이즈가 맞기를 바랍니다."

"잠깐——."

누루데의 손짓 한 번에 테라는 다시 붙잡혔다. 이번에는 항의도 통하지 않았다. 즈이진들의 손에 바깥쪽 서랍의 꼭대기까지 운반되어 올라갔다.

"테라 씨!"

바로 뛰쳐나가려다가, 테라보다도 더 많은 즈이진들에게 손목 발목을 붙잡힌 다이오드가 소리쳤다.

"누루데! 이 뇌 붕괴로 전기가 질질 새는 공간정위상실증 미아 족장, 테라 씨를 놔줘!"

"이것 참, 어떻게 저리 천박한 말을." 족장의 불쾌함을 담은 말이 떨어지자 젊은 남성 즈이진이 다이오드를 뒤에서 단단히 붙들었다. "겐도의 정통 핏줄을 이은 여성이 입에 담을 말이 아닙니다. 아버지한테도 들리겠군요."

"아버지—— 너, 그 얼간이 같은 싱거운 아빠한테 무슨 짓을 했어?!"

"이상한 호칭으로 부르는군요. 가족을 소중히 여기는 건지, 싫어하는 건지…… 뭐, 목숨에는 지장이 없습니다. 대충 저쪽에 있죠."

누루데가 서랍 아래쪽, 아래에서 3번째 단 부근을 가리켰다.

"맨 프레서, 타마테바코. 옛날 왕래권 방위군이 남긴 이 장치는 사실 바르고 건실한 사람에게는 아무런 해도 없습니다. 윗사람에게 충성을 맹세하고, 시키면 시킨 대로 하나씩 처리하고, 아무 명령이 없을 때는 얌전히 있는다. 그런 지극히 쉬운 것들을 할 줄 아는 사람은 저곳에 들어가도 아무런 변화도 보이지 않거든요. 얌전하고 쓸모 있는 사람인 채로 남죠."

"그런…… 이 빌어먹을 토사물 같은 게."

"빌어먹을 토사물도, 지옥으로 이어지는 쓰레기의 구멍도, 고문 장치도 아닙니다. 정말 끔찍한 말이군요…… 하지만 어떤 부류의 사람들. 24시간 내내 쓸데없는 망상에만 골몰하는, 바르고 건실함과 거리가 먼 사람에게는 저 안에 계속 머물러 있는 게 쉬운 일이 아닌 모양입니다."

다이오드는 그 말에 눈치채고서 소리쳤다.

"그럼 이건 각 씨족에서 가장 뛰어난 디컴퍼를 이용해서 선단의 지휘를 통일하는 장치…… 아니라고?"

"그런 장치라고 생각했던 겁니까? 아닙니다. 타마테바코는 각 씨족에서 가장 반항적인 그물잡이를 이 안에 가둬둠으로써, 확실하게 추방자들의 힘이 약해졌음을 판별하고, 그로써 선단장에게 전 권한을 부여하는 인증 기계입니다."

"——테라 씨!"

다시 한번 다이오드가 부르짖는 소리가 귀에 들렸을 때, 테라는 타마테바코의 침대에 강제로 밀어 넣어지던 참이었다.

"다이 씨——."

침대가 드르륵, 소리를 내며 어둠 속으로 미끄러져 안에 수납되었다. 폐소 공포에 허우적거리는 손은 어째서인지 어디에도 닿지 않았고, 넓은 공간을 무력하게 휘젓다가——.

덥석, 따뜻하고 커다란 손에 붙잡혀 멈췄다.

"어?"

"자, 그물을 펼쳐."

자기를 향해 따뜻하게 미소를 짓는다. 단정하고 기품 있는 얼굴. 서 있으면 테라와 비슷한 키, 옷깃과 소매를 화려한 레이스로 장식한 덱 드레스를 입은 청년은 이름까진 기억이 나지 않았지만, 예전에 테라가 소개받은 상대 중에서는 제일 괜찮았던 맞선 상대였다.

"그물을 펼쳐. 사과새우야."

"네, 네."

청년이 전방 콕핏에서 가볍게 말했다. 테라는 주변의 운해를 보고, 후방 콕핏 VUI 표시를 살피고 나서, 아, 고기잡이 중이구나, 하고 깨달았다.

디컴프해야 해. 그물을 던지는 거야. 사과새우라면 아주 재빠르게 흩어지니까—— 그렇지, 날개그물을 늘리면 전부 범위에 넣을 수 있을지도 몰라. 혹시 날뛰면 오터 보드를 4장으로 늘려서…… 아니지, 8장, 16장?

"평범하게." 그런 말이 들렸다. "평범하게 자루그물과 날개그물 두 장이면 충분하니까. 내가 트롤링할게."

"어?"

분명 그런 말을 들었는데도 펼쳐지는 그물이 멈추지 않는다. 배 뒤로 여덟 개의 그물을 흘려보냈다. 그 그물을 끌어주는 열여섯 개의 케이블이 차례차례 전개판을 떨어뜨리자 바람을 받아 깔끔하게 펼쳐진다. 가스 행성에 꽃피운 지름 2킬로미터의 거대한 꽃. 끌줄을 조절해서 모양을 정돈했다. 아름다운 기하학 도형이 빙글빙글 돌아간다. 즐겁고, 재미있고, 흥분돼——.

훅, 하고 모든 게 불이 꺼지듯 암전됐다. 청년의 실망한 목소리가 들린다.

"어째서 그런 짓을? 그런 그물로 표준 진입을 하면 중앙이 숭숭 뚫려. 그 그물은—— 너무 어려워."

"아…… 죄, 죄송해요. 무심코."

"다시 한번 해보자. 좌우 두 장이면 충분하거든? 쉬운 일이니까——."

부드러우면서도 깊은 아픔이 가슴을 절절하게 찔렀다. 시키는 대로 하면 되는데 아무리 해도 그게 잘 안 된다.

"왜 이렇게 되는 거야?"

"미안합니다…… 죄송해요……."

"내가 싫어서 그런 건 아니지?"

"절대로 그런 게 아니에요……. 정말로 멋진 분이라고 생각하고……."

상대는 잘못이 없다. 아주 평범하게, 아니, 오히려 평범하다고 표현하면 실례일 정도로 아주 친절하게 대해준다. 그런데 서로 맞질 않는다. 도저히 어쩔 수 없다. 분명 전부 내 잘못이야——.

눈가에 고인 눈물을 닦으며 고개를 들자, 누군가가 낡은 소자석을 슥 들이민다.

"미남 백선."

"네?"

"잘생긴 남자가 가득 담긴 자료야. 온 은하의 영화나 초상화를 통해 모은 것들."

옆자리에서 직장 동료 마키아가 뷰어에 환상적인 미모를 가진 배우를 띄워 놓고, 예를 들면 이런 것들이라면서 미소 짓는다.

"너는 자기가 어떤 취향인지 잘 몰라서 그래. 이것저것 보다 보면 분명 딱 맞는 애가 있을 거야."

"아뇨, 그게."

"배우랑은 결혼 못 하니까? 뭐, 그건 그렇지만 타입을 확실히 정해보자는 뜻이지. 반대로 짐작 못 했던 새로운 취향을 발견할지도 모르고."

"아뇨, 얼굴이 문제가 아니라…… 남자는 좀……."

"에이, 너무 선이 굵지 않은 사람도 있다니깐. 가령 이 사람이나 이 사람처럼. 그보다 자꾸 그럴 거면 네 취향은 없어? 취향이 어떤데?"

"취향은 좀…… 아직 잘 모르겠어서."

"아직이라니 뭔 소리야, 꼭 필요한 일인데!" 벌떡 일어나 야단친다. "너는 앞으로 어쩔 거야? 언제까지 그 이상한 어린애랑 반쯤 장난처럼 지내려고? 그러면 안 되잖아 진지하게 생각해야지! 다들 어떻게 여길지 잘 알잖아?"

"앗, 잠깐만요, 저는 그게."

"아니, 잠깐이고 뭐고 없어. 이건 내가 기다릴 일이 아니잖아? 네 일이라고! 이젠 나도 몰라!"

"마키아……."

사과하려고 해도 상대는 돌아보지 않는다. 다른 사람한테 말을 걸고서 방을 나가버렸다. 이건 아까보다 더 마음이 아팠다. 상대의 호의를 순수하게 받아들일 수 없고, 그러면서 대안도 제시하지 못하는 자신 때문에. 꺼림칙한 기분과 막연한 기대감만으로 갈팡질팡했다. 앞일을 고민해야만 하는데 아무것도 떠오르지 않는다.

눈물이 뚝뚝 떨어지기 시작했다. 이젠 눈물이 배어 나오는 수준이 아니다. 나의 특징, 이곳에 없는 무언가를 원하게 되는 두서없는 상상이 자기와 타인 사이에서 마찰을 일으켜, 양쪽 다 불편하게 만든다. 정말로 괴롭다. 이렇게 이것저것 생각할 필요 없는데, 자기 자신이 괴로워지는 상황에서까지 발휘되는 이런 힘은 없으면 좋을 텐데——.

세상이 덜컹, 흔들리고 테라는 헉, 하고 정신을 차렸다.

"테라 씨——!"

머리 위쪽으로 아주 약간 틈이 벌어져, 그 틈으로 다크 블루의 눈동자가 안을 들여다보고 있었다.

다이오드를 뒤에서 붙들었던 즈이진, 즉, 추야가 빈틈을 노려 그녀를 여기까지 던져 올린 거였다.

"다이 씨!"

틈은 금방 닫혔다. 다른 사람들도 여기까지 도달했는지 다투는 외침이 바로 밑에서 들려왔다.

하지만 그것만으로도 테라는 자기가 지금 어디에 있는지 확실하게 깨달았다.

이게 타마테바코! 피험자의 기억을 뒤져 급소가 될 만한 에피소드를 골라내고, 강요(coerce), 이중 구속(double bind), 무시(neglect), 등 다양한 압력을 가해 스스로 자책하게 만드는 장치. 정신이 든 지금은 뭔가 이상했다는 걸 안다. 마키아는 특별히 친한 사이는 아니었지만, 그렇게까지 심한 소리를 하는 사람도 아니었다. 반대로 맞선에서 만났던 청년이 훨씬 차가운 태도였다.

게다가 여러 가지 힘든 일이 있었던 건 사실이어도, 그건 디컴프레션 때문이 아니다. 테라는 디컴프 때문에 괴로워했던 적이 한 번도 없다. 오히려 디컴프레션은 자신에게 있어서 호흡이자 생명줄, 자기 꽃이나 다름없었다.

 그리고 자기의 가장 중요한 요소가 무엇인지 새삼 깨닫게 해준 사람이 바로 저 사람이다.

 "다이 씨……!"

 지금은 천장에 손이 닿는다. 손바닥으로 더듬어 필사적으로 밖으로 나가려고 하자, 밖에서 다른 누가 미는 힘이 느껴졌다. 즈이진들이 닫으려고 힘을 주는 모양이었다.

 "──이게!"

 미끄러운 천장 표면에 닿은 손바닥 힘으로만 버틸 뿐이라 애를 써도 힘을 싣기가 힘들었다. 밖에서는 대여섯 명이 서랍을 붙잡고 밀어 넣는 중이다. 힘겨루기할 생각으로 끙끙대 봤지만, 도무지 꿈쩍도 하지 않는다──.

 그렇게 생각한 순간, 천장이 천천히 다가오기 시작했다.

 "으왓."

 모험 콘텐츠에서 종종 등장하는 침입자를 눌러 죽이려고 내려오는 함정 천장처럼 느껴져서 한순간 공포를 느꼈지만, 그게 아니었다. 등 쪽에 손을 넣어보자 틈이 벌어지고 있었다. 천장이 내려오는 게 아니라, 자기 몸이 천장에 가까워지고 있었다. 보이지 않는 기중기에 끌려 올라가듯이 몸이 점점 강하게 천장에 밀착되었다.

아니, 그것도 착각이었다!

몸이 머리 쪽으로 점점 미끄러진다 싶더니, 동시에 침대도 같은 방향으로 움직였다. 밖에서 밀어대고 있던 즈이진들이 버티다 못해 손을 놓치고, 천천히 떨어지기 시작했다. 떨어진다고?——그렇구나, 이건 낙하다. 이 자리에 있는 모든 사람들이 순간 깨달았다.

어느 순간부터 중력이 발생하고 있었다.

중력은 원래 항상 발생 중이다. 『후요』는 자전하며 원심력을 만들어 내니까. 하지만 중심축에 자리 잡은 추축원은 무중력이었을 텐데. 실제로 방금까지만 해도 모두 공중에 떠 있었고, 이곳의 인테리어 역시 여기가 무중력 공간이자 축에 해당하는 곳이라는 전제하에 디자인되어 있지 않은가.

하지만 지금 발생하는 중력은 이상했다. 원통형 방의 꼭대기 부근에 있던 테라는 침대째로 미끄러져 천장으로 낙하 중이다. 바로 오른쪽도, 바로 왼쪽도, 테라 근처 침대는 모두 똑같이 덜컹덜컹 소리와 함께 튀어나와 안에 있는 사람들을 밖으로 내던졌다.

그런데 이상하게도 서랍 맞은편을 보면 미끄러져 나오는 침대가 하나도 없었다. 한두 명씩 기어 나오는 사람도 있지만, 그건 자기 힘으로 어떻게든 침대를 밀어낸 결과다. 게다가 그 침대는 손을 떼면 다시 서랍 속으로 되돌아가고 있다.

테라는 천장에 발을 딛고서 머리 위를 올려다보았다. 아득히 먼 위쪽, 아까 나무문을 열고 테라와 다이오드가 들어왔던 바닥이 보였다. 그 바닥 쪽을 향해 아래층 서랍에서 흘러나온 사람들과 침대가 차례차례 낙하하고 있었다. 놀랍게도 바닥과 천장에 작용되는 중력의 방향이 서로 다르게 변한 것이다. 디컴퍼가 아닌 사람들도 많아 보였고, 어부의 아내들까지 바닥으로 떨어진 순간 즈이진들이 몰려들어 최후의 난투극을 벌이기 시작했다. 그것도 바닥에 선 상태로, 즉, 테라가 보기에는 위아래가 뒤집힌 상태로 싸우는 모양새였다.

보이는 범위 내에서는 아직 사망자까진 나오진 않았지만, 혼란스럽기 그지없는 상황이다.

이때구나 싶어서 테라는 위쪽 어딘가를 향해(바닥을 향해) 고개를 들어 소리쳤다.

"에다 씨, 멋진 솜씨예요!"

이건 에다가 벌인 선단장 명령 끼워넣기── 자전축 이동이라는 대담한 기술이었다.

남북 방향의 축을 중심으로 회전하는 거대한 꽃, 『후요』. 먼저 이 자전을 외주에서 역분사를 가해 정지시킨다. 외주 부근의 시내에서는 중력이 사라져 소란이 벌어지겠지만, 중심축은 원래부터 무중력이다. 들킬 위험성은 낮다.

테라는 누루데와 어부들이 첫 번째 난투를 벌이기 시작한 그 타이밍에 에다에게 자전을 정지시킬 것을 요청해서 들킬 위험성을 더더욱 낮췄다. 거대한 씨족선이 역분사를 시작했을 때 나는 굉음을 난투극의 소음에 섞어 교묘하게 위장한 거였다. 다만, 그 제동으로 인해 접선 방향 쪽으로 약한 가속도가 발생했기 때문에, 여기저기 공중에 떠 있던 사람들과 물건들이 벽면으로 둥둥 흘러

가는 사태가 발생했다.

테라와 다이오드가 커다란 나무문을 통해 돌입했을 때, 추축원뿐만 아니라 『후요』 전체가 무중력 상태가 되었다. 그러니 당연히 족장인 누루데에겐 수많은 연락과 호출이 갔을 텐데도, 눈치채지 못했던 걸 보면 통신도 에다가 중간에서 잘 차단했던 거겠지.

그리고 마지막으로 그녀가 건 조작이 자전축 이동이었다. 지금까지 남북 축으로 회전하던 『후요』를 동서 축으로 회전시킨다――. 원통형인 타마테바코에서 보면 지금까지 롤러처럼 장축 주변으로 회전하고 있던 방이 프로펠러처럼 서랍 중간층 부근을 중심으로 회전하기 시작한 셈이다.

테라의 침대를 밀어낸 건 회전 시작의 가속도였고, 테라를 천장에 내려놓았던 건 새로운 인공 중력이었다. 침대 위치가 맞은편이었다면 이렇게 쉽게 나올 수 있었을지 의문이었다. 하지만 테라는 침대가 튀어나오는 쪽 벽에 있었다. 이건 순수하게 테라의 행운 덕에 얻어낸 승리였다.

다만 승리하지 못한 부분도 있었다. 테라가 천장 쪽에 있다는 점이었다.

"다이 씨, 힘내요……!"

방 높이는 20미터쯤 될까. 아까 잠깐 와줬던 다이오드는 바로 바닥으로 되돌아간 모양이다. 지금은 바닥에서 여성 어부들과 함께 위아래가 뒤집힌 채로 발길질하거나 물어뜯고 있다. 다만 점토 무기는 거의 다 빼앗겼기에 형세는 불리했다. 하지만 유불리에 상관없이 타마테바코의 코어인 사당을 둘러싼 공방의 결과가 승패를 결정지을 게 분명했다.

싸움에 가세할 수 없는 테라는 올려다본 채 응원만 보낼 뿐이었다. 그런 테라 옆에는 서랍을 밀어서 나오지 못하게 막았던 즈이진 네 명도 같이 있었지만, 그들 역시 고개를 들고 그저 응원만 보내고 있었다. 상당히 기묘한 공존 상황이었지만, 어차피 이쪽에서 싸워봤자 대세에 영향은 없다. 다들 은연중에 그 사실을 알아챘기 때문에 양쪽 다 서로에게 손을 쓰지 않았다.

상황이 변한 건 난장판 속에서 어떤 인물이 모습을 드러낸 순간이었다.

"아버님, 그만두세요! 싸움을 멈춰 주세요!"

그 목소리에 모두가 돌아보았다. 사당 위에 화살 깃무늬 기모노와 하카마를 입은 소녀가 서 있었다. 누루데가 소리쳤다.

"메이카! 뭘 하는 겁니까!"

"빌어먹을 쉿 퍼킹 테러블 갓뎀인 명청한 난투극을 그만두라는 거예요!"

"대체 무슨 소릴. 헌신적인 딸이라고 생각했는데 나를 거스르는 겁니까? 새로운 미래로 향하는 겐도를."

"시끄러워! 변태 가면 영감탱이!"

"뭣."

누루데가 경악했다. 메이카가 창백한 얼굴로 미소를 지으며 다이오드를 보았다.

"칸나 양! 당신은 안 올 줄로만 알았어요. 온갖 지독한 꼴을 본 겐도 따위 내팽개치고서 어딘가로 떠났을 거라고!"

"뭐, 원래 예정은 거의 그랬지만요."

"알고 있어요. 저를 위해 여기 온 게 아니라는 건." 주위를 둘러보면서 누구보다도 눈에 띌 게 분명한 등대 같은 여자가 없다는 사실에 살짝 눈살을 찌푸렸지만, 이내 다이오드에게 시선을 돌렸다. "그럼에도 와 줬어요! 그것만으로도 충분해요."

"그거 잘됐네요. 그래서 이제부터 어떻게 할 건가요?"

"물어볼 필요도 없어요, 전부 때려 부수는 거예요! 그러면 우리는——."

지금까지 체념하고서 받아들였던 불합리한 운명을 극복할 수 있을지도 모른다. 메이카는 그 말을 입 밖으로 내진 않았지만, 다이오드는 끄덕였다. 그녀에겐 뒷말이 전해진 모양이었다.

정확히 말하면 한 명 더, 메이카의 마음에 공감한 여성이 있었다.

갑작스러운 배신을 이해하고 받아들인 것 같았던 다이오드였지만, 문득 메이카의 발아래를 보고선 당혹스러운 표정이 되었다.

"그런데…… 어떻게?"

메이카는 눈을 끔뻑이다가, 자기가 밟고 있는 가느다란 나무로 지은 작은 사당을 내려다보더니 흰 버선을 신은 발로 힘껏 걷어찼다.

"아얏."

꿈쩍도 하지 않았다. 낡아 보이지만 상당히 튼튼하게 지어진 건축물이다. 어쩌면 나무가 아니라 중금속에 도료를 칠해 놓은 걸지도 모른다.

다시 분위기가 원래대로 돌아왔다. 긴장이 풀리고 즈이진들이 포위망을 좁혔다. 메이카의 발밑에서는 딱 한 명, 추야가 등을 지켜주고 있었지만 중과부적임은 분명했다.

한 번 바뀌었던 흐름도 다시 원래의 탁류에 삼켜지는 건가 싶었을 때——.

"메이카 씨—!"

머리 위에서 커다란 외침이 떨어졌다. 흔들리는 플라스마 핑크색 리본과 함께, 메이카가 소리가 들려온 방향으로 고개를 들었다. 20미터 위에서 거꾸로 매달린 여자가 옅은 복숭아색의 가늘고 긴 봉을 이쪽으로 힘껏 내밀고 있었다.

"이걸 써주세요!"

던져 올린 봉은 공중에서 나선을 그리며 모든 것의 중심을 통과해 메이카가 얼떨결에 뻗은 팔에 감겨들었다.

다시 한번 눈이 마주쳤다. 엔데바 씨족의 디컴퍼가 고개를 끄덕이고 있다. 분명 그녀도 메이카가 방금 외친 그 말을 들었으리라.

메이카는 AMC 점토를 양손으로 감쌌다. 정형화된 디컴프레션이 아니다. 하지만 이 순간 동료가 된 여자와 지금의 상황이 이미지를 주었다.

——옛것에서 자아내어, 새로운 흐름의 소용돌이를.

"자, 잠깐 기다리세요, 메이카!"

나무 가면을 홱 벗어 던지고서 외치는 누루데의 눈에 들어온 건, 지금까지 본 적 없는 딸의 쓸쓸한 미소였다.

"정말 얄미운 사람이네요."

들어 올린 손이 아래로 휘둘러지고, 다른 별의 생물은 주어진 상상의 형태를 힘껏 드러냈다.

가늘고 길게 뻗은 점토에 겹겹이 휘감긴 사당은 달걀 껍데기처럼 산산조각 났다.

5초 후, 겐도 씨족선 『후요』의 선내 기기는 자전에 이상이 생겼음을 감지, 300년 동안 유지해 왔던 암술을 항성 쪽으로 향하게 만들기 위해서 강력한 제동을 걸었다.

"위험해!"

서랍에서 빠져나오던 수많은 침대가 다시 떠올라 다른 방향으로 미끄러진다. 난투로 인해 부서진 기물들의 파편이 얼굴과 피부에 부딪혔다. 실제로는 씨족선 전체가 감속하면서 방향을 바꾸는 중이었지만, 이 자리에 있는 사람들 입장에선 마치 바람 없는 토네이도에 휘말린 거나 마찬가지였다. 중력의 방향이 바뀌면서 약해졌기 때문에 실내의 모든 것들이 예측 불가능한 방향으로 마구 날아다니며 예상치 못한 방향에서 닥쳐들었다.

"다이 씨!"

높이 20미터의 방 천장에서 바닥을 향해 테라가 뛰어내렸지만, 그 순간 등에 쿵하고 무언가가 부딪히는 바람에 비스듬히 튕겨 날아가고 말았다. 돌아보니 즈이진 중 누군가였던 모양이다. 정작 그 사람도 침대에 부딪혀 다른 방향으로 흘러갔다.

다이오드 쪽으로 시선을 돌려 봤지만 보이지 않는다. 여러 물건들 사이로 50명이 넘는 사람들이 허우적거리며 표류 중이었다.

"다이 씨……!"

연신 외치며 찾고 있을 때, 갑자기 왼손 손등에 하얀 옷을 입은 미니 사이즈의 여성이 나타났다.

『테라 군, 잠깐 알려 줄 소식이 있는데.』

"에다 씨? 저 지금 바쁜데요!"

『응, 알아. 움직이면서 들어줘. 타마테바코 시스템이 계획대로 뻗어버렸기 때문에 내가 빼앗았던 제어권을 선내 기기에 돌려줬는데, 얘는 아무래도 복구를 못 하나 봐.』

"네? 그게 무슨 뜻이에요?"

『「후요」의 선내 기기는 이런 거대한 꽃 모양의 씨족선이 몇 번씩 이리저리 뒤집히는 움직임을 제대로 제어할 수 없다는 뜻. 원래 300년 전 화물선 시절의 기기니까 말이지. 지금 얘는 완전히 패닉 상태라서 이대로라면 배가 공중분해 될 가능성도 있어.』

"공중분해?! 그럼 큰일이잖아요!"

『응. 그래서 어쩔 수 없으니까 내가 선내 기기를 대신해 주려고 해. 따지고 보면 내가 자전을 멈추는 바람에 일어난 사태니까. 알겠지?』

"에다 씨가 선내 기기를 대신한다······?" 생각에 잠기려는 순간, 벽에서 떨어진 세라믹 패널인가 뭔가가 눈앞을 슝 하고 스쳐 지나가는 바람에 오싹함을 느꼈다. "네, 네! 뭐든 간에 해주세요!"

『오케이, 그럼 그런 걸로.』

이렇게 위험한 상황이니 다이오드가 더욱 걱정됐다. 마음이 급해진 테라는 대충대충 건성으로 대답하며 계속 전진했지만, 한

참 지나서 깨달았다.

"에다 씨, 그러면 인섬니아호는 어떻게 되는 건가요?"

대답은 없었다.

테라는 어렴풋이 무언가를 알아챘다.

"그 말은——."

"테라 씨, 위험해요!"

자기가 생각하고 있던 방향과는 정반대 방향, 바로 뒤에서 목소리가 들렸다. 테라는 돌아보려고 했다.

뒤를 보기도 전에 어깨를 밀쳐졌고 바로 둔탁한 소리가 났다. 돌아본 눈에 비친 광경은, 천천히 지나가는 침대와 몸을 뒤로 젖힌 채로 빙글빙글 도는 작은 체구의 누군가였다.

"어?"

한순간 아무 상관없는 사람이 사고를 당했을 때 느낄 법한 동정과 안도를 느꼈다.

그 착각이 깨지고 차가운 현실에 사로잡혔을 때, 테라는 찢어지는 듯한 비명을 지르며 허공에서 필사적으로 헤엄쳤다.

에필로그

『아, 그럼 다행히 생명에는 지장이 없는 거네요.』

VUI 화면에 비치는 '테이블 오브 조호르'의 프라이가 가슴을 쓸어내렸다. 테라는 미소로 화답했다.

"네, 한때는 어쩌나 싶어서 걱정했지만, 이제는 아무렇지 않게 일어날 수도 있고 대화도 할 수 있어요."

『그거 다행이에요―. 정말 다행이네요. 그렇다면 저희도 사정을 고려할 테니까, 느긋하게 몸조리 잘 하세요.』

"빚 탕감이나 치료비 지원 같은 건 해주나요?"

『아, 무이자 기간 연장과 조호르로 돌아왔을 때 체재 우대겠네요―.』

싱글벙글 웃으며 최대한 손해를 보지 않는 서비스만 골라서 말하는 프라이. 아마 자기 딴에는 진심으로 호의를 베풀 작정으로 저렇게 말한다는 게 참 이 사람답고, 트레이즈 씨족답구나 싶었다.

통신이 끝나고, 테라는 빈 조종 콕핏에서 나와 필러 보트에서 내렸다. 부두는 크게 손상을 입은 곳 중 하나였고, 선내 인부와 선외 인부들이 총동원되어 복구공사를 한창 진행 중이었다. 그곳을 지나는 동안 테라는 마치 큰 소리로 노래라도 부르며 걸었던가 싶을 정도로 사람들의 이목을 끌었다. 부두를 나올 때 입출항 관리소에선 직원이 얼굴을 뚫어져라 쳐다볼 뿐만 아니라, 어깨 뒤쪽을 유심히 바라보기까지 했다.

"당신 혼자야? 남편분은?"

"혼자예요. 저기, 입장 때 말씀드리지 않았나요?"

"여긴 항구야. 들어갈 때랑 나올 때 사람 수가 달라지는 일이야 흔하지. 용건은 뭐랬더라?"

"그것도 입장할 때…… 아니에요, 씨족 외부 통신이에요. 시내에서는 미니셀이 연결 안 되더라고요."

"그야 당연하지. 왜 연결될 거로 생각했어?"

여성 직원은 의아하다는 듯이 올려다보았다. 테라는 뭐라 반박하려다 그만뒀다.

이 사람 입장에선 당연한 의문일 테니까.

항구에는 다른 씨족의 배가 드나들고 있었다. 배에서 내린 구조대원, 보급원, 행정관 등등이 부두를 오갔다. 열흘 전의 타마테바코 사건이 종결된 이후, 500명이 넘는 직원이 『후요』에 들어왔다. 지금까지 오랫동안 폐쇄적이었던 이 배가 단숨에 다른 씨족과의 교류를 개시한 모양이다.

무중력 통로의 창문을 통해 그런 광경을 바라보던 테라는 문득 생각했다. ──혹시 이번 일을 계기로 정말로 겐도 씨족이 개방적으로 변하는 걸까?

아니, 그럴 리가 없다. 세상일은 그렇게 잘 풀리지 않는다. 게다가 애초에 개방적으로 변하는 게 꼭 이곳 사람들의 행복으로 이어진다는 보장도 없다. 대부분 사람은 자기 사회가 어디에도 개방되지 않은 채로 더 나아지기를 바라는 법이다.

그러니까 이건 분명 일시적인 광경이다……. 그렇게 생각하며 테라는 악통항을 나왔다.

☆　　　　　☆

당사자인 겐도 씨족을 포함해 모든 서크스를 뒤흔들었던 타마테바코 사건은 『후요』에 올라탄 바우 아우어 어부단에 의해 진압되었다. D&D와 지룽, 양 씨족의 랭커가 이끄는 열다섯 어부와 그들의 아내는 먼저 겐도 씨가 주최한 비단잉어 낚시에서 대단한 어획량을 올려 환심을 산 다음, 교묘하게 씨족선의 중추에 잠입하여 용감한 싸움을 펼친 끝에, 기괴한 계획을 꾸미던 겐도 씨족장 누루데와 그 일파를 사로잡았다.

그 상황 속에서, 원래는 말도 안 되는 명령에도 따랐으나 씨족 사람들을 위해 족장과 결별하고 맞서 싸운 즈이진 청년이 있었다. 또한 충돌 결과를 미리 내다보고서 『후요』의 구원을 위해 빠르게 행동에 나선 외부의 유력자도 있었다.

하지만 가장 두드러진 사람은 옛 명문가 출신의 한 남자였다.

그는 자신의 지위를 버리고서 누루데에게 반기를 들기로 결심했고, 인질을 잡고서 농성하는 족장을 타도하기 위해 기발하면서도 효과적인 계책을 사용했다. 『후요』의 자전축을 조작한 것이다. 이 계책은 전투의 분수령을 결정지었고, 어부단을 승리로 이끌었다.

자전축 조작으로 인해 시내 곳곳에서 사람들과 사물이 넘어지는 피해가 발생하기도 했지만, 그는 겐도의 동포들에게 신분 고하를 막론하고 단합을 촉구, 어부단에게 협력하고 피해자 구조에 힘쓰는 등, 단기간이지만 『후요』의 혼란을 억누르고 질서를 유지했다. 나중에 누루데의 케이와쿠 가문을 대신하여 온건파인 운가쿠 가문이 사태 수습에 나서자 아무런 미련 없이 그들에게 통솔권을 반환했고, 자신은 다시 평범한 연구자로 돌아가겠다고 선언했다.

그 사람이 바로 오즈노 이시도로 겐도다. 그를 차기 씨족장으로 추대하자는 목소리가 그리 크진 않지만, 그가 이번 사태에서 가장 중요한 활약을 보여준 사람이라는 점만큼은 많은 사람들의 의견이 일치한다.

"——라는 내용이 QOT 씨족의 분석 기사에 쓰여 있는데 대체 무슨 생각이에요?"

미니셀로 병실 한가운데에 투영한 문장을 가리키면서, 침대 위에서 폼 파자마 차림으로 상체만 일으킨 다이오드가 따져 물었다. 침대 옆 의자에 앉아 있던 오즈노는 자기 잘못이 아니라는 듯 양손을 들었다.

"그 질문은 좋지 않아. 다른 씨족이 쓴 기사에 내 생각이 개입할 여지는 없어. 그건 그 기사를 쓴 기자나 AI한테 물어야지."

"왜 평소에는 눈에도 띄지 않던 당신이 결정적인 순간에 활약한 영웅 취급을 받는 거냐고 묻고 있잖아요. 말 같지도 않은 변명이나 하는 음흉한 아빠!"

"나도 몰라. 나는 영웅도 아니고 그런 게 되고 싶다고도 생각 안 해. 애초에 사실과 다르기도 하고."

"……다른가요?"

"맞아." 오즈노는 희미하게 미소를 지으며 말했다. "나는 붙잡혀서 상자 안에서 잠들어 있었으니까. 자전축 이동과는 아무런 관계도 없고, 상자에서 내던져진 다음에도 저쪽 어부들이랑 잠깐 의논한 다음 당연한 사실을 확인했을 뿐이야."

"그 당연한 사실을 확인한 덕에 사건 후에 이어질지도 몰랐던 끝없는 수렁을 막아낸 것 같은데요." 테라가 옆에서 말했다. "그 혼란 이후에 겐도의 다른 가족이 난입해 오거나, 어부들이 필러보트를 불러서 전투를 벌였다면 서로 무사히 끝나진 않았을 테니까요. 시가지의 피해도 방치된 채로 남았겠죠."

"너무 띄워주는군. 혹시나 그런 사태가 벌어졌더라도 분명 다른 누군가가 어떻게든 했을 거야."

오즈노는 고개를 가로저었지만, 다이오드가 "흐음…… 그런가요." 하고 불만스럽게 입을 다물었기 때문에, 테라는 애써 웃음을 참았다.

이곳은 태풍각 내에 있는 병원이다. 타마테바코 사건 도중에 머리를 다친 다이오드는 이곳으로 이송되었고 그때부터 쭉 입원 중이다. 다행히 금방 정신을 차렸기 때문에 본인은 퇴원하고 싶어 했지만, 인간 의사와 기계 의사가 힘을 합쳐 막았다. 검사 결과를 납득할 수 없다는 이유였는데, 열흘 동안 세 번이나 풀 스캔을 한 끝에 오늘 아침 나온 결론은 기기 불량이었다.

다이오드는 몹시도 불만스러운 기색이었지만 테라 입장에선 입원 자체는 나쁘지 않다고 생각했다. 사태가 혼란스러웠던 지난 열흘 동안, 어차피 잠시 숨어 있을 필요가 있었다. 오즈노의 도움으로 이곳에 들어올 수 있었던 게 다행이다.

그 오즈노는 딸을 병원으로 보내고 나서 꼬박 사흘 동안 혼란을 수습하느라 정신이 없었다. 그동안 신경 써주지 못했던 점이 마음에 걸렸는지, 나흘째에야 겨우 올 수 있었을 땐 몹시 걱정하는 기색이었다. 움직이지 못하는 다이오드한테 이것저것 신경 써준다고 부산을 떨다가 딸한테 짜증 난다는 면박을 듣고서, 수발을 드는 건 전부 테라의 역할이라는 걸 깨달은 게 닷새째였다. 그 후부턴 한 발 떨어져서 관찰하는 모양이다.

열흘째인 오늘. 잠깐 괜찮겠냐고 물으며 귀찮은 티를 내는 다이오드에게 고개를 들이밀고선, 이마 왼쪽 절반을 덮은 상처 회복용 패드에 피가 배어 나오지 않는 걸 확인하자 오즈노는 웃었다.

"괜찮은 모양이군."

"뭐, 네."

"처음 상처를 봤을 땐 기겁했는데."

"출혈이 있었을 뿐이잖아요. 이마는 부상이 크지 않아도 피가 많이 나오는 부위라고요. 기억은 안 나지만."

미소 짓는 아버지와 고개를 끄덕이는 딸. 하지만 잠깐 머물렀던 평화로운 광경은 금세 사라졌다.

"다행이야. 일부러 밖에 있는 애를 불러들였다가 크게 다치게 했다면 여기저기 얼굴도 못 들고 다닐 뻔했어."

"딱히 당신이 불러서 온 건 아닌데요."

"하지만 그 소자석을 봤잖아?" 태연히 말하고 나서 자신 없는 기색으로 두 사람을 번갈아 보았다. "어? 안 봤어?"

"아니, 보긴 했는데……." 떨떠름하게 대답하며 다이오드가 물었다. "그거 우리를 여기로 다시 불러들이기 위해서 줬던 건가요?"

"불러들이기 '위해서' 줬던 건 아니야. 정확한 목적은 너희가 사태를 파악하고 앞일을 미리 대비하도록 돕는 거였어. 결과적으로는 이곳으로 돌아오게 되었지만, 혹여 돌아온다고 해도 아무런 영문도 모른 채 사태에 휘말리는 것보다야 낫잖아?"

"목적이 뭐든 기분이 좋진 않다고요, 그딴 걸 보여주면!" 다이오드의 목소리가 다시 커졌다. "우리는 범은하 왕래권에 대해서, 괜찮은 일자리가 있는 살기 좋은 별이라든가, 훌륭한 경치를 볼 수 있는 근사한 별이라든가, 그곳만의 맛있는 특산물이 있는 즐거운 스테이션 같은 정보나 알고 싶었다고요. 그런 설렘을 품고 열었는데, 끔찍한 이유로 선조들이 추방당했던 계획의 자세한 내용 같은 건 보고 싶지 않았거든요!"

"끔찍한 자료를 읽고 싶은 타이밍은 인생의 어떤 시점에도 없는 게 일반적이야. 적어도 진실을 견뎌낼 수 있는 상태일 때 읽어서 다행이네, 칸나. 하하하."

"웃기지 마, 진짜."

다이오드가 던진 건 베개였고, 베개에 맞은 건 웃고 있는 오즈노의 얼굴이었기 때문에 테라는 끼어들지 않고 가만히 있었다.

툭 소리를 내며 베개가 떨어졌고, 소년처럼 앳된 남자의 목이 크게 꺾였다. 살짝 걱정했지만 아야, 하고 목을 어루만지는 정도로 끝난 모양이라 안심하며 떨어진 베개를 주웠다.

"하지만 실제로도 좀 난감해졌네요."

"뭐가 말이지? 테라 씨."

"이번 일을 겪으며 어쩐지 기대가 희박해졌다는 뜻이에요. 범은하 왕래권. 자, 다이 씨." 베개를 돌려주고서 오즈노 쪽으로 몸을 돌렸다. "저쪽도 그렇게 좋은 장소는 아닌 걸까요. 디컴퍼는 박해를 받았다고 그러고, 점토가 날뛰고 있다고도 하고."

"흠, 지금도 저쪽으로 가고 싶은가?"

"그거야 뭐——."

테라는 다이오드와 은근슬쩍 시선을 주고받으며 고개를 끄덕였다. 그러자 오즈노는 팔짱을 끼면서 천장을 올려다보았다.

"어차피 안 될 줄 알면서도 말해 보자면—— 칸나, 그리고 테라 씨. 너희는 이곳 『후요』에서 출산과 육아를 할 생각은 없어?"

"?"

다이오드가 당장이라도 물어뜯을 준비가 됐다는 듯 입을 벌리며 노려보았다. 험악한 기색에 윽, 하고 겁을 먹으면서도 오즈노는 말을 이었다.

"아니, 이번에 권력을 잡은 운가쿠 씨는 이전보다 훨씬 너그러운 편이니까 더욱 개방적으로 변할 거야! 실제로 방금 네가 본 뉴스도 오늘부터 접속할 수 있게 된 타 씨족의 뉴스고 말이지. 안 될까?"

"그딴 건 절대 안 해!"

한마디씩 쏘아붙이듯이 다이오드가 말했다. 테라도 옆에서 조용히 고개를 끄덕였다.

"안 해요. 그리고 개방적으로 될 거라고 해도 좀……."

"그런가. 그럼 이걸 봐줘."

선뜻 수긍하고서 오즈노는 미니셀을 기동해 침대 위 공간에 이미지와 문장으로 이루어진 구조물을 투영했다. 또 무언가에 대한 자료처럼 보였다.

"뭐예요, 이거."

"누루데가 혼자 독점하고 있었던 극비 자료야. 지난번 타신냐 오한테서 전달받은 거지. 그가 그런 꼴이 된 덕에 이제야 우리 연구자들도 자료를 볼 수 있게 되었어. 아주 흥미롭지."

"——헤에?"

몸을 내민 두 사람은 오늘 처음으로 정말 흥미로운 이야기를 듣게 되었다.

"이 자료에 따르면 추크슈피체 성계가 점토로 인해 피해를 보고 있다는 것도, 대처에 애를 먹고 있다는 것도 사실인 모양이야. 그래서 자기들 쪽으로 와서 고기잡이를 하길 바란다고 요청하고 있어. 글을 통해 봤을 때 사기나 강압, 차별적인 뉘앙스는 아니야."

"……좋은 이야기네요."

"그뿐만이 아니야. 시험 삼아 고기잡이를 해보고 그 성과에 따라선 서크스의 추방 해제나 왕래의 자유도 고려하겠다고 적혀 있어. 어때? 꽤 구미가 당기는 이야기지?"

"좋네요. 너무 좋아서 불안할 정도로. 이걸 받아들이길 바라세요?"

테라가 고개를 끄덕이며 묻자, 잠깐만요 그 전에, 라며 다이오드가 가로막았다.

"이렇게까지 좋은 이야기를 누루데는 왜 숨긴 건가요? 이 자료까지 첨부해서 떳떳하게 공개했다면 습격당할 일도 없었을 텐데?"

"그럴지도 모르지. 하지만 비밀로 해두는 편이 자신의 위세를 뽐내기엔 더 이득이라고 생각한 게 아닐까."

"아아……."

"누루데는 가여울 정도로 겐도가 가장 오랜 역사와 유서 깊은 전통을 지녔다는 사실에 큰 가치를 두던 남자니까. 무슨 일이 있어도 겐도가 주도하는 형태로 하고 싶었겠지. 그것 때문에 계획의 실현 자체가 어려워진다 해도."

"쫄딱 망해서 정말 다행이네요."

부녀는 그야말로 전혀 관심 없다는 듯이 마주 고개를 끄덕였다.

"자, 또 한 가지 재미있는 점이 이거야." 오즈노가 다른 자료를 꺼냈다. "사실은 저쪽에서 온 제안은 두 개가 있어."

"두 개?"

"하나는 방위군이지만 또 하나는 위엔샤먼(隕沙門)이라는 사람들도 어부를 요청했어."

"뭐 하는 사람들인가요?"

"모르겠어." 오즈노의 표정은 호기심과 불안 사이에서 흔들리고 있었다. "위엔. 샤. 먼. 겐도의 고대 문자와 똑같지만, 읽는 법이 달라. 전성 대표 회의식으로 읽는군. 민간기관인 것 같아. 유성진(流星塵)의 그룹이라는 뜻인가. 어떤 집단일지."

"양쪽 다 내용은 어떤가요. 사기, 강압, 차별적인 뉘앙스는 아니고요?"

"칸나, 못 읽는 거냐? 아아, 앉아서 하는 공부엔 서툴렀지."

"됐으니까 빨랑 읽기나 해요, 이 아니꼽고 재수 없는 아빠!"

"그런 뉘앙스는 아닌 것 같아요." 테라가 옆에서 자기 미니셀로 복사본을 받아 가볍게 훑어보았다. "셋 중에선 사기일 가능성이 제일 높을 것 같은데, 사기 특유의 두루뭉술한 표현이나, 디자인과 퇴고가 허술하다거나, 그런 느낌은…… 없는 것 같아요."

"그걸 알 수 있어요?" 말하고 나서 다이오드는 이해한 것처럼 끄덕였다. "그렇구나, 테라 씨, 이런 쪽엔."

"뭐, 진위를 알아본다기보다는, 어느 시대 것인지 알아맞히는 수준의 기술이지만요."

테라는 미소로 대답했다.

흐음흐음, 하고 두 사람을 지켜보던 오즈노가 물었다.

"자, 그래서 어느 쪽 제안을 받아들이고 싶어?"

"어느 쪽도 받아들이지 않는다는 선택도 있겠죠. 왜냐하면 우리한텐…… 배가 있으니까!"

다이오드가 점잔 빼는 표정으로 말했다. 테라도 끄덕였다.

"좀 더 정보를 모으고 싶어요. 형편에 따라선 그걸 알기 위해서 저쪽으로 가고 싶네요."

"흥, 나 원 참." 오즈노는 자리에서 일어섰다. "좋을 대로 해."

그가 병실을 나간 뒤, 테라는 침대 주변의 자질구레한 것들을 정리하며 물었다.

"다이 씨, 오늘 아버님은 무슨 일로 오셨다고 생각해요?"

"언제나처럼 귀찮게 굴려고 왔겠죠."

"그게 아니에요. 아마 마지막 한마디를 하러 오셨을 거예요."

다이오드는 눈을 깜빡였다.

천장을 올려다보더니, 이내 침대에 벌렁 누우며 "흐으응." 하고 고개를 주억거렸다.

타마테바코 사건의 결정적인 순간에 테라와 다이오드는 많은 사람에게 목격되었다. 병원에 틀어박혀 숨어 있을 생각이었지만 역시 완벽하게 종적을 감출 수는 없어서, 사흘 정도 지난 뒤 같이 사건을 겪었던 D&D와 지룽의 어부들이 찾아왔다. 어떤 생각이 었는지 듣고 싶다는 이야기였다.

"우리는 누루데 씨의 성급한 행동을 막고 싶었을 뿐이에요. 정체를 속였던 건 우리가 여성 페어라는 점에서 여러분에게 혼란을 줄 걸 염려했기 때문이고요. 그것 말곤 속이거나 우롱할 의도는 전혀 없었어요. 그리고 누루데 씨를 타도한 공적을 주장할 생각도 없어요."

다이오드가 아직 자는 중이라, 테라 혼자서 대화했다. 자기들이 한 일이 아니라며 공적을 차지하는 데 난색을 보이는 어부들에게, 오히려 테라가 꼭 좀 공로자가 되어달라고 부탁했다.

그건 다행이었지만, 한 가지 아직 정리되지 않은 문제가 남았다.

"그 새로운 형태의 비단잉어 어업법은 어쩔 거지. 거기에도 이름을 남기지 않을 생각인가?"

"살린잔 씨가 고안했다고 해두셔도 상관은 없는데요······."

"고안했다고 해두자고? 실제론 어떤데? 진짜로 살린잔 그 녀석이 생각해 내고, 너한테 시켰던 게 아니었다고?"

이건 상당히 귀찮은 질문이었고, 테라도 한동안 뭐라 대답할지 고민했다. 실제로 살린잔은 아무런 연관도 없다. 솔직히 말하자면 자신들의 공적이라고 자랑하고 싶다. 자기랑 파트너 둘이 이뤄낸 업적이라고, 가슴을 펴고 당당히 말하고 싶다.

하지만 이 어부들은 두 사람이 해낸 일이라고 인정하기보다는, 자신들이 아는 남자 어부의 공로가 맞다는 말을 듣는 쪽이 그나마 심정적으로 받아들이기 편한 모양이었다. 당신들 말이 옳다고 여기서 테라가 둘러대듯 인정한다 해도 정작 살린잔이 그 어업법을 재현할 수 있는 건 아니다. 그러니 나중에 가서 그 사람이 창피한 꼴을 당할 뿐이겠지만, 아마 여기선 그냥 순순히 인정하는 게 정답이겠지. 영예는 양보하고, 괜한 문제를 일으키지 않고, 그늘에서 조용히 웃으며 지켜본다. 어차피 이곳을 떠나 다른 곳으로 갈 작정이니 그걸로 충분하다.

그런 생각을 떠올리며 테라가 내놓은 대답은 이러했다.

"──아뇨, 그건 저와 제 파트너인 다이오드 씨가 고안해 낸 기법이에요! 트레이즈 씨족의 연구실에서 힌트를 얻긴 했지만, 틀림없는 우리의 아이디어예요!"

만약 다이오드가 이 자리에 있었다면.

그렇게 말했을 게 분명하다. 혹은 그렇게 말하라며 쿡쿡 찔렀을 게 틀림없다. 테라는 당당하게 가슴을 활짝 펴고 선언했다.

어부들은 다들 기가 막힌다는 표정을 지었다. 공교롭게도 엔데바 씨족의 랭킹 2위인 어부도 그 자리에 함께였다. 그들은 테라가 무단 탈선자라는 점, 씨족 차원에서 추적 대상이라는 점을 사람들에게 상기시키며 이 자리에서 체포해야 한다고까지 주장했다.

그 타이밍에 구세주처럼 등장한 사람이 바우 아우어 수석 감사관 스탠리였다.

그는 타마테바코 사건이 『후요』에 커다란 혼란을 가져왔다는 걸 알자, 부하인 프라이의 힘만으론 역부족이라 판단, 이틀째 되는 날 테이블 오브 조호르를 나왔다. 그리고 마침 조금 전에 후요에 입항하여 어부들이 어디 있는지를 듣고 회담에 끼어들었다.

사정을 들은 스탠리가 테라와 다이오드에게 의뢰했다는 사실을 밝히며 중재에 나선 덕에, 상황은 간신히 수습되었다.

이리하여 QOT 씨족의 분석 기사에는 어부들의 이름이 공로자로 실렸고, 두 사람은 애매한 입장으로 남아 있을 수 있는 유예를 며칠 더 얻어냈다.

☆ ☆

오즈노가 떠나고 30분 후, 테라는 가방 두 개에 짐을 챙겼다. 복장은 태풍각 근처에서 비교적 쉽게 구할 수 있는 겐도 씨족의 전통 의상, 즉 화살 깃무늬 기모노와 하카마다. 침대에서 꾸벅꾸벅 졸고 있는 다이오드를 흔들어 깨웠다.

"다이 씨, 일어나요."

"음냐."

"자, 가자고요."

"……알겠어요."

몸을 일으킨 다이오드의 몸에서 프린터 인쇄물인 환자용 발포 파자마를 북북 벗겨내고, 자기가 입은 것과 똑같은 기모노를 입혔다. 이 옷으로 고른 이유는 가장 수상해 보이지 않을 것 같았기 때문이다.

"준비 다 됐어요? 상처는 아프지 않고요? 화장실 다녀올래요?"

"올 그린. 테라 씨야말로 이대로 출발해도 돼요?"

"어? 뭐가요?" 미간을 찌푸리며 되짚어 보았다. "트레이즈 씨족에게 진 빚을 말하는 걸까. 빚은 떼어먹을 수밖에 없을 것 같은데요."

"테라 씨, 빚 떼어먹는 사람이었어요?"

"그러고 싶진 않은데 어쩔 수 없잖아요?"

"뭐, 빚은 아무래도 좋다고 치고." 주섬주섬 옷을 입고서 허리끈을 매며 올려다보았다. "그 아이한테 인사했어요? 메일이 왔다고 그랬잖아요."

"──아아, 카리."

며칠 전 왔던 메일엔 글만 적혀 있었던 탓에, 카리야나라는 이름을 보고서 얼굴을 떠올리기까진 약간 시간이 걸렸다. 엔데바 족장 부인 포히의 딸인 카리는 지금 어디 있는지 알 수 없는 테라에게 안부와 앞으로의 일에 대한 걱정이 담긴 편지를 보냈다. 계기는 지난번에 두 사람이 『후요』에서 탈출했을 때 나왔던 보도였다. 폭발 사고 뉴스에 두 사람의 이름이 나와 있어서 혹시 모를 최악의 상황을 상상하며 몹시 걱정했다고 한다.

"그 마음이 기쁘긴 한데, 음······."

"왜요?"

"저보다 어린 여자애한테 떳떳하게 말할 수 있을 만한 근황이 없구나 싶어서."

"연상의 남자한테 어획법의 공적을 자랑할 용기는 있으면서?"

"그거랑 이거랑은 다르잖아요. 강한 상대에게 맞서는 것과 약한 동료를 지키는 건."

"그런 인식도 이상하다고 생각하지만요." 바닥에 내려와서 옷깃과 소매를 정돈하며 말했다. "그러면 한 소녀를 구해낸 이야기라도 하면 어때요?"

"다이 씨요?"

"저 말고요."

"네?"

테라는 얼굴을 가까이 가져갔지만, 다이오드는 어째서인지 슥 고개를 돌렸다.

"뭐, 됐어요. 자기만족 같은 근황을 보내고 싶지 않다면야 나는 무사하니까 너도 잘 지내, 정도로 보내면 되지 않을까요."

"그렇구나. 그러네요."

테라는 바로 미니셀을 열어 하루 뒤에 전송되도록 예약 송신을 설정했다. 겸사겸사 이모 부부에게도 같은 종류의 짧은 편지를 보냈다.

"끝났어요."

"그럼 갈까요."

"네."

마지막으로 두 사람은 입구에 서서 실내를 둘러보았다. 『후요』의 정석이나 마찬가지인 인테리어, 한쪽 벽이 항성을 향해 탁 트인 창으로 되어 있는 방이다. 겨우 며칠 머물렀을 뿐이라, 두 사람 모두에게 낯설게만 느껴지는 병실.

하지만 최소한 이곳은 서크스의 주거 공간이었다.

복도로 나왔을 때, 인간 간호사와 마주치고 말았다.

"어머, 외출? 원내 기기 선생님에게 허가는 받았어?"

"아무런 허가도 안 받았어요." 다이오드는 방긋 웃어 보였다. "그래도 갈 거예요. 그간 신세 졌습니다."

"잠깐, 너희——."

"자요!"

테라의 엉덩이를 찰싹 때리고서 냅다 달렸다. "햐읏!"하고 펄쩍 뛴 다음 테라도 달렸다. 멍하니 바라보는 간호사를 향해, 앞으로 달려가면서 꾸벅 고개를 숙였다.

"죄송해요—! 이제 다시는 폐 끼치지 않을 테니까요!"

두 사람은 태풍각 메인 스트리트로 뛰쳐나와 중심축으로 연결된 리프트로 향했다.

타이밍 좋게 나타나 테라를 구해준 스탠리였지만, 물론 그것만을 위해 온 건 아니었다. 주된 목적은 『후요』의 구원이자, 그곳이 무정부 상태가 되는 걸 막기 위함이었다. 다행히 『후요』 쪽에서 오즈노와 운가쿠 가문이 활약한 덕분에 완전히 대혼란에 빠지는 것만은 피했지만, 그들만으론 도저히 처리할 수 없는, 그들만으로 처리하게 둬서는 안 되는 게 바로 누루데의 처우 문제였다.

누루데 시키리요니 케이와쿠의 족장 신분은 전 선단 정전 테러를 일으켰을 때 즉시 박탈했다는 게 『후요』 장로회의 주장이었다. 보나 마나 기록상으로도 그렇게 보이도록 고쳐 쓰느라 한창 바쁜 와중이겠지만, 그게 거짓인지 아닌지는 스탠리에겐 아무래도 좋았다. 요점은 바우 아우어의 권위를 토대로 주범을 체포해 재판하는 것이다. 그렇게 이번 사건을 마무리 짓고, 재발을 막을 수 있으면 충분하다. 이미 이번엔 바우 아우어 어부단이라는 전례 없는 집단을 『후요』에 들인 데다 자신도 후요에 승선했으니, 이것만으로도 겐도 씨족을 향한 견제로는 충분했다. 그러니 오늘내일 당장 누루데를 데리고 돌아간다거나, 그런 성급한 행동에 나설 필요는 없어졌다.

언젠가 다시 날을 잡아, 즉 스탠리와 운가쿠 가문 사이에 합의가 끝났을 때, 누루데는 서크스의 법정으로 끌려 나올 예정이었다. 그때까지는 운가쿠 가문에게 맡겨두는 형태로, 『후요』의 역사와 답답함에 아주 잘 어울리는 깊은 곳에 숨겨졌다.

그의 딸, 메이카는 예외적으로 자유의 몸이었다.

우선 그녀보다 앞서 그녀의 즈이진, 추야가 한창 주목받고 있었다. 족장의 말도 안 되는 명령에도 충실히 따르던 몸이었지만, 씨족을 위해 어쩔 수 없이 족장을 배신하고 소란을 조기에 진압한 젊고 실력 있는 트위스터. 이것만으로도 세간의 평판이 올라갈 정도인데, 나중에 어디선가 상세한 정보가 유출되어, 그가 몰래 족장의 딸을 돕고 있었다는 사실까지 알려졌다. 덤으로 바우 아우어 어부단이 한창 분투 중이었을 때 타마테바코의 본체를 파괴한 사람은 바로 족장의 딸이었다는 미확인 정보까지 따라붙었기에, 헛소문이라느니, 지어낸 이야기라느니, 떠들썩했지만 아무튼 두 사람의 인기는 더더욱 올라갔다.

그런 이유로 메이카 시키리요니 케이와쿠는 자유롭게 밖을 돌아다닐 수 있는 신분이었다. 칩거 당한 부친이나 오로지 집안일에만 몰두하는 모친을 대신해 케이와쿠 가문과 내외적인 일을 도맡은 그녀는 열심히 일했다.

하지만 가문의 권세는 씻은 듯이 사라지고 말았다. 예전에는 다른 씨족선 내에 머무르는 겐도의 사절단까지 휘어잡고 있었지만 지금은 그런 건 바랄 수도 없고, 개인 사병처럼 취급하던 의전부의 즈이진들도 대부분 자취를 감췄다. 또한 이건 겉으로 드러난 변화는 아니었지만, 예전부터 그녀를 아내로 맞이하고 싶어 했던 후요 내의 외지인들(대다수는 겐도 내 다른 가문의 식객이었다.)도 손바닥을 뒤집듯이 연락을 끊었다.

설령 신분의 차이가 있는 즈이진과 결혼하게 된다 해도, 분명 장래 그 아이가 대를 물려받을 때쯤 되면 케이와쿠 가문도 다시 부흥할지 모른다. 그런 생각이, 특히 겐도 씨족 내에서, 메이카의 검은 머리카락을 향해 쏟아지고 있었다.

『후요』의 남극 부분, 악퉁항의 구석. 넓디넓은 유압 창고 구석으로 옮겨진 바쯤 고철 같은 몰골의 민수형 봉골 화물선.

화물선의 에어록 바깥쪽 문을 열려고 작업 중이던 크고 작은 두 사람을 향해 누군가가 말을 걸었다.

"어디 가시는 건가요? 칸나 양, 테라 씨."

뒤를 돌아본 두 사람은 스카이 블랙색 머리카락을 넓게 펼치고서 공중에 둥둥 떠 있는 소녀를 볼 수 있었다.

"당신이 알 바 아니에요."

"어머, 그런 식으로 말해도 되려나?"

"알고 있어요, 이거 당신이 한 짓이죠?" 다이오드는 인섬니아호 바깥쪽 문의 잠금장치를 온통 뒤덮고 있는 점토 덩어리를 가리켰다. "이걸 떼어내지 않으면 들어갈 수 없고, 떼어내면 분명 바로 신고가 가는 장치겠죠. 말 그대로 끈덕지기 짝이 없는 빌어먹을 점토네요."

"훌륭한 통찰이지만, 굳이 열지 않아도 눈앞에 사람이 나타나면 저한테 신고가 오는 장치예요."

"빌어먹게 배배 꼬인 독쟁이 여자가!"

"그리운 욕설. 하나도 변한 게 없네요. 하지만 저에겐 이제…… 아무것도 남지 않았어요."

예전과 비슷한 말이었지만, 예전과는 달리 훨씬 쓸쓸한 어조로 중얼거리듯 말했다.

"부하도 즈이진도 뿔뿔이 흩어지고, 어부라는 직책마저도 저 온화한 척 굴고 있는 운가쿠에게 빼앗기고…… 남은 건 지금 눈앞에 있는 당신뿐."

마치 매달리듯 하얀 손을 내밀었다.

"뭘 할 건지 가르쳐주세요."

다이오드가 표정을 찌푸리면서도 올려다보자, 테라는 고개를 끄덕였다.

"거의 들킨 거나 마찬가지니까요."

"……추크슈피체로 갈 거예요, 메이카." 다이오드는 마지못해 말했다. "광관환 장치가 있거든요."

"역시." 메이카가 조그맣게 미소를 지었다. "이 배는 겉으론 점토로 꾸민 빈껍데기처럼 보여도, 속은 아주 오래되고 빠른 배 같았으니까요. 그럴 줄 알았어요. ——가지 말아줄 수 있나요?"

"함께 바라지 않는 아이 만들기를 하자는 소름 끼치는 제안은 거절한다고 했잖아요."

"함께 그런 빌어먹을 원시 시대 같은 제도에 반항하자고 한다면요?"

내키지 않는 태도로 대답하던 다이오드도, 듣고 있던 테라도, 역시나 이 말엔 눈이 휘둥그레졌다.

메이카는 조금도 눈에 띄는 구석이 없는 평범한 인섬니아호를 본 다음, 거대한 씨족선 창고 안을 둘러보았다.

"여자는 그물을 치고, 여자는 애를 낳고, 직접 새로운 어업법을 고안해 내도 인정받지 못한다——. 그리고 그물을 치는 남자는 수치스러우니 숨겨야만 한다. 그런 고리타분한 구제할 길 없는 세계와 배. 함께 부수지 않겠어요? 칸나 양."

"메이카……."

"테라 씨도." 천천히 앞으로 나가와 테라의 어깨에 손을 올렸다. "당신도 우리에겐 동료시잖아요. 도와주실 수 없을까요? 믿음직스러울 것 같은데……."

"아뇨——. 그게."

메이카의 제안은 올곧고 용감해서, 테라는 쉽사리 대답할 수 없었다. 그래서 시선을 피하며, 대답 대신 이번엔 테라가 질문했다.

"반대로…… 반대로 메이카 씨는 바깥으로 나갈 생각 없나요?"

"테라 씨?!"

"어머, 저한테도 권해주시는 건가요?"

깜짝 놀라는 다이오드와는 반대로 메이카는 고개를 저었다.

"근사한 제안이지만…… 테라 씨, 알고 계시나요? 어제의 통신, 바우 아우어의 내용. 전 씨족장 누루데가 일으킨 문제에 대한 회의에서 각 씨족이 가장 관심을 가진 부분이 뭐였다고 생각하세요?"

"바우 아우어 통신? 아뇨, 저는 들은 게 없는데요——."

"또 다른 타마테바코는 없는가, 였답니다. ——다른 씨족을 강제로 부릴 수 있는 장치의 유무는 아주 중대하고 긴급한 문제이니 최우선으로 조사해야 한다. 위험을 예방하기 위해서라는 그럴듯한 이유를 대고 있지만, 다들 속셈이 뻔히 들여다보이는 주제였어요. 다른 씨족이 가지는 건 몹시 곤란하지만, 가능하다면 자기들 배에는 있으면 좋겠다는 거죠."

메이카는 정말로 우습다는 듯이 쿡쿡 웃으며, 열을 띤 목소리로 말했다.

"서크스가 추방자라는 건 사실인가. 인접 성계가 점토 생물에게 습격당하고 있다는 이야기의 자세한 내용은 무엇인가. 항성 간 우주선은 정말 존재하는가. 그리고 디컴프란 대체 무엇인가, 그런 건 아—무도, 한마디도 하지 않아! 정말로 중요한 사실을 입 밖에 꺼낼 용기를 가진 사람 따위 단 한 명도 없는 겁쟁이 자식들. 모래에 머리를 박고 있으면 알아서 위기가 지나갈 거라고만 믿는 타조 영감탱이들만 모인 자리였어요! 얼마나 우습고 재미있던지!"

"두 명."

"네?"

"두 명은 있었어요." 다이오드가 지적했다. "그 주제를 언급한 장로가 두 사람. 트레이즈와 누엘이었던가. ……그런 건 다음 타신냐오에게 물어보자, 그렇게 쉽게 지나가 버렸죠."

"듣고 있었군요." 머쓱한 듯이 어조가 약해졌다. "하지만 그건 즉, 관심이 적다는 뜻이죠. ——어때요 테라 씨, 아시겠죠? 바깥으로 떠나겠다고 쉽게 말씀하시지만, 이렇게 굼뜬 어중이떠중이를 끌고 가야 한다고요? 결코 쉬운 일은."

"저기— 죄송한데요." 테라는 면목 없는 심정으로 말을 끊었다. "그런 게 아니에요."

"네?"

"저는 딱히 모두를 위해서라든가, 조사를 위한 서크스의 선발대로서 떠나겠다는 소리가 아니에요. 그런 것 따위 전부 내던져 버리고 도망쳐 버리겠다는 뜻이에요. 저와 다이 씨는."

오즈노와의 대화를 통해 어느 정도는 조사대 같은 성격을 띠게 됐다는 걸 떠올리면서도, 아무튼 메인은 그쪽이 아니니까, 라는 생각으로 자조적인 미소를 지어 보였다.

"정말 그냥 무책임한 여행이거든요……. 죄송하지만."

"어…… 그래도 죽으러 가는 건 아니잖아요?" 메이카가 동요하면서 물었다. "무사히 돌아오면 씨족에 정보를 전달하게 되지 않겠어요?"

"다시 한번 반대로 물어보겠는데요, 왜 돌아올 수 있을 거로 생각하세요? 우리가 가는 곳은——." 멈출 새도 없이 말이 튀어나왔다. "좋은 곳인지 나쁜 곳인지도 알 수 없어요. 인류가 환영해

줄 거라는 보장도 없어요. 그렇기는커녕 물과 산소가 존재하는 지조차 알 수 없는 곳이에요. 그런 곳으로 이 뭔지 모를 편도 티켓뿐인 배로 가는 거예요."

"말해버렸나요."

다이오드가 한숨을 쉬었다.

"말해버렸어요."

테라는 쓴웃음을 지었다.

"편도라니, 그럴 수가, 당신들······."

메이카는 믿을 수 없다는 표정이었다.

다이오드가 작게 헛기침하고서 옆을 가리키며 메이카에게 말했다.

"뭐, 그렇게 된 거예요."

"······큭."

메이카가 이를 악물며, 한 손을 살짝 들어 올렸을 때.

"칸나 님, 테라 씨! 피하십시오──!"

두 사람의 머리 위를 가리키며 통로 저편에서 추야가 날아왔다. 곁에는 란주도 함께였다.

"안 됩니다, 메이카 님!"

그 말을 듣고 머리 위를 올려다본 테라는 선박 이동용의 거대한 크레인이 어느새 인섬니아호 바로 위에 자리를 잡고서 갈고리를 벌리고 있다는 사실을 깨달았다. 서둘러 바깥쪽 문을 막고 있는 점토를 변형시켜 치운 다음 다이오드와 짐을 에어록 안에 던져 넣었다.

"기다리세요! 기다려——."

멈추라며 고래고래 소리치면서도, 절대 에어록 안으로 뛰어들지는 않는 메이카에게 작별 인사로 손을 흔들어 주고서 문을 닫았다.

다이오드가 물었다.

"——이 배는 조종 콕핏 형식인가요?"

"아뇨, 여러 사람이 힘을 합쳐 조종하는 낡은 타입이에요. 콕핏 두 개는 몰래 실어 두었지만요."

대답하고서 열려 있는 문 안쪽으로 발을 들였다.

"에다 씨! 계신가요?"

에다를 부르면서 방사형으로 좌석이 줄지어 있는 무인 조종실로 올라갔다. 선내 기기 디스플레이가 켜졌지만, 그곳에서도 미니셸으로도 에다의 대답은 없었다. "없네요." 하고 뒤따라온 다이오드가 말했다. "다이 씨는 저쪽." 중앙에 자리 잡은 선장석을 가리킨 다음 테라는 일등 항법사 자리에 앉았다.

"에다 씨는 『후요』에서 열심히 하는 중인 모양인데."

"지난번에 말한 선내 기기를 대신한다던 얘기요? 그런 희생을 하는 사람인가요?"

"네." 300년 전 오리지널이 한 희생을 떠올리자 테라는 가슴이 아팠다. "모처럼 다음 기회가 왔는데……."

"기다릴까요?"

다이오드가 물었을 때였다. 차임벨 소리와 함께 디스플레이에 글자 하나가 떠올랐다.

"……『후요』항관, 정보 링크?"

그곳에는 정식 신청이 필요할 터인 인섬니아호의 출항 허가와 중형선의 에어록 진입 지시가 표시되어 있었다.

테라가 웃었다.

"어서 가라고 말하는 것 같네요."

"덕분에 아무것도 폭파할 일 없이 해결되겠네요."

추야와 란주에게 단단히 붙잡힌 메이카가 끌려가고 있었다. 외부 카메라로 그 모습을 배웅하며 두 사람은 에어록으로 배를 진입시켰다. 다이오드는 처음 보는 조작 계통에 눈을 바쁘게 움직이면서 각 부분의 슬러스터를 일사분면씩 톡톡 분사하며 특성을 파악하려 했다. 그렇게 연습하는 동안 공기의 흡입과 배출을 마치고 외부 게이트가 열렸다. 배는 남아 있던 공기와 함께 뒤를 향해, 진공의 공간으로 미끄러져 나갔다.

방향 전환, 저속 분사. 투박한 항만포 앞을 지나 우주쓰레기 방호벽 바깥으로. 소용돌이가 휘몰아치는 팻 비치 볼이 왼편에 우뚝 솟아 있었다. 오른편엔 항성 마더 비치 볼이 멀리서 희미하게 빛나고 있는 칠흑의 우주다.

"어떤가요, 다이 씨. 이 배 정도면 대충 만족할 만한 수준인가요?"

"뭐, 300년 전 배치고는 꽤 괜찮은 축에 드는 고물이네요. 목적지까지의 항법과 광관환 기동 순서는?"

"제 쪽에 나와 있는데, 그쪽 버튼 하나만 눌러도 갈 수 있는 모양이에요. 탈출선이니까요."

"그렇군요."

테라는 좌석에서 떠올라 으음— 하고 우아하게 긴 몸을 쭉 폈다. 그 모습을 본 다이오드도 몸을 푸는 것처럼 빙글빙글 어깨를 돌렸다.

"마침내……인가……."
"네, 여기까지 왔어요."

선장석으로 뛰어올라 지금도 희미하게 달콤 쌉싸름한 향기를 풍기는 은발에 금빛 머리를 비볐다. 가는 팔로 테라의 목을 휙 끌어당긴 소녀가 항법 장치와 익숙한 운해를 번갈아 보았다.

"자, 결정해 보죠. 열심히 견디면 어떻게든 근근이 살아갈 수도 있는 이쪽과, 아무것도 아는 게 없고 뛰어들자마자 파편처럼 산산조각 날지도 모르는 저쪽. 어느 쪽으로 할까요?"

테라는 검지로 행성의 가장자리를 가리켰다.

"조호르의 새우튀김 라이크, 좀 맛있었는데."
"그럼, 그쪽으로 정하는 걸로."
"아이참, 농담이에요!"

두 사람은 어이없을 정도로 눈에 확 띄는 빨간 버튼을 눌렀다.

성계 단락 기관, 광관환이 기동. 선미에 튀어나온 네 개의 뿔이 지탱하고 있는 링의 지름과 똑같은 크기의 구멍이 우주 공간에 열렸다. 배경 물체의 엄폐로만 관측 가능한 그 구멍에, 현재 위치와 같은 중력 등위면(Gravitational equipotential surfaces)을 가진 추크슈피체 성계 내의 목적지가 겹쳐졌다.

인섬니아호는 작은 빛의 입자가 되어 소용돌이치며 구멍으로 빨려 들어갔다. 동일한 질량이 목적지에서 배출될 때까지는 분명 어떠한 대가가 있다고들 하지만, 그 대가는 2주라는 시간 경과 이외엔 인류가 체감할 수 있는 범위 내에는 없다. 자신이 알지 못하는 부분을 소비하는 만큼, 사람들이 이 항법을 사용하는 데에 망설일 이유가 없었다.

  빛을 빨아들인 원의 윤곽은 희미하게 빛나다가 이윽고 사라졌다.

트윈스타 사이클론 런어웨이 2

2025년 08월 13일 제1판 인쇄
2025년 08월 20일 제1판 발행

지음 오가와 잇스이 | **일러스트** 모치즈키 케이

옮김 정백송

제작·편집 코믹 레인 편집부

발행 데이즈엔터(주)
등록번호 제 2023-000035호
주소 07551 서울특별시 강서구 양천로 570 NH서울타워 19층
대표전화 02-2013-5665

ISBN 979-11-380-6135-3
ISBN 979-11-380-5907-7 (세트)

TWINSTAR CYCLONE RUNAWAY 2 ⓒ 2022 Issui Ogawa
This book is published by arrangement with Hayakawa Publishing Corporation
through Imprima Korea Agency.

Illustration ⓒ 2022 Kei Mochizuki

이 책의 한국어판 저작권은 데이즈엔터(주)에 있습니다.
저작권법으로 한국 내에서 보호를 받는 저작물이므로 무단 전재와 무단 복제를 금합니다.

구매 시 파손된 도서는 구매처에서 교환하실 수 있습니다.
기타 불편사항, 문의사항이 있으신 독자님께서는 노블엔진 홈페이지
[http://novelengine.com] 에서 Q&A 게시판을 이용해 주시기 바랍니다.